KB252689

내가 만든 문장 쓰지 마세요

내가 만든 문장 쓰지 마세요

NOW IS NOT
THE TIME
TO PANIC

케빈 윌슨 장편소설
박중서 옮김

허브

에릭 매슈 헤일리(1973-2020)에게

NOW
IS NOT
THE
TIME TO
PANIC

매지 브라워

나는 전화를 받았다. 어떤 여자 목소리가 들렸는데, 나로서는 누군지 알 수 없는 목소리였다. "프랜시스 버지, 맞나요?" 여자가 묻기에 나는 텔레마케터인 모양이라고 확신했다. 아무도 나를 프랜시스라고 부르지 않기 때문이다. 거실에서는 일곱 살 난 딸이 양철 쟁반을 심벌로 사용하는 등 나름대로의 드럼 세트를 만들어 놓은 참이어서 챙, 둥, 챙, 챙, 둥 하고 두들기는 소리에 집안이 떠나갈 듯 시끄러웠다. "죄송합니다만, 저는 관심 없거든요." 나는 이 말과 함께 전화를 끊으려고 했는데, 여자는 내가 더 이상 상대하고 싶어 하지 않는다는 것을 이해한 듯, 나를 끌어들이려고 최선을 다했다.

"**가장자리는 판자촌, 금 탐광꾼 우글거리고.**" 그녀가 말했다. 목소리가 약간 높아져 있었다. 나는 얼어붙었다. 순간적으로 전화를 떨어트릴 뻔했다. 그리고 우리는 한목소리로 그 문장을 마무리했다. "**우리는 도망자, 법은 우리를 잡으려고 잔뜩 허기졌지.**"

"그러니까 당신도 아는 거네요." 여자가 말했다.

"예전에 들어봤어요. 예. 당연하죠." 내가 말했다. 벌써부터 도망치려 하면서. 내 주위의 세상이 핑핑 도는 느낌이 들었다. '아, 빌어먹을, 아, 빌어먹을, 아, 빌어먹을, 씨발, 안 돼.' 내 머릿속에서는 이런 말이 떠올랐다. 마치 급강하하는 광기의 일종과도 비슷했다. 왜냐하면, 그건 너무 오래전 일이었기 때문이다. 왜냐하면, 내 짐작에는, 어느 누구도 그걸 발견하지 못할 거라고 줄곧 생각해 왔기 때문이었던 것 같다. 하지만 그녀는 나를 발견했다. 나는 벌써부터 어떻게 다시 사라져 버릴지, 계속 사라진 채로 남아 있을 수 있을지를 궁리하고 있었다.

"저는 《뉴요커》의 의뢰로 기사를 쓰고 있어요." 그녀가 말했다. "저는 매지 브라워라고 합니다. 미술 비평가고요. 1996년 콜필드 공황 사태에 대해서 쓰고 있어요."

"그러시군요." 내가 말했다.

"엄마!" 딸 주니가 소리를 질렀다. "들어봐! 이것 좀 들어보라니까! 들어봐! 이거 〈와이프아웃〉*이야, 맞지? 이거 딱 〈와이프아웃〉처럼 들리지 않아? 엄마? 들어봐!"

"그런데 제 생각에는 그걸 일으킨 사람이 당신인 것 같아서요." 여자가 말했다. 조심스러운 접근이었다. 여자의 목소리는 호감이 가고 정직하게 들렸다.

"제가 그걸 일으켰다고 생각하신다고요?" 내가 말했다. 여차하면 웃음이라도 터트릴 것처럼. 하지만 사실이었다. '실제로' 내가 일으킨 것이었다. 나 혼자서는 아니었고, 나도 일익을 담당했던 것이었다. 다른 한 명과 함께 말이다.

* 미국의 밴드 서파리스가 1963년 발표한 경음악으로, 경쾌한 드럼 연주가 특징이다.

"저는 당신이었다고 거의 100퍼센트 확신해요." 매지 브라워가
말했다.

"아, 세상에." 내가 말했다. 곧이어 내가 너무 큰 소리로 말했음
을 깨달았다. 딸은 둥당거리고 있었다. 어지러운 느낌이 들었다. 오
븐에는 피자를 넣어두었다. 남편은 침실 창문의 걸쇠를 마침내 고
치고 있었는데, 무려 넉 달 동안이나 입버릇처럼 말만 하고 나서의
일이었다. 워낙 지루하고도 정상적이었던 우리의 삶은 여전히 진행
중이었다. 모든 것이 변하고 있는 바로 이 순간에도, 내 삶은 그렇다
는 사실을 미처 모르는 것만 같았다. 그냥 멈추기를, 그냥 얼어붙기
를 모르는 것만 같았다. 앞으로는 아무것도 예전과 같지 않을 예정
이었는데도. 피자는 그냥 타게 내버려두자. 창문의 저 멍청하고 개
떡 같은 걸쇠는 잊어버리자. 짐을 꾸리자. 어서 여기서 떠나버리자.
집을 싹 불태워 없애고 새로 시작하자. 몇분의 1초 사이에 '내가' 이
곳을 벗어나 새로 시작할 수 있을지도 모른다는 생각이 들었다.

"당신이었나요?" 기자가 물었다. 내가 왜 굳이 전화를 받았던
걸까?

"네." 나는 마침내 말했다. 그리고 내 온몸이 시간을 거슬러 끌려
가는 듯한 느낌이 들었다. "네, 저였어요."

"당신 혼자서요?" 그녀가 물었다.

"설명하자면 복잡해요." 내가 대답했다. 이제는 딸아이가 내 옆에
서서 내 셔츠 뒷자락을 잡아당기고 있었다. "엄마?" 아이가 물었다.

"누구랑 이야기하는 건데?"

"엄마 친구랑." 내가 아이에게 말했다.

"그럼 나도 이야기할래." 주니가 말했다. 지금까지 내가 알았던 사람 중 가장 자신만만한 사람이 전화로 한 손을 뻗었다.

"저 끊어야겠어요." 내가 매지에게 말했다.

"만나뵐 수 있을까요?"

"안 되겠네요." 내가 말했다.

"다시 전화드려도 될까요?"

"죄송해요, 안 되겠네요." 내가 그녀에게 말했다. 그러고는 그녀가 다른 말을 하기도 전에 전화를 끊어버렸다.

나는 부엌을 이리저리 거닐기 시작했다. 대화에서 나온 말들을, 내가 이 여자에게 한 말들을 모두 기억하려고 시도했다. 하지만 내가 그렇게 거니는 것을 싫어했고, 내가 내면으로 들어가는 것을 지켜보기를 싫어했던 주니는 내 바지에 매달리기 시작했다.

"아까 엄마 친구 이름이 뭔데?" 주니가 물었다.

"응? 아… 매지." 내가 말했다.

"매지라고 하니까 상상의 친구 이름 같아." 주니가 말했다.

"어쩌면 그럴 수도 있어." 내가 딸에게 말했다. "그 여자가 진짜인지는 나도 완전히 확신을 못 하겠거든."

"그건 되게 이상해, 엄마." 주니가 이렇게 말하며 미소 지었다. 그러더니 벌써 다 잊어버리고 말았는지, 아무려면 어떠냐는 듯 이렇게 말했다. "내가 이 끝내주는 드럼 연주하는 거 들어봐!"

아직 시간이 있었다. 나는 소파에 앉았다. 그리고 딸아이를 지켜보았다. 나무 숟가락 두 개를 양손에 들고서 제 주위에 있는 모든 것을 신나게 두들기는 모습을. 심장이 벌렁벌렁했다. 끝났어. 나는 계속 이렇게 생각했다. 이제 다 끝났어. 이제 시작이었다. 이제 막 시작이었다.

1996년 여름

가장자리는 판자촌,
금 탐광꾼 우글거리고

제1장

콜필드 공립 수영장에서는 호루라기 소리가 들리면 모두 물에서 나와야 했다. 우리 모두는 거기 서서 동동거리며, 이쪽 발만 디뎠다가 다시 저쪽 발만 디뎠다가 했다. 콘크리트가 정말 더럽게 뜨거워서 발바닥이 데는 듯했기 때문이다. 그러고 나면 기껏해야 내 나이인 열여섯을 겨우 넘었을, 마치 청소년 영화에 등장하는 악당처럼 금발에 벌거벗은, 설령 내가 물에 빠지더라도 절대 구해주지는 않을 것처럼 보이는 구조요원 가운데 몇 명이 기름칠한 수박 한 통을 꺼내놓았다. 바셀린을 두껍게 발라놓아서 번들거리다 보니, 수박 자체가 사실상 고체에서 액체로 변한 것처럼 보이기도 했다. 그러면 구조요원 한 명과 그의 사악한 쌍둥이 가운데 또 한 명(어쩌면 더 미친 근육과 지저분한 콧수염을 가진 사람)이 그 수박을 물에 던져 넣고 수영장 한가운데로 밀었다.

그들이 호루라기를 불면, 이때부터는 누구든지 물로 뛰어들어서 수박을 수영장 가장자리까지 가져오는 사람이 이기게 되는 것이었다. 사실 이겨보려는 기대라도 하고 싶다면 반드시 편을 먹어야 했기에, 이 게임은 일종의 패싸움으로 돌변했고, 남자애들은 이때다 싶어 서로를 신나게 두들겨 팼다. 그리고 수박은 사실상 변심처럼 그들의 손에서 미끄러지고 빠져나가고 했다. 결국 가장자리까지 가져올 무렵, 수박은 손톱에 파인 자국이며 거기서 흘러나온 붉은 과육 조각으로 범벅이었기 때문에, 게임에서 이긴 사람 본인을 빼면 어느 누구에게나 차마 먹지 못할 물건이 되게 마련이었다. 나는 충분히 똑똑했기 때문에 멀찍이 거리를 두었지만 한편으로는 화가 났다. 마치 우리는 너무 섬세하기 때문에 이런 일에는 어울리지 않는다는 듯, 여자애들이 거기 제대로 참여한 적이 없다는 사실 때문이었다. 하지만 내가 유일하게 시도해 보았을 때, 그러니까 열두 살 때에는 한쪽 팔에 뱀 문신을 한 어떤 어른이 팔꿈치로 내 얼굴을 치는 바람에 하마터면 앞니가 날아갈 뻔했다.

우리 오빠들, 즉 세쌍둥이는 이 기름칠 수박 경연 대회의 이상적인 참가자였는데, 열여덟 살이고 이미 거인이었기 때문이다. 그들은 거의 잔인할 정도였고, 그들이 소유한 힘이란 단지 육체적인 수준에 그치지 않는, 심지어 고통에도 무감각하게 만드는 광기에 가까운 것이었다. 심지어 그런 힘을 항상 서로에게 시험해 보고 있었다. 하지만 그들 역시 이번에는 참가하지 않았는데, 다들 수박에 넋이 나간 틈을 이용해서 주인이 지키지 않는 가방에서 돈과 간식을 훔쳤기 때문이다.

나는 거기 선 채로 발에 물집이 잡히면서 문득 이런 생각을 했다. 차라리 그냥 수건을 깔고 누워서 기다리다가, 때가 되면 다시 수영장으로 안전하게 걸어 들어가서… 정확히 뭘 하지? 그냥 계속 수영장 안을 걸어서 돌아다님으로써, 내가 외톨이라는 것을 남들이 절대 알지 못하게 만들기라도 할까? 나는 수영장을 싫어했지만, 집에 있는 에어컨은 고장 났고, 그걸 고치려면 하루가 더 지나야 했다. 나는 이틀 동안이나 땀을 흘리며 참았지만, 마침내 그날 아침에 오빠들과 함께 승합차에 올라탔던 것이다. 솔직히 이왕 내가 이곳에 반드시 와야 한다면, 이 물건을 놓고 벌어지는 다툼을 보고 싶었다. 나는 고함과 욕설을 듣고 싶었다. 재미라는 미명으로 자행되는 폭력을 보고 싶었다.

수영장 건너편에서 남자애 하나가 나를 바라보고 있었다. 마르고 안달했으며, 내 나이와 비슷하리라는 것을 나도 알 수 있었다. 나를 바라보는 그와 눈을 마주칠 때마다, 그는 씩 웃으며 뻐드렁니 미소를 짓고는 곧이어 물을 내려다보았는데, 물에 햇빛이 워낙 밝게 반사되어서 눈이 멀 것만 같았다. 나는 그의 모습을 놓쳐버렸다. 이제 언제든 구조요원들이 호루라기를 불 것이었다. 그때 누군가가 내 팔꿈치를 건드리는 느낌이 들었는데, 어째서인지 정말로 친숙하고도 기묘한 느낌이었다. 누군가의 손가락이 내 거칠고 앙상한 팔꿈치에 닿았던 것이다. 몸을 돌려 보았더니 그 남자애가 있었는데, 눈도 검고 머리카락도 검고 이만 밝은 하얀색이고 심하게 뻐드렁니였다. "야." 그가 말하자, 나는 그의 손에서 팔을 잡아 뺐다.

"남이 손대는 것을 싫어하는 사람에게는 손을 대지 말아야지." 내가 그에게 말했다. 그는 항복했다는 듯 양손을 치켜들었고, 갑자기 수줍어하는 듯 보였다. 도대체 누가 여자애의 팔꿈치를 먼저 만지고 뒤늦게 수줍어진단 말인가?

"미안해." 그가 말했다. "진짜 미안해. 나는 이 동네가 처음이라서. 여기로 이사 온 지 얼마 안 됐어. 아는 사람도 전혀 없고. 아까부터 너를 지켜보고 있었어. 너도 여기서는 아는 사람이 전혀 없는 것처럼 보여서 말이지."

"나는 아는 사람 천지야." 나는 이렇게 말하며, 수영장에 온 사람 모두를 향해 몸짓해 보였다. "아는 사람이 전부 다라고. 다만 내가 그들을 좋아하지 '않을' 뿐이지."

그는 고개를 끄덕였다. 그는 이해했다. "그러면 내가 저 수박을 꺼내는 것 좀 도와줄래?" 그가 물었다.

"나 말이야?" 나는 당황해서 물었다.

"너랑 나랑." 그가 말했다. "우리가 할 수 있을 것 같아서."

"그래, 물론." 나는 고개를 끄덕이고 미소 지으며 말했다.

"좋았어." 그가 얼굴이 환해지며 말했다. "넌 이름이 뭔데?" 그가 내게 물었다.

"프랭키." 내가 그에게 말했다.

"끝내준다. 나는 남자애 이름을 가진 여자애가 좋더라." 그가 내게 말했다. 마치 지금까지 살았던 남자애 중에서도 가장 개방적인 마음을 가진 남자애처럼 말이다.

"프랭키는 남자애 이름이 아니야. 남녀공통 이름이라고."

"나는 지크Zeke라고 해." 그가 내게 말했다.

"지크?"

"본명이 이지키얼Ezekiel이거든." 그가 설명했다. "성서에 나오는 이름이지.* 하지만 사실 그건 내 가운데 이름이야 이번 여름을 맞이해서 한번 시험해 보고 있어. 그냥 어떻게 들리는지만 알아보려는 거지."

나는 그를 바라보았다. 잘생긴 것은 아니었다. 그의 모든 이목구비는 너무 크고, 마치 만화 같았다. 하지만 나도 예쁘지 않기는 마찬가지였다. 나는 정말로 평범한 얼굴이었다. 내가 적당한 각도에서 스스로 납득한 게 있었다. 즉 비록 평범하기는 해도, 이건 일시적일 뿐이고 머지않아 나는 예뻐질 거라고 말이다. 나는 못생긴 게 절대 아니라고 마음속으로 말했다. 하지만 우리 오빠들은 내가 못생겼다고 말했다. 그러거나 말거나. 나는 사실 무척 신경을 썼지만, 신경을

---

* 구약성서의 선지자 '에스겔'을 말한다.

쓰지 않기 위해서 상당한 노력을 들였다. 나는 못난이였다. 만약 평범해지는 것밖에 대안이 없다면, 차라리 못생긴 편이 어쩌면 더 나을 수도 있었다.

호루라기가 울리자 우리는 그냥 서로를 바라보고만 있었다. 하지만 곧이어 남자애가 말했다. "가자. 우리가 할 수 있어!" 그러더니 곧바로 수영장에 뛰어들었다. 나는 수영장으로 뛰어들지 않았다. 그냥 거기 서 있었다. 나는 능글맞게 웃으면서, 그가 물에서 꺼떡거리는 모습을 지켜보았다. 그는 크게 상처받은 모습이었다. 그걸 보니 문득 나 자신이 쓰레기 같은 기분이 들었다. 마침내 그는 어깨를 으쓱하더니 소동을 향해서 물을 튀기며 다가갔다. 어디까지나 재미 삼아, 무척이나 어리석은 뭔가를 놓고 싸우고 있는 10대 남자애들의 날뛰는 덩어리를 향해서 말이다.

지크는 두세 번 시도했지만, 계속해서 거칠게 옆으로 밀쳐졌고, 물속으로 곤두박질했다가 도로 올라와서 숨을 헐떡이고, 기침을 하고, 거기서 혼자 길을 잃은 것처럼 보였다. 하지만 그는 계속해서 다른 사람들을 타고 올라갔고, 수박에 손을 갖다 대려고 시도했다. 수박은 워낙 미끄러웠기 때문에 어느 누구도 제대로 다루지는 못하고 있었다. 그러다가 누군가에게 우연히 입을 발로 걷어차이는 바람에, 그의 입술이 터진 모습이 보였다. 피가 나서 수영장에 뚝뚝 떨어졌지만, 구조요원은 전혀 상관도 하지 않았다. 내 생각에는 아예 쳐다보지도 않는 것 같았다. 그런데도 지크는 다시 군중에게로 뛰어서 돌아갔고, 나는 걱정이 되기 시작했다. 저렇게 막무가내인 사람에게는 뭔가 나쁜 일이 일어난다는 것을 알고 있었기 때문이다.

그 문제에 대해 차마 생각해 보기도 전에 나는 앤드루에게, 즉 도리토 칩을 일곱 봉지쯤 먹어치운 듯한 우리 오빠에게 달려가서 도와달라고 말했다. 마침 그때 브라이언도 이쪽으로 왔는데, 한 손에는 물에 젖은 1달러 지폐를 뭉쳐서 쥐고 있었다. "가자, 앤드루." 또 다른 오빠가 말했다. "하루 종일 노닥거릴 수 있는 것도 아니니까."

"나 좀 도와줘." 내가 말했다. 바로 그때 찰리도 무슨 일인지 궁금한 나머지 이쪽으로 다가왔다. "저 남자애가 수박을 가질 수 있게 오빠들이 좀 도와줘." 나는 세 명 모두에게 말했다.

"좆까, 싫어." 찰리가 말했다. "말도 안 되는 소리를."

"부탁인데도?" 내가 말했다.

"미안, 프랭키." 앤드루가 내게 말했다. 세 사람은 이미 저만치 달려가기 시작했지만, 내가 소리를 질렀다. "20달러 줄게!"

"20달러?" 브라이언이 물었다. "뻥 아니지?"

"20달러 준다니까." 내가 말했다.

"그러니까 우리더러 뭘 하라는 거야?"

"저기 물에 들어가 있는 어리바리한 애 보이지? 입술 터진 애." 내가 말했다. 오빠들은 모두 고개를 끄덕였다. "쟤가 수박을 갖게 도와줘." 내가 말했다. 매우 간단한 일이었지만, 오빠들은 계속해서 수박을 바라보았다.

"너 재 좋아하냐?" 찰리가 씩 웃으며 물었다.

"모르겠어." 내가 말했다. "그냥 불쌍해 보여서."

"어이쿠." 앤드루는 마치 내가 저주라도 받은 듯 얼굴을 찡그리며 이렇게 말했다. "알았어, 우리가 할게." 오빠들은 각자 들고 있던 물건을 모두 내려놓더니 수영장 가장자리로 달려가서 물속으로 총알처럼 뛰어들었다. 앤드루는 지크를 마치 헝겊 인형처럼 번쩍 들어 사실상 수박이 있는 곳까지 운반했고, 그사이에 브라이언과 찰리는 팔꿈치를 이용해서 길을 터주었다. 이들의 행동이 어찌나 난폭했던지, 수박을 놓고 몸싸움을 벌인 끝에 지치기 시작했던 다른 아이들은 그만 압도되고 말았다. 딱한 몰골이 된 수박을 확보하고 나자, 앤드루는 지크를 그 위에 내던졌다. 세쌍둥이에게 떠밀려 수영장 가장자리로 가는 동안, 지크의 입에서 나온 피가 바셀린 위에 뚝뚝 떨어졌다. 곧이어 게임은 끝나고 말았다. 지크가 이겼다.

구조요원이 호루라기를 불자, 다른 남자애들은 상관하지 않는 것처럼 행동했다. 그들의 가슴과 팔은 기름이 묻어서 번들거렸으며, 물속에서는 잘 닦이지 않았다. 남자애들은 그냥 첨벙거리며 돌아다니기 시작했고, 여자애들이 다시 수영장에 들어오고, 꼬마들이 튜브를 타고, 아빠들이 불룩한 배와 청승맞은 문신을 드러내기를 기다렸다.

나는 수영장 가장자리로 걸어갔다. 지크가 숨을 고르고 있었다.

오빠들은 새로운 소일거리를 찾아 이미 떠난 다음이었다.

"해냈구나." 내가 말했다.

"아까 그 애들은 누구야?" 그는 무척 어리둥절해하며 물었다.

"우리 오빠들이야." 내가 말했다.

"네가 시킨 거야?" 그가 묻기에 나는 고개를 끄덕였다. 우리 둘 다 웃었다.

"너 입에서 피 나." 내 말에도 그는 신경을 쓰지 않는 것 같았다. 우리 둘 다 수박을 바라보았다. 마치 공포 영화의 한 장면 같은 몰골이어서, 초록색 껍질에 반달 모양의 자국이 잔뜩 나 있었고, 기름지고 역겨운 막으로 온통 뒤덮여 있었다.

"이거 나랑 같이 먹을래?" 그가 물었다.

"너 그걸 씨발, 진짜 먹을 거야?" 내가 물었다.

"우리 둘이 먹게 되겠지." 그는 미소 지으며 말했다. 그래서 우리는 먹었다. 정말로 먹었다. 진짜 맛있었다.

제2장

여름이었다. 다시 말해 아무 일도 일어나지 않았다는 뜻이다. 정신이 나갈 정도로 더워서, 팝시클* 먹는 것 말고는 무엇에도 신경을 쓰기가 어려웠다. 우리 집은 텅 비어 있었다. 엄마는 일하러 갔고, 아빠는 새 가족과 함께 밀워키에 있었고, 세쌍둥이는 서로 다른 패스트푸드 체인점에서 저마다 햄버거를 굽고 있었다. 나는 집 안을 돌아다니며 헤드폰으로 음악을 들었고, 계속 잠옷 차림으로 있었다. 원래는 나도 아르바이트를 알아봐야 했지만, 지원서를 하나도 쓰지 않은 상태였다. 나로선 그냥 베이비시터 일을 계속 하는 것만으로 충분했다. 엄마도 나를 워낙 사랑하고 워낙 지쳤

* 미국의 아이스크림 브랜드로, 청량음료를 얼려서 만든 '하드'의 일종이다.

던 까닭에 두 손 들고 말았으며, 계속 나 혼자 집에 있게 내버려두었다. 처음에는 조용해서 좋았지만, 이내 압박감을 느끼게 되었다. 마치 내가 집에 있는 유일한 사람이란 것을 벽들도 알아챈 것 같았고, 여차하면 확 줄어들어서 나를 꼼짝 못 하게 가둬버릴 것 같았다.

나는 친구라든지, 또는 그 비슷한 뭔가를 찾고 있지 않았다. 나는 지루했다. 그리고 지크는 내가 시간을 때울 수 있는 뭔가에 해당했다. 이 새로 나타난 남자애는 자기가 이렇게 허름하고 작은 읍에 왔다는 사실에 충격을 받은 듯했다.

우리가 공립 수영장에서 처음 만나고 나서, 그러니까 내가 작은 종잇조각에 우리 집 주소를 적어주고 나서 이틀 뒤에 그는 자전거를 타고 우리 집으로 놀러 왔다. 너무 큰 검은색 로드워리어스 티셔츠를 입고 있었는데, 성난 레슬링 선수 두 명이 얼굴에 물감을 칠하고 기묘한 어깨 보호대를 찬 모습이 프린트되어 있었다. 우리 오빠들도 그 선수들을 좋아했다. 나로선 지크와 우리 오빠들보다 더 천양지차로 다른 사람을 차마 상상할 수도 없었지만, 남자애라면 누구나 좋아할 수밖에 없는 뭔가가 있을지도 모른다는 생각도 들었다.

"안녕." 그가 미소 지으며 말했다. "여기서 우리 집까지 대략 네 블록밖에 안 되더라고."

나는 그냥 어깨를 으쓱했다. 막상 그가 여기 오자 이제는 뭘 해야 할지 몰랐기 때문이다.

"초대해 줘서 고마워." 그가 말했다. 나는 다시 한번 어깨를 으쓱했다. 내 혀가 어떻게 되기라도 했나? 왜 이렇게 멍한 느낌인 걸까?

"이 읍은 이상해." 그가 말했다. "마치 폭탄이라도 맞았던 것 같아. 여기 사는 사람들은 그 사건 직후에 간신히 일상으로 돌아가게 된 것 같고."

"굉장히 지루해." 내가 마침내 말했다. 그 한마디를 하는 데에도 턱이 다 아플 지경이었다.

"다른 모든 사람에 대해서는 지루함을 느끼는 게 차라리 항상 더 나은 것 같아." 그의 말이었다. 나는 안쪽으로, 에어컨이 있는 데로 오라고 그에게 손짓했다.

이제 그와 함께 정확히 뭘 해야 할지는 나도 몰랐지만, 텅 빈 우리 집에서 섹스를 하지는 않을 거라는 사실을 분명히 하고 싶었다. 나는 지난 이틀 동안 신경이 곤두섰고, 앞으로 내가 휘말리게 될, 또는 휘말리게 되지 않을 일에 대해서 걱정했다. 내가 아직까지는 하고 싶어 하지 않는 모든 일에 대해서 걱정했던 것이다. 나로선 그게 그런 종류의 일까지는 아님을 지크가 알아주었으면 했기 때문에, 우리는 그냥 소파에 앉아서 비디오로 공포 영화를 보고, 팝타르트 과자를 먹었다. 그 느낌은 섹스가 대략 어떠한 것일지에 대한 내 상상과는 워낙 동떨어져 있었기 때문에 마치 안전한 것만 같았다.

나는 말하기를 최대한 오래, 즉 불가피해질 때까지 미루려고 노력하는 중이었다. 그때쯤 되면 그에게 말해줄 만한 재미있는 뭔가를 갖게 될 것도 같았다.

"너는 여기 있는 게 좋아?" 지크가 물었다. 나는 비디오테이프를 하나 꺼내고 또 하나 새로 넣으려고 하는 중이었다. 이제 우리는 이야기를 할 수밖에 없게 되었다. 내 생각에는 이것도 괜찮아 보였다.

"괜찮아." 나는 이렇게 말하며, 비디오 위로 몸을 굽혔다. 그리고 솔직히 말해서 '정말' 괜찮았다. 내가 대도시에 가서 뭘 하겠는가? 춤이라도 추러 갈까? 멋진 식당에서 50달러짜리 스테이크라도 먹을까? 음, 어쩌면 박물관에 갈 수는 있겠지. 그러면 재미있을 거다. 하지만 나는 열여섯 살이었다. 나는 이 읍 내부보다는 오히려 나 자신의 내부에 훨씬 더 많이 살고 있었다.

"하지만." 그는 디그치듯 내게 말했다. "재미 삼아 할 만한 일이 없지 않아?"

"이거." 나는 짜증이 치밀어서 〈프라이트 나이트〉를 치켜들었다. 얘는 도대체 나한테서 무슨 말을 듣고 싶은 걸까? 내가 끝내준다는 것을, 내가 콜필드에 속하지 않았다는 것을 자기한테 증명이라도 하란 말인가? "왜?" 나는 마침내 이렇게 물어보며 화살을 그에게 돌렸다. "너는 도대체 얼마나 대단한 데서 살다 왔기에 그래?"

"멤피스." 그가 말했다. "사실은 그렇게 대단한 데도 아니기는 해. 하지만, 있지, 거기에는 괜찮은 것들도 몇 가지 있었거든. 멤피스 칙스 야구 경기라든지. 몰오브멤피스에 가면 스케이트도 탈 수 있고. 오듀본 공원도 있어."

"음, 좋아. 그것도 상당히 끝내주게 들리기는 하네. 스케이트 타기도 끝내줄 것 같고."

"하지만." 그는 미소 지으며 말했다. "우리는 여기 있지."

"근데 너는 왜 여기로 이사를 온 거야?" 내가 그에게 물었다.

"나로서도 어쩔 수가 없었어. 상황이 꼬였거든." 그는 몇 초쯤 나를 바라보는 것처럼 보였다. 마치 나에게 말해도 되는 내용과 말하면 안 되는 내용을 판가름이라도 하는 듯했다. 그 모습에 나는 흥미를 느꼈다. 그의 이야기에는 편집이 필요하다는 뜻이었으니까. 나는 바닥에서 일어나 소파에 그와 나란히 앉았다.

"우리 아빠가 바람을 피웠거든." 그가 내게 말했다. "내 생각에는 여러 명하고 그랬던 것 같아. 급기야 그중 한 여자가 또 다른 여자에 대해서 알아내고 말았던 거지."

"아, 세상에." 내가 말했다.

"그러게. 그래서 그 여자가 우리 집에 전화해서 아빠에 대해서 폭로하려고 했는데, 마침 내가 전화를 받았던 거야. 그 여자는 나한테 아빠가 정말로 나쁜 사람이라고, 자기한테 못 할 짓을 했다고 말하더라고. 그러면서 나한테 아빠랑 이혼하라고, 또 다른 여자가 아빠를 더 이상 만나지 못하게 하라고, 그러고 나야만 자기도 아빠 곁에 남아 있을지 말지를 생각해 보겠다고 하더라니까. 그래서 내가 이랬지. '아주머니, 저는 그분 아들이에요.' 그러자 그 여자가 이렇게 말하더라고. '아이고, 애야, 너 왜 이렇게 목소리가 가느다란 거니.' 그래서 나는 전화를 끊었어."

"네 목소리는 그렇게 가느다란 편도 아닌데." 내가 말했다.

"음, 전화를 받을 때는 최대한 점잖게 굴려고 노력하다 보니 목소리가 조곤조곤했던 거지. 그런데 그건 아무것도 아니었어. 나를 정말 화나게 만든 건 그게 아니었단 말이야."

"그래, 나도 알아. 그래서."

"그래, 고마워. 그런데 핵심은 내가 화가 난 나머지 벽을 발로 걸어차서 구멍을 냈다는 거지. 엄마가 달려오기에 나는 방금 있었던 일을 이야기했지. 우리는 차에 올라타고 아빠 사무실로 향했어. 엄마는 남들이 다 지켜보는 앞에서 아빠에게 소리를 지르기 시작했고, 그러다가, 음…."

"그러다가?" 내가 물었다.

"나도 잘은 기억이 안 나, 솔직히. 가끔은, 그러니까 정말로 스트레스를 받으면, 좀 돌아버릴 때가 있거든? 마치 어떤 무아지경에 빠져든 것처럼, 귀가 웅웅 울리기 시작하는 거야. 어지럽고 열이 나는 기분이 되지. 그러면 나는 뭐랄까… 파괴적이 될 수 있는 것 같아. 자주 그러는 것까지는 아니겠지, 그렇지? 하지만 가끔은 그래. 어쨌거나 엄마 말로는 내가 아빠에게 달려들어서 양쪽 눈깔을 손톱으로 파내려고 해서 아빠의 동료 직원들이 달려들어서 나를 뜯어내고 바닥에 내리눌렀다는 거야. 그러니까 한참 동안 나를 깔고 앉아 있었던 거지. 사람들 말로는 내가 방언인지 뭔지로 말하고 있었다더라고."

"세상에, 지크." 내가 말했다. 하지만 어쩐지 내가 우리 아빠에게도 그런 짓을 할 수 있었으면 얼마나 좋았을까 하는 생각이 들었다.

"경찰에 신고할까요, 하고 비서가 물었는데 우리 아빠는 그러지 말라고 말했어. 그러면서 나를 병원인지 어딘가로 데려가겠다고 말했는데, 우리 엄마는 일언지하에 거절해 버렸지. 엄마는 짐을 꾸렸고, 차를 운전해서 할머니가 사시는 여기까지 왔어. 아마도 여기가 우리 엄마 고향 같은데, 엄마도 그거에 대해서는 절대로 이야기를 하지 않고, 여기로 돌아온 것에 대해서 그다지 좋게 여기는 것 같지 않아. 그래서 우리는 엄마가 아빠를 어떻게 할지 결정할 때까지 여기 있을 거야. 엄마 말로는 여기에 영영 있을 수도 있고, 한 달 만에 돌아갈 수도 있대. 엄마도 어떻게 될지는 모른다지만 말이야."

"진짜 짜증 나겠다." 나는 그에게 말했다.

"게다가… 나도 잘 모르겠어. 나는 집에 돌아가고 싶어. 우리 집이 그립다니까, 알지? 여름이 끝나면 학교로 돌아가야만 하잖아, 그렇지? 하지만 엄마가 그냥 아빠에게 돌아간다 하더라도, 딱히 좋을 거라는 느낌까지는 없어. 아빠가 진정으로 변화되지 않는 한 말이지. 그런데 그런 사람이 변화되려면 얼마나 오랜 시간이 걸릴까? 내 생각에는 상당히 오랜 시간이 걸릴 것 같거든."

"우리 아빠도 집을 나갔어." 내가 말했다. "2년 전에. 비서를 임신시켜 놓고는, 결혼기념일 며칠 전에야 우리 엄마한테 말한 거지. 그것도 그 사실을 아직 엄마한테 말하지 않았다는 것 때문에 비서가 난리를 치고 나서야 마지못해서 말했다니까. 며칠 뒤에 아빠는 그 여자랑 같이 북쪽으로 떠나버렸어. 내 생각에는 오래전부터 그러려고 계획했던 것 같아. 아예 전근까지 해버렸거든. 아마도 승진이었던 것 같아. 나도 잘 모르겠어. 아빠는 계속해서 '새로운 시작'이라고 말했지만, 그건 어디까지나 아빠랑 그 여자랑, 뭐랄까, 그 멍청한 아기한테나 해당되는 얘기지. 여자애래. 그런데 두 사람이 그 애 이름을 뭘로 지은 줄 알아?"

"뭔데?" 그가 물었다.

"프랜시스." 내가 말했다. "그건 원래 우리 할머니 이름이거든. 아빠의 엄마 말이야. 심지어 나는 할머니를 본 적도 없어. 내가 어렸을 때 돌아가셨지만. 그런데 말이지. 문제는 그 이름이 내 이름이기도 했다는 거야."

"진짜 더럽게 꼬였네." 그도 인정했다.

"나도 그렇게 생각해." 내가 말했다. "우리 엄마도 진짜 그렇게 생각하고."

"혹시 너네 아빠가 그 아기를 프랭키라고도 불렀어?" 그가 물었다.

"솔직히 겁나서 못 물어봤어." 내가 말했다. "출생증명서를 우리한테 보냈더라고. 비까번쩍한 거라서 그런지 그냥 '프랜시스'라고만 나와 있었어."

"혹시 아빠랑 이야기해 봤어?" 그가 물었다.

“전혀.” 내가 말했다. “아빠가 우리한테 돈을 보내주기는 하지만, 어디까지나 의무니까 그러는 거야. 하지만 나는 아빠랑 이야기하지 않아. 앞으로도 아빠랑 절대 이야기하지 않을 거야.”

“나도 여기로 이사 온 이후로는 우리 아빠랑 이야기한 적이 없었어.” 지크가 내게 말했다. “어쩌면 아빠가 전화를 걸지도 모른다고 계속 생각은 했었는데, 그러지 않더라고. 어쩌면 우리 전화번호를 몰라서일 수도 있고.”

“너네 아빠가 전화를 걸면 너는 이야기해 볼 거야?” 내가 물었다. 그의 대답이 중요하다는 느낌이 들었다.

“아마 안 할 거야. 내가 아빠랑 이야기하고 싶지 않아서라기보다는, 내가 아빠를 외면해야만 아빠도 마음에 상처를 받을 것 같아서 말이야. 말하자면 아빠는 벌을 받아야 마땅한 거잖아, 그렇지?”

“그래야 마땅하지.” 내가 그에게 말했다. 강조의 의미로 그의 손을 잡고 싶었지만, 나는 남자애들 옆에 있으면 영 어색했다. 나는 사람들 전반 옆에 있으면 어색했다. 나는 사람들의 몸을 만지는 것도, 사람들이 내 몸을 만지는 것도 좋아하지 않았다. 하지만 지크는 알아야 할 필요가 있었다. 우리는 반드시 어느 한편을 선택해야 한다는 것을. 우리는 항상 만사를 말아먹지는 않는 사람을 선택하게 된다는 것을. 우리 곁에 머물러 있을 사람을 선택하게 된다는 것을.

“그래서.” 그는 나를 바라보며 말했다. “말하자면 우리 둘 다 똑같은 방식으로 외톨이인 거네, 그렇지?”

"내 생각에도 그래." 내가 말했다. 그는 여차하면 내게 키스할 것처럼 보였다. 아니면 안 할 수도 있고. 나는 남자애와 이렇게 가까이 있어본 적이 한 번도 없었다. 내가 알기로는, 평범한 사람들이 서로 키스하지 않는 사이에서 키스하는 사이로 나아가기 위해서 감지할 수 있는 어떤 순간, 어떤 신호가 반드시 있어야만 했다. 그게 도대체 뭘까? 정확히 딱 그 순간이 되기 전에 막으려면 어떻게 해야 하는 걸까? 그의 두 눈은 워낙 검었지만, 뭔가 반짝이고 있었다. 나는 아찔한 느낌이 들었다.

"배 안 고파?" 나는 그에게 물어보며 소파에서 벌떡 일어났다. "뭐 먹고 싶지 않아?"

"음, 그래." 그가 말했다. "배가 고프네." 그가 말을 맺기도 전에 나는 부엌으로 뛰어가서 냉장고를 열고 얼굴에 닿는 차가운 공기를 느꼈다. 혹시 이게 사랑의 작용인 걸까? 뭔가 개인적인 이야기를 나누고, 서로에게 가까이 서 있는 게? 나는 그에게 끌리지 않았다. 나는 그를 알지 못했다. 내가 아는 것이라고는 우리 둘 다 짜증 나는 아빠를 두었다는 것뿐이었다. 내가 아는 것이라고는 우리 둘 다 혼자라는 것뿐이었다.

지크는 부엌 카운터에 서 있었다. 나는 냉장고 문을 닫으면서 돌아서서 그를 바라보았다. 냉장고 안에는 별게 없었다. 어떻게 해야 할지 나도 몰랐다. 집 안은 정말 텅 빈 것처럼 느껴졌다. 그래서 나는 침묵을 깰 뭔가를 말했다.

"사실 나는 글을 쓰고 있어." 내가 그에게 말했다.

"진짜?" 그가 대답했다. 감명을 받은 것 같았다.

"음, 내 말은, 작가가 되고 싶다고. 내가 하고 싶은 게 그거야. 나는 책을 쓰고 싶어."

"그거 끝내주는데." 그가 말했다. "나도 책 좋아해. 스티븐 킹은? 너 그 작가 좋아해?"

"그 작가도 괜찮지." 내가 말했다. 하지만 사실 그렇게까지 좋아하지는 않았다. 나는 남부 작가들을 좋아했는데, 우리 엄마의 가르침 덕분에 덩달아 좋아하게 되었기 때문이었다. 나는 플래너리 오코너와 카슨 매컬러스처럼 당찬 남부 여성 작가들을 좋아했다.* 도로시 앨리슨과 바비 앤 메이슨과 앨리스 워커도 좋아했다.**

아, 하지만 정말로, 진정으로, 나는 캐럴라인 킨***을 좋아했다. 나는 '낸시 드루' 시리즈를 좋아했다. 나는 '데이너 자매' 시리즈를 좋아했다. 어쩌면 이제 그런 책들을 읽기에는 너무 나이가 많을 수도 있었지만, 나는 여전히 그런 책들을 거듭해서 읽었다. 그렇다고 해서 이 모두를 지크와 나누고 싶지는 않았다. 만약 그가 『결혼식 손님』****을 한 번도 읽어보지 않았다면, 나는 아마 울어버릴 것이었

---

* 플래너리 오코너와 카슨 매컬러스 둘 다 미국 남부를 배경으로 특이한 인물이나 사건을 등장시키는, 일명 '남부 고딕' 문학을 대표하는 여성 작가들이다.
** 도로시 앨리슨과 바비 앤 메이슨과 앨리스 워커 모두 미국 남부를 대표하는 여성 작가들이다.
*** 미국의 출판사 스트래터마이어 신디케이트에서 간행한 유명 청소년 추리소설 시리즈인 '낸시 드루'와 '데이너 자매'를 저술한 작가들의 공동 필명이다.
**** 카슨 매컬러스의 1946년 소설.

다. 나는 너무 슬퍼질 것이었다.

"나는 필립 K. 딕을 좋아해." 그가 말했다. 나로선 그게 누군지 전혀 알 길이 없었다. 우리는 막다른 길에 부딪힌 셈이었다.

"나는 책을 하나 쓰고 있어." 내가 말했다. 이제껏 아무에게도 말한 적이 없었다. 심지어 그 이야기를 들었다면 기뻐했을 법한 우리 엄마에게도 말이다. "낸시 드루랑 비슷한 거야. 무슨 말인지 알지? 하지만 이쪽은 나쁜 여자야. 범죄를 저지르는 여자. 주인공의 아빠는 경찰서장인데, 딸이 항상 선수를 치는 거야. 주인공의 언니는 탐정이지만, 사실 실력이 아주 뛰어나지는 않고."

"혹시 애들 보는 책이야?" 지크는 혼란스러운 듯 물었다.

"그건 솔직히 나도 몰라." 내가 시인했다. "아직 다 구상한 게 아니어서."

"음… 끝내주는데." 지크가 말했다. 나는 그의 말을 믿었다. "나는 미술가가 되고 싶어." 그가 내게 말했다. 마치 우리가 사실은 인간이 아니라는 것을 서로 고백이라도 하는 듯했다. 우리는 이게 얼마나 정상적인지를 이해하지 못했다. 젊다는 것이, 자기가 아름다운 것을 만들기로 운명 지어져 있다고 믿는 것이 얼마나 정상적인지를 말이다.

"미술가 중에서도 어떤 거?" 내가 그에게 물었다.

"만화책." 그가 내게 말했다. "선화線畫? 기묘한 물건이지, 진짜로." 그의 눈이 반짝였다. 그는 무척 행복해 보였다. "그리고 순수예술도. 뭐랄까, 큰 것, 복잡한 것. 나는 세상 모든 사람이 볼 수 있는 뭔가를 만들고 싶어. 그러면 사람들도 기억할 테니까. 그렇지만 그들도 완전히 이해하지는 못하겠지."

"무슨 뜻인지 나도 알아." 나는 진심이었다.

"우리가 이번 여름에 해야 되는 일이 바로 그거야." 그가 말했다. 마치 그의 머리 위에 전구가 반짝 하고 켜진 것 같았다. 맹세컨대 그는 손가락을 튕겨 딱 소리까지 냈다.

"뭐라고?" 내가 그에게 물었다.

"우리가 작품을 만드는 거야." 그가 말했다.

"음." 나는 신경이 곤두서서 말했다. "나는 아직 그 소설을 쓰는 중이거든. 아직 완성하지는 못했어. 사실은 겨우 초고에 불과하니까."

"알았어, 알았다고." 그가 말했다. "어떻게 할지는 우리가 알아낼 수 있어. 그래도 뭔가 둘이 같이 하면 재미있을 거야."

"여름 내내 예술품이나 만들면서 보내자는 거야?" 나는 어리둥절해하면서 물었다.

"여름 내내." 그가 말했다. "뭔가 다른 할 일이라도 있어?"

"좋아." 나는 고개를 끄덕이며 그에게 말했다. "하지만 너네 아버지가 상황을 수습해서 앞으로 몇 주 안에 네가 돌아가게 되면 어쩌지?"

그는 이 문제를 생각해 보았다. "내 생각에는 그런 일이 벌어질 것 같지 않아." 그가 내게 말했다. 우리 둘 다 웃음을 터트렸다.

이걸로 끝이었다. 우리의 여름은 그렇게 될 예정이었다. 혹시 나한테 무슨 일이 일어난다면, 그에게도 똑같은 일이 일어날 것이었다. 앞으로 남은 몇 달이 열기 속에서 가물거리고 있었다. 우리는 뭔가를 만들 것이었다.

그래서 이제 우리는 친구였다. 그리고 어쩌면 8월쯤 되어서는 절친이 될 수도 있었다. 나로서는 절친을 가져보는 것이 정말 오랜만이었다. 지크는 여전히 미소를 짓고, 여전히 나를 바라보았다. 마치 내가 뭔가를 말하기를 기대하듯이, 마치 내가 뭔가 중요한 것을 말하기를 기대하듯이 말이다. 혹시나 지금 당장 내가 뭔가를 잘못해버리면, 뭔가를 망쳐버리면, 모든 것이 잘못되어 버릴 것 같은 느낌이 들었다. 하지만 나는 그대로 얼어붙어서 그를 바라보았다. 마침내 그가 말했다. "그러면 우리, 점심을 먹기는 할 거야?"

나는 크게 숨을 들이쉬었다. "아, 그래, 맞아. 그럼, 음, 하디스에 가자." 내가 그에게 말했다. "우리 오빠가 거기서 일하거든. 우리한테 프렌치프라이 정도는 공짜로 줄 거야."

내가 방에 들어가 여기저기 뒤져서 돈을 꺼낸 다음, 우리는 밖으로 나갔다. 차고 진입로에는 내 고물 혼다 시빅 자동차가 주차되어 있었다. 나는 카세트 플레이어에 뭐가 들어 있는지, 혹시 끝내주는 것인지 떠올리려 애썼다. 어쩌면 지크에게는 별문제 아닐지도 몰랐다. 지금 당장, 하늘에 해가 워낙 높이 있는 가운데, 우리는 나란히 걸어갔다. 예술품은 나중에 만들 것이었다. 내 생각에 시간은 워낙 많이 있었으니까.

제3장

그로부터 불과 이틀 만에 우리는 완전히 지루해지고 말았다. 이상한 일이었지만, 이전까지만 해도 나 혼자 해도 아무 문제 없던 일들조차도, 다른 누군가가 보는 앞에서 해보려니 어쩐지 서글프고 유치하게 느껴졌다. 예를 들어 서랍장에서 둥글게 뭉친 양말을 꺼내서, 화장대 위에 올려놓은 낡은 마이 리틀 포니 인형을 맞혀 쓰러트리는 놀이가 그랬다.

"내가 놀러 오기 전에 너는 뭐 하고 놀았는데?" 지크가 내게 물었다. 정말로 궁금한 모양이었다.

"이거!" 내가 말했다. 그러면서 양말 공을 집어 들어 던졌더니 로즈더스트에 어찌나 세게 맞았던지, 그 장난감 인형이 화장대 위를 죽 미끄러져서 바닥에 떨어졌다.

"어쩌면 말이지." 그는 부드럽게 말했다. 마치 낭떠러지 위에 서 있는 누군가를 설득해서 물러서게 만들려는 것처럼 말이다. "우리가 뭔가 다른 할 일을 생각해 낼 수 있을지도 몰라." 그가 하는 말은 뭐든지, 그러니까 제아무리 무해한 내용이라 하더라도, 마치 나와 살을 섞고 싶다는 소리처럼 들렸다. 어쩐지 내가 사람들 주위에 있을 때 느끼는 불안이 내가 이제껏 아무하고도 키스해 보지 못했기 때문인 것처럼, 그러므로 실제로 키스하고 나면 약간은 진정될 수 있을 것처럼, 아주 이상하게 굴기를 멈출 수 있을 것처럼 느껴졌다. 하지만 내가 그냥 지나치게 요조숙녀라서 그런지도 모른다는 추측도 들었다.

나도 초등학교와 중학교에서는 남자며 여자며 친구들이 있었지만, 그들은 결국 내 몸과 두뇌가 거절한 방식으로 성숙해 버린 것처럼 보였다. 그들은 스포츠를 좋아하기 시작했다. 그들은 술을 마시고, 파티에 가고, 대마초를 피우기 시작했다. 그들은 섹스를, 또는 자기네끼리 한 말인데 내가 우연히 엿듣고는 얼굴을 붉히게 되는 일을 하기 시작했다. 나는 배낭 속에 이미 네 번이나 읽은 낸시 드루 책을 숨겨둔 채로, 여섯 살 때부터 서로 알고 지낸 남자애가 대뜸 손가락을 '안에' 집어넣으려 하더라는 이야기를 네 살 때부터 서로 알고 지낸 여자애한테 들으며 덩달아 고개를 끄덕이곤 했다. 아니, 고맙지만 됐어.

내 생각에는 외박도 하고 친구도 있었으니 나 스스로가 정상적인 것 같았지만, 곧이어 그들은 천천히 멀어져 버렸다. 수업 중에 가끔 그들과 이야기를 나누었고, 나란히 앉아 점심을 먹었지만, 그들이 나로서는 전혀 모르는 일들을 주말 동안에 했다고 이야기하고 있음을 깨닫곤 했다. 나는 그게 전혀 문제가 되지 않는 척했는데, 왜냐하면 솔직히 쇼핑몰에 가서 옷을 구경하고 싶지 않았기 때문이었다. 남자애들의 야구 경기를 지켜보며 응원하고 싶지 않았기 때문이었다. 나는 다른 것들을 원했지만, 어떻게 그걸 요구할 수 있는지를 몰랐다. 내가 외톨이라는 것을 깨달았을 즈음, 즉 내게 진짜 친구가 없다는 것을 깨달았을 즈음, 아빠가 결국 우리를 떠나고 말았으며, 나는 워낙 화가 나고 서글펐는데도 막상 이야기할 사람이 아무도 없었다. 아시다시피, 아빠가 비서와 결혼해서 엄마와 네 아이를 돈도 별로 없이 남겨두고 떠나버릴 경우, 내 곁에 있는 주위 사람들은 약간 어색함을 느끼게 된다. 따라서 나는 그것을 내 안에만 간직했고, 그 어색함과 서글픔은 항상 진동했으며, 어쩌면 나는 그저 나를 원하는 누군가를 기다리고 있었던 것인지도 몰랐다.

지크가 나를 빤히 바라보았다. 미소를 짓고, 압박하지는 않으면서, 단지 시간 보낼 방법을 찾으려 노력하고 있었다. 나는 마침내 영감을 얻었다. 마침내 그를 위한 버젓한 뭔가를 갖게 되었다. 나는 요란한 소리로 웃으며 말했다. "음, 하나 생각났어. 아직 제대로 돌아가는지는 모르겠지만. 또 네가 이걸 좋아할지조차도 모르겠지만 말이야."

"혹시 약물이야?" 지크는 경계하며 물었다. "그런 건 하고 싶지 않은데." 망할. 우리 둘 다 너무 벌벌 떨고, 너무 무서워하고 있었다.

"뭐? 아니야." 내가 말했다. 고지식한 사람이 나 혼자뿐이 아니라는 사실이 기뻤다. "일단 와봐."

나는 그를 데리고 우리 집의 커다란 차고로 갔다. 잔뜩 어질러진 나머지 약간 섬뜩한 곳이 되어 있었다. 잡동사니를 담은 상자가 천장까지 쌓여 있었다. 아빠가 굳이 챙겨서 가져가지는 않았던 물건들이자, 결국 엄마가 내버린 물건들이었다. 아빠가 떠난 뒤에 엄마는 심지어 이곳에 오는 것조차도 거부했다. 나는 지크에게 잡동사니 사이를 헤치고 한쪽 구석까지 오는 요령을 시범으로 보여주었다. "이거 좀 끝내주는 거야." 내가 말했다. 사실은 바로 오늘 오후까지만 해도 그 존재조차 잊어버리고 있었으면서. 수상스키와 사다리를 치우고 방수포를 들추자 낡은 제록스 복사기가 나타났다.

"지금 당장은 고장 난 상태야." 내가 말했다. "하지만 네가 한번 살펴보고 싶어 할지도 모르겠다 싶어서."

"너네 집에 복사기가 있단 말이야?" 그가 물었다. 어리둥절한 눈치였다.

"그래." 내가 말했다.

"왜?" 그가 물었다.

"우리 오빠들이 작년에 훔쳐 왔거든." 내가 그에게 말했다.

사실이었다. 어느 날 아침, 내가 침대에서 눈을 뜨자마자 오빠들의 알궁둥이 복사본이 50장인지 60장인지 사방팔방에 붙어 있었다. 내 방 벽에 하나같이 테이프로 붙여놓은 거였다. 나는 몇 초가 지나서야 그게 뭔지, 그 이상하고 새하얀 달덩어리들이 뭔지 깨달았고, 그제야 비로소 소리를 질렀다. 세쌍둥이가 내 방으로 달려와서 웃음을 터트렸다. 엄마도 무슨 일이냐며 소리를 질렀지만, 우리 중 누구도 제대로 대답하지 않자 그만 포기한 것 같았다.

오빠들의 말에 따르면, 전날 밤에 고등학교로 가서 뒤편에 있는 창고 건물 가운데 하나의 자물쇠를 따고 들어가, 거기 남아도는 낡은 장비를 잔뜩 실어 왔다는 것이다. 가만 보니 복사기뿐 아니라 토너 수십 상자에 종이도 제법 있기에, 이 정도면 괜찮겠다고 생각했다는 것이다. 그래서 셋이 함께 타고 다니는 승합차에 싣고 집으로 가져온 것이었다. 그러다가 술에 취해서 자기네 알궁둥이 복사본을 만들기로 작정했던 것이다. "상황이 걷잡을 수 없이 번지긴 했지." 앤드루가 시인했다. "우리 알궁둥이 복사본이 300장쯤 되었으니까." 나는 셋에게 당장 방에서 나가라고 말했고, 이후 5분에 걸쳐서 복사본을 뜯어냈으며, 일일이 구겨서 공 모양으로 뭉친 다음 쓰레기통에 집어넣었다. 하지만 워낙 양이 많았기 때문에 일부는 방바닥으로 흘러내렸고, 마치 꽃잎처럼 천천히 열리면서 오빠들의 새하얀 알궁둥이가 드러났다.

복사기는 1980년대 말에 나온 구식 모델이어서, 오빠들이 아는 사람 중 어느 누구도 굳이 사고 싶어 하지 않았다. 게다가 100번이나 사람이 올라타다 보니 복사기도 고장 나버려서, 세쌍둥이는 그게 누구 잘못이냐를 놓고 하루 종일 말다툼을 벌이기까지 했다. 이제는 부피만 차지하는 잡동사니에 불과했기에, 엄마도 제발 그것 좀 갖다 버리라고 100번쯤 이야기했다. 오빠들은 엄마한테 알았다고 말만 하고는 방수포로 덮어둔 채 잊어버리고 말았다. 하여간 그런 식이었다. 내 눈에 보이지만 않으면, 어두운 한구석으로 밀어놓기만 하면, 그건 존재하지 않는다는 거였다. 하지만 그건 여기 있었다. 내가 되찾아 놓았다. 이제는 내 것이었다. 우리 것이었다.

"이거면 상당히 끝내주겠는데." 지크도 인정했다.

"음, 어쩌면. 하지만 우리 멍청한 오빠들 때문에 고장이 났거든. 우리가 고치려고 시도해 볼 수는 있겠지. 아니면 그냥 도서관에 가서 거기 있는 걸 써도 되고."

"어쩌다 고장이 났는데?"

"오빠들이 고장을 내는 바람에 더는 제대로 돌아가지 않아." 내가 말했다. 비록 지크는 귀담아듣지 않는 것 같았지만 말이다.

그는 기계를 바라보았고, 뚜껑을 열어보더니, 턱을 문질렀다. "너네 오빠들은 혹시 사용 설명서를 읽어봤대?"

"우리 오빠들이 사용 설명서를 읽어봤느냐고? 농담하니?"

"읽긴 읽었다는 거야?"

"아니!" 내가 소리를 질렀다. "오빠들은 알궁둥이로 깔고 앉아서 이걸 고장 내버렸고, 그냥 그걸로 끝이었어."

우리는 코드를 꽂고 전원을 켜보았다. 불빛이 번쩍이기는 했지만, 그가 복사 버튼을 눌러도 아무 반응이 없었다. 내가 지켜보는 가운데, 그는 발생 가능한 문제점을 열거한 짧은 목록을 하나하나 따져보았다. "아니, 그래, 아니." 매번 이렇게 말하고 다음 항목으로 넘어갔으며, 기계를 열고 여기저기 쑤셔보았다.

내가 그만두자고 제안하려던 바로 그때, 지크가 말했다. "아, 잠깐만!" 내가 지켜보는 가운데, 그는 복사기 안으로 손가락을 넣어 꼼지락거렸고, 곧이어 천천히, 조금씩, 구겨진 종이를 끄집어냈다. 마치 복사기가 종이접기라도 해놓은 듯 아코디언 모양으로 접힌 상태였다. 그는 그 종이를 내게 건네주었고, 나는 그걸 펼쳐 보았다. 멍청한 오빠들 가운데 하나의 알궁둥이가 찍혀 있었다.

"그냥 종이가 안에서 걸린 거였어." 그가 미소 지으며 말했다.

이제 지크는 자기 손바닥을 유리에 대고 복사를 했다. 시간이 조금 걸리기는 했지만, 곧이어 그의 손이 나왔는데, 손바닥을 가로지르는 손금이 모두 선명했다. 복사기는 제대로 작동했다. 물론 이 한 가지 이유로 지크가 천재라고 할 수는 없겠지만, 내가 유일하게 함께 시간을 보내는 남자애들인 우리 오빠들보다 더 똑똑하다는 것만큼은 확실해 보였다. 그래서 나는 이번 여름을 위한 훌륭한 선택을 했다는 기분이 들었다.

"내 손을 유리에서 조금씩 움직이며 복사하면 꼭 애니메이션 같을 거야." 그가 말했다. "만화처럼 말이야."

"하지만 그걸 보려면 우리한테 페이지 넘기는 기계 같은 게 필요할걸." 내가 말했다. "아니면 스톱모션 카메라라든지. 안 그래?"

"그렇긴 하겠네." 그가 말했다. 약간 실망한 눈치였다.

그래도 우리는 이후 1시간 내내 차고 곳곳을 돌아다녔고, 이런저런 물건을 집어다가 복사기 유리에 올려놓아 보았다. 우리는 물건이 너무 커서 이미지가 왜곡되는 것을, 마치 사실 같지 않아 보이는 것을 좋아했다. 그러다가 나는 옛날《보그》잡지를 발견하고, 거기 나온 길고 검은 머리에 스모키 아이라이너를 한 셰어*의 사진을 뜯어냈다. 나는 복사 버튼을 누르고, 유리를 가로질러 사진을 잡아당기기 시작했다. 기계가 내뱉은 복사본에서는 셰어의 얼굴 절반이 정상적으로 나왔지만, 이미지의 나머지 부분은 페이지에 걸쳐서 번지고 줄무늬가 생겨서, 마치 그녀가 옆으로 녹아내리는 것처럼 보였다.

"아, 그거 끝내준다!" 지크가 말했다. 감동한 모양이었다. 그는 누군지 알 수 없는 모델이 나오는 페이지를 하나 뜯어내더니, 기계가 빛을 방출하는 동안 그 이미지를 일종의 지그재그로 움직였다. 아주 선명하지는 않았지만, 그 결과물은 뭔가 어지럽고 약간은 불길해 보였다.

"복사기를 가지고 예술품을 만들 수 있겠어?" 내가 그에게 물었다.

* 1946년생. 미국의 가수 겸 배우이며 개성적인 외모와 파격적인 패션으로 인기를 끌었다.

그가 말했다. "잘만 하면." 그가 대답했다. "안 될 것 없잖아?"

우리는 테네시주 한복판에 사는 10대들이었다. 복사기 미술*이니, 앤디 워홀이니, 그 비슷한 뭔가에 대해서는 미처 몰랐다. 우리가 그걸 만들어 냈다고 생각했다. 내가 보기에 우리 둘의 입장에서는 실제로 그걸 만들어 냈던 셈이었다.

나는 얼굴 한쪽을 유리에 갖다 댔고, 결과물 속의 나는 눈과 코와 입이 모두 납작해진 까닭에 마치 자궁 속 아기처럼 보였다.

"잠깐만." 지크가 말했다. "우리 얼굴을 나란히 놓으면, 마주 보는 두 얼굴 사이에 꽃병이 놓인 것처럼 보이는 착시 그림이랑 비슷하게 될 거야. 그렇지?"

"아." 내가 말했다. "좋아, 그래."

그래서 우리는 얼굴을 유리에 갖다 댔는데, 서로의 입술이 워낙 가까이에 있게 되었다. "잠깐만." 지크가 말했다. 우리 입술의 근접성에 대해서는 신경도 쓰지 않는 것처럼 보였다. "버튼이 어디 있나 찾는 중이야."

그 결과물은 착시 그림과 아주 비슷해 보이지는 않았다. 갑자기 블랙홀로 끌려든 두 꼬마처럼, 죽은 사람 두 명처럼 보일 뿐이었다.

"그래도 끝내주는데." 지크가 말했다. "무슨 데스메탈 밴드의 앨범 표지 같아."

* Xerox art. 1960년대에 등장한 미술의 일종으로, 그 이름처럼 복사기로 제작한 사물의 복사본을 이용해 작품을 만들었다.

"다시 한번 해보자." 내가 말했다. 나는 결연한 기분이었다. 우리가 뭔가 중요한 것을 만들고 있다는 느낌이 들었다. 잘은 모르겠지만, 내가 뭔가를 통제한다는 느낌이 들었다. 내가 결정을 내리고 있었다. 내가 선택을 하는 한에는 괜찮았다.

그래서 우리는 얼굴을 나란히 댔는데, 이번에는 그가 버튼을 눌렀을 때 내가 살짝 앞으로 가서 그에게 입을 맞추었다. 우리의 입술이 닿는 사이에 불빛이 천천히 우리를 훑고 지나갔다. 진짜 같다는 느낌이 전혀 없었다. 키스라는 것이 대강 어떠할지에 대해 내가 생각해 왔던 것과는 전혀 달랐다는 뜻이다. 우리는 그 상태로 가만히 있어야만 했다. 복사기가 웅웅대기를 그칠 때까지 말이다. 내 첫 번째 키스였다.

"음." 지크가 말했다. 그는 복사기에 쿵 하고 머리를 부딪혔다. "왜 그렇게 했던 거야?"

"나도 몰라." 내가 말했다. 이건 사실이었다. "아직 누구하고도 키스해 본 적이 없었는데."

"나도 마찬가지야." 그가 말했다.

"그래도 이거야말로 그걸 하는 멋진 방법 같다는 느낌이 들었어." 내가 말했다. "그러니까, 뭐랄까, 예술 말이야."

우리는 기계가 뱉어놓은 복사본을 바라보았다. 우리는 너무 추하게 보였고, 우리의 얼굴은 한데 뭉개져 있었지만, 주위의 어둠 때문에 마치 동화 속에 있는 것처럼 보였다. 이것이야말로 사람들이 키스할 때의 모습인 걸까? 그렇지 않을 것 같았다. 이것은 단지 사람들이 복사기 유리에 얼굴을 대고 키스할 때의 모습일 뿐이었다. 예술이야말로 이런 모습이 아닐까 하는 상상이 들었다. 추함과 아름다움이 동시에 있는 것 말이다.

"미리 물어보지 않아서 미안해." 내가 말했다. 이제는 너무 부끄러웠다. "나는 그냥. 나도 모르겠어. 마침내 그걸 해보고 싶었던 거야. 그래야 그게 아주 무섭지 않을 테니까. 그래야 내가 한 걸음 나아가고, 정상적이 될 수 있을 테니까."

지크는 아무 말도 하지 않았다. 어쩌면 그가 내게 진짜로 키스를 할 수도 있을 것 같았다. 예술을 위해서가 아니라 진짜로 말이다. 하지만 그는 그러지 않았다. 그는 수줍게, 마치 자기 입을 통제할 수 없는 것처럼 미소 지었다. 그러고는 이렇게 말했다. "이거 재미있을 수도 있겠어."

나는 그가 키스에 대해서 이야기하는 줄 알았지만, 이내 그가 복사기를 바라보고 있음을 깨달았다. "우리가 이걸 가지고 뭔가 기묘한 일을 할 수 있겠다니까." 그가 계속 설명했다.

"기묘한 일이라." 내가 말했다. 마치 마법의 주문 같았다. 마치 내가 그걸 크게 말하기만 하면 내 세상이 바뀌어 버릴 것 같았다.

제4장

내 생각에는 우리 둘 중에 어느 누구도 뭔가 좋은 것을 만들어 내기가 얼마나 힘든지를 이해하지는 못했던 것 같다. 우리는 똑똑한 아이들이었고, 우수한 학점을 받았다. 선생님들은 우리가 수재라고 여겼는데, 한편으로는 살짝 더 높은 수준에서 읽기와 쓰기를 할 수 있었기 때문이었고, 또 한편으로는 우리가 수재라고 치면 선생님들도 지친 상태에서 학생들을 가르치느라 자기네 삶을 허비하지는 않은 셈이었기 때문이었다. 음, 내가 보기에 지크는 정말로 수재였다. 멤피스에서도 뭔가 대단한 사립학교에 다녔는데, 아이들은 교복을 입고, 연속 예술*에 대한 진짜 수업도 있어서 그걸

* 미국의 만화가 윌 아이스너가 창안한 용어로, 보통 만화의 동의어로 사용된다.

듣고 실제 학점을 얻을 수도 있는 곳이었다. 하지만 그해 여름, 학교 와 수업과 선생님들로부터 멀리 떨어진 상태에서 우리는 독자적이었고, 감독을 받지 않은 상태였기에 과연 뭘 하고 있는지 스스로도 몰랐다.

그리하여 다음 한 주 동안, 우리는 우리 집 부엌 식탁에 앉아서, 인공 향이 가미된 인스턴트커피를 마시면서, 그는 만화를 그리고 나는 공책에 저 기묘한 소녀 탐정 소설을 썼으며, 때때로 우리는 서로의 다리를 맞대고 문질렀는데, 이 가장 사소한 마찰에도 내 겨드랑이에서는 미친 듯이 땀이 솟아났다. 우리는 열여섯 살이었다. 어떻게 해야 우리의 삶이 아무도 알고 싶어 하지 않을 만큼 지루한 것이 되지 않도록 막을 수 있었을까? 어떻게 해야 스스로를 특별하게 만들 수 있었을까?

우리는 엄마가 보던 《글래머》 과월호에서 모델들의 입을 죄다 오려 내서 그 진주처럼 새하얀 이와 두툼한 입술을 가지고 콜라주를 만들었다. 둘 중에서 어느 쪽이 더 섬뜩한지는 판가름이 되지 않았다. 입들의 무더기 쪽이었을까, 아니면 원래 입이 있던 부분에 깔쭉깔쭉한 구멍이 생긴, 저 아름다운 여자들의 내버려진 사진들 쪽이었을까. 우리는 '아름다움'이라는 단어가 보일 때마다 잘라 냈고, 나중에는 한 페이지 전체를 그 단어로 뒤덮어서, 급기야 알아볼 수 없는 뭔가 다른 언어처럼 보이게 만들어 버렸다. 우리는 향수 광고용 시향지도 모조리 떼어 냈는데, '화씨 180도'니 '몸값'이니 하는 이름이 달린 것이 20개 혹은 30개나 되었다. 그걸 각자의 손목에 문질렀더니 그 뒤섞인 냄새가 워낙 압도적이 되어서 속이 다 울렁거렸다. 하지만 내가 팔을 내밀면, 지크는 마치 박물관에서 나온 귀중한 유물이라도 되는 것처럼 붙잡았다. 그는 냄새를 맡고 또 맡았는데, 나는 제발 그가 내 냄새를 맡지는 못하기를 바랐다. 그 모든 향기 밑에 깔려 있는 내 냄새는 너무나도 절망적이고, 너무나도 외로운 냄새를 풍길 것임을 알고 있었기 때문이었다.

우리는 키스도 했다. 이것이야말로 가장 기묘한 종류의 키스였으니, 우리의 입술은 한번 닿았다 하면 서로 맞물린 채 10분 동안 유지되었으나, 우리 몸의 나머지는 서로 거의 닿지도 않았기 때문이다. 우리가 그냥 섹스를 했다면, 그냥 해치워 버렸다면 훨씬 더 용이했을 터이지만, 나는 자칫 임신이라도 할까 봐, 자칫 어떤 병에 걸리기라도 할까 봐 두려웠다. 나는 그런 상황에서 내 몸이 어떻게 할지가, 그의 몸이 어떻게 할지가 두려웠다. 그래서 우리는 여전히 옷을 다 입은 채 양손을 옆구리에 두고, 입이 빨갛고 얼얼해질 때까지 서로의 얼굴을 빨았다. 그에게서는 마치 셀러리 같은, 무슨 토끼 먹이 같은 맛이 매번 났는데, 나로서는 좋았다. 정작 내게 무슨 맛이 나는지는 차마 겁나서 그에게 물어보지 못했지만.

한번은 우리가 거실 소파에 앉아서 그걸 하고 있는데, 우리 엄마가 현관문을 열고 집 안으로 들어왔다. "어이쿠." 엄마는 우리를 보자 말했고, 우리는 실제로 '뽁' 하는 소리를 내면서 떨어진 다음, 소파의 양 끝으로 허겁지겁 물러났다. 엄마는 미소 지었고, 웃지 않으려 노력했다. 지크는 괜히 찍찍이 지갑을 꺼내서, 자기 도서관 출입증을 살펴보고 있었는데, 마치 자기가 그걸 여전히 갖고 있는지 확실히 알아보는 것이 매우 중요하기라도 하다는 듯한 투였다. 나는 그냥 거기 앉아서, 입술이 얼얼한 채로, 내 발만 내려다보고 있었다.

"음… 안녕." 엄마가 말했다. "여기 계신 청년은 누구실까?"

"얘는 지크예요." 내가 마침내 말했다. 부끄러운 나머지 얼굴이 불타는 듯 새빨개졌다. "새로 이사 왔어요."

"그래, 그래, 그래." 엄마는 고개를 끄덕이며 말했다. "안녕, 지크."

"안녕하세요, 저기… 어… 안녕하세요, 아주머니." 그가 말했다. "제가 프랭키의 성姓을 아직 몰라서요."

"아, 쟤랑 나는 어차피 성이 다르니까." 엄마가 말했다. "그냥 캐리 아줌마라고 부르면 돼."

"안녕하세요, 캐리 아주머니." 그가 말했다. 여전히 도서관 출입증을 손에 들고 있는 모습이, 마치 우리 엄마가 그 물건에 대해서 곧 물어보기라도 할 것처럼 보였다.

"같이 놀고 있었어요." 내가 말했다. "지크는 예술가예요."

"그래, 끝내주네." 엄마가 말했다. 여전히 고개를 끄덕이면서, 내가 집에서 웬 남자애와 도대체 뭘 하고 있었는지를 알아내려 노력하고 있었다. 왜냐하면 나는 이제껏 한 번도 데이트를 한 적이 없고, 엄마가 알기로는 최근 수년 동안 남자애와 이야기한 적도 없었기 때문이다.

"제가 그림을 그리거든요." 지크가 말했다.

"그러니까 남들은 모두 놀러 나간 사이에, 너네 둘은 바로 이 집 안에다가 작은 예술가 공동체를 만들었다는 거구나?" 엄마가 물었다.

"뭐, 비슷하다고 해야겠죠?" 내가 말했다.

"음, 만나서 반갑구나, 지크. 프랭키는 너에 대해서 나한테 아직 한마디도 한 적이 없지만, 어쨌거나 놀러 온다면 언제든지 환영이야. 괜찮으면 오늘 우리랑 저녁이라도 같이 먹지 않을래? 네가 지금까지 살아온 이야기를 해준다면 나야 좋으니까."

"음, 잘 모르겠어요." 지크는 나를 바라보며 이렇게 대답했다. "제 말뜻은, 그래도 괜찮은지 엄마한테 여쭤봐야 할 것 같아서요."

"그야 당연하지." 우리 엄마가 말했다. "혹시 너네 엄마가 나랑 통화하고 싶으시다면, 내가 기꺼이 프랭키를 보증하도록 할게. 내 말 뜻은 뭐냐 하면, 네가 만나는 이 끝내주는 새 친구에 대해서 너네 엄마한테 이미 이야기했을 거라고 내가 확신한다는 거야. 그러니까 네가 이만큼 중요한 뭔가에 대해서는 엄마한테 이미 이야기했을 거라고 확신한다고나 할까."

"엄마, 이건 그냥—." 나는 말을 꺼내다 말고 그냥 포기했다. 엄마가 정말로 화가 나지는 않았다는 걸 알았기 때문이다. 우리 엄마는 그런 종류의 엄마는 아니었다.

“저희 엄마는… 지금 당장은 뭐랄까, 다른 일 때문에 신경을 쓰고 계셔서요.” 지크가 말했다. “제 생각에는 엄마도 개의치 않으실 것 같아요.”

“그렇다면 결정된 거다.” 우리 엄마가 말했다. “나는 그냥 뭘 좀 가지러 집에 들렀을 뿐이고, 이제 다시 일터로 돌아가야 돼. 그러니까… 그러니까 이따 퇴근해서 다시 보면 되겠다.”

“만나서 반갑습니다.” 지크가 말했다. 그는 마침내 도서관 출입증을 다시 지갑에 집어넣고 찍찍이를 닫았다.

그런 다음에 엄마는 가버렸다. 이제는 그냥 나와 지크뿐이었다.

“어쩌면 우리도 진짜로 예술품을 만들어야 될 것 같아.” 그가 말했다. 딱 그런 식이었다. 마치 예술품이 쿠키나 전자레인지 팝콘이라도 된다는 듯한 식이었다. 만약 우리가 섹스를 하지 못하도록, 우리가 후회할 뭔가를 하지 못하도록 막아줄 뭔가가 있다면 그건 바로 예술품이라는 듯한 식이었다.

“좋아.” 내가 말했다. 여전히 얼굴을 붉힌 채, 여전히 셀러리 맛을 느끼면서. “그럼 예술품을 만들자.”

우리는 곰팡내 나는 우리 집 차고 바닥에 무릎을 꿇었고, 흥미로워 보이는 것은 뭐든 꺼내어 복사본을 만들었고, 빵처럼 구워 냈다. 나는 엄마와 아빠가 함께 찍은 사진을 찾아내서, 가위로 둘 사이를 깔쭉깔쭉하게 오려서 반으로 나누었다. 나는 그 사진을 복사지의 양쪽 가장자리에 따로따로 붙였고, 지크는 둘 사이에 온갖 작은 디자인을 그려 넣었다. 칼을 둘둘 감고 있는 뱀이며, 천둥 번개며, 무덤에서 튀어나온 주먹 같은 것들이었다. 이어서 우리는 그걸 복사기에 넣고서, 거기서 뱉어 내는 흑백 이미지를 바라보았다. 그러다 보니 나는 슬퍼졌다. 알고는 있지만 차마 입 밖으로 내지는 못하는 뭔가를 바라보게 만드는 것. 어쩌면 이것이 예술의 목적이 아닐까 하는 생각이 들었다.

"이것도 나쁘지는 않네." 지크가 말했다. "이건 상당히 끝내주는데."

"나는 좀 치워버리고 싶은걸." 내가 말했다. "우리 엄마가 이걸 본다면 내 기분이 끔찍할 것 같아."

"내 생각에 어쩌면 예술은 너네 가족을 불편하게 만들어야 맛을 거야." 그가 제안했다.

"음, 그렇다면 나는 아직 충분히 예술가까지는 아닌 모양이네." 내가 말했다. "왜냐하면 엄마가 이걸 보기를 원하지는 않으니까." 나는 원본과 복사본을 구겨서 쓰레기통에 집어넣었다.

우리는 시멘트 바닥에 주저앉았다. 이제는 뭘 할지 확신하지 못한 채로. 나는 다시 서로를 어루만지고 싶었지만, 뻘쭘해서 차마 요구하지 못했다. 지크는 뭔가를 생각하고 있었기에, 나는 그가 생각해 낸 것을 들으려고 기다렸다.

"문제는 말이지." 그가 말했다. "이 모든 게 너무 사적이라는 거야. 우리는 그냥 이 물건들을 만들고 있는데, 하필 너네 차고에 앉아 있기 때문에, 이게 예술처럼 느껴지지 않는 거라고. 마치 네가 일기장에 적어 넣는, 그래서 너를 제외하면 어느 누구도 볼 일이 없는 내용 같은 거지.”

“음, 우리 읍에는 박물관이나 미술관이 없으니까.” 내가 말했다. “그러니 우리가 원하더라도 이걸 전시할 수는 없어.”

“그건 사실이 아니야.” 그가 말했다. “멤피스에는 그래피티 예술가들이 있어서, 어떤 공간이든 그냥 미술관으로 만들어 버리거든. 말하자면 그들은 어느 건물에 기어 올라가서 어떤 표식을 달아놓고는, 누가 보기 전에 사라져 버리지. 그건 정말 끝내준다니까. 때로는 그런 표식이 오랫동안 남아 있기도 해. 시 당국에서 굳이 페인트를 칠해서 지워버리거나, 날려버리거나 하지 않는다면 말이야.”

“나는 그래피티 하는 방법을 모르는데.” 내가 말했다.

“음, 나도 모르기는 마찬가지야. 하지만 우리도 그거랑 비슷한 뭔가를 할 수 있어, 그렇지? 우리한테는 복사기가 있으니까, 그렇지? 우리는 표식을 미리 만들어 놓았다가, 나중에 가서 붙일 수 있다고. 그렇게 하면 더 빠를 거고, 누군가가 우리를 붙잡는 것도 더 어려워질 거야.”

“왜 굳이 누군가가 우리를 붙잡으려고 하겠어?” 내가 물었다. “포스터를 붙이는 게 불법인가?”

“나도 몰라. 어쩌면 법적으로는 회색 지대일지도 몰라. 내 말은, 포스터라는 게 영구적인 것까지는 아니니까, 그러니 어쩌면 아닐 수도 있어. 하지만 솔직히 그게 비밀인 편이 더 나을 거야."

"그러면… 잠깐만… 그러니까 너는 우리가 그 예술품을 만들었다는 걸 아무도 모르게 했으면 좋겠다는 거야?"

"그랬으면 좋겠어. 딱 너랑 나랑만 아는 거지. 다른 사람은 아무도 모르는 거고. 우리가 이 모든 예술품을 붙여놓으면, 어쩌면 읍 전체에 걸쳐서 숨겨놓으면, 사람들이 이렇게 말하는 거야. '이 끝내주는 물건을 도대체 누가 만들었지?' 그러면 우리는 이렇게 대꾸하겠지. '우와, 빌어먹을, 나도 몰라. 누군지 몰라도 상당히 끝내주는 사람일 거야, 내가 장담한다니까.' 그러고 나서 우리는, 말하자면 휘파람을 불고 양손을 주머니에 넣은 채 그 자리를 벗어나는 거지."

"음." 내가 마침내 말했다. 진중하려 노력하면서. "내 생각에도 그럴 것 같아."

"그러면 이제 우리한테는 뭔가 표식이 필요해."

"그걸 뭘로 만들면 되는데?" 내가 물었다.

"뭔가 뒤죽박죽인 것. 뭔가 정말로 기묘한 것. 말하자면 어느 누구도 풀 수 없는 불가사의나 수수께끼 같은 것. 그러면 읍 전체가 미쳐 돌아가게 될 거야."

"우리가 그걸 어떻게 하면 되는데?" 내가 물었다.

"너는 작가라면서. 안 그래?" 그가 말했다. 미소를 짓고, 점점 신경과민이 되고, 들떴다. "네가 뭔가 정말 이상한 걸 쓰고, 내가 그 위에 그림을 그리는 거야. 그런 다음에 한 스무 장쯤 복사하는 거지.

그러고는 읍내 곳곳에 붙여놓는 거야.”

“내가 뭘 써야 하는데?” 내가 물었다. 여전히 이해하지 못한 상태였다.

“뭐든지!” 그가 말했다. “뭔가 정말로 기묘한 거. 말하자면 아무 의미는 없는데, 다른 한편으로는, 말하자면, 뭔가 의미 있어 보이는 거.”

“너무 어려운데.” 내가 시인했다.

“아니야.” 그가 말했다. 이제 그는 정말로 흥분하고 있었다. 그의 두 눈은 마치 만화처럼 반짝였고, 워낙 검었기 때문에 눈동자에서 불꽃이 튀었다. “그런 생각은 하지도 마. 그냥 뭐라도 써봐.”

“그렇게는 못 해.” 내가 말했다. 나는 그의 열성을 따라잡을 수 없을 것처럼, 그렇기 때문에 실패한 것처럼 느껴졌다. “그냥 뭐라도 쓰는 거는 못 한다니까.”

“아니, 너는 할 수 있어.” 그가 말했다. “너는 놀라운 작가니까. 그냥— 자—.” 그는 종이를 한 장 집어 내 앞에 놓았다. “너한테 떠오르는 걸 뭐든지 그냥 쓰기만 해.”

“뭐에 대해서?” 내가 말했다. 이제는 거의 울다시피 했다.

“콜필드에 대해서. 이 읍에 대해서. 너의 삶에 대해서. 너의 멍청한 씨발 놈의 아빠에 대해서. 네가 원하는 모든 것에 대해서.”

나는 연필을 들고 깊이 숨을 들이마셨다. 마치 영어에 있는 모든 단어를 빨아들이려 노력하는 것처럼. 나는 종이를 두들기기 시작했고, 아주 작은 점들을 찍기 시작했다. 톡톡톡톡. 나는 계속 그냥 두들기기만 했다. 그리고 나는 시도했다. 나는 태양에 대해서 생각했다. 바깥이 얼마나 밝은지, 세상이 얼마나 뜨거워지는지, 세상이 얼마나 금세 과열되어 우리 모두가 죽을 것인지를 말이다. 하지만 이건 내가 말하고 싶은 게 아니었다. 나는 이복동생 프랜시스에 대해서 생각했다. 비닐봉지에 넣어둔 내 젖니 모두를 챙겨 아빠네 집으로 가서 마치 선물처럼 그 애한테 건네주면 어떻게 될지를 말이다. 나는 기묘하고 뻐드렁니인 지크의 작은 입을 생각했다. 내가 쓰고 있는 책을 생각했다. 아직 소녀인 범죄의 대가를 말이다. 소녀의 이름은 에비 패스타벤드였다. 그녀는 항상 자신의 은신처를, 즉 숲속에 있는 이 작고 내버려진 오두막을 '가장자리'라고 불렀다. 그녀가 범죄를 저지르고 싶어질 때 사용하는 암호가 바로 그거였다. '내가 가장자리에 갈 필요가 있겠어.' 그녀는 이렇게 선언하고 나면, 곧이어 자전거를 타고 숲으로 들어가서 이 낡아빠진 오두막으로 갔는데, 거기에는 총 한 자루가 낡아빠진 티셔츠에 둘둘 말린 채 보관되어 있었다. **'가장자리.'** 나는 생각했다. **'가장자리. 가장자리. 가장자리. 가장자리.'**

곧이어 나는 이렇게 썼다. **'가장자리는 판자촌—'** 그리고 다시 한번 숨을 깊이 들이마셨다. 그제야 내가 지금껏 숨을 쉬지도 않았다는 사실을 깨달았다. 내 시야가 온통 흐려졌다. 지크가 내 어깨를 붙들었다. "너 괜찮아?" 그가 물었다. 하지만 나는 이미 더 쓰고 있었

다. '금 탐광꾼 우글거리고.'

지크는 내 어깨 너머로 종이를 바라보았다. "그건… 좋아. 뭔가 좀 끝내주는데." 그가 말했다. "마음에 들어."

'가장자리는 판자촌, 금 탐광꾼 우글거리고. 우리는 도망자.' 나는 이렇게 썼다. 내 머릿속에는 작은 목소리가 있었고, 나더러 뭘 쓰라고 말해주고 있었다. 이 작은 목소리, 이 조그맣고 끈질긴 목소리가 하느님도 아니고, 어떤 뮤즈도 아니고, 이 세상에서 나를 제외한 다른 누구도 아니라는 것은 나도 분명히 알고 있었다. 이 목소리는 바로 내 목소리였다. 이 목소리는 내 목소리였고, 다른 누구의 목소리도 아니었고, 나는 그 목소리를 워낙 똑똑하게 들을 수 있었다. 그 목소리는 끝나지 않았다.

'가장자리는 판자촌, 금 탐광꾼 우글거리고, 우리는 도망자, 법은 우리를 잡으려고 잔뜩 허기졌지.'

그러고 나서야 목소리는 사라졌다. 멀리, 저 멀리 내 안으로 돌아가 버렸다. 그게 언제 다시 나오게 될지는 나도 몰랐다. 나는 마침내 종이에 적은 것을 읽어보았다. "가장자리는 판자촌." 내가 미소 지으면서 지크에게 말했다. 나는 웃기 시작하고 있었다. 약간은 발작하는 듯한 웃음이었다. "우리는 도망자?" 내가 그에게 물었다.

"법은 우리를 잡으려고 잔뜩 허기졌지." 그가 미소 지으며 말했다. 전혀 뜻이 통하지 않았다. 아무 의미도 없었다. 하지만 지크는 이해했다. 내게는 오로지 그것만이 중요했다.

이거야말로 지금껏 내가 쓴 것 중에서 가장 대단했다. 나는 그때 바로 알았다. 나는 이만큼 훌륭한 뭔가를 두 번 다시 쓸 수 없을 것이었다. 내 귀에는 너무나도 완벽하게 들렸다.

지크와 나는 차고의 단단한 바닥에 주저앉았고, 그 문장을 다시 말했고, 또다시 말했고, 또다시 말했고, 급기야 그 문장은 암호가 되고 말았다. 우리가 원했던 모든 것을 가리키는 암호가 되고 말았다. 만약 우리가 50년 뒤에 다시 만나더라도 그 문장을 정확히 말할 수 있을 것이었고, 우리는 알게 될 것이었다. 우리가 누군지를.

"키스해도 돼?" 지크가 물었다. 나로선 차라리 물어보지 말지 하는 마음이었다. 하지만 또한 나는 그가 물어봐 주었다는 것이, 그 순간에 나를 이용하지 않았다는 것이 마음에 들었다.

"키스해도 돼." 내가 말했다. 그리고 우리는 키스했다. 나는 그의 혀의 가장 작은 끄트머리가 내 이를 건드리는 것을 느꼈고, 그로 인해 등골이 오싹했다. 우리가 키스하는 내내, 나는 계속해서 '우리는도망자우리는도망자우리는도망자'를 생각했고, 법은 우리를 잡으려고 잔뜩 허기졌다는 사실을 알고 있었다. 거기서 말하는 '법'이, 씨발, 뭐가 되었든 말이다.

제5장

엄마는 5시면 집에 올 것이었다. 세쌍둥이는 언제 올지 전혀 알 수가 없었지만, 오빠들이 본드를 불거나 문 닫은 공장에서 여자애들과 섹스하는 사이에는 집에 올 가능성이 무척 희박하리라고 충분히 장담할 수 있었다. 마치 시한폭탄이 설치된 것 같은, 그런데 우리는 설명서도 없이 그걸 제거해야 하는 것 같은 기분이었다. 또는 우리가 폭탄을 만들어 내고 있는 것 같은 기분이었다. 누가 알겠는가. 마치 뭔가가 위험에 처한 것 같은 느낌이었고, 내가 말하려고 노력하는 게 바로 그거였다. 나는 계속해서 지크에게 키스하고 싶었지만, 뭔가를 만든다는 짜릿함이 경쟁을 벌이고 있었다. 우리는 말을 얻었다. 우리의 암호를. 가장자리. 도망자. 법. 하지만 우리는 이걸 멋지게 보이도록 만들어야만 했다.

지크는 온갖 끝내주고 값비싼 미술용 펜과 연필을 갖고 있었다. 펜텔과 마이크론과 일본제 붓펜도 있었지만, 나는 검은색 크레욜라 매직을 집어 들고 작업에 착수했다. 종이 한 장에 집어넣기에는 제법 글자가 많은 셈이어서, 지크의 그림이 들어갈 공간을 남기기 위해서 글자를 최대한 작게 적어야만 했지만, 나로서는 남들이 똑똑히 읽을 수 있도록 글자가 충분히 굵기를 바랐다. 내 어깨 너머로 지크가 다음 철자를 속삭여 주었다. '도…망…자…' 그의 숨결이 목에 닿는 느낌이 좋았지만, 나는 펜을 잡은 손에 계속 힘을 주고 있었다.

내가 작업을 마치자마자, 지크는 종이를 낚아챘다. 내가 그 구절을 다시 읽어볼 짬조차 주지 않고, 그는 온갖 펜들을 가지고 작업에 착수했다. 그가 머릿속에서 뭔가를 마무리했음을 나는 알 수 있었다. 왜냐하면 그의 손이 무척이나 의도적으로 움직였기 때문이었는데, 그럼에도 그는 자칫 그걸 망쳐버리려고 위협하는 흥분의 전율을 차마 억누르지 못했다. 그는 우선 송전선을 여러 개 그리더니, 마치 작은 상처처럼 종이를 가로질러 뻗게 했다. 일단 대략적인 규모를 파악하고 나자, 그는 작고 아름다운 오두막들을 그렸다. 줄줄이 늘어선 오두막들이며 그 안으로 무너져 내린 지붕들을 말이다. 그는 잡석 조각들이며 오래되고 불타버린 자동차며 들개 떼를 그렸다. 그러고 나서 탁 트인 야외에다가 침대 네 개를 그렸는데, 그 머리판은 마치 고딕 대성당처럼 생겼고, 시트에는 어린아이 여러 명이 뒤얽혀 있었다. 마침내 그는 몸을 일으켰다. 종이에서 멀어지니, 마치 스스로를 그 이미지에서 떼어 내는 것 같았다. 그런 다음에 그는 그냥 그림을 바라보았다. 그래서 나 역시 바라보았다. 그의 그림이 내 글자에 맞닿아 있는 방식을, 우리 둘의 두뇌가 이 하나의 물체가 되는 방식을 말이다. 그러고 나서, 내가 쓴 글자를 에두르도록 조심하면서, 그는 종이 위로 몸을 굽히더니 거대한 손을 두 개 그렸다. 몸에서 떨어져 나온 그 손에 붙은 손가락은 시들고 깔쭉깔쭉했으며, 사실상 빛나고 있었으며, 그는 그런 식으로 종이 전체에 그 형태가 메아리치게 만들었다. 마치 손 두 개가 침대에 있는 아이들을 향해서 뻗어 난 것처럼, 하지만 중간에 멈춰 서서, 결코 아이들에게 가닿을 수는 없는 것처럼 보였다.

"자." 그가 마침내 말했다. "바로 이거야."

"다 된 거야?" 내가 물었다. 아직은 나 스스로를, 우리를 아주 확신하지 못했던 것이다.

"나도 몰라." 그가 시인했다. "하지만 아마도."

"우리가 해냈어." 내가 말했다. 마치 나로서는 아주 믿을 수는 없는 것처럼 말이다. 비록 작은 종이 한 장에 불과했지만 말이다.

"하지만 아무도 모를 거야." 그가 내게 상기시켰다. "단지 너랑 나만 아는 거지."

"좋았어." 내가 동의했다.

"하지만 이걸 우리 것으로 만들려면 반드시 뭔가를 해야만 해."

그가 말했다. 그는 미술 도구가 들어 있는 지퍼백에 손을 넣어 뒤적이더니, 미술용 엑스액토 칼을 꺼냈다. 나는 살짝 긴장한 나머지 그의 몸에서 내 몸을 멀리하면서 칼을 내려다보았다.

"피를 묻히는 거야." 그가 말했다. 왜냐하면 그게 사실이었으니까. 그것 말고 우리가 뭘 더 가졌겠는가? 어리석은 10대 두 명에 불과한 우리의 몸 안에 들어 있는 피 말고 무엇을 더?

"피라고?" 내가 반문했다. 마치 이렇게 말한 것 같았다. 나는 크지도 않으니까 뭔가가 닿으면 안 돼. 특히 날카로운 물건은 말이야.

"종이 위에다가." 그가 말했다. "이건 상징적인 거야, 그렇지? 이런 게 은유인가? 잠깐, 은유가 뭐지?"

"피는 확실히 아니지." 내가 대답했다. 하지만 내가 뭘 알았겠는가?

"이게 맞는 것 같아." 그가 시인했다. 그러면서 칼을 손가락으로 이리저리 굴렸다.

"좋아, 그러면." 내가 말했다. 그를 믿기로 작정했던 것이다. 그러자 지크는 칼을 자기 손가락 끝에 대고 눌렀고, 나는 피부가 저항하는 방식을 지켜보았다. 아찔한 느낌이었다. 마침내 칼이 피부 사이로 밀고 들어갔고, 그는 작게 헉 소리를 냈지만, 그러고 나서도 아무 일 없었다. 처음 1, 2초 사이에는 아무것도 없다가, 그러고 나서는 마치 마법으로 불러낸 것처럼, 마치 마술의 눈속임처럼, 작은 피 거품이 표면으로 올라왔다. 그는 칼을 내려놓고 자기 손가락을 쥐어짜서 피가 뚝뚝 떨어지게 만들었다.

"이제는 네 차례야." 그가 말했다. 나는 머뭇거렸다. "아프지는 않아." 그가 내게 말했고, 나는 그를 믿었다.

나는 칼을 집어 들었고, 왼손 가운뎃손가락에 갖다 댔고, 칼을 피부에 눌렀다. 하지만 내 손이 살짝 미끄러졌거나, 아니면 내가 마지막에 가서 겁에 질렀던 모양이다. 왜냐하면 손가락 전체를 칼로 그어버렸고, 그 상처가 벌어졌기 때문이다. 피가 어찌나 빠르게 나는지, 나는 기절할 것 같은 느낌이 들었다.

"아, 망할!" 지크가 외쳤다. 그러자 내가 말했다. "나 때문에 망한 것 같아." 하지만 그는 자기 셔츠 자락으로 내 손가락을 감싸주었다. 자기 상처에 대해서는 까맣게 잊어버린 채 말이다. 피가 아주 많이 나지는 않았고, 처음 생각한 것만큼은 아니었다. 하지만 우리가 겁을 먹기에는 충분했다. 우리는 아직 애들이었고, 말썽을 일으킬까 봐 두려워하고 있었다. 나는 피를 흘리고 있었지만, 이다음에는 뭘 해야 할지 모르고 있었다.

"종이 위에." 그가 말했다. "우리, 종이 위에 떨어트릴까?" 자기가 뭘 하고 있는지 본인조차도 모르고 있음이 역력했지만, 나는 그가 붙잡고 있던 손을 빼서 종이 위에서 흔들었다. 마치 허공에서 손을 말리려고 시도하는 것처럼. 그러자 피가 사방으로 튀었고, 내 얼굴에도 작은 점처럼 핏방울이 묻었다. 지크는 자기 손가락을 진짜로 쥐어짜서야 뭐라도 얻을 수 있었지만, 결국은 그 역시 종이 위에 조금 떨어트렸다. 충분히 했다는 느낌이 들자, 나는 손가락을 입에 물었다. 쇠 맛이 혀에 느껴졌다. 나는 그런 다음에야 손가락을 내 셔츠로 감쌌다.

점점이 흩어진 핏방울은 마치 하늘의 별처럼, 낯선 별자리처럼, 상징과 의미처럼 보였다. 아름답게 보였다. 마치 우리가 우주를 하나 만들어 내기라도 한 것처럼.

"이게 마를 때까지 기다려야 돼." 그가 말했다. 마치 이 모두가 완벽하게 정상이 된다는 듯한 투였다. "그런 다음에야 복사본을 만들 수 있거든."

그래서 우리는 저 먼지 쌓이고 비좁은 차고 바닥에 그냥 주저앉았고, 아무도 원하지 않는 물건들로 둘러싸인 채로 기다렸다. 나는 손가락에 붙일 반창고를 꺼내야 했지만, 굳이 움직이고 싶지 않았다. 그러자 지크가 다시 한번 키스해도 되느냐고 물어보았다.

"내 입에서 피 같은 맛이 나는데." 내가 시인했다.

"그건 괜찮아." 그가 내게 말했다. 그래서 나는 키스를 허락했다. 심지어 그때도, 즉 바로 그 순간에도, 나는 이게 중요하다는 것을 알았다. 훗날 내 삶 전체를 거슬러 올라가서 이 순간으로 돌아올 수도 있다는 것을 알았다. 내 손가락에서는 피가 나고, 이 남자애의 아름답고도 엉망이 된 입이 내 입에 닿고, 우리 사이에는 예술 작품이 놓인 이 순간으로 말이다. 나는 어쩌면 이것 때문에 인생을 망칠 수도 있다는 것을 알았다. 그래도 괜찮았다.

입이 아파오기 시작하자 우리는 다시 집 안으로 들어갔고, 화장실에서 반창고를 꺼내 나름 최선을 다해서 내 상처를 치료했다. 어쩌면 꿰매어야 할지도 몰랐지만, 상처가 워낙 깨끗했기에, 마치 약간의 압력만 가하면 아물어 버릴 것 같은 느낌이었다. 마치 아무 일도 벌어진 적 없었다는 듯이 말이다. 지크는 아무것도 필요 없었으니, 그의 피는 이미 말라버렸기 때문이었다. 그런데도 그는 자기 손가락에도 작은 반창고를 붙였다. 문득 이거야말로 일종의 징조가 아닌가 하는 생각이 들었다. 이번 여름에 무슨 일이 벌어지든지 간에, 결국 나는 상처를 입은 사람이 되리라는 징조 말이다.

곧이어 우리는 다시 차고로 가서 우리의 예술 작품을 복사기에 올려놓았다. 우리는 뚜껑을 닫은 다음, 잠시 머뭇거리다가, 둘이서 동시에 버튼을 눌렀다. 기계가 윙윙거리고, 덜덜거리기에, 나는 어쩌면 여기서 나오게 될 것은 이 휘몰아치는 검은 연기뿐이지 않을까 하고 생각해 보았다. 하지만 아니었다. 바로 우리의 그림이 복사되어 나왔다. 이제 우리한테는 두 개가 있었다. 이제는 조금 덜 특별해졌지만, 어쩌면 내가 이걸 잘못된 방식으로 바라보는 것일 수도 있었다. 어쩌면 그 위력은 두 배가 되었을 수도 있었다. 우리는 복사본을 살펴보았다. 원본과 아주 똑같지는 않았고, 모든 가장자리가 약간 흐릿해져서, 약간 더 꿈 같았다. 그 무엇도 우리가, 즉 단둘이서 만들었던 원본만큼 완벽할 수는 없었다. 하지만 이것도 괜찮았다. 우리는 단지 이게 더 많이 필요했을 뿐이었다.

"열 장?" 지크가 말했다. 기계가 웅웅거렸고, 시간이 흘렀고, 이제 열 장이 더 생겨났다.

"어쩌면, 뭐랄까, 열 장 더?" 내가 제안했다. 지크가 고개를 끄덕였다.

열 장 더. 그러자 우리도 복사본의 무게를 느낄 수 있었다. 어쩐지 충분치 않은 것 같았다.

"50장 더?" 그가 물었다.

"100장." 내가 대답했다.

"그래, 좋아." 그가 말했다.

"우리야 항상 더 많이 만들 수 있을 거야. 내가 보기에는." 내가 말했다. 왜냐하면 실제로, 진정으로, 이제 나는 그걸 100만 장이나 원했기 때문이다.

그래서 우리는 100장을 더 만들었다. 이제 우리는 이 기묘한 물건의 복사본을 120장이나 갖게 되었다. 마치 연금술 같았다. 마치 〈판타지아〉에 나오는 그 모든 빗자루 같은 느낌이었다.* 마치 이 세상이 마침내 충분히 커진 덕분에, 우리가 관심을 가지는, 우리가 스스로 만들어 낸 것에 어울리게 된 것 같은 느낌이었다.

복사본 만들기를 마치자 우리는 제록스 복사기를 다시 덮었고,

---

* 월트 디즈니의 애니메이션 〈판타지아〉에 나오는 〈마법사의 제자〉 에피소드. 마법사의 제자인 미키 마우스가 어설픈 주문으로 빗자루를 사람처럼 움직여 물 긴기를 시키지만, 해제 방법을 몰라 수많은 빗자루가 계속 움직이는 바람에 집 안이 물바다가 된다는 내용이다.

그 위에 잡동사니를 올려놓아서, 우리가 뭘 했는지를 아무도 모르게 만들었다. 우리는 각자의 물건을 챙겨서 다시 집 안으로 들어왔다. 지크는 자기 몫으로 60장, 내 몫으로 60장을 세어놓았고, 우리는 각자의 배낭 안에 복사본을 집어넣었다. 머지않아 우리 엄마가, 오빠들이 집에 돌아올 것이었다. 그들은 우리가 뭘 했는지 전혀 모를 것이었다. 그들은 우리가 섹스를 했다고 생각할 것이었다. 바보들 같으니, 멍청이들 같으니. 그들은 우리가 이 세상에 무엇을 가져왔는지 모를 것이었다.

"원본은 어떻게 하지?" 내가 물었다. 그걸 치켜들고서.

"네가 갖고 있어." 그가 말했다. 어쩌면 이것이야말로 남이 내게 해준 일 중에서도 평생에 가장 친절한 일이었을 것이다. 나는 이렇게 되기를 바라고 있었으며, 내가 그걸 갖지 못하게 되기를 원하지 않았다.

"맞다." 그가 말을 이었다. "어차피 복사기는 네가 갖고 있는 거니까. 안 그래? 그러니 원본도 네가 갖고 있어야지. 하지만 조심해. 잃어버리면 안 돼. 다른 사람이 발견하게 해서도 안 되고. 절대로. 남은 평생 동안 너는 반드시 그걸 지켜야만 해. 알았지?"

"그럴게." 내가 말했다. 지금까지의 그 어떤 일을 대했을 때보다도 더 진지하게 말이다.

"가장자리는 판자촌, 금 탐광꾼 우글거리고." 그가 내게 말했다.

"우리는 도망자." 내가 말했다. 미소 지으며. **"법은 우리를 잡으려**

고 잔뜩 허기졌지."

그런 다음에 우리는 거실에 그냥 선 채로, 다음에는 뭘 할지 확신하지 못하고 있었다. 우리 둘 다 머릿속으로 그 문장을 되뇌고 있었으며, 거듭하고 또 거듭한 끝에 급기야 그 문장을 외워버리고 말았다. 우리는 거기 앉아서, 그 문장을 한 바퀴 훑었으며, 거듭하고 또 거듭한 끝에, 급기야 그 문장은 뭔가를 의미하게 되었고, 거듭하고 또 거듭한 끝에, 급기야 그 문장은 모든 것을 의미하게 되었다.

좋아, 그래, 어쩌면 우리는 미쳐가는 것일 수도 있었다. 우리는 키스를 했고, 우리의 점잖은 척하는 두뇌가 차마 제대로 다룰 수 없었기 때문에, 결국 우리는 우주의 신비를 풀어줄 어떤 주문을 창안했던 것이다. 우리는 의미가 전혀 없는 곳에서 의미를 만들어 냈다. 하지만, 나도 잘은 모르겠지만, 이게 예술 아닌가? 혹은 적어도 이거야말로 내가 좋아하는 종류의 예술이라고 생각했다. 즉 여기서는 한 사람의 집착이 다른 사람들을 감싸고, 그들을 변모시키는 것이었다. 하지만 그 당시에만 해도 나는 아무런 이론도 갖고 있지 못했다. 내가 가진 것이라고는 단지 그 문장, 침대 위의 그 애들, 그들을 향해서 뻗은 그 거대한 손들뿐이었다. 의미는 반드시 더 나중에 와야만 했다.

엄마는 세쌍둥이가 일하는 곳에서 커다란 피자 네 판을 사서 돌아왔다. 보기 드문 잔치였다. 나는 엄마가 지크에게 감명을 주려 노력한다는 것을 짐작했다. 지크가 멤피스에서 왔고, 그곳은 진짜 도

시이기 때문에, 피자 따위는 그 애한테 감명을 주지 못할 거라고 엄마에게 굳이 말해주고 싶지는 않았다. 하지만 솔직히 말해서, 지크는 피자를 먹고 싶어서 미치고 환장하는 것처럼 보였다.

"예술은 어떻게 되고 있어?" 엄마는 부엌으로 들어가면서 물었다.

"잘되고 있어요!" 우리 둘 다 소리쳤다. 약간은 너무 크게. 내가 장담하는데, 우리 엄마는 우리가 서로의 몸을 조심스레 탐구하고 있었다고 생각했을 것이다. 그런 생각을 떠올리자 나는 구역질이 났지만, 엄마는 그냥 고개를 끄덕였다. 그거야말로 기묘한 일이었다. 이혼 전까지만 해도 우리 엄마는 엄격한 편이어서, 세쌍둥이도 엄마가 엄하게 다잡으려 들 때마다 거세게 반항하곤 했었다. 엄마는 당신의 삶을 복잡하게 만들거나, 또는 당신에게 더 많은 일거리를 안기는 사람들을 참아주지 못했고, 항상 당신 말고 나머지 모든 사람이 얼마나 어리석은지 모르겠다며 넌더리 난 표정을 지었다. 엄마는 다른 어느 누구도 따지지 않는 항목들로 이루어진 점검표를 만들었다. 엄마는 상당히 많이 얼굴을 찡그렸다. 나는 살짝 엄마가 두려웠는데, 무려 엄마가 나를 사랑한다는 사실을 아는데도 그랬다. 이혼 때문에 엄마가 엉망진창이 되었다는 것은 나도 알았지만, 아울러 이혼 때문에 엄마가 안심하게 된 것처럼 보이기도 했다. 마치 나쁜 일이 결국 일어나고 말았기 때문에, 이제는 그걸 더 기다릴 필요가 없어진 듯했다. 엄마는 냉정을 되찾았다. 세쌍둥이야, 설령 그들이 데어리 퀸 가게에 불을 지른다 하더라도, 뭐랄까, 그건 다른 누군가의 문제였다. 설령 내가 어떤 낯선 남자애를 집으로 불러들여서 살을 섞는다고 치더라도, 엄마가 도대체 뭔데 굳이 간섭하겠는가? 우리는 평일에도 피자를 먹었다. 우리 엄마야말로 콜필드에서 가장 끝내주는 엄마였다.

마치 복사기에서 하나씩 튀어나오듯이, 세쌍둥이가 터덜거리며 집으로 돌아왔다. 하나같이 대마초와 프렌치프라이 기름 냄새를 풍겼다. 오늘 저녁은 피자라고 말하자, 셋은 그냥 구시렁거리면서 자기네가 함께 쓰는 방으로 들어가 버렸다. 그 방의 냄새며 공기란. 나로선 차마 표현조차 못 하겠다.

엄마는 피자를 따뜻하게 두려고 오븐에 넣었고, 지크와 나는 식탁을 차리기 시작했다. "너 손은 어떻게 된 거야?" 엄마가 내게 물었다.

"또 뭐 하면 돼요?" 내가 물었다. 식탁에 포크를 내려놓는 소리가 워낙 요란했기 때문이다.

"너는 또 '손'이 왜 그러니?" 엄마는 지크에게도 물었다. 그러면서 그의 작고 우스꽝스러운 상처를 손으로 가리켰다.

"흐음." 지크가 말했다. 마치 철학적인 질문이라도 받은 듯한 투였다.

"혹시 너네 무슨 피의 맹세나, 뭐 그런 거라도 한 거야?" 엄마가 물었다. 마치 필 도나휴*한테서 이 이야기를 들었다는 듯한 투였다.

---

* 미국의 방송인. 자기 이름을 건 〈필 도나휴 쇼〉에서 낙태나 전쟁처럼 민감한 주제를 서슴없이 다루어 인기를 얻었다.

“아니에요!” 내가 말했다. 목소리가 너무 컸다. “세상에, 엄마. 우리는 피의 맹세니 뭐니 하는 것 따위는 안 했어요.”

“그런 건 비위생적이야.” 엄마는 매우 부드럽게 말했다.

“건강한 간식을 먹으려고 사과를 자르다가 손가락을 벤 것뿐이에요.” 내가 마침내 엄마한테 말했다. 지크도 고개를 끄덕였다. 어쩐지 약간 고통스러운 표정이었다. 마치 자기가 그 대답을 떠올렸어야 했는데, 싶은 투로.

“그리고 이거는요.” 지크가 말했다. 그러면서 마치 우리 엄마한테 보라는 듯 손가락을 치켜들었다. “뭐랄까, 더 이전에 있었던 사고 때문이었어요. 오늘 여기 올 때부터 반창고를 붙이고 있었거든요.”

“아.” 엄마가 말했다. “좋아, 그럼.” 엄마는 미소 지었다. 마치 이렇게 말하는 듯했다. 그게 뭐 중요하겠니? 엄마는 이미 우리가 키스하는 모습을 봤으니까. 엄마는 뭔가가 진행 중이라는 사실을 알았으니까. “아들들!” 엄마가 오빠들을 부르려고 소리를 질렀다. 그러자 지크는 움찔했다. 오빠들이 부엌으로 들어왔다. 내 생각에 오빠들은 지크가 이 집에 있다는 사실도 아직 깨닫지 못한 듯했다. 우리 모두 자리에 앉고, 피자를 먹다가, 우리 엄마가 지크에게 질문을 하나 던지고 나서야 오빠들은 그 낯선 이름에, 우리 집에 와 있는 그 낯선 남자애에 놀라서 모두 고개를 들었다. 그러고 나서 오빠들은 다시 피자 먹어치우기로 돌아갔다.

“그나저나.” 엄마가 지크에게 물었다. “너는 어쩌다가 콜필드로 오게 된 거니?"

"음." 지크는 말을 꺼내면서 나를 바라보았다. 마치 우리가 오늘 이에 대한 답변을 미리 연습하기라도 했다는 투로. "저희가 여기 오게 된 거는, 그러니까, 할머니를 뵈러 온 거예요. 저희 어머니 고향이 콜필드거든요."

"어머, 진짜?" 엄마가 대답했다. 뭔가 짐작이 가는 모양이었다. "어머니 성함이 어떻게 되시는데?"

"시드니요." 지크가 대답했다. "콜필드에 사실 때에는 시드니 허드슨이었어요."

"아!" 엄마는 놀라면서 눈을 크게 떴다. "시드니라면 나도 알아! 학교에서 나보다 몇 년 후배였어. 걔는, 뭐랄까, 일종의 꼬마 천재 같았거든."

"신동 말이에요?" 지크가 물었다.

"바로 그거야. 음악 신동."

"맞아요." 지크가 말했다. "그러니까… 저희 엄마한테 그렇게 들었다는 거예요." 그는 나를 돌아보며 이렇게 덧붙였다. "바이올린으로."

"내 기억에 걔는 무려 줄리어드 장학금까지 받았어." 엄마가 말을 이었다. "그때 이후로는 본 적이 없네."

"맞아요." 지크가 대답했다.

"그럼 지금은 유명하겠네?" 엄마가 물었다. 약간은 선망하는 것처럼 보였다. "그러니까, 내 말은, 클래식 음악계에서는 그런 거지?"

"아니에요." 지크가 말했다. "제가 보기에는 아닌 것 같아요."

"아." 엄마가 말했다. 상당히 실망한 표정이었다. "걔가 그 장학금을 받았을 때에는 워낙 대단한 일이었거든. 신문에도 크게 기사가 났던 게 기억나. 게다가 걔는 신동이었어. 그렇다고 내가 걔를 자주 생각했던 것은 아니었지만, 가끔 한 번씩 생각할 때면, 지금쯤 뉴욕에 살면서 연주회를 하지 않을까 싶었지. 예를 들어 일본이나 뭐 다른 나라 총리를 앞에 두고서 말이야."

"음, 아니에요." 지크가 말했다. 내가 보기에는 자기 어머니의 예술적 실패를 매우 잘 알고 있는 듯했다. "엄마 말로는 줄리어드에 다닌 사람은 하나같이 신동이었대요. 엄마는 멤피스 교향악단에 일자리를 얻었다가 아빠를 만나서 결혼했고, 제 생각에는, 그러니까, 뭐랄까, 저를 가진 거죠."

"음… 그랬구나." 엄마가 말했다. "나중에 엄마한테 가서 캐리 닐이 안부 전하더라고 하렴."

"너네 둘, 사귀는 거야?" 앤드루가 끼어들었다. 손에 들고 있던 피자 조각 끝으로 지크를 가리켰는데, 그거야말로 딱 우리 오빠들만이 할 수 있는 방식으로 위협적인 모습이었다.

"아니야!" 내가 잘라 말했다. 그러면서 쓸모도 없이 내 한 손을 지크에게 뻗었다. 마치 급정거한 자동차에서 그를 보호하려는 듯이.

"아니라고?" 엄마가 물었다. 약간 재미있어하는 표정이었다. "진짜로?"

"음." 지크가 말했다. 자기 빈 접시를 내려다보면서. "제 말뜻은, 좀 복잡하다는 거예요. 그렇지?"

나로선 그가 입을 닥쳤으면 했다. 나에게 불리하게 사용될 만한 뭔가를 오빠들에게 주지 말았으면 했으니까. 하지만 그는 계속 입을 놀렸다. "저는 그냥 이번 여름만 보내려고 온 거라서요. 그러니까… 뭐랄까, 임시적… 일종의 비영구적 상황인 거죠."

"비영구적이라고 하니까 뭔가 기운이 빠지네." 엄마가 말했다.

"우리는 그냥 친구예요." 내가 마침내 말했다. "우리는 '그냥' 친구라고요."

"친한 친구인 거죠." 지크가 말했다. 나는 그를 향해 고개를 끄덕였다. 마치 '그래, 하' 하듯이. 아울러 마치 '입 닥쳐, 우리 오빠들이 나를 못 살게 굴거라고' 하듯이.

"음, 솔직히 나는 프랭키가 이번 여름에 이렇게 친한 친구를 찾게 되어 다행이라고 생각해."

"프랭키는 친구가 없거든." 브라이언이 지크에게 말했다. 마치 너는 하도 멍청하기 때문에 쟤가 얼마나 기묘한지를 미처 이해하지 못한 것 같으니 설명해 주겠다는 듯한 투였다.

"음." 지크가 말했다. 이제 그는 피자를 한 쪽 더 먹으려고 식탁을 가로질러 손을 뻗고 있었다. "그러면, 저로서도, 영광인 것 같네요." 내 얼굴이 어찌나 붉어졌던지, 세쌍둥이 모두가 똑같이 만족스러운 표정을 지었다. 자기네 목적을 달성했으니까. 그러고 나서야 오빠들은 다시 나머지 피자를 박살 내는 일로 돌아갔다.

우리가 설거지를 마치고 나서, 나는 지크와 함께 데어리 퀸에 가서 아이스크림을 좀 사고, 그런 다음에 지크를 집까지 데려다주겠다고 엄마한테 말했다. 엄마는 지크와 악수를 했고, 그가 좋은 청년인 것처럼 보인다고 말했다. 이에 지크는 놀란 것 같았지만, 최선을 다해 미소 지었다. 우리는 각자의 배낭을 집어 들었다. 그 안에는 우리의 예술품 복사본이 숨어 있었다. 우리는 밖으로 나왔다.

나로선 차마 설명할 수조차 없다. 그토록 긴, 정말이지 기나긴 시간이 지나서 우리가 처음으로 집 밖으로 걸어 나왔을 때, 그 느낌의 기묘함을 말이다. 우리는 바깥에, 탁 트인 곳에 나와 있었다. 복사본을 가지고서. 모든 것이 무척이나 더 크게, 더 중요하게 느껴졌다. 솔직히 말해서, 숨 쉬기가 약간 힘들었다.

"이거 할 준비가 된 거야?" 지크가 물었다. 매우 부드러웠다. 친절한 녀석 같으니.

"그런 것 같아." 내가 말했다. 하지만 실제로는 그런지 어떤지 확신하지 못했다.

"우리 어디부터 가야 할까?" 그가 내게 물었다. 나는 뭐? 하고 묻는 듯한 표정을 지었다. "이 복사본을 어디에 붙여야 할까?" 그가 말을 이었다. "나는 이곳 읍에 안 살았으니까, 뭐랄까, 최적의 노출을 위한 최선의 장소가 어딘지 모르잖아."

"아." 내가 말했다. "내 생각에는, 뭐랄까, 광장이면 되지 않을까? 거기에는 극장도 있고, 아이스크림 가게도 있거든. 그곳 한가운데에는 읍사무소가 있고. 나도 잘은 모르겠지만, 우리가 정치적이고 싶다면 말이야."

"좋아." 그는 고개를 끄덕이며 말했다. "그러면 광장으로 가자."

우리는 내 차에 올랐고, 읍내 광장까지 가는 12분 내내 아무 말도 하지 않았다. 극장 입구에는 10대 아이들 여럿이 어슬렁거리고 있었는데, 내가 이 그림을 붙이는 모습을 누군가 아는 사람이 본다면 얼마나 부끄러울까 하는 생각이 갑자기 떠올랐다.

"혹시 말이야." 내가 제안했다. "저쪽이 어때? 보험회사 있는 곳 말이야." 그곳은 어두웠고, 밤에는 문을 닫았으며, 창문에는 보이스카우트 기금 마련을 위한 복권이 붙어 있었다.

"그래." 지크가 대답했다. "그거 끝내주겠는데."

그래서 우리는 차에서 내려서 배낭을 어깨에 멨다. 우리는 평범하게, 그러니까 굳이 말할 필요조차도 없이 너무 평범하게 보험회사 입구 쪽으로 걸어갔다.

"네가 가진 것 중 하나를 쓰면 어때?" 지크가 내게 물었다. 그는 진짜 신경이 곤두선 것처럼, 마치 열기 속에서 땀을 흘리는 것처럼 보였다. 아직 해도 넘어가지 않았다. 우리는 상당히 노출된 상태였다. 하지만 아무도 신경 쓰지 않았다. 우리는 남의 눈에 띄지 않았다.

"그래. 내가 가진 것 중 하나를 쓰자." 내가 그에게 말했다. 나는 배낭 지퍼를 조심스레 열었다. 종이를 한 장 꺼내자, 또 한 장이 딸려 나왔다. 그래서 나는 그 불필요한 종이를 도로 배낭에 집어넣으려고 서투르게 시도했지만, 잘되지 않았다. 나는 결국 포기했고, 그 종이를 꾹꾹 뭉쳐서, 서투르게 내 주머니에 집어넣었다. 그런 다음에 깨끗한 종이를 들고서… 음, 좋아. 바로 그 순간, 나는 우리한테 테이프가 없다는 것을 깨달았다. 우리 예술품을 붙일 방법이 없었다.

"이걸 어떻게 붙이면 되지?" 내가 물었다. 그러면서 그림을 유리에 그냥 대고 눌렀다. 마치 그렇게 하면 어찌어찌 붙기라도 할 것처럼.

"아, 빌어먹을." 지크가 속삭였다. 눈이 커다래져 있었다. "아, 씨발. 우리 이번 임무는 아무래도 취소해야 되겠어."

"그럼 차로 돌아가자." 내가 말했다. "일단 가서 생각해 보자고."

우리는 매우 의심스러운 모습으로 내 차까지 살금살금 걸었다. 나는 열쇠를 찾아서 문을 열었다. 우리는 앞좌석으로 뛰어들었다.

"좋지 않았어." 그가 시인했다.

"우리한테는, 그러니까, 테이프가 필요해. 못이나. 압정이나. 스테이플러나. 타카나."

"그런 물건을 어디서 구하지?" 그가 물었다.

"월마트 어때?" 내가 제안했다. "거기에는 뭐든지 있잖아. 거의 다."

"좋아. 그러면 거기로 가자." 그가 말했다. 눈에 띄게 맥 빠진 모습이었다.

"차라리 그냥 다음에 시도해 볼까?" 내가 물었다.

"아니야." 그가 말했다. 상당히 짜증 난 듯했다. "오늘 밤에 해야만 돼."

"좋아. 그러면 일단 장비를 좀 사러 가자." 진정한 예술품은 왜 이토록 만들기가 어려운 걸까? 문득 궁금해졌다. 왜 우리가 구상한 바로 그대로는 실현되지 않는 걸까? 왜 지크와 나는 예술가의 삶을 살 운명에 처해진 걸까? 하지만 우리는 문제를 해결할 것이었다. 나는 그렇게 작정했다. 우리는 월마트에 갈 것이었다. 그 무엇도 우리를 막지 못할 것이었다.

우리는 가게에 들어가자마자 곧바로 흩어졌다. 나는 타카와 침을 샀고, 지크는 다른 진열대로 가서 덕트테이프와 압정을 샀다. 우리가 생각하기에 범죄의 대가라면 이렇게 할 것 같았다. 나는 약간 어지러운 느낌이 들어서 지크를 바라보았다. 그는 조금 떨어진 다른 계산대에 있었다. 우리는 서로 미소 지었다. 우리의 목표에 더 가까워졌다는 것이 너무 행복했다. 우리는 입구 근처에서 만났다. 나는 그곳에 미아 찾기 포스터며 여러 가지 공지 사항이 붙어 있는 게시판이 있다는 것을 깨달았다.

나는 주머니에 손을 넣어서, 아까 꾹꾹 뭉쳐 넣었던 복사본을 꺼냈다. 지크는 놀란 표정이었고, 본능적으로 종이를 향해 손을 뻗었지만, 나는 회피해 버렸다. "지금 당장?" 그가 물었다. 나는 고개를 끄덕였다.

나는 쇼핑백을 지크에게 건네주고, 최선을 다해 종이를 반듯하게 폈다. 그 효과로 인해 복사본에 일종의 개성이 부여되었다. 마치 오래된 지도라든지, 다른 뭔가처럼 말이다. 나는 미아 찾기 포스터 가운데 하나에 붙은 압정을 뺐다. 실종된 지 2년이 된 재커리라는 남자애를 찾는 포스터였다. 나는 우리 작품을 게시판 한구석에 붙였다. 우리는 잠깐 그 앞에 서서 바라보았다. 두 손을, 내 말을. 됐다는 느낌이 들었다. 이것이야말로 우리 포스터를 100장도 더 넘게 갖게 된 이유였다. 우리는 그 배치에 대해서는 너무 많이 걱정할 필요가 없었다. 우리가 그걸 충분히 많이 붙여놓으면, 예술품은 진짜 효과를 발휘할 것이었다.

"놀라워 보여." 내 말에 지크도 고개를 끄덕였다. 그는 상당히 신경이 곤두선 것 같았다. 혹시 누군가가 우리를 지켜보지는 않나 싶어 연신 주위를 둘러보았다. 비록 아무도 신경 쓰지 않았는데도.

"계속 하자." 내가 말했다. 우리는 차에 탔다. 광장으로 돌아갔고, 우리 자신의 조각을 남겨놓았다. 누군가 발견해 주기를 기다리도록.

내가 지크를 내려주고 집으로 돌아왔을 무렵, 우리는 63장의 포스터를 붙인 상태였다. 최대한 빨리 작업했고, 발각되지도 않았다. 전봇대에는 스테이플로 박았고, 가게 창문에는 테이프로 붙였고, 식품점 통로에는 접어서 숨겨놓았다. 우리는 광장의 극장 뒤편에 있는 벽돌담 하나를 여러 줄로 뒤덮었다. 지크의 할머니 집으로 가는 길에도 아무 우편함이나 골라서 몇 개 넣었다. 그런데도 우리에게는 워낙 많이 남아 있었다. 하지만 머릿속으로는 우리가 복사본을 충분히 갖고 있지 못하다는 생각이 들었다. 더 많을 필요가 있었다. 우리는 그걸 더 많이 붙일 필요가 있었다. 읍 전체에. 우리에게 비행기가 하나 있어서 콜필드 상공을 날 수 있다면, 저 아래 있는 멋도 모르는 사람들에게 복사본을 퍼부을 수 있다면 얼마나 좋을까 싶었다. 이 모든 경험이야말로 짐작건대 마약이 분명 그렇지 않을까 하는 느낌과도 비슷했다. 그 결과에 대해서는 알지도 못한 채, 뭔가 기묘한 일을 하는 도취감이었다. 저 난폭한 오빠들이야말로 이걸 너무 많이 느낀 나머지 지금은 무감각해지지 않았나 하는 상상마저 들었다. 하지만 지크와 나처럼 품행 바른 얼간이들에게는 이거야말로 놀라웠다. 게다가 우리는 함께였다. 우리는 심지어 잠도 안 잔 사이였다. 우리는 복사본에 너무 관심이 많았기 때문이었다. 매번 서로를 바라볼 때마다, 우리의 예술품 복사본을 또 한 장 치켜들었고, 그걸 세상에 붙여놓았다. 우리에게는 그거야말로 중요하게 느껴졌다. 우리는 중요했다.

내가 지크를 내려주었을 때(나로서는 차마 집 안까지 따라 들어가서 그의 어머니며 할머니를 만날 엄두가 나지 않았다), 그는 내 뺨에 부드럽게 키스했다. "나는 진짜로 네가 좋아." 그가 내게 말했다.

"나도 네가 좋아." 내가 대답했다.

"우리 이거 계속할 수 있는 거지?" 그가 물었다. 내 추측에는 이 모든 걸 의미하는 것 같았다. 포스터며, 우리 집이며, 키스하기며, 팝타르트며, 우리 읍 사방팔방을 몰래 돌아다니기며.

"여름 내내." 내가 말했다.

"어쩌면 그보다 더 오래." 그는 희망차게 말했다. 그 말을 듣자 나는 얼굴을 붉혔다. 내가 입술에 키스하고 나서 그는 가버렸다. 차를 몰고 집으로 돌아오는 길에, 나는 어느 텅 빈 사거리에서 시동을 건 채로 차에서 내려서, 정지 표지판에 포스터 한 장을 테이프로 붙이고 다시 차로 뛰어왔다. 무척이나 흥분되는 느낌이었다. 제한 시속을 딱 8킬로미터 초과해 주거 지역의 거리를 달렸다. 마치 날아가는 듯한 기분이었다.

나는 그날 밤 늦게 자다 말고 깨었다. 엄마가 나를 흔들고 있었기 때문이다. 나는 깜짝 놀라 눈을 떴다. "세상에, 엄마?" 내가 말했다. 목소리가 갈라졌고, 머리가 너무 무거웠다.

"미안해, 우리 공주님." 엄마가 말했다. 뭔가 속삭이는 투였지만, 또한 뭔가 소리치는 투이기도 했다. 그래서인지 이상한 효과가 있었다. 나로선 지금 꿈을 꾸고 있는 건지 아닌지 알 수가 없었다. "시간이 너무 늦은 건 맞는데, 엄마가 진짜로 너랑 이야기를 하고 싶어서."

"지금 말이에요?" 내가 물었다.

"그래. 지금 말이야." 엄마가 말했다. "자, 옆으로 좀 가봐, 세상에, 잠깐 나 좀… 프랭키? 일어나 봐, 알았지? 그냥 조금만 움직여 봐, 엄마가 앉을 수 있게."

나는 최대한 길게 한숨을 내쉬었다. 너무 오래 내쉬다 보니 다시 잠들기 시작할 뻔했다. 그런 다음에 나는 조금 옆으로 가서, 엄마가 침대에 앉을 수 있게 했다.

"저기, 오늘 오후 내내 엄마가 온통 시원시원하고 세련되게 행동했었잖니. 너도 기억하지? 내가 들어왔을 때 너희 둘이서… 키스를 하고 있었지. 그렇게 불러도 되겠지? 그런데 지크는 착한 애인 것 같더라. 엄마도 딱히 너를 방해하거나 할 마음은 없고… 음, 너한테 불필요한 부담을 주고 싶지도 않지만, 사실 엄마는 여태 안 자고 있었어. 잠이 안 오더라고."

"무슨 일인데요, 엄마?" 내가 물었다. 그것도 상당히 퉁명스럽게. 하지만 겁이 나기도 했다. 혹시나 엄마가 예술품에 대해서, 제록스 복사기에 대해서, 읍내에 붙은 포스터에 대해서 어찌어찌 알아냈을 수도 있으니까.

"엄마는 그냥… 벌써 몇 년 전에 우리가 다 했던 이야기인 건 알지만, 그 당시에는 실감이 영 안 났거든. 그런데 이제는 그 핵심 가운데 몇 가지를 되풀이할 필요가 있는 것 같아서. 알았지?"

"도대체 무슨 이야기를요, 엄마?" 내가 말했다.

"너도 다 컸으니까, 네 몸은 네가 알아서 하겠지. 거기까지는 괜찮아. 엄마도 존중해. 그리고 우리가 예전에도 말했듯이, 욕망이 생기는 것은 자연스러운 일이야."

"징그러워." 내가 말했다. "웬 욕망."

"프랭키, 잠깐 입 좀 다물어 줄래." 엄마가 말을 이었다. "네가 육체적인 관계를 원한다면… 그러니까, 말하자면, '섹스를 한다'고 치면. 자, 엄마가 분명히 말할게. 너랑 지크랑 섹스를 한다고 치면, 엄마는 네가 피임 도구를 썼으면 좋겠어. 너는 반드시 피임 도구를 써야만 해. 이건 협상의 여지가 없어."

"엄마, 무슨 창피한 이야기를 하는 거예요? 나는 지크랑 섹스를 하지 않을 거예요. 괜찮아요."

"자." 이제는 엄마가 말했다. 그러면서 잠옷 주머니에 손을 넣었다. "그냥 이 콘돔 갖고 있어. 알았지, 프랭키? 그냥 갖고 있으라고."

"나는 콘돔을 쓰고 싶지 않아요." 내가 엄마한테 말했다.

"반드시 갖고 있어야 돼. 이건 협상의 여지가 없어. 그리고 지크한테도 그래야 한다고 이야기해. 알았지? 이렇게 말해봐. '이건 협상의 여지가 없어.' 어서 말해보라니까."

"이걸 도대체 어디서 가져온 거예요?" 내가 엄마한테 물었다.

"핵심은 그게 아니야, 우리 공주님." 엄마가 대답했다.

"상자가 이미 열려 있잖아요." 내가 말했다. 깜깜한 와중에 그걸 살펴보았다. "몇 개가 없는 것 같은데요."

"프랭키! 집중해, 제발 좀. 혹시 모르니까 일단 갖고 있어. 엄마가 하는 말이 100퍼센트 확실하다고. 너도 그 나이에 아기를 원하지는 않을 거잖아. 하물며… 하물며 아기 셋은 더더욱 아닐 거고. 솔직히 상상이나 가니, 프랭키? 아기 셋을 한꺼번에 낳는 게? 너는 아직 어린애야. 너도 그런 걸 원하지는 않겠지.”

“알았어요, 알았다고요.” 내가 마침내 말했다. 나는 콘돔 상자를 베개 밑에 쑤셔 넣었다. “고마워요, 엄마. 저한테 신경을 써주셔서 고마워요.”

“엄마는 당연히 너한테 신경을 쓰지.” 엄마가 말했다. “그것도 아주 많이.”

“저도 알아요.” 내가 말했다.

“엄마는 부엌에 가 있을게, 알았지? 오늘 밤에는 잠이 안 올 것 같아. 그럴 것 같네. 지크네 엄마한테 선물할 케이크나 다른 뭐라도 만들어 볼까? 어떨 것 같아?”

“엄마.” 내가 말했다. “저 너무 졸려요.”

“그럼 잘 자라, 우리 공주님.” 엄마가 마침내 말했다. “다시 누우렴.”

엄마가 나가고서 나는 눈을 감고 마음속으로 속삭였다. ‘가장자리는 판자촌, 금 탐광꾼 우글거리고, 우리는 도망자, 법은 우리를 잡으려고 잔뜩 허기졌지.’ 나는 여전히 잠들지 않은 채였다. 그래서 나는 다시, 또다시 말했다. 머지않아 세계가 흐릿해지면서, 아무것도 문제가 되지 않았고, 나는 의식을 잃었다.

제6장

아무도 포스터에는 신경을 쓰지 않았다. 당장은 말이다. 하지만 우리는 신경을 썼다. 바로 그 이유 때문에, 다음 날 오전에 둘만 남게 되자마자 우리는 복사본을 300장 더 만들었다. 기계가 웅웅거리면서, 고통스러울 정도로 느리게 복사본을 한 부, 또 한 부 뱉어 냈다. 우리가 함께 만든 것을 말이다. 그러는 내내 우리는 복사기에 손을 대고 있었다. 마치 우리가 그 기계에게 안수按手라도 주는 것처럼, 마치 복사기가 기적을 일으키려면 우리가 필요한 것처럼.

차를 타고 읍내를 돌아다니는 동안, 우리는 포스터를 붙여놓은 장소를 하나하나 모두 기억하려 노력했다. 우리가 이 전봇대에도 하나 붙였던가? 아직 붙어 있는 포스터를 마주칠 때마다 우리는 헉 소리를 냈다. 마치 그게 직사광선을 받아 증발했어야 마땅하다는 듯 말이다. 크리크사이드 마켓Creekside Market에서 내가 지렁이와 귀뚜라미 위에 있는 공고판에다 한 장을 은밀하게 붙이는 사이, 지크는 콜필드를 자세히 보여주는 지도를 하나 구입했다. 그래서 우리는 모든 장소를 표시할 수 있었는데, 그렇게 공식 기록을 갖게 되었고, 그중 일부가 얼마나 오래까지 남아 있는지를 알게 되었다. 이것이야말로 우리가 일단 빠지고 나면, 과학적이 되려고, 정확해지려고 노력하는 집착의 일종이었다. 하지만 이것은 우리의 욕망에 의해 워낙 뒤틀렸기 때문에, 우리 이외의 다른 모두에게는 아무런 의미도 없을 것이었다.

우리가 차를 몰고 극장으로 갔더니 직원 하나가 포스터를 뜯어내고 있었다. 그의 양손에는 우리 예술품이 한가득했다. 나는 그 남자애를 알아보았다. 우리 오빠들의 친구 가운데 하나였으니까. 그래서 나는 차창을 내리고 그를 불렀다.

"제이크!" 내가 말했다. 그러자 지크는 매우 신경이 곤두서는 듯했다.

"안 돼." 그가 말했다. "시선을 끌지 마. 우리는 그래야 해. 마치―"

"제이크!" 내가 다시 불렀다. 그러자 제이크는 나를 곁눈질했고, 자기 세계 안에서 나를 어디 놓아야 하나 궁리해 보다가, 마침내 고개를 끄덕였다.

"여어." 그가 말했다.

"이게 다 뭐야?" 내가 물었다.

"나도 몰라." 그가 어깨를 으쓱하면서 말했다. 꾹꾹 뭉친 포스터 하나가 그의 손에서 떨어져 나와 바람을 타고 날아갔다. "우리 사장이 다 떼어 내라고 하더라고. 아주 개새끼라니까. 경찰에도 여기 좀 와서 보라고 신고했더니 자기네는 신경 안 쓴다고 했대."

"그게 도대체 뭔데?" 내가 물었다. 무척이나 순진한 척하며. "하나 봐도 돼?"

"프랭키ㅡ." 지크가 말했다.

제이크가 내게 다가와서 하나를 보여주었다. "뭔가 좀 끝내주더라고." 그가 말했다. "내 생각에는, 뭐랄까, 무슨 메탈 밴드 같아."

"우와." 내가 대답했다. "진짜 끝내주네. 확실히."

"나는 이제 일하러 가봐야 돼." 제이크가 마침내 말했다. 우리 모두 포스터를 몇 초쯤 보고 난 다음이었다. "하나 갖고 싶어?" 그가 물었다.

"그래." 내가 말했다. 나는 포스터를 받아서 지크에게 건네주었다. 그는 포스터가 무릎에 떨어지게 내버려두었다. 움츠리든 모습이었다.

"잘 가." 제이크가 말했다. 그러고는 다시 포스터를 뜯어내는 일로 돌아갔다. 나는 이런 생각이 들었다. 머지않아 바로 이 장소로 다시 돌아와서 저 벽을 뒤덮어야겠다고 말이다. 우리가 그렇게 하지 않는다면, 나는 불길에라도 뛰어들 거라는 생각이 들었다.

"저 사람, 자기네 사장이 경찰에 신고했다고 하지 않았어?." 지크가 마침내 이렇게 말했다. 우리 포스터 가운데 또 하나를 찾아서 차를 몰고 출발할 때의 일이었다.

"그러게." 내가 대답했다. "하지만 그의 말로는 경찰도 신경 안 썼다잖아."

지크는 이 문제를 생각하며 창밖을 내다보았다. "그쪽에서는 전혀 모르고 있어."

"그쪽은 우리를 잡으려고 잔뜩 허기졌지." 내가 말했다. 우리는 서로 웃음을 터트렸다. 이 기묘하고도 불안정한 웃음을. 우리는 계속 차를 몰았다.

폐가가 하나 있었다. 내가 알기로는 몇몇 아이들이 밤이면 대마초를 피우러, 또는 술을 마시러 찾는 곳이었다. 그 장소는 충분히 외졌기 때문에, 아무도 실제로 불평하지 않았고, 경찰도 그냥 내버려두었다. 나는 한 번도 가본 적이 없었지만, 오빠들은 항상 거기 가 있었다. 각자의 여자친구와 함께, 원하는 일은 뭐든지 할 수 있는 저 모든 인기 좋고 팔자 좋은 아이들과 함께. 나는 그들을 미워하지 않았다. 그들이 되고 싶지도 않았다. 하지만 나는 예전부터 항상 궁금했다. 영향에 대해서 전혀 걱정하지 않는 삶, 내가 한 일이 세상에 파문을 일으킨다고는 고려해 본 적 없는 삶을 어떻게 살아갈 수 있을까? 그 부분은 상당히 대단해 보였다. 그래서 나는 이렇게 생각했다. 만약 지크와 내가 밤중에(즉 휴대용 카세트에서 음악이 울려 퍼지고, 플래시 불빛이 켜졌다 꺼졌다 하고, 미지근한 맥주 캔과 각성제를 돌리는 상황에서) 그곳에 갈 수 없다면, 우리 포스터를 붙여놓아서 그들이 우리를 보게 만들자고 말이다.

그 집은 금방이라도 무너져 내릴 것처럼 보였고, 사방팔방에 깨진 유리투성이였다. 세상에 누가 깨진 유리가 이 정도로 바닥에 잔뜩 깔린 폐가에 들어가서 섹스를 하려고 들까? 우리 오빠들은 어떻게 여자애들을 꼬셔서 이곳에 데려온 걸까? 거기에는 가구도 있었다. 곰팡내 나는 소파 하나, 안락의자 몇 개. 특히 안락의자는 차마 말로 표현할 수 없는 일들을 당했던 모양인지, 인조 가죽에 깔쭉깔쭉 찢어진 구멍이 무척 많이 나 있었다. 이런 선택지 앞에서는 차라리 깨진 유리 위에서 섹스를 하는 게 낫겠다는 생각이 들 정도였다.

"여기는 무슨 인신공양이라도 바친 장소 같네." 지크가 말했다. 걱정스러운 표정이었다.

"그냥 10대들 노는 곳이야." 내가 말했다. 침착한 척하려고 노력하면서. "아직 불이 나지 않았던 게 오히려 신기하네. 누군가 소파에 담배를 놓고 가버렸는데도 말이야."

손상 대부분이 집중된 거실의 벽은 매직 낙서로 뒤덮여 있었다. 절대적으로 가장 멍청한 쓰레기였고, 자지가 잔뜩 있었다. 누군가가 어글리 키드 조* 앨범에 나오는 손가락 욕을 하는 마스코트를 래커로 그리려고 시도했지만, 결과물은 오히려 양배추 인형처럼 보였다. 나는 초등학교 동창인 여자애 이름을 찾아냈다. 누군가가 그 애를 걸레라고 적어놓았다. 비록 중학교 때에는 나를 버리고 더 인기 있는 애들과 어울렸던 애지만, 누구라도 볼 수 있게 이름이 적힌 것을 보니 마음이 안 좋았다. 나는 돌멩이를 하나 주워서 벽을 긁고 또 긁어서 더는 이름이 안 보이게 만들었다.

"여기가 가장자리야?" 지크가 내게 물었다.

"아마도, 우리가 있는 곳이면 어디나 가장자리인 것 같아." 내가 말했다. 마지막에 가서는 말을 얼버무렸는데, 왜냐하면 나조차도 확신하지는 못했기 때문이었다. 솔직히 말해서 그것을 너무 많이 생각하고 싶지는 않았다. 엄밀히 따져보았을 때 그게 산산조각 나게 만들고 싶지는 않았다. 그것이 그냥 거기 있기를 바랐다. 가장자리, 판자촌, 금 탐광꾼. 나는 그걸 실현하기를 너무나도 바랐다.

"이 방 전체를 덮어버리자." 그가 말했다. 그러면서 자기 배낭으로 손을 집어넣었다.

"응, 그러자." 내가 말했다. "시작해 보자고."

그렇게 우리는 해냈다.

생각했던 것보다 더 오래 걸렸고, 집의 벽을 따라서 쥐들이 뛰어

---

* 미국의 록 밴드. 첫 앨범 표지에서 밴드의 마스코트인 악동이 자유의 여신상 분장을 하고 손가락 욕을 하는 모습이 묘사되어 논란이 되었다.

다닐 때마다, 바닥이 움직이면서 삐걱 소리가 날 때마다, 우리는 일단 소스라쳤다가 서로를 바라보며 안심했다. 포스터를 200장 가까이 붙이고 나서야 우리는 방 대부분을 뒤덮었다. 그런 다음에 우리는 거기에, 바로 한가운데에 서서 천천히 주위를 돌아보고 또 돌아보았다. 마치 온 세상에 우리 둘뿐인 것처럼, 우리가 만든 이것뿐인 것처럼 보였다. 내 머릿속에 들어 있던 모습에 워낙 가까워 보였기 때문에, 순간적으로 숨을 쉴 수가 없을 지경이었다. 나는 이 방의 사진을 찍어볼까 생각했다. 기록을 남기기 위해서 말이다. 하지만 내 정신, 내 기억이 있으니, 대신 그 안에 담아두려 노력했다.

깨진 창문이며 천장의 구멍, 비와 습기와 부패로 인해 이 포스터는 머지않아 끝장나게 되리라는 것을 나도 알았다. 다음에 찾아올 10대 무리가 온통 찢어발기리라는 것을 나도 알았다. 이것은 사실 아무 의미도 없다는 것을 나도 알았다. 하지만 나는 이것이 영원했으면 하는 마음이었다. 그래서 내가 더 나이 들었을 때, 훗날의 내가 되었을 때, 이곳 다시 찾았을 때 이것이 여전히 여기 있었으면 하는 마음이었다. 그래서 지크도(만약 그가 멤피스로 돌아가고, 북동부의 어느 대학에 다니고, 결혼해서 아이를 낳으면서 이 여름에 대해 잊어버리기 시작했을 때) 이 집으로 다시 찾아왔을 때, 이게 고스란히 여기 있었으면 하는, 그래서 그도 기억했으면 하는 마음이었다. 어쩌면 여러 해 뒤에 우리가 동시에 이곳으로 다시 찾아오면, 우리는 서로를 기억할 것이었다.

지크는 텅 비었지만 깨지지 않고 멀쩡한 럼주 병을 하나 찾아내서, 아직 남은 포스터 가운데 하나를 돌돌 말아서 병 안에 집어넣고 뚜껑을 돌려서 닫았다. 그는 계단 쪽으로 갔고, 벽에 난 구멍에 다가가서, 그 안에다가 병을 집어넣었다. 그러자 자리를 잡는 달그락거리는 소리와 함께, 병은 집 안에 숨겨지게 되었다.

그가 나를 바라보자, 문득 바닥의 깨진 유리며, 내 손톱이 얼마나 더러운지며, 지금쯤은 아마 덧나고 말았을 내 손가락의 베인 상처가 생각났다. 누군가와의 첫 경험이 바로 이 집에서 일어난다면, 나로서는 후회할 것이었다. 하지만 나는 너무 어렸다. 내가 뭘 후회하고 뭘 후회하지 않을지를 어떻게 안단 말인가? 어쩌면 나는 모든 것을 후회하게 되리라고 생각했던 모양이다. 내 삶의 핵심은 우리 집 안에 꼭꼭 숨어서, 어느 누구와도 말을 섞지 않고, 내 이야기를 공책에 쓰는 것이라고 말이다. 그러면 언젠가는 그거야말로 올바른 결정이었다고, 나 자신을 너무 빨리 망쳐버리지는 않았다고 믿게 되리라고 말이다. 하지만 나로선 차라리 바로 그때 그걸 해버리고, 모든 것을 망쳐버렸으면 나았겠다는 생각도 든다.

"오늘 밤에 베이비시터 하러 가봐야 돼." 나는 그에게 말했다. 그러면서 시계를 확인했다.

"좋아." 그가 말했다. 실망한 표정이었다. 그는 배낭에서 지도를 꺼내서 한동안 살피다가 이 폐가의 위치를 발견하고 펜으로 별표를 그려 넣었다. 그가 펼치고 있는 동안, 우리는 지도에 나타난 별을 살펴보았다. 비록 콜필드는 지상에서 가장 하찮은 장소처럼 보였지만, 우리가 별들을 세어보고, 아직 표시되지 않은 빈자리를 살펴보니, 나로선 약간 압도되는 느낌이었다. 지도 전체가 하나의 별자리를 이룰 때까지는 잠을 이루지 못할 것 같은 느낌이었다.

내 생각에 세상에서 가장 슬픈 일이란, 정말 열심히 노력한 끝에 내 머릿속에 들어 있는 뭔가를 세상에 내놓았는데도 막상 아무 일도 벌어지지 않는 것이다. 그냥 사라져 버리는 것이다. 이제 나는 그 말들을 공개된 장소에 내놓았으니, 언젠가는 그게 곱절로 늘어나고, 번식하고, 세상을 뒤덮을 필요가 있었다.

"집으로 가는 길에 몇 군데 더 들러보면 어때?" 내가 제안했다. 지크는 이 말에 기뻐하는 듯했다.

"복사본 가운데 아직 남은 것만 사용하면 되겠어." 그가 말했다. 그는 포스터 가운데 하나를 꺼내서 접고 또 접어서 작은 직사각형으로 만들었다. 손가락으로 단단히 누르고 있지 않으면, 도로 펼쳐져서 내용이 드러날 지경이었다. 나는 그걸 삼키고 싶었지만, 그러지 않았다. 나는 그가 계속 손에 쥐고 있게 내버려두었으며, 함께 그 집에서 나왔다. 하늘에는 아직 해가 남아 있어서 눈이 부셨다. 나는 해를 바라보며 야유를 보내고 싶었다. 우리는 차에 올라탔고, 지크는 지도를 펼쳤으며, 아직 기록되지 않은 채 남아 있는 무척이나 많은 영역으로 우리를 안내했다.

다음 날 아침, 나는 꿈을 꾸다가 잠에서 깨었다. 꿈에서는 지크가 그렸던 포스터 속의 거대한 손들이 계속해서 나를 향해 뻗어 왔고, 손가락들이 흔들리면서 마치 나를 향해 사악한 주문을 걸고 있는 것처럼 보였다. 나는 줄곧 끙끙대고 투덜대며 부엌으로 들어갔다. 엄마는 카운터에서 요구르트를 먹으면서, 트레이시 채프먼의 〈이유 하나만 대봐〉를 흥얼거리고 있었는데, 뭐랄까, 진짜로 몰두한 상태였다. 오빠들은 거실에서 소리를 끈 상태로 옛날 서머슬램* 유료방송 녹화 비디오를 보면서 쿠키 크리스프 시리얼을 먹고 있었다. 나는 오늘의 팝타르트 가운데 첫 번째의 포장지를 벗기고, 설탕이 내 잇몸으로 스며들도록, 나를 깨우도록, 이를 얼얼하게 만들도록 했다.

나는 아빠가 이 집으로 돌아와 우리와 함께 사는 모습을 상상해 보았다. 여름 해가 무척이나 밝게 창을 뚫고 들어왔고, 집 안은 약간 더운 느낌도 들었는데, 우리가 에어컨에 쓰는 돈을 아끼려고 노력 중이었기 때문이다. 하지만 아빠가 떠난 지 2년밖에 안 되었는데도, 아빠 모습을 떠올리는 게 어려워졌다. 아니면 떠올리지 않으려고 노력하는 것일 수도 있었다. 왜냐하면 아빠가 예전에 그랬던 것처럼 거실에 있는 안락의자에 앉아 있는 모습을 상상한다고 치면, 나로선 반드시 아빠의 새로운 아내까지 상상해야 했기 때문이다. 아마 그 여자가 부엌에서 팬케이크를 만들고 있는 모습쯤 되지 않을까. 게다가 나는 반드시 또 다른 프랜시스까지도 덩달아 상상해야

* 미국의 프로레슬링 리그 WWE에서 매년 여름에 개최하는 대회.

했다. 아마 제대로 움직이지도 못하는 작은 아기 손가락으로 무슨 멜바 토스트*를 들고 빨아 먹는 모습쯤 되지 않을까. 이상한 일이었다. 어째서 아빠의 부재는 결국 내가 아빠를 머릿속에서 계속 몰아내기 위해서 열심히 노력해야 한다는, 그러지 않았다가는 아빠가 너무 많은 공간을 차지하게 된다는 뜻이 되고 만 걸까. 나로선 아빠가 이미 죽었다고, 아빠의 유산이 딱 우리를 입히고 먹일 만큼만 매달 할부금처럼 들어온다고 생각하는 편이 차라리 나았다.

나는 지크가 이 집에 와 있는 모습도 상상해 보려 했지만, 다른 모든 식구가 나가지 않는 이상에는 그가 있는 게 이치에 닿지 않았다. 나로선 오로지 그가 혼자 있는, 그러면서 나더러 자기 옆에 앉으라고 말하는 모습만 상상해 볼 수 있었다. 나는 팝타르트를 다 먹어치웠고, 곧바로 하나 더 먹고 싶은 마음이 들었지만, 나중을 위해 남겨두기로 했다. 엄마는 나를 바라보며 미소 지었다. "너 좀 달라 보인다." 엄마가 말했다.

"머리도 안 빗었고 아무것도 안 했는데." 내가 말했다. 부끄러운 느낌이었다.

"아니." 엄마가 말했다. "너 뭔가 행복해 보인다고."

"아. 알았어요."

"솔직히 엄마도 그런 모습을 보는 데에는 익숙하지가 않아서."

---

* 식빵을 얇게 저며 바삭바삭하게 구운 토스트로, 미국에서는 이가 나기 시작한 아기가 씹을 수 있도록 주곤 한다.

엄마가 내게 말했다. "그게 너를 아주 조금이나마 들떠 보이게 만드네."

"고마워요, 엄마."

"오늘도 지크 만날 거야?"

"아마도요." 내가 말했다. 하지만, 그래, 뭐, 물론 나는 그를 만날 것이었다.

"만나서 뭐 하는데?" 엄마가 물었다.

그 순간, 나는 내 안에서 뭔가가 열리는 느낌을 받았고, 내가 어떤 집착을 갖고 있으면서도 정작 거기에 대해 아무 말도 할 수 없을 때 하루를 살아가기가 얼마나 어려운지를 깨달았다. 나는 엄마에게 말하고 싶었다. 내가 도망자라는 것을, 그 일이 너무 갑자기 일어났기 때문에 나 스스로도 거의 믿을 수 없다는 것을. 나는 엄마에게 묻고 싶었다. 금 탐광꾼이 좋은 사람인지, 아니면 나쁜 사람인지를. 나는 엄마에게 묻고 싶었다. 엄마는 내가 금 탐광꾼이라고 생각하는지를. 나는 엄마에게 묘사하고 싶었다. 종이 한 장을 벽돌담에 대고 누르는 느낌을. 거친 표면에 달라붙으려고 하는 그 작은 덕트 테이프며, 그 테이프가 붙들어 주는 것이 얼마나 중요한지를. 나는 엄마에게 말해주고 싶었다. 혹시 엄마도 자신만의 포스터를 만든다면, 그걸 익명으로 아빠에게 편지로 부친다면, 엄마도 기분이 더 나아질 거라고. 나는 엄마에게 말해주고 싶었다. 제록스 기계만 있으면 나는 제때제때 숨을 쉴 수 있고, 나의 내면 또한 마치 복사기처럼 느껴진다고. 나는 엄마에게 물어보고 싶었다. 진짜로 섹스를 하지 않고도 섹스를 하는 일이, 그걸 끝내버리는 일이 가능하냐고. 나는 엄마에게 묻고 싶었다. 우리 아빠도, 두 사람이 처음 만났을 때, 엄마의 손가락을 칼로 그어 뭔가 기묘한 피의 맹세를 하라고 시켰느냐고. 나는 엄마에게 보여주고 싶었다. 나쁜 여자애에 대한 내 소설을. 나는 그걸 엄마에게 읽어주고 싶었다. 나는 엄마가 이렇게 말해주었으면 싶었다. "이거 진짜 좋다, 프랭키." 그러면 나는 이렇게 말할 것이었다. "나는 이곳에 어울리지 않는 느낌이에요." 그러면 엄마는 이렇게 말할 것이었다. "콜필드를 뜻하는 거니?" 그러면 나는 이렇게 말할 것이었다. "어디든지요." 나는 입을 크게 벌렸다. 거기서 뭐가 나올 수 있는지 엄마는 전혀 몰랐다.

"노는 거죠." 내가 마침내 말했다. "그냥… 노는 거예요."

엄마는 나를 바라보았다. 만약 엄마가 다시 한번 콘돔 이야기를 꺼낸다면 나는 죽을 것 같았다. 나는 엄마가 이해했으면 싶었다. 나의 내면에는 훨씬 더 기묘한 뭔가가 있다는 것을. 설령 그게 정확히 뭔지를 엄마가 미처 모른다 하더라도 말이다.

"음, 즐거운 시간 보내렴." 엄마가 말했다. 그러고는 지갑과 열쇠를 챙겨 부엌에서 나갔다. 나는 팝타르트를 또 하나 꺼내서 겨우 세 입 만에 먹어치웠다.

"또 보자, 얼간아." 찰리가 말했다. 오빠들도 자리에서 일어나자, 온 집 안이 그들에게 맞추기 위해서 움직였고, 그들은 떠나버렸다.

내가 두 명 더 있었으면 하는 마음이었다. 우리도 셋이나 있다면, 프랭키가 세 명이라면, 어쩌면 나도 그토록 심하게 떨기를, 멍청한 두 뇌 하나에 그 모든 걸 집어넣으려 노력하기를 중단할 수 있을 것이었다. 나는 또 다른 프랜시스, 내 이복동생에 대해서 생각했다. 나는 작정했다. 그 애가 10대가 되면, 내가 은색 포르셰를 타고 학교로 찾아가서 납치할 것이었다. 그 애를 데리고 콜필드로 올 것이었다. 내가 만든 포스터 가운데 한 장을 보여줄 것이었다. 그 애가 이해하지 못한다면, 나는 그 애를 다시 아빠 집으로 데려다줄 것이고, 차 밖으로 걷어찰 것이고, 심지어 속도를 늦추지도 않고 그렇게 할 것이었다.

그러고 나서야, 이 여름의 리듬 덕분에 내가 세수를 하고 이를 닦기에 딱 충분한 시간을 얻었을 때, 지크가 문간에 나타났다. 자전거를 타고 오느라 벌써부터 땀을 흘리고 있었다. 특유의 신경과민하고 곤두선 표정이 떠올라 있었고, 마치 밀고 들어오듯이 집 안으로 들어왔다.

"너네 옆집 사람이 나를 빤히 쳐다보는 거야." 그가 말했다. "뭔가 좀 섬뜩한 아저씨야. 어쩌면 그 사람이 우리가 하는 일을 알고 있을지도 모르겠어. 그 사람은, 뭐랄까, 기묘한 잠옷을 입고 있더라고."

나는 현관으로 나가서 에이버리 씨를 바라보았다. 그가 손을 흔들자, 나도 마주 손을 흔들었다.

"저건 잠옷이 아니야." 내가 말했다. 마치 방금 지크가 내게 말해준 내용에서도 가장 중요한 대목이 바로 그거라는 말투로, 마치 진짜 문제는 그것뿐이라는 말투로 말이다. 여하간 내게는 실제로 그러했다. "하오리라고."

"뭐?" 지크가 물었다.

"일본의 기모노 같은 거야. 물론 그만큼 멋지지는 않지만. 일종의 겉옷일 거야. 내 생각에는. 언젠가 아저씨가 설명해 줬었거든."

"저 사람이 누군데?"

"에이버리 씨라고 해." 내가 말했다. "로스앤젤레스에서 왔는데, 지금은 여동생이랑 같이 살아. 좋은 분이야. 원래는 예술가였대. 하지만 많이 아프다더라고. 그래서 저 하오리를 입고 있는 거야. 아저씨 말로는 항상 몸이 춥다고 하니까."

"저 사람이 예술가라고?"

"그래. 말하자면. 한번은 나한테도 설명해 주었는데, 뭐랄까, 행위였어. 행위 예술 말이야."

"행위 예술에 대해서는 나도 알아… 대강은." 지크가 대답했다.

"음, 그 아저씨가 한 게 그거래. 로스앤젤레스에서 말이야. 일본에서도 했다나 봐, 아마도. 그래서 저 하오리를 갖게 된 거래. 아저씨는 저걸 상당히 자랑스러워하시더라고."

"내 생각에는 저 사람이 우리가 뭘 하는지를 아는 것 같아. 정말로 나를 빤히 쳐다봤으니까."

"아마 네가 여기서 뭘 하는지 궁금했을 거야. 왜냐하면 누가 나를 찾아온 적이 없었으니까. 그냥 심심했을 거야. 아저씨도 항상 집에만 있으니까. 이 블록을 한 바퀴 도는 짧은 산책을 할 때만 빼고 말이야. 아저씨는 암이거든, 아마도. 그래서 우리가 뭘 하고 있는지 따위보다 오히려 다른 걱정거리가 있는 셈이지."

여기서 한마디 덧붙이자면, 이때로 말하자면 누군가를 구글로 검색해서 결과를 얻어낼 수 있는 시절보다 훨씬 이전이었다는 거다. 이 당시만 해도 나는 인터넷을 거의 사용해 보지 않았다. 게다가 랜돌프 에이버리Randolph Avery로 말하자면, 1990년대에 콜필드에 살던 10대 청소년이 단박에 알 만한 누군가도 아니었다. 훗날에야 나는 그가 누구인지, 얼마나 유명했었는지를 깨닫게 되었다. 그는 1980년대 초에 어마어마하게 영향력이 큰 예술가였다. 뉴욕 현대미술관이며 로스앤젤레스 카운티 미술관에도 그의 작품이 전시되어 있었다. 그런데도 콜필드의 우체국장이었던 여동생 집으로 이사 온 후로 2년 내내 그는 그냥 에이버리 씨였다. 이 기묘하고도 상냥한 남자는 때때로 나와 말을 하면서 얼굴에 특유의 아련한 표정을 짓고 있었다. 마치 자기가 어쩌다가 이곳까지 오게 되었는지 도무지 알 수 없다는 듯이 말이다.

"어젯밤에는 뭐 했어?" 나는 지크에게 물었다.

"대부분 내 공책에다가 그림을 그렸어. 우리 할머니 집에서는 딱히 할 일이 별로 없거든. 유선방송도 안 나오고, 심지어 비디오도 없어. 할머니는 늘 카드놀이만 하고 싶어 하셔서, 나도 최대한 버틸 수 있는 데까지는 그걸 하지. 우리 엄마는 늘상 바이올린만 연주하고 있어. 그러다 보니 만사가 뭔가 소름 끼치는 거야.”

“너네 엄마가 바이올린을 연주하신다고? 그러니까 너랑 같은 방에서 말이야?”

“그래. 거실에서. 엄마는 그냥 늘상 연주만 하고 있어. 마치 나랑 할머니가 연주를 해달라고 돈이라도 갖다 바친 것처럼 말이야. 엄마가 곡을 하나 마치고 나면, 뭐랄까, 내가 어떻게 해야 하는 거지? 박수라도 칠까? 좋았다고 말해주기라도 할까? 어쨌거나 아무 상관 없어. 왜냐하면 엄마는 그냥 다음 곡을 또 시작하니까. 그러다가 지쳐버리면 엄마는 현관 베란다에 나가서 담배를 피워. 예전에는 전혀 안 피웠는데도 말이야.”

“윽.” 내가 말했다. 아빠가 떠난 직후의 우리 엄마가 생각났다. 몇 달 동안 엄마는 뭔가 놀란 듯한 표정을 짓고 있었다. 마치 이 모두가 진짜라는, 당신이 꿈꾸는 게 아니라는 것을 5초에 한 번씩, 다시 한번 깨달은 것처럼 말이다. 그러다가 어느 날 밤에 저녁 식사 자리에서 나는 엄마가 어깨를 잔뜩 움츠리지 않고 있다는 것을, 몸에서 긴장을 풀고 있다는 것을 깨달았다. 어쩌면 엄마가 호바트를 만났기 때문일 수도 있었다. 어쩌면 엄마가 아빠와의 그 모든 시간을 겪고 나서, 아빠 없이도 그리 나쁘지 않음을 깨달았기 때문일 수도 있었다. 무슨 이유에서든 엄마는 긴장을 내려놓게 되었다. 그걸 보니 나도 좋았다. 지크의 엄마 같은 경우에는 얼마나 오랜 시간이 걸릴지 궁금했다. 과연 그런 일이 일어나기는 할지도 궁금했다.

"그러고 나면 나도 방에 들어가서 그림을 그려." 지크가 말을 이었다. "이 디자인을 작업하고 있었어. 우리가 포스터를 하나 더 그리는 게 좋을 것 같아서 말이야."

"하나 더?" 내가 말했다. 긴장해서 몸이 뻣뻣해졌다.

"그래. 말하자면 하던 대로 계속하면서, 살짝 이것저것 바꿔보는 거야. 말하자면, 너 혹시 포스터에다가 적고 싶은 다른 내용 같은 거 생각 안 나?"

"아니." 내가 대답했다. 약간 슬픈 기분이 들었다. "나는 이미 다 말했는걸."

"내 생각에는, 뭐랄까, 커다란 늑대 한 마리가 뼈 무더기 위에 앉아 있는 모습을 그릴 수 있을 것 같아. 내가 스케치도 해 왔어. 자, 보여줄게."

그가 공책을 꺼내자, 그가 설명한 그대로, 커다란 늑대 한 마리가 뼈 무더기 위에 앉아 있었지만, 그건 뭔가 딱이라고 느껴지지 않았다. 똑같이 느껴지지가 않았다.

"나는 그냥… 나는 굳이 하나 더 만들고 싶지가 않아." 내가 마침내 말했다. 그는 손으로 늑대를 가리켰지만, 나는 미처 그걸 못 본 것처럼, 마치 뼈 무더기 위의 형체가 커다랗고 좆같은 늑대라는 사실을 못 깨달은 것처럼 말이다.

"다른 건 절대로 만들고 싶지 않다는 거야?" 그가 말했다. 그가 내게서 살짝 벗어나는 듯한 느낌을 받았다. 나는 그를 다시 끌어당길 필요가 있었다.

"나는 작품을 영원히 만들고 싶어. 내가 사는 동안 내내 말이야. 하지만 우리 포스터는 우리가 만든 유일한 것이 되었으면 해. 그건 특별하니까. 우리가 만든 첫 번째 것이니까. 그건 완벽해, 안 그래? 그건 완벽하다고. 그건 우리 피가 묻어 있으니까."

"이번 것에다가도 피를 묻히면 되지." 그가 말했다. 그러면서 다시 한번 늑대를 손으로 가리켰다.

"내 말이 무슨 뜻인지 알지, 지크?" 내가 물었다. 그가 하는 말에 온 세상이 달려 있었다. 나는 우리 포스터의 복사본 가운데 한 장을 집어 들고 그에게 내밀었다. "이 세상이 얻게 된 건 바로 이거야. 우리가 더 만든다고 치면, 서로 다른 디자인이며, 새로운 말도 잔뜩 넣는다면, 우리는 이걸 잃어버리는 거야. 이건 그냥 사라져 버리는 거야. 이건 마치… 나도 잘 모르겠지만… 평범해. 무슨 뜻인지 알지?"

그는 포스터를 바라보았다. 그의 입술이 내가 쓴 말들을 따라 움직이는 모습을 볼 수 있었다. 그는 미소 지었다. 그러더니 그는 고개를 끄덕이고 나를 바라보았다.

"그래." 그가 말했다. "네 말이 무슨 뜻인지 알아. 좋아. 그냥 이것만 하자. 오로지 이것만."

"오로지 이것만." 내가 말했다. 우리는 차고로, 복사기로 갔다. 더 많이 만들어 내기 위해서.

제7장

이후 나흘에 걸쳐서 우리가 콜필드에서 포스터를 붙여놓은 곳들을 몇 군데 열거하자면 다음과 같다. 공립 도서관의 게시판. 도서관의 책 더미에서 무작위로 고른 46권의 책 속에, 접어서. 골든 갤런 주유소의 남녀 화장실 칸막이 문 안쪽. 크로거 슈퍼마켓에 있는 모든 쿠키 크리스프 시리얼 상자의 뒷면. 마샤 크룩스 공원에 있는 모든 노대. (다시 한 번) 극장 뒤쪽 벽. 읍내의 주택 270채의 우편함 속. 하디스 뒤편 쓰레기통. 공립 수영장에서 잠그지 않은 사물함에 들어 있던 누군가의 청바지 주머니 속. 몇 달 전에 문을 닫은 미장원 전면 유리 전체. 웬디스 고객 건의함 속. 페이리스 매장에 있는 6사이즈 운동화 한 켤레의 상자 속. 콜필드 고등학교 앞 국기 게양대에, 테이프로 붙여서. 보낸 사람 주소 없이《콜필드 레저》 신문사로 보낸 편지봉투 속. 고등학교 교과 과정에서 성교육 과목을 없애려고 했던 어느 목사의 자동차 앞유리. 대마초용 유리 파이프와 향을 판매하고 검은 불빛으로 안쪽이 번쩍거렸던 스피너스 음반가게 게시판. 데어리 퀸의 냉장고에 있는 딜리 바 아이스크림 무더기 밑. 콜필드 최후의 남부 연맹 군인의 묘비.

지도상에 별이 워낙 많아졌기 때문에, 나는 그걸 바라보기만 해도 아찔해졌다.

별이 워낙 많아지면서 슬슬 다른 사람들도 눈치를 채지 않을 수가 없었다. 그들로서는 그 이미지를, 그 말을 보지 않을 수가 없었다. 그리고 궁금해하지 않을 수가 없었다. "이게 '도대체' 뭐야?"

나는 위층 내 방에서 소설을 쓰고 있었다. 기묘한 일이었지만, 포스터를 만들고 나자, 그걸 사방팔방에 붙이고 나자, 나는 두뇌 속에서 뭔가가 풀려난 듯한 느낌을 받았다. 나로선 사악한 낸시 드루에 관한 소설 쓰기를 도저히 멈출 수가 없었다. 이제 나는 그녀의 언니이자 멍청한 여성 탐정 테스가 우연히 증거를 하나 발견하게 되는 대목에 와 있었다. 그 증거로 말하자면, 그녀의 아버지인 경찰서장이 이전까지만 해도 무시했던 것이었으며, 에비가 우연히 남겨두었지만 여차하면 그녀를 범인으로 지목할 수도 있는 것이었다. 이제 에비는 그 증거가 아무 의미도 없음을, 아무 가치 없음을, 결국 모두의 시간만 낭비시키고 말 것임을 언니에게 설득하려 노력하고 있었다. 에비는 증거를 가져가려고 손을 뻗었으며, 테스가 그걸 순순히 넘겨주기를 기다렸다. 에비의 손은 공중에 그냥 머물러 있었고, 테스의 손에서 불과 몇 센티미터밖에는 떨어지지 않아서, 약간이라도 더 내밀면 서로를 타격할 수 있을 만큼 가까웠다. 그런데 내가 이 모든 내용을 써 내려가려 하는 과정에서 정말로 기묘했던 점은, 과연 테스가 그 증거를 동생에게 넘겨줄지 안 넘겨줄지를 나조차도 몰랐다는 점이었다.

그러다가 오빠들이 집 안으로 쿵쾅거리며 들어오는 바람에 집중이 깨지고 말았다. 나도 새삼 배가 고프다는 사실을 깨달았다. 가끔은 세쌍둥이가 팔다 남은 햄버거며, 식어빠진 프렌치프라이를 집에 가져왔기 때문에, 혹시 뭐라도 가져왔나 보려고 아래층으로 내려가 보았다. 물론 그렇게 하면 십중팔구 속이 메스꺼워지겠지만. 지크는 할머니를 따라서 식품점에 가고 없었는데, 내친김에 쿠키 크리스프 상자에 포스터가 아직 잘 붙어 있는지 살펴보겠다고 약속했었다.

내가 거실로 들어가 보니, 오빠들은 소파에 앉아서 탁자 위로 몸을 굽히고 포스터 복사본을 바라보고 있었다. 내 포스터를.

"그거… 그거 뭐야?" 내가 물었다. 목소리가 목구멍에 붙어서 잘 나오지 않았다. 마치 아플까 봐 차마 못 물어보겠다는 듯.

"네가 보기에는 뭐 같으냐, 얼간아?" 앤드루가 말했다.

"나야 모르지." 내가 대답했다.

"음, 우리도 모르기는 마찬가지야." 앤드루가 말했다.

“이게 읍내에 쫙 깔렸더라고.” 찰리가 말했다. “내가 보니까 쓰레기통에도 잔뜩 붙어 있었어.”

“제나 말로는 걔네 부모님도 우편함에서 하나 발견했다던데.” 브라이언이 말했다.

“뭔가 좀 좆같은데.” 앤드루가 말했다.

“이거야말로 오빠들이 하고도 남을 일 같네.” 내가 마침내 말했다.

“맞아, 딱 그래 보이지.” 찰리가 대답했다. “그런데 우리가 안 했거든.”

“이게. 도대체. 뭘까?” 브라이언이 말했다. 진심으로 짜증 난 듯했다. 마치 포스터가 오빠의 두뇌를 감염시키고 있기라도 한 것처럼 말이다.

“뭐랄까, 이거 혹시 무슨 밴드 아니야?” 찰리가 말했다. “도망자? 밴드 이름치고는 멍청하고 좆같은데.”

“저 빌어먹을 놈의 손 좀 봐!” 브라이언이 외쳤다.

바로 그때 엄마가 퇴근해서 집에 돌아왔다. 역시나 포스터 한 장을 들고 있었다. “아들들.” 엄마가 말했다. 손에 들고 있는 포스터가 마치 고분고분하지 않은 새처럼 이리저리 흔들렸다. “이거 너네가 한 거야?”

“아니에요!” 오빠 셋이 한목소리로 대답했다.

“아, 십년감수했네.” 엄마가 대답했다. 그러고는 잠깐 동안 문에 몸을 기대고 서 있었다. “호바트가 이거에 대해서 기사를 쓰고 있거든."

호바트는 지역 신문사에서 일하는 아저씨였다. 엄마는 그냥 친구 사이라고 하지만, 우리 모두 최근 넉 달 동안 두 사람이 띄엄띄엄 몰래 만나고 있다는 걸 알고 있었다. 엄마는 두 사람이 너무 가까워지게 될까 봐 당황하는, 또는 걱정하는 듯했고, 자기네는 만날 수 없다고 말하곤 했다. 하지만 결국에는 질리스 주점에 함께 가서 주크박스에서 흘러나오는 제이 가일스 밴드의 노래에 맞춰서 춤을 추곤 했다. 두 사람은 고등학교 시절부터 서로 알고 지냈지만, 물론 그 당시에도 사귀었던 것은 아니었다. 하지만 나는 엄마에게 우리 아빠 말고 다른 남자가, 어쩌면 아빠랑 정반대인 남자가 필요하다고 생각했다. 호바트는 꾀죄죄하고 지저분한 턱수염을 기르고, 하와이언 셔츠를 걸치고, 〈빌리 잭〉이라는 영화에 대해서 항상 떠들어 댔다. 그는 마치 레스터 뱅스*가 스투지스** 대신 독립기념일 기념 케이크 경연 대회에 관해서 썼다고 가정했을 때와 유사한 사람이었다. 비록 내 입장에서는 약간 창피한 사람이기는 했지만, 우리 엄마가 바라보면서 '어쩌면 지난번 남자보다는 당신이 더 낫겠어' 하고 생각할 수 있는 남자가 하나 있다면야 나로서도 좋았다. 호바트는 만남을 시작하기에 좋은 사람인 듯했다. 이제 그는 우리 포스터에 관해서 기사를 쓸 예정이었다.

* 미국의 음악 평론가. 《롤링스톤》 등에 기고했으며, 뛰어난 필력과 예리한 통찰로 오늘날까지 회자된다.
** 1967년에 결성한 미국의 록 밴드. 훗날 펑크 장르의 선구자로 평가되었다.

"그게 무슨 말이에요? 아저씨가 이거에 대해서 기사를 쓴다고
요?" 내가 물었다. "굳이 기사까지 쓸 내용이 있겠어요?"

"음, 뭐랄까, 이건 일종의 수수께끼잖니. 이 포스터가 읍내에 쫙
퍼졌으니까. 그는 10대 몇 명이 그냥 장난을 치고 다니는 거라고 추
측하는 모양이지만, 그럼에도 상당히 정교하다고 말하더라고. 그의
말에 따르면, 이 인용문은 십중팔구 랭보라는 프랑스 시인에게서
가져온 거래. 이 그림은 어떤 언더그라운드 만화에서 가져온 거고
말이야."

"랭보요?" 내가 말했다. "영화에서 레오나르도 디카프리오가 연
기한 사람이었는데."

"음, 또 시작이구나." 엄마가 말했다. 뭔가 만족스러운 듯했다.
"10대 청소년은 디카프리오를 좋아하니까, 어쩌면 이제 랭보의 시
도 좀 읽기 시작한 것일 수도 있지."

"이건 10대 청소년이 할 만한 일이 아니에요, 엄마." 찰리가 말했다.

"음, 지금 당장으로서는 그냥 가설일 뿐이야." 엄마가 말했다. 당
신 아들들이 저지르지는 않았다는 사실이 워낙 기쁜 나머지, 이미
관심 밖인 듯했다.

나는 세쌍둥이를 바라보았다. 세 명 모두 포스터에 나온 말을 중
얼거리고 있었고, 그림 위에서 연신 손짓을 하고 있었다. "이 점들은
도대체 뭐야?" 앤드루가 물었다.

"별." 내가 말했다. "별처럼 보이는데."

매지 브라워

매지가 다시 전화를 걸었다. 이번에는 내가 집에 혼자 있을 때였다. 빨래를 개키고 있었다. 나는 항상 빨래를 개켰다. 딸아이가 하루에 양말을 네 번이나 갈아 신으면서, 벗은 양말을 소파 뒤며 침대 밑에 던져놓았기 때문이다. 그래서 나는 영원히 그걸 빨고, 말리고, 둥글게 말아서 딸아이의 서랍장에 넣어두었다. 그러고 나면 딸아이는 그 일을 처음부터 다시 시작했다. 전화가 울리자 나는 바보처럼 받아버렸다.

"프랭키?" 그녀가 밀했다. 내 이름을 제대로 불렀다.

"어, 아니요." 내가 말했다. "아니, 됐어요."

"잠깐만 기다려요. 그냥 몇 초만 이야기할게요."

"저는 이야기하고 싶지 않아요." 내가 말했다.

"하지만 전화를 받으셨잖아요, 맞죠? 혹시 제가 다시 전화하기를 바랐다는 생각 안 드세요? 혹시 그 일에 대해서 누군가에게 이야기하는 게 좋겠다는 생각 안 드세요?"

"첫째로, 저는 당신이 다시 전화를 걸기를 '안' 바랐어요. 둘째로, 그 일에 대해서 누군가에게 이야기하는 것은 좋지 '않을' 거예요. 셋째로…."

"셋째로?"

"사실 세 번째 이유 따위는 없어요. 저는 그냥 당신과 이 이야기가 매우 두려울 뿐이에요."

"그렇다면 꼭 이렇게 해야 할 필요까지는 없어요." 그녀가 말을 이었다. "저는 그 이야기의 일부분을 알고 있어요. 하지만 당신은 다 알고 있죠. 제가 이에 관해서 당신과 이야기를 하고 싶은 이유도 그래서예요. 그 일이 어떻게 일어나게 되었는지를 이해하고 싶어요. 당신이 어떻게 그 일을 했는지를 알고 싶은 거고요. 당신이 왜 그 일을 했는지를요. 그리고 당신이 지금 와서는 그 일을 어떻게 생각하는지도요."

"그 질문 가운데 뭐에 대해서도 어떻게 대답해야 할지 모르겠어요." 내가 그녀에게 말했다.

"제 생각에는 알고 있는 것 같은데요." 그녀가 말했다. "그거야말로 당신이 오래 생각해 온 뭔가가 아닐까 싶거든요."

"음… 맞아요. 그건 사실이에요. 하지만 저는 그 질문 가운데 뭐에 대해서도 어떻게 대답해야 할지 아직 모르겠어요."

"그건 괜찮아요. 저는 기꺼이 만나서, 일대일로 이야기할 준비가 되어 있으니까요. 비록 처음에는 비공개 조건이라도 말이에요. 당신이 원한다면 어느 쪽이라도 좋아요."

나는 세상이 점점 더 작아진다는 느낌이 들었다. 그러자 문득 겁이 났다. 왜냐하면 나는 이미 그 기억들이 내게서 하나도 빠져나가지 않도록 보장하기 위해서 나 스스로를 매우 작게 만들어 놓은 상태였기 때문이다. 그런 와중에 세상이 줄어들게 된다면 상황이 더 나빠질 수 있었다. 사람들이 나를 찾고 있다는 사실을 안다면 말이다.

"이만 끊을게요." 내가 말했다.

"프랭키." 그녀가 말했다. 내가 전화를 막 끊으려는 참이었다. "제 생각에는 당신도 이 일에 대해서 이야기할 필요가 있는 것 같아요. 사람들이 죽었잖아요. 그건… 그건 큰일이었어요."

"죄송해요." 내가 말했다.

그러자 기억이 더더욱 빨라졌다. 그러자 나는 화가 났다. 기억이 너무 빨리 움직이는 바람에, 나로서는 그 순간들을 차마 알아볼 수조차 없었기 때문이다. 나는 소파에 앉았다. 방에서는 상쾌한 냄새가 났다. 마치 섬유 유연제 같은 냄새가. 나는 눈을 감았고, 기억이 천천히 움직이기를 바랐다. 나는 기억이 그 당시에 일어났던 것처럼 딱 맞는 속도로 움직이게 만들었다. 마치 내가 다시 그 안으로 걸어 들어가는 것처럼. 나는 스스로에게 약속했다. 그 기억이 내게서 벗어나게 허락하지 않겠다고.

제8장

다음 날, 나는 지크를 차에 태우고 읍내를 돌아다 녔다. 지크는 멤피스에서 가져온 카세트를 틀었는데, DJ 스퀴키라는 사람의 믹스였다. 거기서는 느린 목소리로 계속해서 이렇게 말했다. "불태워, 베이비, 불태워, 베이비, 불태워, 베이비, 불태워." 마치 최면을 거는 듯한 느낌이었다. 온 세계가 물결치고 아른거리는 것 같은 방식이며, 열어놓은 차창이며, 뜨거운 열기까지도. 그러다가 우리의 포스터 가운데 또 하나가 눈에 띄면, 순간적으로 모든 것이 속도를 올리곤 했다. 내 배낭에는 더 많은 복사본이 들어 있었지만, 지크는 우리가 붙잡힐 수도 있다며 걱정하고 두려워했다. 우리는 텅 빈 것이 분명한 주택의 우편함에도 몇 개 집어넣었고, 그 장소를 지도에 표시했지만, 대개는 그냥 차를 몰기만 했다.

나로선 이제껏 한 번도 콜필드와 각별히 연결되어 있다는 느낌을 받은 적이 없었다. 무슨 뜻인가 하면, 나는 오히려 이곳에 '얽매였다는' 느낌만 받았다. 마치 이곳에서 보낸 여러 해 때문에, 내가 다른 곳에 가서 살기가 더 어려워질 거라는 듯 말이다. 하지만 단 한 번도 이곳이 나를 키워냈다고 느낀 적은 없었다. 남부라는 곳은, 말하자면, 플래너리 오코너의 작품 같다고 모두들 생각했다. 이곳은 을씨년스럽다고 모두들 생각했다. 어쩌면 그럴 수도 있다. 깊은 곳, 그러니까 그 토양 속에는 말이다. 하지만 나는 단 한 번도 이곳을 그렇게 보지 않았다. 우리 동네에는 맥도날드도 있었다. 물론 이것 말고는 딱히 이렇게 말해야 힐지 나도 모르겠지만 말이다. 서짐은 없지만, 뭐, 괜찮다. 우리 동네에는 박물관이라고 해야 옛날 감옥 전시관이나 군용 차량 전시관이나 철도 전시관 같은 것들뿐이었다. 우리 동네에는 월마트도 있었다. 나는 일반적인 옷을 입었다. 그리고 지크를 태우고 읍내를 운전해 다니는 동안, 나는 다음과 같은 것들을 손으로 가리켰다. "나 예전에 저 회전목마에서 떨어지는 바람에 유치가 하나 부러졌었어." 또는 "저 신발가게는 80년이나 되었는데, 신발을 살 때 저 기계에다가 나무로 만든 주화를 집어넣으면 기계 닭이 플라스틱 계란을 낳고, 그걸 까보면 안에 사탕이 들어 있어." 또는 "저 바이로 가게에서 헤비메탈 잡지를 하나 훔친 적이 있었는데, 내 방에다가 리타 포드 포스터를 붙여놓고 싶어서 그랬어."

어쩌면 내가 이곳을 사랑한다고 볼 수도 있지 않나 하는 느낌이 들었다. 또는, 아니 나는 그냥 지크가 이곳을 사랑해 주기를 바랐을 뿐이었다. 만약 그가 이곳을 사랑하지 않는다면, 만약 그가 체리라임에이드를 살 수 있는 저 오래된 편의점에 감명받지 않는다면, 나는 우리 포스터 가운데 하나를 그곳 카운터 밑에 테이프로 붙일 것이었다. 그러고 나면 그도 그곳에 대해서 사랑 비슷한 뭔가를 느끼게 되지 않겠는가?

우리가 읍내 광장 주위를 연속으로 일곱 바퀴 도는 사이, 지크는 자기네 할머니도 어젯밤 성서 공부 모임에서 포스터에 관한 이야기를 듣고 왔다고 말했다. 어떤 할머니가 하나 발견해서 모임에 가져왔다는 것이다. "다들 이게 악마와 관련이 있는 거라고 생각했대." 지크의 말이었다. "악마 숭배나, 뭐 그런 거라고 말이야." 할머니 가운데 한 분은 거기 적힌 문장이 『계시록』의 한 절을 이용한 말장난이라고 확신했고, 급기야 공부 시간 내내 그 절이 어디인지를 찾아보았고, 성서를 샅샅이 뒤졌지만, 끝내 자기들이 원한 것을 찾아내지 못하고 말았다.

"모두들 이게 다른 어딘가에서 나온 말인 줄 알더라고." 내가 말했다.

"세상 모든 것은 말하자면 다른 어딘가에서 나오게 마련이니까." 그가 대답했다.

"음, 뭐, 하지만 이건 나에게서 나온 거라고. 나에게서만."

“그리고 나에게서도.”

“그리고 너에게서도.”

우리는 크리크사이드 마켓에서 선드롭 주스 두 병과 포도 맛 풍선껌 한 움큼을 샀다. 게시판을 살펴보니 우리 포스터가 여전히 붙어 있었다. 내가 그걸 바라보는 사이, 포스터는 물결처럼 변했고, 마치 신기루처럼 되었다. 나는 배낭 안으로 손을 집어넣었고, 카운터에 있는 남자가 딴 곳을 바라보는 사이에 포스터를 또 한 장 붙였다. 이미 붙어 있던 포스터 바로 위에다가. 내가 느끼기에는 아우라가 두 배로, 어쩌면 네 배로 늘어난 것 같았다. 나는 약간 어지러워졌다. 나는 바로 그곳에서 선드롭의 절반을 마셔버렸다. 가게에 선재로, 마치 갈증으로 죽이기는 사람미낭 꿀꺼꿀꺼 꿀꺼했다. 그러고 나서야 나는 비틀거리며 바깥으로, 열기 속으로 나갔다. 이것이야말로 집착의 아름다움이었다. 나는 문득 깨달았다. 이것은 결코 시들지 않았다. 제대로 하기만 한다면, 진정한 집착은 시간이 흘러도 똑같은 강도를 지니고 있었다. 시간에 맞춰서 내 심장을 계속 뛰게 해주는 일종의 전기 충격과도 같았다.

밖에서는 지크가 나를 기다리고 있었다. 우리는 병을 서로 맞부딪혔다. 그는 내 가방 안으로 손을 집어넣어서 포스터를 또 하나 꺼내더니, 그걸 접어서 종이비행기를 만들었다. 그는 몇 초쯤 기다리면서 우리를 보고 있는 사람이 없는지 확인했다. 그러고 나서 종이비행기를 주차장에 있는 어떤 창문 열린, 사람 없는 차 쪽으로 던졌다. 종이비행기는 바람을 타고 차창을 향해 날아갔다. 우리는 그 완벽한 모습에 숨을 죽였다. 그러나 종이비행기는 뭔가 기묘하게 빙글빙글 돌더니 그냥 바닥에 떨어지고 말았다. 지크는 재빨리 엉금엉금 걸어가서 종이비행기를 집어 들더니 열린 차창으로 집어넣어서 조수석 위에 떨어트렸다. 우리는 킥킥거리며 웃었다. 지크가 내 팔을 붙잡고 더 가까이 끌어당겼고, 우리는 키스했다. 하지만 나는 완전히 준비되지는 않은 채였기 때문에, 우리 이가 맞부딪히자 살짝 헉 소리를 냈다. 혹시 앞니 하나가 부러졌나 하는 생각 때문이었다. 나는 곧바로 다시 시도하고 싶었다. 이제는 나도 기대하고 있었기 때문이다. 하지만 여전히 내가 망쳐버릴까 봐 겁이 났다. 말하자면, 결국에는 내가 그의 코를 물어뜯는 것으로 마무리될까 봐 말이다.

이것이야말로 공개된 장소에서의 우리의 첫 번째 키스였다. 이것이야말로 공식화인 셈이었다. 정확히 '무엇'의 공식화인지는, 우리가 무엇을 공표하는 것인지는 나도 몰랐다. 우리는 사귀는 것도 아니었다. 그는 내 남자친구도 아니었고, 나 역시 그를 그런 식으로 생각하지 않았다. 진심으로는 아니었다. 나는 혹시 누가 쳐다보나 싶어서 주위를 둘러보았다. 마치 누군가가 있다면 이 모든 것이 무슨 의미인지를 우리에게 말해줄 것처럼. 하지만 우리는 남의 눈에 띄지 않았다. 우리는 중요하지 않았다. 그래서 나는 다시 그에게 키스했다. 바로 그것의 공식화였다. 즉 우리가 온 세상에서 서로를 제외한 다른 모든 사람의 눈에 보이지 않는다는 것이었다.

어떤 여자가 마켓 문을 열어젖히더니, 리틀데비 미니케이크 한 움큼을 들고 나왔다. 여자는 이제 우리의 포스터가 조수석에 놓인 바로 그 차로 향했다. 우리는 내 차에 올라서 그곳을 떠났다. 무슨 일이 벌어지는지 보려고 굳이 고개를 돌리지도 않고서.

어쩌면 온 여름이 이런 식으로 계속될 수도 있었을 것이다. 상상해 보기는 무척이나 쉽다. 우리는 포스터를 붙였을 것이고, 사람들은 이 수수께끼에 지쳤을 것이며, 우리는 열기 속에 정착했을 것이다. 나는 지크와 섹스를 했을 것이고, 그거야말로 가장 고통 없는 섹스가 되었을 것이며, 내 작은 침대에서 이불을 덮은 채로, 우리 엄마말로는 협상의 여지가 없는 바로 그 콘돔을 사용했을 것이다. 그의 어머니는 마침내 자기가 남편과 화해하고 싶다는 것을 깨달았거나, 아니면 자기가 이제는 싱글맘이기 때문에 일자리가 필요하다는 것을 깨달았거나 해서 다시 멤피스로 돌아갔을 것이다. 나는 그를, 그 한 번의 여름을 내 마음속에 간직했을 것이다. 우리는 각자의 작품을, 즉 그의 그림과 나의 소설을 주고받았을 것이다. 우리는 때때로 편지를 썼을 것이며, 실생활이나, 대학 입학, 새로운 친구 때문에 방해받기 전까지 그러했을 것이다. 한 해 걸러 추수감사절이면 그가 할머니를 뵈러 콜필드로 찾아올 것이며, 우리는 차에 타고 읍내를 돌아다닐 뿐만 아니라, 어쩌면 단지 그 짜릿함을 다시 느껴보기 위해서라도 포스터를 몇 개쯤 붙일 것이었다. 우리는 내 차 안에서 살을 섞기도 할 것이다. 우리는 대학을 졸업할 것이고, 그는 이 나라의 저편에 살고, 나는 이편에 살게 될 것이다. 나는 소설을 간행할 것이고, 홍보 여행차 들른 콜로라도 덴버에 있는 어느 서점에서는 그가 객석에 앉아 있을 것이다. 우리는 커피를 마실 것이며, 어쩌면 내 호텔 방에서 섹스도 할 것이며, 비록 그가 지금은 결혼한 상태임에도 그러할 것이다. 나는 그 한 번의 여름에 관해서 책을 쓸 것이다. 그는 아내와 일곱 아이를 떠날 것이고, 우리는 50대 후반에 들어서야 결혼할 것이며, 첫 번째 포스터를 액자에 넣어서 집 거실에 걸어놓을 것이다.

하지만 이 가운데 어떤 일도 실제로 벌어지지는 않았다. 그렇지 않은가? 나로선 이것 때문에 내가 기뻤는지, 아니면 슬펐는지도 여전히 모르겠다.

우리가 크리크사이드 마켓에 다녀온 다음 날, 빌리 커티스와(학교에서는 모두들 그를 '선샤인 빌리 커티스'라고 불렀는데, 말 그대로 항상 햇볕에 그을린 모습이었기 때문이다) 브룩 버턴이 밤에 놀러 나갔다가 집에 돌아오지 않자, 급기야 이들의 부모님이 경찰에 신고했다. 토요일 오전 10시, 그러니까 경찰이 실제로 그들을 찾아보려는 생각을 시작하기도 전에, 두 사람은 흐트러진 옷차림에 숙취에 시달리며 엉망진창이 된 몰골로 커티스의 집 현관문에 나타났다. 그들은 뭔가 끔찍한 일이 있었다고, 자기네가 도망자들을 만났다고 말했다.

　　그렇게 현관문에 선 채로, 밤새 마신 술 때문에 머리가 지끈거리는 상태로 경찰에게 말한 바에 따르면, 그들이 몇몇 친구를 만나고 어쩌면 비디오도 한 편 보려고 함께 걸어가는데, 검은 밴 한 대가 옆에 다가와 멈추었다. 앞좌석에는 어떤 남자와 여자가 타고 있었는데, 온통 검은 옷에다가, 온몸에 문신이 가득했다. 그들은 빌리와 브룩에게 자기네랑 놀지 않겠느냐고 물었고, 빌리가 어디로 가는데 그러느냐고 묻자 남자는 이렇게 대답했다. "가장자리로." 그때 뒷문이 열리더니 역시나 온통 검은 옷을 걸친 남자 하나가 달려 나와서 브룩을 붙잡더니 밴으로 끌고 들어갔다. 빌리는 그녀를 구하려고 뛰어들었지만, 앞좌석에 있던 누군가에게 맞아서 기절했다. 브룩도 그들에게 맞아서 마찬가지로 기절해 버렸다.

　　정신을 차려보니, 두 사람은 바로 그 폐가에 있었다. 그들로서는 한 번도 본 적 없는 곳이었고, 문명으로부터 멀리 떨어진, 숲 한가운데에 있었다. 사방팔방에 촛불이 있었고, 벽은 그 위협적인 손들이 그려진 기묘한 포스터로 뒤덮여 있었다. '도망자'로 자처하는 세 사람은 기묘하고도 악마적인 음악에 귀를 기울였으며, 온갖 종류의 마약을 하고 있었다. 그들은 브룩과 빌리에게도 마약을 하게 했는데, 말하자면 (나도 잘은 모르겠지만) 두 사람의 코에 마약을 쑤셔 넣었거나, 두 사람의 얼굴에 마약 연기를 뿜어내기라도 했던 걸까? 아주 분명하지는 않았다. 마약이 얼마나 강했는지 브룩과 빌리는 또다시 기절했다. 그들이 아침에 정신을 차려보니, 세 사람은 이미 사라진 다음이었다. 그래서 빌리와 브룩은 집까지 줄곧 걸어왔으며, 그러는 내내 그 도망자들이 뒤따라오지 않을까 걱정해 마지않았다. 두 사람은 문제의 포스터도 한 장 가져왔다. 증거 삼아 말이다.

나는 이 모든 이야기를 세쌍둥이한테서 들었다. 그날 오후에 점심을 먹으면서 엄마와 나한테 그 모든 이야기를 해주었던 것이다. 그러자 엄마는 평소 성격대로 이렇게 말했다. "이런, 세상에. 걔들이 꾸며낸 이야기구나, 그렇지?" 그러자 오빠들도 실제로는 무슨 일이 있었는지를 우리에게 말해주었다. 세쌍둥이로 말하자면 그날 밤 그 폐가에 실제로 갔었지만, 경찰이 나서서 찾아다니는 일까지는 없도록 시간 맞춰 집으로 돌아올 정도의 분별력은 있었으니까. 오빠들은 아무 거리낌 없이 말했고, 자칫 자기네가 범한 잘못까지 들춰지더라도 상관하지 않았다. 왜냐하면 우리 엄마로 말하자면 당신 아들들에 대해서, 그 모든 일이며 심지어 더한 것까지 훤히 알았으니까. 아울러 아들들이야말로 우리 주씨 전체를 통틀어 가장 다루기 힘든 아이들이라는 것도 알았으니까.

사실 빌리와 브룩은 친구 몇 명과 함께 파티를 벌였다. 그들은 폐가에 들어가서 럼 칵테일을 마시고, 대마초를 피우고, 어쩌면 즉석 조제한 각성제도 복용했던 모양이다. 그런 다음에 두 사람은 섹스를 하러 폐가에서 나와 숲으로 들어갔는데, 친구들은 이들의 존재를 까맣게 잊고 새벽 3시쯤에 차를 몰고 돌아가 버렸던 것이다. 빌리와 브룩도 필름이 끊기고 말았다. 정신을 차려보니 이미 아침이었고, 두 사람은 완전히 망했다는 사실을 깨달았다. 여름 내내 외출 금지를 당하게 될 것이었다. 두 사람은 폐가로 도로 들어갔고, 거기 붙어 있는 수많은 포스터를 보았다. 어젯밤에만 해도 자기네가 비웃었던 포스터를 말이다. 누군가가 그걸 벽에서 떼어 내 불태우기까지 한 상태였다. 두 사람은 집에서 적어도 8킬로미터 떨어진 곳에 있었고, 아마 부모님이 무지막지 걱정하고 있을 것이었다.

나로서는 그 모습을 똑똑히 그려볼 수 있었다. 그 집을 말이다. 왜냐하면 지크와 내가 그곳에 가서 그 포스터를 벽에 붙여놓았으니까. 내가 보기에 그 두 사람은 그냥 바보 멍청이일 뿐이었고, 처벌을 피하기 위해 안간힘을 쓴 것뿐이었다. 하지만 나로선 그 포스터가 (그 대단한 아름다움 때문에, 그 대단한 기묘함 때문에) 두 사람의 두뇌의 어떤 작은 부분을 열어주었다고, 그리고 어떤 이야기를 부여했다고 믿고 싶었다. 두 사람은 그 이야기 덕분에 자기네가 안전해지리라고 생각했지만, 사실은 오히려 위험에 빠지고 말았던 셈이다.

바로 그때 호바트가 찾아왔다. 내가 지크와 만나기로 한 시간을 몇 분 앞둔 상황이었다. 아저씨는 얼굴이 상기되고 숨이 가빴다. 자기가 "범죄 현장"에 다녀왔는데, 경찰이 그 집 한 채에다가 붙여놓은 출입금지 테이프만 해도 평소라면 1년 치에 달할 만큼 잔뜩이더라고 말했다. 경찰서에서 자기가 아는 관계자가(내가 알기로는 브랜던 핑클턴이었다. 왜냐하면 겨우 다섯 명뿐인 경찰관 중 가장 젊은 사람인 동시에, 남들 눈에 대단하게 보이려고 가장 안달하는 사람이었기 때문이다) 밝힌 바에 따르면, 이것이야말로 가능성 높은 위협이었기 때문에, 인근 여러 카운티에도 지명수배를 내려서 악마 상징 문신을 여럿 새기고 검은 머리카락을 한 사람 셋이 탄 검은 밴을 찾아보도록 지시했다고도 말했다.

"그건 진짜가 아니야." 엄마가 말했다. 그러자 호바트는 내가 보기에도 약간 기운이 빠지는 듯했다. 마치 언젠가는 그 이야기를 들을 것을 이미 예상했다는 듯 말이다. 하지만 아저씨는 곧바로 기운을 되찾았고, 하와이언 셔츠가 부풀어 오르면서 작은 야자수가 이리저리 흔들렸다. "그런데 지금은 경찰에서도 가능성 높은 위협이라고 말하고 있단 말이야. 알겠어? 게다가, 뭐랄까, 나도 읍내 곳곳에 있는 그 포스터를 살펴보았는데, 심리적 테러라고 부를 법한 뭔가의 시작인 것처럼 느껴지더라니까. 지금 당장의 관점은 바로 그거야."

"관점요?" 내가 물었다. 상관하지 않는 척하려 애쓰면서.

"그러니까 신문을 위한 관점이란 거지." 아저씨가 대답했다. "내 생각에는 누군가가, 그러니까 내가 보기에는 외부인이고 어쩌면 모종의 신흥종교와도 연계되었을 가능성이 있는 누군가가 상당히 무시무시한 뭔가를 위한 최초의 실험 대상으로 콜필드를 이용하고 있는 것 같아."

"아저씨, 정신 차려요." 찰리가 말했다. "그 개소리는 선샤인이 꾸며낸 거예요. 그거야말로 완벽하고도 전적인, 뭐랄까, 그걸 뭐라고 하더라? 프랭키? 그걸 뭐라고 하더라?"

"허구?" 내가 짐작해 대답했다.

"그래, 맞아. 그건 허구라고요." 찰리가 말했다.

"음, 뭐가 사실인지는 내가 지금 취재하는 중이야. 알았니?" 호바트가 대답했다. 회의론에 직면하자 약간의 견인력을 얻기 시작하는 셈이었는데, 세상의 거의 모든 좋지 못한 발상들이 더 나빠지는 방식이 딱 이러했다. "우선 뭔가 불온한 도상과 구호가 갑자기 읍내에 나타났단 말이야. 거기에 일종의 신흥종교에 납치되어서 강제로 마약을 복용했다고 신고한 청소년도 두 명이나 있단 말이지. 게다가… 음, 지금 당장은 이 두 가지가 전부로군. 하지만 이 정도면 뉴스 가치가 있어."

"정말 그럴까?" 엄마가 물었다. 내가 보기에 엄마의 표정은 지금이야말로 자신이 왜 하필 이 남자와 가끔 데이트하는지 모르겠다는 생각이 드는 순간임을 드러내고 있었다.

"이건 콜필드를 위한 거야." 호바트가 대답했다.

그제야 나는 고개를 돌렸다가 지크가 문간에 서 있는 모습을 보게 되었다. 나로선 그가 언제부터 거기 있었는지 알 길이 없었지만, 그의 얼굴 표정을 보니 "불온한 도상"이라는 호바트의 말을 들은 것이 분명하다는 생각이 들었다.

"지크." 나는 조용히 불렀다. 거의 혼잣말처럼. 하지만 엄마도 그를 본 상태였다.

"안녕하세요." 지크가 말했다. "무슨… 음… 무슨 일이 있었나요?"

"콜필드에 모종의 괴상한 마약 신흥종교가 있다나 봐." 앤드루가 말했다.

"섹스 신흥종교래." 찰리도 거들었다.

"악마 숭배 섹스 마약 신흥종교래." 브라이언이 설명했다.

"콜필드에요?" 지크가 물었다.

"아, 지크." 엄마가 말했다. "그런 것까지는 아니야. 겁먹을 필요 없다."

"음, 저는 그냥, 겁먹은 것까지는 아니고요. 그냥… 처음 듣는 이야기라서요. 저는 여기 온 지 얼마 안 되었잖아요. 아시죠? 올여름만 보내러 온 거다 보니, 저야, 말하자면, 이곳 소식에 아주 정통한 것까지는 아니라서요."

문득 깨달았다. 만약 호바트와 함께 이곳에 5분 이상 머물러 있다가는, 지크는 결국 우리 포스터 수백 부를 꺼내게 될 것이다. 자기 청반바지 주머니에서 마치 마술처럼 꺼내고, 모든 것을 시인하고, 자기가 바로 이 악마 숭배 마약 섹스 신흥종교의 우두머리라는 사실을 어찌어찌 스스로에게 납득시키리라는 것을. 내가 알기로 그는 충동적이고, 약간의 불안증이 있었다. 나한테도 그런 게 있기는 했지만, 내 생각에는 불행에 관해서라면, 나를 사랑하리라 생각했던 사람들 때문에 실망하는 것에 관해서라면 내가 한발 앞서 출발했기 때문에, 좀 더 많이 적응된 셈이었다. 나는 이제 내 안의 기묘한 것들 때문에 죄책감을 느끼지 않았다. 나는 도망자였고, 아직 잡힐 준비가 되지 않았다.

내 방에 들어가 문을 닫고 나서, 나는 지크에게 혹시나 어떤 불안정의 흔적이 남아 있는지 살펴보았다. "너 괜찮아?" 내가 그에게 물었다. 그는 두 눈에 아련한 빛을 띠고 있었는데, 마치 자신의 삶이 앞으로 어떻게 전개될지에 대한 예행연습이라도 해보는 듯했다.

"응. 뭐, 당연히 괜찮지." 그가 마침내 대답했다. "그건 그냥… 음, 나로선 경찰이 개입했다는 사실이 마음에 들지 않아."

"좋아. 너는 멤피스에서 왔지. 그러니까 나도 이해해. 하지만 여기는 콜필드이고, 이곳 경찰은 바보들이야. 됐지? 그들은 누군지 알 수 없는 정신이상자 세 명이 선사인 빌리 커티스와 그의 여자친구를 붙잡아다가 '억지로' 마약을 하게 만들었다고 생각한다고."

"응, 나도 이해했어. 하지만, 뭐랄까, 그게 오히려 더 좋지 않다고. 경찰이 그토록 멍청하다는 사실이야말로 섬뜩하거든. 왜냐하면 이제는 그게 이 모든 '사건'이 되었으니까."

"하지만 우리는 그게 뭔가 '사건'이 되기를 바랐었잖아. 안 그래?"

"너랑 내가 감옥에 들어가는 것으로 마무리되는 '사건'까지는 아니었어." 그가 말했다. "나는 오히려 앞으로 몇 년 안에 누군가가 그 포스터를 스케이트보드 판에 붙여놓는 '사건' 비슷한 뭔가가 되기를 바랐어."

"음, 그게 더 낫긴 하네. 그래. 그거야말로 내가 바랐던 것에도 더 가까워. 하지만 우리는 해냈잖아. 안 그래? 우리는 포스터를 만들었어. 그러니 우리는 여전히 그걸 통제할 수 있을 거야."

"내가 생각하기에, 예술은 그렇게 작용하지 않아." 그가 말했다. 스스로에 대해서 자신이 없어 보였다. 그게 당황스러웠던 까닭은 비록 지크가 항상 약간은 신경이 곤두서 있기는 했어도, 자기가 이 세상에 관해서 알고 있다고 생각한 바에 대해서만큼은 정말로 항상 자신감 넘치는 것처럼 보였기 때문이다.

"좋아. 음. 그러면 우리 하루나 이틀쯤 쉬자. 기다리면서 어떻게 되는지 보자고."

"'하루'라고?" 그가 말했다. 거의 소리치다시피 했다.

"아니면 '이틀'. 됐어? 내가 '하루나 이틀'이라고 했잖아."

"그다음에는 어떻게 하지?" 그가 물었다.

"계속 포스터를 붙이는 거야." 내가 대답했다. 마치, '이런', 당연히 그게 바로 우리가 하는 일이지 하고 말하듯이.

"나는 이런 좆같은 포스터 때문에 체포되고 싶지는 않아." 지크가 말했다. 그러면서 약간 몸을 떨기 시작했다.

그가 포스터에 대해서 이렇게 말하는 것을 듣고 나는 약간 충격을 받았다. 뭐랄까. 내가 더 미친 녀석, 더 망가진 녀석이라는 것은 알고 있었다. 하지만 그 여름만큼은 내가 쓴 바로 그것, 지크가 그린 바로 그것, 우리가 피를 묻힌 바로 그것이야말로 내게는 온 세상에서 가장 중요했다. 나는 포스터를 위해 기꺼이 감옥에라도 갔을 것이다. 혹시나 포스터 붙이는 것을 막으려 시도하는 사람이 있다면 죽여버릴 수도 있을 것 같았다. 왜냐하면 그 일을 중단하고 나면, 다음에는 도대체 어떻게 되겠는가? 지크는 떠날 것이었다. 나는 그를 두 번 다시 못 볼 것이었다. 나는 학교로 돌아갈 것이었다. 눈에 띄지 않고, 슬픈 채로. 우리 아빠는 결코 돌아오지 않을 것이었다. 우리 오빠들은 모두 떠나버릴 것이었다. 우리 엄마는 호바트와 결혼할 것이었다. 물론 사실은 아주 나쁘지도 않았다. 그건 나도 알았다. 그게 삶이었다. 하지만 그때 나는 삶을 원하지 않았다. 나는 그 여름을, 그 포스터를 원했다. 나는 가장자리를, 판자촌을, 금 탐광꾼을 원했다. 나는 그렇게 말했다. 나는 '우리는 도망자'라고 말했다. 나는 진심으로 말했다. 비록 그게 무슨 뜻인지는 나도 몰랐지만 말이다. 그리고 지금, 어쩌면 우리야말로 도망자일 수 있었다. 나는 지크가 이해하기를 바랐다. 그가 그린 손들은 아이들 위에서 맴돌기는 해도, 결코 아이들을 건드리지는 않았고, 차마 아이들에게 닿을 수도 없었다. 어떻게 그는 이걸 미처 못 본 걸까?

나는 그에게 몸을 기울였고, 그의 배낭으로 손을 뻗었다. 그의 공책을 꺼냈다. 그 기묘하고 작은 그림들이 가득한 공책을. "너 지금 뭐 하는—." 그가 입을 열었지만, 나는 그냥 고개를 젓기만 했다. 그는 공책을 향해 무기력한 몸짓을 했고, 공책을 보호하려 시도했다. 하지만 나는 공책을 책상으로 가져갔다. 나는 서랍에 손을 넣어서,

내 소설 가운데 지금 있는 것을 꺼냈다. 그걸 침대에 패대기쳤지만, 그 물건도 무기력하기는 매한가지여서, 내가 바라던 소리까지는 나지 않았다.

"이게 내 소설이야." 내가 말했다.

"나도 알아." 그가 대답했다.

"읽어봐." 내가 말했다. "너한테 읽게 해줄게."

"좋아." 그가 말했다. "뭐랄까. 혹시 조언 같은 걸 원하는 거야? 아니면—."

"논평이나 조언 같은 걸 원하는 건 아니야. 아니라고." 내가 대답했다. "그냥 읽어봐. 그리고 나는 네 그림을 구경할 거야."

"그 대부분은 너도 이미 봤잖아." 그가 말했다. "너의 책에 대해서도 나한테 많이 이야기했었고."

"우리는 이 일을 아마 1시간쯤 하게 될 거야. 그러고 나서 다음에 뭘 할지 결정해 보자." 내가 그에게 말했다.

내가 침대에 눕자, 지크가 내게로 황급히 다가왔다. 나는 풍경 그림을 보았다. 하지만 마치 개미 사육장처럼 단면으로 그려졌고, 지하 터널 가운데 한 곳에는 모닥불이 타오르고 있었다.

"이거 마음에 드는데." 내가 말했다. "새로운 거네."

"고마워. 네 소설도 첫 줄이 정말 훌륭한데." 그가 말했다.

"고마워."

우리는 그렇게 누운 채, 서로의 가장 중요한 것을 흡수했다. 그러고 나서 내가 말했다. "지크? 이건 괜찮아. 됐지?"

"좋아. 네 말을 믿을게."

1초 뒤에 지크가 덧붙였다. "선線 이야기는 하지 마. 지금 당장은 말이야. 나도 알거든. 항상 그 생각을 한다고. 그러니 굳이 나한테 말할 필요까지는 없어."

"좋아." 내가 말했다.

방에서의 그 시간이야말로(즉 우리 두 사람이 거의 몸을 맞댄 채로, 우리가 만든 것이 완전하게 스스로 조립되기 시작하고, 세상으로 퍼져나가기 시작한 때야말로) 내 평생 가장 행복한 순간인 듯했다.

다음 날 《콜필드 레저》의 1면에는 '콜필드에 니티난 헤악'이런 기사가 나왔다. 엄마는 호바트에게 소리를 질렀고, 아저씨는 자기가 원래는 맨 뒤에 물음표를 붙였지만 편집장이 삭제해 버렸다고 말했다. "만약 의문문이었다면, 그 정도로까지 무책임하지는 않은 거야." 그가 말했다. 내가 황당하다는 표정을 짓자, 아저씨는 이렇게 말했다. "게다가, 어쨌거나, 때로는 도발적이 되는 것도 언론인의 역할이니까."

"기껏해야 《콜필드 레저》에서?" 엄마가 소리를 질렀다.

1면에는 두 가지 사진이 나와 있었다. 하나는 빌리와 브룩이 "붙잡혀" 있었다던 폐가를 찍은 컬러 사진이었다. 그걸 보니 정말로 경찰에서 출입금지 표시 테이프 열두 통을 실수로 다 풀어버린 뒤, 그걸 도로 감아놓는 대신 범죄 현장일 가능성이 있는 그곳 주위에 있는 것이라면 무엇에든 걸쳐놓기로 작정한 것처럼 보였다. 또 다른 사진은 우리 포스터의 복제품이었는데, 그 허술한 신문의 인쇄 상태에서는 솔직히 말해서 뭔가 좀 흐릿하고 무해해 보였다. 크기도 줄여놓았기 때문에, 문장을 제대로 알아볼 수는 없었지만, 나는 그걸 바라보면서 조용히 따라 읽을 수 있었다.

호바트는 심지어 빌리와 브룩하고 직접 이야기도 나눠보지 않은 상태였는데, 두 사람의 부모 말로는 그 경험의 충격에서 회복하기 위해 안정이 필요하기 때문이었다. 아저씨가 3분간 통화했다는 이스트테네시 주립대학ETSU의 은퇴한 범죄학 교수는 포스터가 흥미롭다고 말했다. 왜냐하면 두 손은 사탄 숭배 낙서에서 전형적인 상징까지는 아니지만, 그 밑에 나온 아이들 때문에 확실히 상황이 복잡해지기 때문이라고 했다. 그러면서 포스터에 나온 문장을 좀 더 자세히 알아볼 필요가 있다면서, 그 단어들이 666과 연관된 숫자들로 변환될 수 있는 수학적 가능성을 살펴보아야겠다고 말했다. 아울러 그 문장이 어느 헤비메탈 노래의 가사일 수도 있는데, 이런 성격의 낙서에서는 전형적인 일이라고 했다. 자신의 마지막 현직 연구가 1980년대에 있었던 여러 미제 살인 사건에서의 오컬트 가능성에 대한 것이었으므로, 이 포스터와 어떤 연관성을 찾을 수 있으리라고 확신한다고도 덧붙였다.

"이 기사의 후속 취재를 위해서 내슈빌에서도 오늘 기자가 한 명

찾아올 거야." 호바트가 말했다.

"포스터 때문에?" 엄마가 말했다. 어이없다는 듯.

"포스터에 있을 수 있는 여러 함의 때문에." 호바트가 설명해 주었다.

"이거야말로 지금으로부터 10년 전에 이미 반박된 거잖아, 호바트." 엄마가 말했다. "티퍼 고어? 호바트, 자기도 저 '티퍼 호들갑 고어'처럼 되고 싶은 거야?"*

"이건 상황이 달라. 자기도 알잖아." 아저씨가 엄마한테 말했다. "〈던전 앤드 드래건〉**이라든지, 뭐라더라, 주다스 프리스트***라든지, 당연히 그런 건 거짓부렁이지. 하지만 이번 일에 대해서는 아무런 출처도 없다니까, 알아들었어? 이건 수수께끼라고."

그제야 문득 깨달은 사실이 있었다. 지금은 오전 8시 30분인데, 호바트는 어제 입었던 옷과 똑같은 옷을 입고서 우리 집 거실에 서 있다는 점이었다. 나로선 붙잡히는 것보다도 이게 더 심란한 일이었다. 즉 하필이면 내가 각별히 신경을 쓰는 한 가지를 호바트가 망쳐놓고 있는 와중에, 엄마가 어찌어찌해서 아저씨를 더 가까이 끌

* 미국 정치인 앨 고어의 부인 티퍼 고어는 1985년에 대중음악의 선정성을 비판하는 운동을 전개했다. 이후 음반업계에서 청소년 유해물 표시를 덧붙이는 등 자정 노력에 들어갔지만, 과도한 악마화와 검열이라는 역비판도 일어났다.
** 1974년에 나와 큰 인기를 끈 롤플레잉 게임으로, 1980년대 미국에서 악마 숭배와 자살을 조장한다는 비난을 받았다.
*** 1985년에 미국의 청소년 두 명이 자살하자 영국 헤비메탈 밴드 주다스 프리스트의 앨범에 들어 있는 잠재의식 메시지가 원인이라며 부모들이 소송을 제기했지만 기각되었다.

어들였다는 사실 말이다.

그날 오후에 우리 집에 찾아온 지크는 할머니가 보는 신문을 들고 있었다.

"난 너네 엄마 남자친구가 얼마나 얄미운지 모르겠어." 그가 말했다. 나는 곧바로 우리 엄마가 엄연히 독신이고 독립적인 여성이며, 호바트는 그저 지인에 불과하다고 해명했다.

"음, 그 사람이 우리의 삶을 망치게 될 거야." 지크가 말했다. 그의 말은 딱히 연극조로 들리지도 않았다. 무슨 말인가 하면, 우리의 삶은 포스터를 붙이는 일, 즉 콜필드의 곳곳에 게시하는 일을 중심으로 구축되어 있었는데, 호바트가 일시적으로나마 그걸 탈선시켰던 것이었다. 하지만 그때조차도 나는 지크가 다른 뭔가를 이야기하고 있음을 알고 있었다. 그의 말뜻은 자신의 진짜 생활이 다시 시작될 때를 가리켰다. 즉 자기한테 전과 기록이 생기는 바람에, 미술 대학이나 그 비슷한 뭔가에 들어갈 수 없는 상황이 생길까 봐 걱정했다. 아버지가 그와 절연할까 봐. 어른들이 실망할까 봐. 우리 사이에는 이 작고 사소한 간극이 있었다. 우리는 하나로 엮여 있었다. 우리는 뭔가를 만들었다. 그런데 이제 그게 진짜가 되었으니, 즉 다른 사람들도 주목하게 되었으니, 내가 생각하기에는 지크에게 손을 뻗어 매달리지 않았다가는 그게 그만 사라져 버릴 것만 같았다.

나는 포스터가 잔뜩 들어 있는 가방을 집어 들었고, 둘이 함께 내 차에 올랐다. 우리는 그냥 차를 몰고 거리를 이리저리 오갔고, 그 사이로는 상태가 괜찮은 한두 채를 제외하면 영 칙칙하고 단조로운 주택들만 줄줄이 이어졌다. 우리 읍이 어떻게든 변할 것이라는 점은 쉽게 상상이 가능했다. 즉 시시한 집들은 헐리고 새로운 집들이 지어지든가, 아니면 저 멋진 집들이 무너져 버리고 망가져 버리는 바람에, 모든 집이 텅 비게 될 것이었다. 내가 조수석 글로브박스에서 지도를 꺼내 보라고 말하자, 지크는 마지못해 그렇게 했다. 이제 그는 갑자기 모든 것을 '증거'로 간주했다. 비록 대놓고 말하지는 않았지만, 나는 그가 지문指紋에 대해서 생각한다는 것을 알았다. 그거야말로 내게는 우스운 일이었다. 우리는 유령이었다. 어느 누구도 우리를 볼 수 없었다. 설령 누가 포스터 위의 작은 소용돌이를 발견한다 한들, 왜 그게 굳이 문제가 되겠는가? 과연 누가 지문에 대해서 신경을 쓰겠는가? 판자촌에 대해서나 집중해, 이 바보들아. 그걸 보란 말이야.

우리는 이미 갔던 장소들을 확인해 보았다. 일부는 아직 그대로 있었다. 그것이야말로 우리가 상상할 수 있는 느낌 중에서도 가장 만족스러운 느낌 가운데 하나였다. 하지만 다른 것들은 사라지고 없었다. 나는 다시 붙여놓고 싶었지만, 지크는 아직 이르다고, 누군가가 보고 있을 수도 있다고 말했다. 그는 포스터 한 장을 무릎에 올려놓고 있었는데, 그걸 접고 또 접기 시작했다. 나는 그가 종이접기를 하는 건가, 잠시 후에는 그가 종이학을 만드는 건가, 하고 생각했다. 하지만 사실 그는 포스터를 최대한 작은 정육면체로 축소하고 있을 뿐이었다. 마치 불안의 힘을 이용해서, 자기가 여러 번 접으면 포스터를 말 그대로 사라지도록, 존재하기를 중지하도록 만들 수 있다는 듯 말이다. 나는 세차장에 차를 세우고, 주위에 누가 없는지 살펴보았다.

"포스터 때문에 기분이 좋지 않은 거야?" 내가 물었다. "왜 그렇게 불안해하는데?"

"포스터 때문이 아니야. 뭐랄까, 음, 말하자면, 나는 포스터를 좋아해. 그게 끝내준다고 생각해. 나는 그냥, 정말로 겁이 나서 그래. 왜냐하면 다른 사람은 아무도 그걸 이해하지 못하는 것 같으니까."

"내 생각에는 다른 사람 누구도 그걸 이해하지 못하기를 애초에 우리가 원했던 것 같은데. 안 그래? 그러니까, 그냥 우리 둘뿐인 걸로 말이야. 그게 뭔지를 아는 사람은 오로지 우리뿐인 걸로 말이야."

그는 잠시 이 문제를 생각해 보았다. "맞아." 그가 말을 이었다. "하지만, 뭐랄까, 내가 원한 건 다른 사람들이 그걸 이해하지는 못하는데, 정말로 끝내주는 어떤 예술가가 그걸 만들었다고 넘겨짚는 식으로 이해하지 못했으면 하는 거였어. 우리가 애들을 납치하는 악마 숭배자라는 식으로 생각되길 바란 건 아니었단 말이야."

"하지만 그게 '아닌' 거잖아. 사람들이 뭐라고 생각하든지 간에, 우리는 그게 실제로는 뭔지 알잖아." 내가 그에게 말했다.

"나는 그냥―." 그가 말을 꺼냈다. 그러다가 문득 창밖을 바라보기 시작했다. 나는 혹시 경찰차라도 한 대 나타나서 주차장으로 들어선 건가 하고 생각했다. 하지만 주위에는 아무도 없었다.

"자, 그 포스터 좀 줘봐." 내가 말했다. 나는 그가 여전히 쥐고 있던 착착 접은 포스터를 받았다. 그러고는 내 무릎에 올려놓고 반듯하게 펼쳤다. "나는 그냥 이걸 붙일 거야. 네가 지켜보는 동안 내가 이걸 붙이고, 그러고 나서도 우리가 현장에서 체포되지 않는다면, 우리는 기분이 훨씬 더 나아질 거야. 그러고 나서 어쩌면 몇 개 더 붙일 수도 있어. 가방에는 무척 많이 들어 있으니까. 그렇게 하면 어떻게 될지 한번 지켜보자 이거야."

"저기 하나 붙어 있어." 그가 말했다. 이제는 무인 세차장 전면 벽돌 담장에 고정된 동전 교환기를 손으로 가리키고 있었다.

"음, 뭐랄까, 우리가 더 많이 붙일 수 있겠어." 내가 말했다. "이건 큰일도 아니야. 다른 어디도 마찬가지야. 뭐든지 간에."

그는 지도를 가져다가 내 앞에 펼쳐 보였다. "우리는 여기에 포스터를 붙인 적이 없어." 그가 말했다.

"음, 내 생각에는 우리가 붙인 것 같은데." 내가 말했다.

"아니야, 여기는 포스터를 붙인 적이 전혀 없었어." 그가 말했다. 그러면서 지도에서 이 장소를 손으로 가리켰다. 깨끗했다. 아무 표시도 없었다.

"혹시 나 혼자 붙인 건가?" 내가 물었다.

"그런 거야?" 그가 물었다. 그의 목소리가 약간 갈라졌다.

“나도 모르겠어. 그랬던 기억은 없는데. 혹시 잠결에라도 붙였나?”

“프랭키, 장난하지 말고. 저 포스터 진짜 네가 붙인 거야?” 그가 물었다.

“아닌 것 같아.”

우리는 차에서 내려 동전 교환기로 걸어가 보았다. ‘가장자리는 판자촌.’ 두 손. 우리의 피가 점점이 뿌려진 모습. 우리 포스터였다. 나는 유심히 바라보았다. 하지만 우리 포스터가 아니었다. 나는 그걸 동전 교환기에서 떼어 냈다. 그러자 그 종이가 우리 차고에 있는 저질 싸구려 복사지가 아니라는 사실을 금세 깨달았다. 더 좋은 종이였다. 끝내주게 좋은 종이였다. 무게도 좀 더 나가는 것 같았다. 색깔도 순백색이어서, 우리 포스터 특유의 누런 기미가 없었다. 우리는 차로 돌아갔고, 나는 아까 지크에게서 빼앗은 복사본과 대조해 보았다.

“아, 음, 그래, 이건… 우리 게 아니야.” 내가 결국 인정했다.

“그럼 누구 거지?” 그가 물었다.

“나도 몰라. 누가 우리 포스터 가운데 하나를 가져다가 복사본을 더 만든 것 같아. 굳이 추측하자면 말이야.”

“누가 복사본을 만들었다고?”

“그냥 추측이라고, 지크! 망할, 나도 정확히는 몰라.”

지크는 잠시 이 문제를 생각해 보았다. 다른 누군가가 이 포스터의 제작자로 여겨질 수 있다는 발상에 그는 깜짝 놀란 것처럼 보였다. 하지만 다른 누군가가 이 포스터를 만든 죄로 전기의자에 앉을 수도 있다는 발상에 일시적으로나마 불안이 진정된 것처럼도 보였다. "그러면 누군가가 이걸 훔친 거네?" 그가 마침내 말했다.

"과연 그럴 수 있는지는 나도 모르겠어." 내가 시인했다. "복사본을 만든 걸 훔쳤다고 할 수 있나? 그러니까 내 말은, 우리도 복사본을 만들지 않았느냐는 거야. 우리는 원본을 갖고 있지. 우리가 이걸 만들었으니까. 다른 사람들은 그냥, 뭐랄까, 그걸 공유하는 거고."

"그런데 왜 굳이?" 지크가 물었다.

"왜냐하면 이게 엄청나니까." 내가 그에게 상기시켰다. "우리가 이걸 만들었고, 사람들이 이걸 좋아하는 거야. 아니면 적어도 누군가가 이걸 좋아하는 거야. 그래서 다른 사람들도 이걸 볼 수 있도록 자기네가 나선 거지."

"뭐랄까, 나는 이런 일에 대해서는 생각조차 못 했어." 그가 말했다.

"우리는 괜찮아, 지크." 내가 말했다. "우리한테는 아무 일도 없을 거야. 아무 나쁜 일도 없을 거라고. 최소한."

그는 포스터의 우리 복사본을 가져다가 다시 반듯하게 펴더니, 배낭에 손을 넣어서 테이프를 꺼냈다. 그리고는 혼자 다시 동전 교환기로 걸어가, 우리 복사본을 붙였다. 그는 나를 바라보았다. 나는 차 안에서 계속 그를 바라보고 있었다. 그는 엄지손가락을 올려 보였다. 우리는 차를 타고 콜필드를 돌아다녔고, 결국 배낭이 텅 비고 나서야 집으로 돌아갔다.

며칠 뒤,《테네시언》에서 '지역 뉴스' 면에 관련 기사를 게재하면서, '작은 읍을 뒤흔든 불길한 거리 미술'이라는 헤드라인을 붙였다. 기사 자체는 이 예술품이 지금까지 확인되지 않았던 신흥종교와 어떤 식으로건 관련되었을 수 있다는 우려를 반복하고 있었다. 문제의 신흥종교가 어떤 전국적인 조직의 지부인지, 아니면 그 지역의 자생 조직인지의 여부는 기자도 확실히 말할 수 없었다. 빌리 앤드 브룩 법률회사의 한 변호사가(이 사람은 브룩의 삼촌인데, 신체 상해 소송만 전문적으로 다루어서, "잘못된 일을 당하셨나요? 제가 바로잡겠습니다!"라고 말하는 라디오 광고도 하고 있었다) 내놓은 공식 성명에 따르면, 저 올곧은 청년 두 명은 현재 최초의 증언 가운데 정확한 세부 내용의 타당성에 대해서는 확신하지 못하는데, 어쩌면 부지불식간에 주입당한 향정신성 약물 때문일 가능성도 있다고 했다. 하지만 두 사람은 이른바 "도망자" 또는 "도망자들"을 자처한 세 사람에게 납치되었다는 주장을 고수했다. 감리교의 한 목사는 흠정역 성서에도 '도망자'라는 단어가(또는 그 동의어가) 몇 군데 나온다며, "그중 어느 것도 각별히 유쾌한 것까지는 아니었다"라고 말한 것으로 인용되어 있었다. 기자의 말에 따르면, 검은색 밴이나 검은색 옷을 입은 수상한 사람을 목격했다며 우려하는 시민들의 신고 전화가 지역 경찰 당국에 빗발쳤지만, 조사 과정에서는 아무런 결과도 나오지 않았다. 왓킨스 대학의 미술 교수는 이 포스터에 "뉴욕과 필라델피아 같은 대도시에서 유행했던 거리 미술의 반향"이 들어 있다고, 아울러 그 제작자는 장미셸 바스키아와 키스 해링 같은 문화적으로 관련 있는 미술가들에 대해서 약간의 지식을 가진 것으로 보인다고 말했다. 포스터의 오컬트 도상의 가능성에 대해 질문받자, 해당 교수는 이렇게 답변했다. "물론, 그 안에는 그것도 분명히 들어 있었습니다."

나로선 바스키아가 누군지 알 길이 없었다. 키스 해링의 그림은 어떤 잡지에선가 몇 가지 본 적이 있었지만, 내 생각에 우리가 만든 포스터는 그거랑, 즉 기묘하게 머리 큰 사람이 춤추는 모습이랑 전혀 닮은 것 같지 않았다. 나는 살짝 화가 났다. 사소한 일이었지만, 그래도 나는 그 교수가 그 포스터에 어떤 장점이 있다고는 생각했는지의 여부를 알고 싶었다.

마지막 문단에서 기지는 가운디 보인관인 데디 카우인의 밀을 인용했다. "지금은 공황을 일으킬 때가 아닙니다. 하지만, 또 한편으로는 어둠의 세력이 활동 중인 것으로 보이므로, 저는 정의의 수호자로서 저의 역량을 모두 발휘하여 그들을 발본색원할 것이며, 콜필드에서 최대한 먼 곳으로 내쫓을 것입니다."

비록 집에 혼자 있었고, 가족 모두 일터에 나간 상태였지만, 나는 지크를 마음속으로 그려볼 수 있었다. 진정한 그의 모습을 말이다. 그는 우리 집 현관 베란다에 서 있었고, 한 손에 그 신문을 든 채로, 모든 것이 괜찮다고, 우리는 말썽에 휘말리지 않았다고 내가 말해주기를 기다리고 있었다. 그러면 나는 그렇다고 그에게 말해줄 것이었다. 내가 문을 열고 그를, 그의 기묘한 입을, 그의 커다란 눈을 본 바로 그 순간에 말이다. 나는 그에게 말해줄 것이었다. 이건 좋은 일이라고, 우리가 훌륭한 뭔가를 만들었다고 말이다. 나는 그에게 말해줄 것이었다. 우리가 천하무적이라고, 우리 둘 중 누구에게도 나쁜 일은 전혀 일어나지 않을 거라고 말이다. 나는 그에게 말해줄 것이었다. 우리가 할 수 있는 유일한 일은(왜냐하면 우리에게 다른 선택의 여지는 없었으니까) 더 많은 포스터를 붙이는 것뿐이라고 말이다. 나는 그에게 말해줄 것이었다. 우리 스스로를 계속 안전하게 만드는 유일한 방법은 그걸 더 많이 만드는 것뿐이라고 말이다.

제9장

　　무더위가 닥치면서 나는 항상 땀을 흘리게 되었
다. 한편으로는 (물론, 당연히) 실제의 더위 때문이었지만, 다른 한편
으로는 상황이 내 통제를 벗어나 급속히 전개되고 있다는 당혹스러
운 기분 때문이기도 했다. 나는 만사가 산산조각 나지 않도록 유지
할 방법, 즉 내가 만든 이 물건을 붙잡아 둘 방법을 알아내려고 노
력하고 있었지만, 그렇게 하기가 점점 더 어려워졌다. 그러다 보니
나는 항상 상기된 얼굴에, 몸이 가려웠고, 셔츠도 땀으로 푹 젖어 있
었다. 입 전체가 따끔거렸다. 속도 항상 쓰리다 보니, 이 문제에 대
처하기 위해서 나는 그냥 팝타르트와 치토스퍼프를 더 많이 먹었
고, 그럴수록 더 나빠졌다. 나는 일주일 동안 소설을 50페이지나 썼

다. 멈출 수가 없었다. 내가 통제할 수 있는 이야기가, 즉 내가 일단 쓰기를 중단하면 더 이상 진행되지 않는 이야기가 필요했던 것이다.

포스터가 사방에 있었다는 이야기는 결국 그 포스터를 가진 사람이 우리 둘만은 아니었다는 뜻이었다. 심지어 콜필드에만 있는 것도 아니었다. 비록 우리 읍은 이제 지크와 내가 만든 그 물건으로 뒤덮여 있었지만 말이다. 포스터는 마치 매미 떼처럼 사방팔방에 달라붙어 있었다.

어느 날 밤, 우리는 저녁을 먹으면서 채널 4를 보고 있었는데, 진행자가(그 사람으로 말하자면, 농담이 아니라 팻 세이잭의 폭망한 토크쇼에서 보조 진행자로 출연하다가 결국 테네시로 돌아온 바 있었다) 그 포스터에 대해서 이야기하고 있었다. 그러자 엄마가 말했다. "오, 세상에. 정말 믿을 수가 없네. 아무래도 호바트가… 욕을 먹으려나 봐."

진행자는 콜필드를 언급했고, 우리 읍이며 광장이며 포스터에 관한 영상이 조금 나왔다. 그러다 갑자기 내슈빌의 거리 영상이 나왔는데, 줄줄이 붙은 포스터가 바람에 펄럭이고 있었다. 비록 멀리서 본 것뿐이었지만, 나는 그게 우리 포스터가 아니라는 것을 깨달았다. 우선 그 포스터는 밝은 오렌지색 종이에 인쇄한 것이었는데, 바로 그 종이 때문에 뭔가 어이없는 방식으로 섬뜩해 보였다. 마치 핼러윈처럼 말이다. 그뿐만 아니라 손들도 다르게 생겼고, 덜 세밀했다. 그 포스터는 전체적으로 세밀함이 결여되어 있었다. 솔직히 말해서 개똥 같았다. 거리에 나간 기자 가운데 몇 명이 그 포스터를 집어서 카메라 앞에 들이댔고, 초점이 맞춰지자 거기 적힌 문장의 후반부가 다음과 같이 나타났다. "우리는 새로운 도망자." 순간 나는 생각했다. '도대체 저게 뭐지?'

"저건 틀렸는데." 내가 큰 목소리로 말하자, 엄마가 나를 바라보았다.

"뭐가 틀렸다는 거니?" 엄마가 물었다.

"그러니까… 굳이 말하자면, 저 선이 콜필드에 있는 포스터에 나온 것과 다르다는 거예요."

"아." 엄마가 말했다. 그러면서 TV 쪽을 흘끗 바라보았다. "내가 보기에는 맞는 것 같은데. 금 탐광꾼? 판자촌?"

"가장자리는 판자촌, 금 탐광꾼 우글거리고—."

"아니, 나도 알아, 프랭키." 엄마가 말했다. 하지만 나는 계속 말했다. "—우리는 '도망자', 법은 우리를 잡으려고 잔뜩 허기졌지."

"알았어." 엄마가 말했다.

"잔뜩 허기졌지." 앤드루가 말했다. 벌써 햄버거 헬퍼*를 세 그릇째 먹는 참이었다. "잔뜩 허기졌지. 나는 그 말이 좋더라고. 잔뜩 허기졌지."

"나도 그래." 내가 말했다. 심지어 오빠를 바라보지도 않고서 말

---

* 미국의 식품 회사 제너럴 밀스에서 1971년에 내놓은 제품으로, 쇠고기나 참치 같은 육류에 곁들여 먹을 수 있는 파스타와 양념이 들어 있다.

이다. "하지만 저 포스터에는 '새로운 도망자'라고 쓰여 있거든. 그러니까… 저건 포스터에 나온 문장이 아니라는 거야."

"뭐, 저거는 '저' 포스터에 나온 문장이니까." 찰리가 말했다.

"맞아…." 나는 대답했다. 어떻게 설명해야 할지 몰랐다. 또는, 아니 나는 어떻게 설명해야 할지 알았다. 하지만 내가 실제로는 그럴 수 없다는 것도 알았다.

이상한 일이었지만, 내가 흥분하기 시작하면서 지크는 오히려 더 경쾌해지고 차분해진 것처럼 보였다. 그가 생각하기에는 포스터를 붙이고 다니는 사람이 콜필드에만 최소한 한 명 더 있다는 사실 덕분에, 우리로서도 관련성을 부정하기가 더 쉬워졌기 때문이었다. 설령 우리가 붙잡히더라도, 우리는 단지 자기네가 본 것을 모방하려 시도한 어리석은 아이들에 불과했다. 우리는 워낙 감수성이 예민했다. 워낙 어리석었다. 워낙 필사적이었다. 우리는 그냥 끝내주는 척하고 싶어 했는데, 왜냐하면 워낙 끝내주지 못했기 때문이었다. 그런데도 우리 부모님께 전화를 거실 건가요, 경찰관 아저씨?

굳이 말할 필요도 없지만, 나는 이 모두에 대해서는 신경도 쓰지 않았다. 나는 그런 일이 벌어지도록 내버려두지 않을 것이었다. 하지만 이 덕분에 우리가 나란히 앉아 있는 동안 지크의 이가 달각거리지 않는다고 치면, 또한 이 덕분에 지크가 검은색 밴이 지나가는 모습을 실제로 봤다고 생각하기를 멈춘다고 치면, 나로서는 그것도 괜찮을 것 같았다. 이 덕분에 나는 꼭 해야 하는 일을 계속할 수 있는 셈이니까. 아울러 지크도 우리가 함께 만든 것에 대해서, 다른 사람들이 그걸 좋아한다는 것에 대해서 좀 더 신나 하게 되었으니까.

지크와 나는 차에 앉아 있었다. 창문을 내렸지만, 여전히 찜통 같았고, 우리의 땀은 하얗게 말라붙었다. 내가 지켜보는 가운데, 그는 색연필을 모조리 써서 그 손을 거듭해서 그렸다. 나는 그 빠르고 작은 움직임을 보는 게 좋았다. 저 선들이 결국 무엇을 나타내는 것인지를 깨닫는 바로 그 독특한 순간이 좋았다. 그리고 바로 그 순간부터는 내가 무슨 짓을 하든지 간에, 내가 어떻게 고개를 돌리든지 간에, 그걸 못 볼 수 없었다. 어떤 이유에서인지, 그것이야말로 나로서는 결코 질리지 않는 마술 드릭이있다. 그가 마무리를 하자마자, 나는 그에게 다시 한번 해보라고 요청했고, 그는 자기 스케치북을 넘겨 다음 페이지를 펼쳤다. 자동적이지도 않았고, 기계적이지도 않았다. 매번 그는 생각에 잠겼고, 자기가 하고 있는 일을 고려했다. 나는 앉아서 기다리면서, 장차 나타날 것을 내 눈이 보는 바로 그 순간을 포착하려 노력했다. 때는 7월이었다. 여름은 영원히 지속되지 않을 것이었다. 어쩌면 그럴 수도 있었다. 나로선 알 수 없었다.

브라이언이 우리에게 이런 말을 했다. 라일 토워터가 오클랜드 레이더스 미식축구팀 티셔츠에 검은색 운동복 바지 차림으로 골든 갤런 주유소의 주유기에 포스터를 붙이는 모습을 봤다는 것이다.

라일은 22세였고, 고등학교 때 자동차 전복 사고로 등뼈가 부러진 바 있었다. 마침 뒷좌석에 앉아 있던 여동생은 아직까지도 녹스빌에 있는 어느 병원에서 의식 불명 상태였다. 조용하고 덩치 작은 시골 소년이었던 라일은 전신 깁스를 풀고 나서부터 정말로 기묘해졌다. 벼룩시장에 가서 낡은 고정날 단도를 구입한 다음, 기이하면서도 중세 느낌마저 주는 폭력의 도구로 개조해서 수공예품 전시회에서 판매하기 시작했던 것이다. 그의 윗입술에는 항상 가장 미세한 솜털만, 가장 섬세한 금발만 돋아 있었지만, 그의 눈은 미쳐 있었다.

브라이언은 혹시 그쪽이 도망자인 거냐고 물어보았다. 그러자 라일은 미소 지으며 가운뎃손가락을 입술에 갖다 댔다. 그는 차에 올라타더니 이렇게 말했다. "나도 그중 한 명이야." 그러고는 차를 몰고 떠나버렸다. 브라이언은 그 포스터를 떼어 가지고 와서 내게 보여주었다. 그건 우리 포스터의 복사본이 아니라 라일의 고유 버전이었다. 선이 워낙 어둡고 화난 상태라서, 거의 진동하다시피 했다. 그는 내 문장을 정확하게 재현했지만, 두 손은 해골처럼 보였다. 게다가 침대에는 사람이 하나뿐이었고, 소녀 하나가 기계에 꿰인 모습이었다.

나는 아직까지도 어머니와 함께 살고 있는 라일이 자기 방에 들어앉아 이 포스터를 일일이 손으로 열댓 장 넘게 만드는 모습을 상상해 보았다. 어떤 이유에서인지 나는 슬프지 않았다. 무슨 말인가 하면, 라일을 떠올리면 나는 항상 슬퍼지곤 했다. 너무 빠른 속도로 커브를 돌았다는 이유로 자신의 삶과 세상에서 가장 사랑하는 사람의 삶을 망쳐버렸기 때문이었다. 하지만 이것은 일종의 축복처럼 느껴졌다. 나는 문득 궁금해졌다. 그의 누이동생이 의식불명 상태에서 깨어나려면 그가 이걸 얼마나 많이 붙여야 할까. 그 개수가 얼마이든 간에, 그 가능성이 얼마나 희박하든 간에, 충분히 시도할 만한 가치가 있어 보였다.

지크와 나는 매들린이라는 여자애가 포스터를 붙이는 모습도 보았다. 붙잡히면 어쩌나 하는 현실적 두려움이라고는 전혀 없이, 그냥 공원의 나무에 스테이플로 박고 있었다. 매들린은 중학교 때만 해도 치어리더였지만, 이후에는(정확히 왜인지는 나도 모른다. 나야 인기를 얻는 데에 필요한 복잡한 교섭에 대해서는 알지 못하니까) 그만두고 극장 아이들과 어울리기 시작했다. 그 애는 고스족도 아니었다. 실제로는 아니었다. 왜냐하면 그게 무엇인지를 정확히 아는 사람이 아무도 없었기 때문이다. 무슨 말인가 하면, 그 애는 나인 인치 네일스의 노래를 듣기는 했다. 검은 아이라이너를 잔뜩 바르기도 했다. 우리야 그걸 뭐라고 불러야 할지 몰랐지만, 그래도 저 매들린이 한때 운동부 출정식에서 인간 피라미드의 튼튼한 기초를 담당했던 그 매들린이 아니라는 것만큼은 알았다. 그 애는 변모했던 것이다.

나로서도 조리 있게 설명하지는 못하겠지만, 콜필드는 무척이나 다양한 방식으로 외부 세계의 접근을 통제했다. 예를 들어 나는 핑크에 대해서 실제로는 아무것도 모르다가, 그 인기가 식은 지 한참 뒤에야 라디오에서 그린 데이를 듣게 되는 식이다. 만약 내가 그걸 좋아한다면, 어쩌면 나는 약간의 공부를 시작할 수도 있다. 무슨 말인가 하면, 우리 동네의 케이블 채널에는 심지어 MTV도 들어 있지 않았으니까. 그러니 나로선 《스핀》이나 《롤링스톤》을 한 부 사야만 하고, 거기서부터 거슬러 공부를 시작해서 섹스 피스톨스에 대해서 배우게 되는 것이다. 일단 그 두 밴드에 대해서 알고 나면, 나는 그 중간의 빈틈을 채우기 위해 더 열심히 공부해야만 하고, 혹시나 운이 좋다면 누가 사촌으로부터 마이너 스레트의 테이프를 하나 얻은 덕분에 나도 그 복사본을 얻는 것이다. 아니면 나는 스피너스 음반점에 가서, 중고 카세트테이프를 그냥 끝도 없이 바라보다가, 흥미로운 커버를 달고 있는 것을 하나 고르고, 그리하여 어쩌면 우연히 블랙 플래그의 앨범 〈나의 전쟁〉을 사게 되는 것이다. 하지만 어쨌건 간에 나는 무엇이건 순차적으로 경험하는 일은 결코 없는 것이다. 나는 항상 뭔가 좀 부끄러워하는데, 왜냐하면 다른 사람들은, 예를 들어 내슈빌이나 애틀랜타에(차마 뉴욕시를 떠올릴 수 있는 사람이 있기는 할까) 사는 사람들은 이 모든 것을 알고 있으며, 그것도 원래 소비되어야 하는 순서 그대로 알고 있기에, 급기야 나는 이에 관해서 실제로는 말하지 않는 것이다. 나는 이 모두를 내면에 가두어 놓고 있는 것이다. 그러다 갑자기 《MRR》*에서 읽은 음반 회사 앞으로 현금 동봉한 편지를 보내서, 앞으로 또 다른 곡을 녹음하는 일은 결

---

* 1982년부터 2019년까지 발행된 미국의 펑크 록 음악 잡지.

코 없을 위스콘신의 어느 펑크 밴드의 7인치 레코드를 한 장 얻게 되는 것이다.

내 경우에는 책도 이런 식이었다. 낸시 드루 책이라면 모조리 두 번씩 읽어치운 다음, 나는 학교 도서관에서 『초콜릿 전쟁』*을 발견했다. 사서 선생님에게 이 작품이 마음이 든다고 말했더니, 그는 『아웃사이더』**를 건네주었다. 그러고 나서 엄마가 플래너리 오코너를 줬고, 이때부터 나는 찾을 수 있는 책은 모조리 읽었기 때문에, 다른 사람들이 좋다고 생각하거나 중요하다고 생각하는 책이 뭔지는 전혀 알지 못했다. 내가 좋아하는 책을 어느 누구에게 말한 적도 사실상 없다시피 했다. 혹시라도 그 책이 얼마나 바보 같은지를 상대방이 말해줄까 봐 겁이 났기 때문이었다. 내가 좋아하는 것 하나하나가 강렬한 집착의 원천인 동시에 혹시나 모를 수치의 원천이 되었다. 모든 것이 비밀이었다.

내가 쳐다보고 있는 것을 깨달은 매들린은 그냥 미소만 지었다. 아마 내가 누군지조차 모르는 것 같았다. 하지만 그 애는 오른손으로 악마의 뿔*** 표시를 만들면서 이렇게 중얼거렸다. '우리는 도망자.' 그래서 나도 고개를 끄덕여 주었다.

지크가 물었다. "저건 누군데?"

---

* 미국 작가 로버트 코마이어의 소설. 학교 비리와 폭력 문제를 다루었다.
** 미국 작가 S. E. 힌튼의 소설. 불량 청소년의 폭력 문제를 다루었고, 영화로 제작되어 인기를 끌었다.
*** 주먹을 쥔 상태에서 검지와 소지만 펴는 손짓으로, 예로부터 부정을 물리치는 의도로 사용되었으며, 현대에 와서는 헤비메탈 음악의 상징처럼 사용되었다.

나는 고개를 저었다. "그냥 어떤 멍청한 여자애야." 내가 대답했다. 우리는 차를 몰았다. 우리가 만든 것을 받아들일 만한 숨은 지점을 보유한 어떤 장소를 찾아내기 위해서.

우리는 실제로 그런 장소를 여럿 찾아냈다. 우리는 멈추지 않았다. 지크는 새로운 작업에 진심으로 몰두했다. 2리터들이 코카콜라 병을 비우고 금색으로 칠한 다음, 그 멋진 페인트마커를 이용해서 늑대와 꽃과 복잡한 무늬로 이루어진 멋진 그림을 그리는 것이었다. 우리는 포스터 한 장을 둘둘 말아서 병에 집어넣고 뚜껑을 닫았다. 그러고 나서 읍내 곳곳에 파묻었다. 마치 타임캡슐처럼. 우리는 각각의 병을 묻은 자리를 지도에 표시했고, 모래시계 그림을 작게 그려놓았다. 각각의 병에는 서로 다른 시한이 정해져 있었다. 이 병은 5년 뒤에 열어볼 예정이었다. 이 병은 10년 뒤였다. 이 병은 20년 뒤였다. 40년 뒤. 50년 뒤. 우리는 너무나도 젊었다. 우리가 보기에는 그다지 불가능한 것 같지도 않았다. 60대의 어느 날, 우리는 비행기에 올라서, 그네 하나와 망가진 정글짐이 있는 어느 허물어져 가는 공원에서 만나서, 이 타임캡슐을 도로 파내고는, 이렇게 말할 것이었다. "우리가 이걸 만들었지. 내가 기억하는 그대로군." 그러고 나서 우리는 그걸 도로 파묻을 것이었다. 다른 누군가가 발견하게 놔둘 것이었다.

경찰은 더 빈번하게 순찰을 돌았지만, 여전히 무척이나 비현실적인 느낌이었다. 게다가 경찰은 검은색 밴을, 덩치 크고 머리가 번

질번질한 아이언 메이든* 매니저처럼 생긴 사람들을 찾고 있었다. 다른 10대들은(어쩌면 심지어 어른들조차도) 이미 그 짓을 하기 시작한 상태였다. 크로거 슈퍼마켓에서는 장당 5센트에 복사를 할 수 있었지만, 이제는 경찰의 요청으로 사람들이 복사기를 사용하지 못하게 막아놓았다. 도서관에도 복사기가 있었는데, 여기서는 이용객이 아예 사용하지 못하게 막지는 않았다. 다만 이제는 누군가가 복사할 서류를 가져올 때마다, 정말 끔찍한 검은 염색 머리에 나이는 80대임이 분명한 워드 여사라는 사서가 일일이 살펴보았다. 혹은 여기서 30분쯤 차를 몰고 맨체스터나 다른 큰 읍으로 가면, 거기 있는 킨코스에 들어가서 원하는 것은 뭐든지 할 수 있었다. 그런가 하면 남자 몇몇으로 이루어진 작은 무리도 있었으니, 징말징말 시글픈 의용대였다. 그들은 맥주를 마시고, 거리를 순찰하고, 포스터를 뜯어내며, 작게 모닥불을 지피고 둘러앉아서, 마치 자기네가 읍을 보호하고 있다는 기분에 젖었다. 그들은 더럽게도 시끄러웠으며, 너무 오래 걷는 것을 질색했다. 그리하여 그들이 트럭에 올라타는 즉시 경찰은 순찰차 한 대를 배정하기 시작했으니, 혹시라도 그들이 누군가를 쏘지 않게끔 단속하기 위해서였다. 그러므로 이 모든 소동 사이를 요리조리 피해 가는 것이야 상당히 쉬웠다. 게다가 우리는 보통 대낮에 그 일을 해치웠다. 아무도 관심을 갖지 않을 때, 아무도 우리를 못 볼 때에 말이다.

* 영국의 헤비메탈 밴드.

지크는 워낙 그림을 많이 그렸기 때문에, 이번 여름에만 벌써 다섯 번째 공책을 쓰고 있었다. 소설은 겨우 시작된 상태였다. 내가 고안해야 하는 것이라고는 단지 내 주인공이 무사히 빠져나갈지 여부뿐이었다. 무슨 말인가 하면, 물론 그녀는 무사히 빠져나가게 되겠지만, 나로선 마지막 범죄가 얼마나 장관일지를 고안할 필요가 있었다. 지크와 내가 서로를 진정으로 알게 된 지는 겨우 한 달 반밖에 되지 않았지만, 그 최초의 작은 육체성의 폭발은 이미 소진되었고, 이제는 서로에 대해서 더 편안해진 상태였다. 그냥 서로의 무릎을 맞댄 상태로 여러 시간을 보내도 이상하지 않았다. 그 외의 일이라고는 결코 하지 않았다. 예를 들어 내가 그의 바지 안에 손을 집어넣는다든지 하는 일 말이다. 그도 내 젖을 결코 만지지 않았는데, 내 생각에 만약 그가 만졌다면 나는 죽고 말았을 것이었다. 우리는 이제 키스하기도 내팽개친 듯했다. 키스도 어쩌면 상당히 좋은 것이었을지 모르지만, 상황이 점차 거대해지고, 기묘해지고, 서글퍼지게 되면서부터는 아니라고 판단한 듯했다. 우리는 그냥 쉬지 않고 이야기를 나누었고, 상대방이 귀를 기울인다는 사실을 즐겼다.

지크는 자기 엄마가 멤피스에 있는 변호사와 이야기를 나누었다고 했다. 이혼 전문 여자 변호사인데, 자기 엄마한테 종이가 한가득 들어 있는 커다란 봉투를 보냈다고 했다. 지크의 엄마는 그 봉투를 열어보지도 않은 채 당신 방의 화장대 위에 놓아두었다.

"그럼 엄마는 아빠랑 이혼하실 거래?" 나는 지크에게 물었다.

그는 어깨를 으쓱했다. "어쩌면? 내가 보기에는 엄마가 그 종이에 서명만 하면 그렇게 될 것 같아."

"안타까운 일이네. 그게 얼마나 짜증 나는지 나는 알거든. 하지만 어떤 면에서는 너네 엄마가 오히려 부럽네. 우리 엄마도 그렇게 할 수 있다면 좋을 텐데. 우리 아빠 얼굴에다가 서류 더미를 왕창 집어 던지고는 이런 식으로 말하는 거지. '나가 뒈져라, 씨발 놈아.' 그러고 나면 엄마도 더 행복해질 것 같아. 우리 모두 더 행복해질 것 같아. 그래봤자 아빠는 결국 이혼했을 테지만. 그래봤자 아빠한테는 그 다른 아이가 있을 테지만. 그래도 상당히 속 시원했을 것 같아."

"사실 나는 엄마가 이혼하지 않았으면 좋겠어." 지크가 시인했다.

"나도 알아. 무슨 말인가 하면, '나야' 엄마가 그렇게 했으면 하고 바라지만, 네가 바라지 않는 이유도 알겠다는 거야."

"아빠는 한 번도 전화하지 않았어." 그가 말했다. "그러니까, 무슨 말인가 하면, 아빠가 전화를 했던 것 같은데, 굳이 나를 바꿔달라고는 안 했던 것 같아."

"너네 아빠, 진짜 바보다. 근데, 너네 엄마랑 아빠랑 이혼하면, 너네 식구는 계속 여기 살 거야?"

"나도 모르겠어. 엄마는 그 일에 대해서는 아무 말도 한 적이 없으니까. 엄마는 '아무' 말도 하지 않으셔. 그냥 악기를 연주하고 벽을 쳐다볼 뿐이야."

"네가 계속 여기 산다면, 너도 나랑 같은 학교에 다니게 될 거야.

아무것도 굳이 끝날 필요 없이. 무슨 뜻인지 알지?”

“그래.” 그가 대답했다. 하지만 나는 그 일에 대해서 생각하면 그가 슬퍼진다는 것을 알 수 있었다. 하긴, 도대체 누가 콜필드 고등학교 따위에 다니고 싶어 하겠나?

“나는 정말 친구라곤 없어.” 내가 말했다.

“나도 알아.” 그가 대답했다. “네가 말했었잖아. 사실, 나는 친구가 ‘몇 명’ 있기는 해.”

우리는 한동안 말이 없었다. 곧이어 그가 이렇게 덧붙였다. “설령 내가 멤피스로 돌아가더라도, 우리는 여전히 친구 사이일 거야, 그렇지?”

“그래.” 내가 말했다. “나도 그랬으면 좋겠어.”

며칠 뒤 라일 토워터가 죽었다. 급수탑에서 떨어진 것이다. 그곳 꼭대기에 포스터를 붙이려고 사다리를 타고 올라갔던 것이다. 호바트가 그 일에 대해서 우리에게 이야기해 주었다. 그날 아침에 개를 산책시키던 누군가가 라일을 발견하고 신고해서 경찰이 출동했을 때, 호바트 아저씨도 그곳에 함께 있었기 때문이다. 아저씨 말로는 라일은 허리가 꺾이고, 뼈가 부러졌으며, 시신 주위로 포스터가 열댓 장 흩어져 있었다고 한다. 호바트가 그렇게 슬퍼하는 모습은 나도 처음 봤다. “딱한 녀석 같으니.” 아저씨가 마침내 말했다.

“끔찍한 일이네.” 엄마가 말했다. 그러면서 아저씨 손을 잡은 채

위로하고 있었다.

 "내가 그 멍청한 기사를 쓰지만 않았어도….” 아저씨가 말했다. 하지만 엄마가 쉬잇 하고 달랬다. 내 안에서 이 모든 이상한 감정이 소용돌이치는 느낌이 들었다. 차마 공개적으로 표현할 방법이 없었기에, 나는 방으로 들어갔다. 서랍장 맨 밑에서 라일이 만든 그 포스터를 꺼냈다. 앞서 오빠가 가져온 포스터였다. 나는 그게 마음에 들었다. 진짜로. 라일은 죽었다. 나는 열여섯이었다. 아무렴. 내 주위의 모든 것은 항상 요동쳤고, 그 무엇도 고정되지 않았으며, 몸 안에서 무척이나 이상한 느낌이 솟았다. 하지만 나는 죄책감을 느꼈다. 호바트와 마찬가지로, 나는 문득 궁금해졌다. 혹시 내가 라일을 죽인 걸까. 가만히 따지고 보면, 그게 맞다는 느낌이 들었다. 그 일에 대해서 생각해 볼 때마다, 즉 누군가의 죽음이 내 책임이라는 생각이 들 때마다, 나는 곧바로 그 생각을 떨쳐 내버렸고, 내 안에 있는 다른 모든 것 아래로 숨겨버리려고 노력했다.

 나는 신을 진짜로 믿지는 않았다. 하지만 나는 속죄를 믿었고, 화해를 믿었다. 이제 포스터 붙이기를 중지할 필요가 있다는 걸 나도 알았다. 내가 라일을 머릿속에서 떨쳐 낼 때마다 고통스러웠던 것도 아마 그래서였을 것이다. 왜냐하면 나는 멈추지 않을 예정이었으니까. 이로써 내가 나쁜 사람이라는 사실이 훨씬 더 확고해졌다. 나는 나쁜 사람이었고, 심지어 굳이 아니라고 부정하려 들지도 않았다.

나는 포스터를 불빛에 비춰보았다. 어쩌면 이 포스터의 사본 100장을 만드는 것이, 이 포스터를 계속 붙이는 것이 내 속죄가 될지도 몰랐다. 하지만 나는 그럴 수가 없었다. 이것은 내 포스터가 아니었다. 이것은 나에게 그 어떤 힘도 발휘하지 못했다.

나는 라일과 그 여동생을 우리 포스터에 집어넣어야 했고, 그걸 평소보다 두 배로 많이 붙여야 했다. 우리 포스터. 나와 지크. 만약 내가 죽더라도, 나는 지크가 계속해서 그걸 만들기를 진심으로 바랐다. 만약 그가 죽더라도, 나 역시 당연히 그렇게 할 것이었다. 라일에 대해서 내가 무척이나 슬픈 이유도 아마 그래서였을 것이다. 그의 여동생은 저 병원에 입원한 채, 그에게서 멀리 떨어져 있었다. 그 일이 일어났을 때 그는 혼자였다. 내 생각에는 다른 누가 있었더라면 더 나았을 것 같았다.

상황은 악화되기만 했다. 저 기묘한 의용대, 자칭 '포스터 치안대'는 항상 술에 취해 있었고, 보도에 피워놓은 작고 약한 모닥불을 선 채로 쬐고 있었다. 그중 한 명으로 월마트의 스포츠용품 코너에서 일하는 브루어 씨가 거리를 잽싸게 가로지르는 검은 움직임을 보고는 산탄총을 집어 들자마자 총탄이 발사됐다. 8학년 때 사냥 안전 필수 과정에서 배운 것처럼 '오발'이었다. 급기야 직업 교육 학교의 차량 정비 강사인 헨리 씨가 얼굴에 정통으로 총을 맞아버렸다. 비록 죽지는 않았지만, 남은 여름 내내 입원해 있었으며, 오른눈을 잃어버렸다. 거기서 끝이 아니었다. 검은 형체를 보았다고 브루어 씨가 말한 곳을 향해 다른 두 사람이(그중 한 명은 장로교회의 집사였다) 총을 여러 발 쏘았던 것이다. 총알 가운데 하나는 길 건너편 주택 창문을 뚫고 들어가 어느 할머니의 목에 스쳤다. 의용대가 그 블록 전체를 불태우는 일이 없도록 감독하기 위해 경찰이 현장에 출동해 있지 않았더라면, 그 할머니는 출혈 과다로 사망했을 것이다.

비록 우리는 여전히 정기적으로 포스터를 붙이고 있었지만, 막 상 읍 전체가 우리가 만든 것으로 계속해서 도배되는 과정 그 자체 는 지크와 나도 미처 정확히 예측할 수 없었던 현상이었다. 또한 사 람들은 그 문장의 일부를 래커로 써넣거나, 그림에 나온 손들을 재 현하려고 시도했는데, 페인트가 줄줄 흘러내리는 바람에 오히려 소 의 젖통과 더 비슷하게 보였다. 나는 과연 콜필드의 10대 가운데 누 가 이 모든 일을 할 만큼 괴짜인지, 과연 어떤 폐인이나 약쟁이나 고스족이나 장난꾼이 기꺼이 이런 위업을 수행하려 들지 추측해 보 려고 시도했다. 하지만 나는 어쩌면 그 사람의 정체는 문제가 되지 않을 수도 있다고 생각하기 시작했다. 어쩌면 이것은 다른 여느 낯 설고 시대정신적인 경험과도 비슷할 수 있었다. 그 일이 벌어지는 것을 본 사람은 그것에 저항하든지(또는 누군가의 얼굴을 산탄총으로 박 살 내든지), 아니면 그것이 자신을 압도하도록 내버려두든지, 둘 중 하나였다. 어느 쪽이든지 간에, 그 사람이 무엇을 하든지 간에, 그것 은 계속된다. 그것이 원하는 만큼 오랫동안 말이다. 그리고 나는 그것이 영원히 계속되기를 바랐다.

우리는 내 차에 탄 채로 콘도그를 먹었다. 소닉의 드라이브인에 주차한 상태였는데, 거기서는 롤러스케이트를 신은 직원들이 음식을 담은 쟁반을 차까지 가져다주었기 때문이다. 거기서 튀김 담당 직원으로 일하는 브라이언의 말에 따르면, 그곳의 콘도그가 맛있는 건 자기네가 두 번 튀기기 때문이라고 했다. 지크가 돈을 전부 냈다. 나는 평소보다 여유 자금이 부족했는데, 베이비시터 일을 많이 하지 않아서였다. 하지만 지크는 그냥 오늘 얼마가 필요하다고 말하기만 하면, 걔네 엄마가 묻지도 않고 그만큼의 돈을 꺼내주곤 했다.

"너네 집 부자야?" 내가 그에게 물었다. 내가 알기로 그는 사립학교에 다녔지만, 이 사실은 어디까지나 우리보다는 더 형편이 낫다는 것만을 보여주었기 때문이다. 그는 내 질문을 곰곰이 생각해 보았다.

"그러니까, 나 스스로 그렇게 생각하느냐는 거야? 그래. 나는, 뭐랄까, 멤피스에 살 때에만 해도 확신까지는 못했었어. 하지만 이번 여름에는 여기 와 있잖아? 콜필드에 말이야. 뭐랄까, 주위를 둘러보기만 해도 우리가 부자라는 걸 확실히 알겠어."

지크는 내가 충분히 감내할 만한 종류의 부자였다. 즉 그는 그 돈이 자기한테 뭘 해줄 수 있는지를 미처 알지 못하는 것처럼 보였다. 어쩌면 멤피스의 사립학교에서는 자기 엄마가 바이올린 신동이라든지, 그 정도 수준의 부와 명성 같은 것이 바라는 것만큼 도움이 되지 않았을 수도 있었다. 다만 내게 중요한 점은(내가 부탁하면 그가 내게 콘도그를 네 개나 사줄 수 있다는 사실을 제외하면) 혹시나 상황이 정말로 나빠지더라도, 혹시나 우리가 붙잡히더라도, 그의 돈 덕분에 우리가 무사히 빠져나올 수 있으리라는 것이었다.

우리가 오션 워터를 마시는 사이에 (이 끔찍하고 놀라운 파란색 코코넛 탄산음료는 워낙 커다란 보냉컵에 담겨 나오기 때문에, 한 번에 마셔버리면 당 과다 섭취로 의식불명에 빠지고도 남을 것이었다) 지크와 나는 우리가 평소에 이야기했던 것에 대해서 이야기했다. 즉 과거의 작은 부분들을 기억하려 시도하고, 우리 스스로를 또 다른 사람에게 적절하게 설명하려 시도하는 것이었다. 나는 우리가 크리스마스에 걸어놓았던 양말에 관해서 말해주었다. 세쌍둥이의 파란색, 빨간색, 초록색 양말에는 작은 호두까기가 들어 있었지만, 내 양말에는 눈을 감고 두 손을 가슴에 겹쳐놓아서 마치 죽은 것처럼 보이는 천사가 들어 있었다. 지크는 여섯 살 때 뒷마당에서 발견한 생쥐에 관해서 말해주었다. 길고양이에게 다친 상태여서 그가 방으로 가져와서 먹이를 주려고 했는데, 다음 날 엄마가 아들 베개 밑에서 죽어 있는 그 생쥐를 발견했다는 것이다. 뭐랄까, 우리는 중요한 이야기를 이미 해버린 다음이었다. 우리의 가족이 흩어지게 된 과정이며, 우리가 다른 사람들과 무척이나 다르다고 느끼는 방식이며, 우리가 뭔가 중요한 것을 만들고 싶어 안달하는 방식이며를 말이다. 그리하여 이제 남은 것은 중요한 실제 사건뿐이었다. 예를 들어 어느 날 밤에 내가 악몽을 꾸고서 세쌍둥이의 방으로 들어가서, 세 명 모두에게 같이 자게 해달라고 부탁하는 바람에, 결국 찰리가 작은 트윈 베드에 함께 눕도록 허락해 주었던 적이 있었다. 아침에 앤드루와 브라이언이 놀리자, 찰리는 옛날 슬랩스틱 코미디 〈바보 삼총사〉에서 모Moe가 하듯이 다른 둘의 머리를 붙잡아서 쿵 하고 맞부딪혔다. 나는 그 모습을 보면서 매료되는 기분이었는데, 오빠들의 폭력이 내게도 달콤하게 느껴진 것은 그때가 처음이었다.

그런 이야기들조차도 소모해 버리고 현재로 돌아오면, 우리는 현재를 늘이기 위해서, 현재를 유지하기 위해서 포스터에 관해 이야기했다. "어젯밤에 그런 생각이 들더라고." 지크가 말했다. "뭐랄까, 설령 우리가 이 시점에서 중단해 버리더라도, 딱히 중요할 건 없지 않겠어?"

"어마어마하게 중요할 거야." 내가 말했다. "나한테는 말이야."

"아니, 나도 알아. 그건 나도 안다고." 그가 대답했다. 그는 고개를 저으며, 자기가 한 말의 뜻을 헤아려 보려 노력했다. "무슨 말인가 하면, 이 세계의 나머지에게 그게 딱히 중요할 게 있겠어? 다른 사람들도 이미 그걸 하고 있는 마당에. 우리가 어떻게 하든지 간에 그건 계속되거나, 아니면 중단되거나, 둘 중 하나일 텐데."

"음, 그래. 어쩌면."

"아니, 나는 그게 좋다고 생각해. 그렇지? 그러니까, 우리는 그걸 계속할 수 있고, 그걸 계속해도 괜찮을 거야. 설령 나쁜 일이 일어난다 하더라도, 우리가 막을 수 있는 것도 아니잖아."

“뭔가 철학적인데.” 내가 말했다.

“어쩌면.” 그가 시인했다.

“나는 철학에 대해서는 아무것도 몰라.” 내가 그에게 말했다. “그래서 그게 과연 건전한 추론인지 아닌지도 몰라.”

“어쩌면 나는 그냥 나 스스로의 기분을 좀 더 낫게 만들려고 노력하는 것일 수도 있어. 왜냐하면 그 사람이 죽었으니까.” 그가 말했다. 나는 이 말이 나올 줄 알고 있었다. 라일에 관한 뉴스가 나온 후에 처음 만났을 때, 그는 ‘그 일에 대해서는 말하고 싶지 않다’고 강조해서 말했다. 이기적이게도 나는 우리가 그 일에 대해서 결코 이야기할 필요가 없기를 바랐다.

“아, 지크.” 내가 속삭였다.

그는 잠시 아무 말이 없었다. 그는 콘도그를 한 입 먹었다. “우리가 그 사람을 죽인 거야, 프랭키. 무슨 말인가 하면, 우리가 그 일에서 한몫 담당했다는 것만은 확실하다는 거야. 네가 무슨 말을 해도 상관 안 해. 내가 알기로는 그게 사실이니까.”

“음, 그래. 우리가 한몫하기는 했지. 만약 우리가 존재하지 않았다면, 라일은 아마 아직 살아 있었을 테니까.”

“아니, 그게 꼭 ‘만약 우리가 존재하지 않았다면’이 될 필요까지는 없어, 프랭키. 너도 알잖아. 안 그래? 중요한 점은 우리가 포스터를 만들었다는 거야. 우리가 포스터를 만들지 않았더라면, 그는 아직 살아 있었을 거야.”

"맞아." 내가 시인했다. "나도 알아. 하지만 우리 둘만은 아니었잖아. 만약 그의 여동생이 다치지 않았다면. 만약 여동생이 회복되었다면. 만약 그 바보들이 사탄 숭배자들에게 납치당했다고 거짓말을 하지 않았다면. 만약 뉴스에 그 이야기가 나오지 않았다면."

"나도 알아. 나도 우리가 꼭 이 '모든' 비난을 받아들여야 한다고 생각하는 건 아니야. 하지만 그중 일부는 반드시 받아들여야 해. 우리는 진짜로 그러니까."

"받아들일게." 내가 말했다. "하지만 그 일과 관련해서 내가 할 수 있는 건 딱 거기까지야. 받아들일게. 하지만 나도 그걸 바꿀 수는 없어."

지크는 나를 바라보다가 곧이어 고개를 끄덕였다. "내 생각에 지금 나는 이걸 만들면서도 동시에 좋은 사람으로 남을 수 있는 방법을 궁리하려 하는 것 같아. 뭐랄까, 내 의도는 좋았잖아. 안 그래?"

"그래, 당연하지." 내가 그에게 말해주었다.

"그리고 우리가 만든 것은 좋았단 말이야." 그가 말했다. 이제 그의 목소리는 좀 더 자신감에 차 있는 것 같았다.

"좋았지." 내가 말했다. "지금까지 나온 것 중에서도 최고였어."

"그렇게 해서 그건 계속되고 있는 거야." 그가 말했다. "왜냐하면 우리가 있건 없건 간에 계속되고 있으니까."

내가 보기에 그는 스스로를 위해서 이렇게 말하는 것이었다. 자기가 나쁜 사람이 아니라는 것을 알고 싶었기 때문에 말이다. 그것 때문에 나는 그를 사랑하게 되었다. 비록 그것 때문에 나 스스로에 대해서는 약간 더 안 좋은 기분이 들었지만 말이다. 왜냐하면 더 이상은 내가 나쁜 사람인지의 여부를 상관하지 않았기 때문이다. 나는… 나는 그냥 상관하지 않았다.

그것은 퍼져나갔다. 인터넷 이전의 시기에 성장하지 않은 사람에게 이런 일이 사실상 얼마나 불가능한 것인지를 설명하기란 대단히 힘들다. 아울러 당시 그것이 심지어 나에게까지 도달했다는 사실은 결국 내가 뉴스에서 듣거나 신문에서 읽은 것보다 다섯 배는 더 유행했을 수 있다는 뜻이었다. 그해 여름 직후의 몇 년 동안이 특히 그랬는데, 그 모든 사건의 연쇄가 〈풀리지 않은 미스터리〉와 〈하드 카피〉와 〈20/20〉 같은 TV 프로그램에서 다뤄졌기 때문이다. 급기야 〈새터데이 나이트 라이브〉에서도 언급되었는데, 여기서는 해리슨 포드가 포스터를 붙인 사람으로 밝혀지지만, 정작 그는 외팔이 남자가 진범이라고 주장하는 것으로 나왔다.* 다음으로는 〈가장자리: 콜필드 공황 사태 이야기〉라는 TV 영화며, 록그룹 플레이밍 립스의 27곡이 수록된 콘셉트 음반 〈판자촌의 금 탐광꾼〉이 나왔다. 다음으로는 엑스라지라는 의류 회사에서 그 포스터를 소재로 한 의류 일체를 내놓았다. 다음으로는 그 포스터를 소재

---

* 1960년대의 미국 드라마 〈도망자〉와 리메이크작인 동명의 영화에서 아내를 죽였다는 누명을 쓴 주인공(영화에서는 해리슨 포드)이 경찰 추적을 피해 진범인 외팔이 남자를 추적한다.

로 한 거의 똑같은 의류 일체를 목욕하는 유인원이라는 일본의 의류 회사에서 5년 뒤에 내놓았다. 다음으로는 《뉴욕 타임스》에 게재된 콜필드 공황 사태에 관한 연재 기사가 퓰리처상을 받았다. 다음으로는 포스터를 그렸다고 주장하는 사람이 일곱 명이나 나왔지만, 하나같이 곧바로 허위임이 밝혀졌다. 다음으로는 그 포스터에 관한 위키피디아 항목이 만들어졌고, 다음으로는 가장자리는판자촌닷컴theedgeisashantytown.com과 우리는도망자닷컴wearefugitives.com과 법은우리를잡으려고잔뜩허기졌지닷컴thelawisskinnywithhungerforus.com이 생겨났는데, 이것은 2000년대의 이모 밴드 세 가지의 이름이기도 했다. 다음으로는 어느 레슬링 관련 게시판에 이 문장이 원래 얼티밋 워리어*의 미발표 광고 문구에서 나왔다는 주장이 올라왔으며, 그리하여 사람들이 그 녹화 테이프를 찾느라 몇 년을 허비하기도 했다. 다음으로는 의류 업체 어번 아웃피터스가 이 포스터의 복제본을 45달러에 판매했다. 다음으로는 뉴욕의 유명한 요리사가 '잔뜩 허기졌지'라는 이름의 프라이드치킨 식당을 개업했지만, 불과 1년도 가지 못했다. 다음으로는 어느 작은 동유럽 국가에서 시민 다수가 우연히 모여 부패한 정부를 전복하면서, 영어로 "우리는 도망자"라고 소리 지르면서 대통령의 저택으로 몰려갔다. 반란자 가운데 한 명은(젊은 여성이었는데, 솔직히 너무 예뻤기 때문에 부패한 정부에 맞설 사람처럼 보이지 않았다) 바로 그 문구가 적힌 팻말을 들고 있었는데,

* 미국의 프로레슬링 선수 제임스 브라이언 헬위그의 예명.

그 상징적인 모습이 찍힌 사진이 《뉴스위크》 표지를 장식하기도 했다. 나중에 가서 일어난 이 모든 일이야말로, 나로서는 그 여름 동안에 있었던 그 어떤 일보다도 훨씬 더 이해하기가 힘들었다. 물론 나는 그 여름에 있었던 일 가운데 많은 것을 이해하지 못했는데, 왜냐하면 아직도 꿈처럼 느껴지기 때문이다. 왜냐하면 내 삶이 아직도 꿈처럼 느껴지기 때문이다. 왜냐하면 내가 가진 것이, 즉 내가 만든 삶이 진짜임을 매번 스스로에게 다시 한번 확신시킬 때마다, 나는 어느새 그 여름으로 돌아간다는, 그리하여 내 머릿속에서 그 일을 다시 또다시 또다시 돌아본다는 사실을 발견하기 때문이다. 나는 여전히 그중 어떤 것도 실제로 일어난 것인지를 자신 있게 누군가에게 말할 수 없다.

유일한 증거는 내가 아직도 여기 있다는 것뿐이다. 그리고 그 포스터가 아직도 여기 있다는 것뿐이다. 나는 알고 있다. 왜냐하면 내 피와 지크의 피가 묻은 포스터 원본을 아직도 갖고 있기 때문이다. 만약 내가 정신줄을 놓아버리기 시작한다면, 만약 내가 내 삶 밖으로 표류하기 시작할 때면, 나는 포스터 원본을 가지고 내 사무실에 비치된 스캐너/복사기/프린터로 복사본을 만든 다음, 어디든 가서(세계의 어디든 가서) 붙인다. 그 순간에 나는 알고 있다. 내 삶이 진짜라는 것을. 왜냐하면 그 순간으로부터 그 여름으로 곧장 이어지는 하나의 선이 있기 때문이다. 내가 열여섯 살이었던 때, 온 세계가 열리고 내가 그 안으로 걸어갔을 때로 말이다.

콜필드는 아무것도 아니었다. 그곳에는 아무것도 없었다. 그곳은 1990년대 중반에 존재했던 수많은 시골과 마찬가지 방식으로 시골이었다. 다시 말해 월마트 한 곳과 패스트푸드 식당이 있었고, 주택들이 다양한 부의 수준에 따라 구획되어 있었고, 그 너머로 콩밭이 줄줄이 펼쳐져 있었다. 이곳에 올 사람은 없었다. 예외가 있다면 이곳에 사는 가족을 만나러 왔거나, 몇 읍 건너에 있는 토요타 공장이나 공군 공병 기지에서 일하는 사람 정도였다. 과연 우리가(아울러 나머지 모두가) 무엇을 가졌으며, 과연 누가 그걸 원하겠는가? 따라서 우리 때문에, 그리고 무엇이 되었든 우리가 한 일 때문에, 콜필드가 졸지에 중요한 장소가 되고 나니, 문득 이상한 느낌이 들었다.

그 여름에 사람들은 콜필드 방문을 우선순위에 올렸다. 조지아와 노스캐롤라이나에서 대학생들이(무척 잘생겼고, 피부가 그을렸으며, 항상 약간 취하거나 약을 한 상태였는데) 달려와서, 자동차에서 내리더니, 우리 읍내를 걸어 다녔다. 그들은 포스터를 찾아다녔고, 하나 발견하면 훔치거나 사진을 찍었다. 평소에는 그저 건설 노동자와 별난 성행위를 위한 장소일 뿐이었던 로열 인 호텔은 이제 항상 손님이 가득했고, 물을 채우지도 않은 수영장 주위에서 파티가 벌어졌다. RV에 올라탄 나이 많은 히피들이 흐물거리는 샌드위치와 오렌지 탄산음료를 가득 채운 아이스박스를 가지고 나타나서는, 주립공원에서 돗자리를 깔아놓고, 나머지 모든 사람들이 포스터를 붙이거나 뜯어내는 모습을 구경했다. 인근의 모든 카운티에서 달려온 10대들도 있었는데, 네이팜 데스와 매릴린 맨슨과 사운드가든과 콘 같은 밴드들의 티셔츠를 입은 채, 우리 포스터를 손에 쥐고 붙일 장소를 찾아다녔다.

베시 포지는(정신이 나간 임신부였는데, 이런 더위에 나로선 도무지 상상조차 할 수 없는 일이었다. 여하간 그 애는 나랑 동갑이었는데, 마치 인형처럼 덩치가 작았지만, 이제는 배가 크게 부풀어 있었다) 아예 노점을 차려놓고 포스터 원본의 복사본을 판매했다. 한 부에 1달러였다. 자작용 포스터도 판매했는데, '도망자'라는 단어를 지워서 만든 빈칸에 각자의 이름을 적어서 붙이고 사진을 찍을 수 있게 한 것이었다. 그 애의 예전 남자친구 대니 하우젠(원래 프로레슬링 선수가 되려고 훈련을 받았다)이 만든 포스터에는 아이들이 누운 침대 대신, 직접 그린 바트 심슨이나 엘모나 테네시 대학 미식축구팀 상징이 들어 있었다.

약간은 롤라팔루자* 비슷하게 하루 종일 벌어지는 행사의 일종이었지만, 그 배후에는 뭔가 웅웅거리는 느낌이 있었고, 사람들은 뭔가가 벌어지기를 기다리고 있었다. 물론 때로는 뭔가가 실제로 벌어지기도 했다. 누군가가 광장에 있는 나무에 불을 질렀고, 급기야 소방서에서 도착하기도 전에 모조리 타버렸다. 누군가가 바이로 슈퍼마켓에 주차된 검은색 밴을 목격하자, 읍내 사람들 전부가 야구방망이와 망치로 완전히 박살 내버렸고, 급기야 인파를 해산시키기 위해 경찰이 출동하지 않을 수 없었다. 공립 수영장에서는 한 남자가 계속해서 가짜 금화를 사람들에게 던지면서, 금 탐광꾼이 악마의 하수인인 이유를 설명했다. 급기야 래트렐 던우드가 그 사람을 물에 빠트려 죽이려고 하는 바람에, 경악한 구조요원 여섯 명이 달려들어 간신히 저지했다. 포스터 치안대는 덤프트럭 짐칸에 올라타고 읍내 곳곳을 돌아다녔고, 도망자나 금 탐광꾼과 조금이라도 닮은 사람이 있으면 죽여버리겠다고 위협했다. 장로교회에는 '하느님께서는 당신을 잡으려고 잔뜩 허기지셨는가?'라는 간판이 걸렸다. 지크는 그걸 보고 이렇게 말했다. "차라리 이렇게 되어야 하지 않나? '당신은 혹시 하느님을 잡으려고 잔뜩 허기졌지 않습니까?'"

* 1991년부터 매년 여름 미국 일리노이주 시카고에서 열리는 록 페스티벌.

그래서 나는 이렇게 말했다. "지크, 제발 좀."

부조리했다.

그게 얼마나 황당했는지는 차마 말로 설명할 수조차 없다. 지금은 그 여름에 관한 개인 동영상이 인터넷에 무척이나 많이 올라와 있다. 사람들은 목표도 없이 돌아다니고, 내가 쓴 문장을 외쳤다. 내버린 포스터가 항상 바람에 펄럭거렸고, 거리를 따라 날아갔는데, 왜냐하면 사람들은 포스터가 계속 붙어 있든 말든 상관하지 않았기 때문이었다.

아울러 짜릿하기도 했다.

지크와 나는 차를 타고 읍 곳곳을 돌아다녔다. 내 용돈 모두를 기름 사는 데 써버렸다. 포스터를 하나하나 볼 때마다, 나로서는 심지어 생각할 필요조차도 없었다. 그것은 반사작용이 되었다. 나는 그냥 알았다. 나의 것들이었다. 또는 나와 지크의 것들이었다. 무슨 차이가 있을까?

아울러 어마어마하게 불만스럽기도 했다. 왜냐하면 우리의 것이었지만 어느 누구도 그 사실을 이해하지 못했기 때문이다.

사람들은 포스터가 모두의 것이라고 생각했다. 그렇다 보니 나는 공립 수영장에서 누군가를 물에 빠트려 죽이거나, 아니면 누군가에게 불을 붙여버리고 싶어졌다. 나는 사람들이 신경을 쓰기를, 눈치를 채기를 원했다. 하지만 사람들이 그 모두에 저마다 손대고 자기 것이라고 주장하는 결말을 원하지는 않았다. 하지만 그와 비슷한 뭔가를 어떻게 멈출 수 있겠는가? 그냥 더 많이 만들어 내려 노력할 뿐. 그래야만 내 안에 들어 있는 것에 대한 권리 주장마저 잃지는 않을 테니까.

호바트의 말에 따르면 읍장은(그는 라디오 방송국 WCDT에서 오전에 DJ로도 일했는데, 농담이 아니라 진짜로 '러프 트레이드'*라는 코너를 진행했다. 청취자가 전화를 걸어서 물건이나 용역을 교환하는 코너였다) 질서 유지를 위해 콜필드로 주 방위군의 출동을 요청했다. 하지만 아직까지는 아무 일도 일어나지 않았는데, 왜냐하면 실제로 폭력적인 상황까지는 아니기 때문이었다. 또는 군복 입은 19세 청년 하나가 블라인드 스케이트보드 티셔츠를 입은 또 다른 청년을 구석으로 몰아붙인다고 해서 딱히 더 나아질 상황이 아니기 때문이었다. 경찰은 상당 부분 손을 놓은 상태였다. 처음 며칠 동안 경찰에서 훼손 혐의로 기소한 사람이 얼마나 많은지, 나로서는 차마 상상도 못 할 수준이었다. 하지만 결국에는 이를 처리하는 데 필요한 업무 양에 우리의 하찮고 작은 경찰력은 그만 압도당하고 말았다. 오빠들의 말에 따르면, 경찰 가운데 일부는 체포하지 않는 대가로 사람들에게 50달러씩을 받고 있어서, 그렇게 함으로써 못해도 수천 달러는 벌어들였을 거라고 했다. 식당마다 손님이 가득했다. 아이들은 손수레를 끌고 보도를 따라 이리저리 오가며 종이컵에 담은 쿨에이드와 리틀데비 미니케이크를 팔았다. 액션 그래픽스에서는(평소에는 리틀 리그 트

---

* 직역하면 '거친 거래'이지만, 속어로는 동성애자를 상대하는 성매매 남성을 가리킨다.

로피와 새로 생기는 가게 간판만 팔던 곳인데) 우리 포스터가 그려진 티셔츠를 잔뜩 만들었고, 하얀 미니밴에 가득 싣고 읍 곳곳으로 다니면서 판매했다. 사람들은 돈을 벌고 있었다. 나와 지크는 아니었지만, 다른 사람들은 그랬다. 내가 추측하기에, 콜필드를 위해서는 좋은 일이었다. 하지만 이곳에 사는 사람들, 이곳을 떠났던 적도 없고 앞으로도 떠날 의향이 없는 사람들은 마치 덫에 걸린 느낌을 받기 시작했고, 집에서 나오기를 두려워했다. 콜필드에는 총과 칼과 빌어먹을 활을 가진 사람이 무척이나 많았다. 그들은 위험하지 않은 상황에서도 그런 무기를 과시하기를 좋아했다. 누군가가 요란한 방식으로 다치게 될 것이 불가피해 보였다. 나는 그 무게를 느낄 수 있었지만, 내가 어떻게 저지할 수 있을 것 같지는 않았다. 설령 우리가 한 일에 대해서 내가 시인했다 치더라도, 과연 뭐가 달라지겠는가? 누가 우리를 믿기는 하겠는가?

오빠들은 이상할 정도로 이 공황 상태에 대해서는 무덤덤했다. 그런데 솔직히 말해서, 오빠들이야말로 혼돈이라면 사족을 못 쓰는, 즉 주위 세계를 부수거나 깨거나 늘여주는 것이라면 사족을 못 쓰는 편이었다. 어쩌면 그냥 지겹다고 생각해서였을 수도 있고, 또 어쩌면 사실은 포스터를 보고 매료되다 못해 결국에는 머리까지 아파서였을 수도 있다. 오빠들은 이곳을 찾아온 여자 대학생들과 섹스를 하려 했으며, 내 생각에는 아마 성공했을 것이다. 그들은 대마초를 피우고, 조지 디켈 위스키를 마시고, 사태의 추이를 멀찍이서 지켜보았다. 그들은 심지어 자기네가 1년 전에 복사기를 한 대 훔쳤다는 사실도 기억하지 못하는 것 같았고, 굳이 참여하려는 열의도 전혀 없는 것 같았다. 이 모두는 그들의 관심 밖이었다. 엄마는 이 사실에 말할 수 없을 정도로 기뻐했다. 콜필드에서 무슨 일이 벌어지고 있든, 가족의 책임은 아니었기 때문이다. 세쌍둥이가 아무 짓도 하지 않았으니, 엄마는 당국에 어디 비난할 테면 해보라고 으름장을 놓고 있었다. 물론 엄마는 내가 별나게 군다는 것을 알았으며, 내가 지크와 함께 방에 숨어 있지 않을 때면 차를 몰고 돌아다닌다는 것도 알았다. 하지만 엄마는 내가 그 물건을 만들었으리라고는 결코 생각하지 못하는 것처럼 보였다. 엄마는 내가 섹스를 한다고 생각했다. 엄마는 내가 '사랑에 빠졌다'고 생각했다. 다른 어떤 환경 하에서도, 나는 이 사실에 무척이나 짜증을 부렸을 것이다. 하지만 저 좆같은 로터리클럽 사람들이 차에 탄 사탄 숭배자들을 때려잡겠다면서 검은색 밴을 야구방망이로 두들겨 부순 그날 이후로, 나는 의심받지 않는다는 사실에 약간 안도했다.

한편 지크의 엄마는 어려서 쓰던 자기 방에 틀어박혔다. 덕분에 지크는 오전마다 할머니와 함께 〈적정가격〉*을 보게 되었는데, 할머니는 뭐든지 가격을 터무니없이 높게 예측했다. 이후 나와 함께 하루 종일 돌아다니고 나면, 할머니가 좋아하는 예능 프로그램인 〈아

---

* 1972년부터 방영 중인 미국 CBS의 예능 프로그램으로, 참가자가 특정 물품의 정확한 가격을 추정하여 맞히는 내용이다.

메리칸 글래디에이터스〉의 비디오 녹화본을 보곤 했는데, 거기 나오는 검투사들의 체격을 보며 할머니와 손자 모두 불편할 정도로 감탄했다. "터보*는 젊은 시절의 네 할아버지를 약간 닮은 것 같구나." 한번은 할머니가 지크에게 말했다. "물론 그 당시에는 저 검투사들마냥 쫄쫄이 옷을 입은 사람이 아무도 없었지만."

우리의 관계에는 묵언의 규칙이 한 가지 있었으니, 내가 그의 할머니 집으로 절대 찾아가지 않는다는 것이었다. 내 생각에는 그가 자기 엄마의 긴장성 우울과 자기 할머니의 정신 깜박하는 수동성을 약간 부끄러워했기 때문이었던 것 같다. 게다가 그는 우리 가족의 뒤죽박죽 어질러진 성격을 훨씬 더 선호하는 듯 보였다. 여기서는 내가 별나다 한들, 어느 누구도 내게 무안을 주지 않았으며, 설령 그러더라도 아주 오랫동안 지속하지는 않았다. 그는 항상 우리 오빠와 엄마를 보면서 눈이 휘둥그레져 있었는데, 마치 가족이 이럴 수도 있다는 사실을 미처 몰랐다는 투였다. 그는 이런 친밀함을 좋아했던 것 같다. 만약 성난 폭도가 우리를 쫓아온다고 치더라도, 여기 있는 편이 더 나을 것이었으니, 여기서라면 폭도가 우리를 집에서 끌어내기 전에 오빠들이 최소한 그중 몇 명은 확실히 작살낼 것이기 때문이었다. 아울러 그의 어머니와 할머니는 결코 집에서 나가지 않았던 반면, 우리 엄마와 오빠들은 낮 동안 대부분 집에 머물지 않았다. 그러니 내 방에 숨어서 우리가 미래를 위해 품은 은밀한

* 〈아메리칸 글래디에이터스〉에 출연한 보디빌더 출신 배우 갈렌 톰린슨을 말한다.

환상에 관해 이야기하는 편이 훨씬 더 이치에 맞았다.

내 방에서 우리 둘이 침대에 이불을 깔고 기대어 앉아서, 바깥의 공기보다 약간 더 시원할 뿐인 선풍기 바람을 얼굴에 정면으로 맞으면, 마치 콜필드에서 지금 벌어지고 있는 일을 잊을 수 있을 것만 같았다. 단지 미칠 것 같은 기분을 느끼지 않을 딱 그만큼에 불과하다 해도 말이다. 나는 지크가 그린 그림에 곁들일 단편을 쓰고 있었는데, 검은색 밴의 열려 있는 옆문으로 끈적한 자주색 액체가 흘러내리는 그림이었다. 이 단편에서는 기괴하게도 티모시 맥베이*라는 이름의 남자가 밴에다가 흑마법, 즉 주문을 가득 채워 넣고 TV 방송국 앞에 세워놓아서 전파를 교란한다. 지크는 내가 마무리하려 노력 중인 소설의 표지 그림을 그리고 있었는데, 자신의 전문가적인 폰트와 저 사악한 낸시 드루의 이미지를 보고 내가 자극을 받아 이야기를 마무리하기를 바라고 있었다.

그 여름에 나의 행복 가운데 무척이나 많은 부분은 바로 지크의 냄새와 소리였다. 약간은 나프탈렌 냄새와도 비슷한 일종의 땀 냄새가 풍겼고, 연필과 펜이 종이 위에 무척이나 부드럽게 사각거리는 소리가 들렸던 것이다. 때로는 그가 진짜처럼 느껴지지 않는, 실제로 그의 몸이 내 손에 잡히지 않는 것 같은 때도 있었다. 하지만 이 냄새와 소리는 그가 가까이 있음을 내게 보장해 주었다. 나는 특

---

* 1995년 오클라호마시티 연방 정부 청사 테러의 주범. 폭발물 실은 트럭을 건물 앞에 주차하고 폭파하여 사망자 168명의 대참사를 야기한 죄목으로 사형에 처해졌다.

대형 티셔츠와 낡고 쓸린 청바지에 둘러싸인 그의 피부와 뼈보다 차라리 이 냄새와 소리를 훨씬 더 많이 신봉했다. 그렇게 몸 그 자체보다도 오히려 몸이 산출하는 감각을 더 많이 필요로 하는 것이 과연 사랑인지 아닌지는 나도 몰랐다. 키스가 아니라, 그 이후에 오는 셀러리 맛이 필요했다. 손이 아니라, 그의 손이 예술을 만들어 내는 소리가 필요했다. 그가 오로지 이번 여름에만 여기 있다는 사실이 아니라, 어쩌면 내가 남은 평생 동안 여러 놀라운 장소에서 그의 상기물을 찾을 수도 있다는 사실이 필요했다.

맞다. 이건 귀여웠다. 맞다. 나는 매우 억압되고 이상한 여자애라서, 다른 사람과 진정으로 연결된 적이 없었기에, 어쩌면 과도하게 시적인 것인지도 몰랐다. 왜냐하면 다음과 같이 생각했던 순간들 역시 똑똑히 기억나기 때문이다. '나는 콜필드에서 죽게 될 거야. 여름은 결코 끝나지 않을 거고, 나는 결코 떠나지 못할 거고, 우리가 포스터를 제아무리 많이 붙이더라도, 나는 결코 여기서 떠나지 못할 거야.' 그리고 다음과 같이 생각할 때도 있었다. '지크, 빌어먹을, 나를 여기서 존나 좀 꺼내줘.' 하지만 나는 또한 그가 떠나버리면 나를 잊어버릴까 봐 겁이 났다. 그가 아는 것이라고는 콜필드에 있는 나뿐이었다. 그래서 나는 우리가 떠나야 한다고 생각했다. 잠시만이라도 말이다. 우리가 가진 콜필드 지도에서 별이(즉 가장 기묘한 별자리가) 범벅되지 않은 곳은 무척이나 드물었고, 이제는 다른 사람들도 그 일을 하고 있었다. 그러니 우리가 어느 방향으로든 몇 시간만 운전해 가면 아직 깨끗한 장소, 즉 가장자리에 대해서는 아직 모르는 장소를 발견할 수 있을 것이었다. 그곳은 그런 일을 전혀 대비하지 못한 상태일 것이므로, 그곳이 차마 저항할 시간을 얻기도 전에 우리는 그 새로운 장소를 변모시킬 수 있을 것이었다.

"우리 같이 멤피스에 갈 수도 있어." 그가 제안했다. "내가 구경시켜 줄게."

"너랑 나랑 단둘이?" 내가 물었다. 마치 우리가 함께한 짧은 시간에서 가장 친밀하달까 싶은 느낌이 들었다. 물론 뒤늦게야 나는 우리가 이미 별난 피의 맹세를 했다는 사실을, 그리하여 말하자면 미국 팝 컬처에서 가장 별난 수수께끼 가운데 하나에 책임이 있다는 사실을 상기하게 되었지만 말이다. 하지만 그 모든 일은 워낙 이상했고(심지어 키스한 것까지도), 꽃 장식이나 커플 티셔츠 같은 평범한 연애와는 워낙 무관했다. 대도시에서 하루를 보내는 것이야말로, 커플이 할 수 있는 가장 정상적인 일인 것처럼 느껴졌다. 그런데도 어째서인지 내게는 그 일이 피보다 더 무서웠다. "멤피스 곳곳에 포스터를 붙일 수도 있어." 내가 말했다. 이건 그냥 내가 이해하는 세계로 상황을 돌려놓고 싶어서 한 말일 뿐이었다.

"그래, 그것도 재미있겠다. 내가 다니던 학교로 찾아가서 붙여놓을 수도 있겠네." 지크가 말했다. 이제 나는 그 가능성을 떠올리며 그가 약간 흥분하기 시작하는 모습을 볼 수 있었다. "동물원에도 갈 수 있어! 휴이 버거를 사 먹을 수도 있어. 잘만 하면 멤피스 칙스 야구 경기를 볼 수도 있을 거야. 너 혹시 그레이스랜드* 가봤어?"

"그레이스랜드에다가도 포스터를 붙이고 싶어?" 내가 물었다. 내가 보기에 전 세계를 통틀어 자기네 성소聖所의 정결을 모독했다는 이유로 그 추종자들이 살인조차도 불사할 장소가 있다면, 바로 엘비스가 라켓볼을 쳤던 그 저택일 거라고 생각했기 때문이다.

"아니! 음, 어쩌면. 그러면 상당히 끝내줄 거야. 무슨 말인가 하면, 우리 둘이 포스터를 붙일 수도 있고, 당연한 이야기지만, 너한테 거기를 구경시켜 주고도 싶어. 그러면서 우리 둘이서 재미있게 놀 수도 있을 테니까."

"그래, 알았어… 그건 나도 찬성이야. 친구."

"다만 문제는…." 그가 얼굴을 찌푸리며 말했다.

"뭔데?"

"내가 멤피스에 간다는 사실을 알게 되면, 우리 엄마가 자살하고도 남으리라는 거야." 그가 결국 말했다.

"꼭 엄마한테 말해야 해?" 내가 물었다.

"그럼 너는 엄마한테 말하지 않을 거야?"

"당연히 엄마한테 말해야지." 내가 말했다. 이 여름에 내가 한 일과는 별개로, 나는 평소에 아주 착한 아이였다. 엄마에게 걱정을 끼치는 일은 결코 하고 싶지 않았다. 엄마는 이미 고생할 만큼 했는데, 왜 내가 굳이 상황을 더 악화시킨단 말인가?

* 미국의 가수 엘비스 프레슬리가 살았던 저택으로, 사후에 기념관이 되었다.

“음, 내 생각에는 엄마한테 말하지 않아야 할 것 같아. 혹시나 우리가 멤피스로 가는 길에 사고로 죽는 일만 없다면 별문제 없을 테니까.”

“그러면 우리 포스터를 몇 장이나 가져가지?” 내가 물었다.

“50장?” 그가 말했다. 하지만 나는 그가 지금 휴이 버거 아니면 다른 무엇을 생각하고 있음을 간파할 수 있었다. 그는 콜필드에서 우리가 만든 것을 굳이 가져가지 않더라도, 멤피스가 이미 얼마나 끝내주는지를 자랑하고 싶어 했을 뿐이다. 하지만 과연 내가 그걸 신경이나 썼을 것 같은가?

“그러면 100장 가져가자.” 내가 대답했다. “만약에 대비해서.”

그날 저녁에, 그러니까 오빠들이 친구를 만난다며 나간 후에 나는 엄마한테 물어보았다. 나는 쿠키 믹스를 이용해서 브라우니를 조금 만들기까지 했는데, 엄마가 단것을 좋아한다는 사실을 알았기 때문이었다. 우리는 VH1의 〈스토리텔러스〉에 잭슨 브라운이 나오는 것을 보았다. 엄마는 이 가수를 너무나도 좋아했기 때문에, 이번 여름 더 일찍 방영된 그 프로그램을 녹화해 두고서, 하루를 마무리할 때면 맥주를 한잔하면서 시청하곤 했다. 엄마가 좋아하는 노래인 〈내 눈을 고쳐주세요〉가 끝난 직후, 나는 지크와 함께 멤피스에 다녀와도 되느냐고 물어보았다.

“뭐라고?” 엄마가 물었다. 방금 끝난 노래를 여전히 흥얼거리다가, 갑자기 뚝 끊고 정신을 집중했다. 긴 하루가 끝나고 즐기는 평화의 순간을 내가 망쳤다는 것 때문에 엄마가 약간 짜증이 났음을 알 수 있었다. 엄마는 맥주 캔을 탁자에 내려놓더니, 몸을 돌려서 나를 똑바로 바라보았다. "멤피스?" 엄마가 다시 물었다.

"네. 사실 아주 멀지도 않잖아요. 지크가 저한테 구경시켜 준다고 해서요. 그러니까, 동물원이나? 거기 동물원이 있어서. 아니면… 그레이스랜드나?"

"그레이스랜드를 보러 하루 종일 운전해서 가겠다는 거야?" 엄마가 물었다.

"음, 사실은 그레이스랜드만은 아니에요. 그러니까, 딱히 구체적인 장소 한 곳만은 아니라고요. 잘만 하면 멤피스 칙스 야구 경기를 볼 수 있을지도 몰라요."

"네가 방금 말한 것들이야말로 내 기억에 네가 좋아한다고 말한 적은 한 번도 없는 것 같구나." 엄마가 말했다. "얘, 그레이스랜드라면 나도 가봤단다. 그곳으로 말하자면, 우리가 생각하는 것보다 더 작더라니까. 화려하기는 하지만, 그렇다고 해서 굳이 하루 종일 운전해서까지 구경할 만한 가치는 없어. 무슨 말인가 하면… 엘비스도 잭슨 브라운까지는 아니라는 거지."

"알았어요, 엄마. 사실은 우리도 그걸 보러 갈 생각은 아니었어요. 단지 어딘가 가보고 싶을 뿐이에요. 우리는 여름휴가를 가본 적이 없었잖아요. 바닷가라든지, 디즈니월드라든지—."

"이제 와서 디즈니월드에 가겠다고? 얘, 너라면 싫어할 게 뻔하잖니. 사람이 그렇게 많은데. 너네 아빠가 신혼여행 때 나를 데리고 거기 갔었던 건 아니? 무려 신혼여행에? 마법의 왕국? 이런, 세상에. 그때 진즉 깨달았어야 했는데."

여기서 나는 문득 깨달았다. 어쩌면 탁자 위에 놓인 거의 텅 빈 맥주 캔이 오늘 엄마의 첫 잔이 아니었을 수 있다는 사실을 말이다. 신혼여행으로 디즈니월드에 갔던 이야기라면, 아빠가 우리 곁을 떠난 뒤에 엄마가 열댓 번은 꺼냈을 거다.

"우리가 뭘 하는지는 중요한 게 아니에요." 내가 말했다. "저는 그냥 하루만 콜필드에서 벗어나서 지크랑 놀고 싶은 것뿐이에요. 걔가 자기 살던 곳을 구경시켜 주고 싶어 한단 말이에요."

"아이고, 얘." 엄마가 미소 지으며 말했다. "참으로 깨가 쏟아지는 모양이구나. 하지만 거긴 너무 멀어. 차라리 그냥 채터누가*에서 수족관 구경이나 하지 그러니. 너도 거기 있는 물고기를 좋아했잖아."

"엄마? 지크가 저랑 같이 가고 싶어 해서 그래요. 걔가 신나 한다니까요. 걔가 자기 아빠 때문에 인생이 꼬인 거 알고 계시잖아요?" 이거 혹시 너무 노골적이었나? 다른 모두의, 즉 좋은 사람들 모두의 삶을 꼬이게 만들어 놓고 떠난 남자에 대해서 말한다는 것은?

"너 걔를 좋아하는구나. 그렇지?" 엄마가 물었다. "지크를?"

"솔직히, 걔는 그냥 친구일 뿐이에요." 나는 받아쳤다.

* 미국 테네시주의 도시로, 테네시 수족관이 있다.

"좋아." 엄마가 말했다. 그러면서 내 얼굴을 쓰다듬는 것이, 마치 뭔가를 기억하는 것처럼 보였다. 하지만 그 기억에 내가 관여되었는지 여부는 알 수 없었다. "너도 참 빨리 크는구나."

"나한테는 그렇게 빠르다고 느껴지지 않아요." 내가 대답했다.

"동시에 느리고도 빠르게 흘러가는 거지." 엄마가 내게 말했다. 엄마는 무척이나 아름다워 보였다. 우리 엄마는 그랬다. 한때 엄마가 가졌던 것을(즉 예뻐지는 데에 필수적인 유전자를) 나는 갖지 못했지만, 그래도 내가 엄마 딸이라는 것은 확실히 알았다. 그래서 나는 무척이나 행복했다. 어쩌면 그 순간에 내가 그 포스터를 만들었다고 엄마에게 털어놓았어야 했을지도 모른다. 하지만 왜 내가 그 순간을 굳이 망쳐야 한단 말인가?

"대신 몇 시간에 한 번씩은 꼭 전화해야 된다? 공중전화가 보일 때마다 무사하다고 엄마한테 알려주는 거야."

"그럼 가도 돼요?"

"그래, 당연하지." 엄마가 말했다. 내가 꼭 끌어안자, 엄마가 웃음을 터트렸다. "좋아. 이제는 내가 이 브라우니를 먹으면서 우리 오빠 노래하는 거나 구경하게 놔두렴."

다음 노래는 〈로지〉였다. 잭슨 브라운이 관객에게 설명한 내용에 따르면, 이 노래는 그가 아는 어떤 남자의 이야기라고 했다. 음향기사였던 그 남자 곁에 앉아 있던 초록색 타이즈 차림의 여자가 공연이 끝나자마자 결별을 통보하고 드러머에게 갔다는 것이다. 그 이야기를 듣고 보니 서글픈 느낌이 들었다. 그래서 그 남자는 술에 취해 드러머에게 다가가서 이야기를 해보려고 했다. 이 설명이 끝나고 노래를 시작하기 직전에, 잭슨 브라운은 그 여자가 열여섯 살이었다고 덧붙였다.

"열여섯?" 내가 말했다. "세상에, 엄마."

"분위기 좀 망치지 마." 엄마가 나를 향해 한 손을 휘휘 저으며 말했다.

이어서 나는 노래를 들었다. 무척이나 아름답고, 무척이나 서글펐다. 나는 감명을 받았다. 이전에도 무척이나 여러 번 들은 노래였지만, 과연 누가 잭슨 브라운 노래를 그렇게 주의 깊게 듣는단 말인가. 뭐랄까, 1990년대의 10대 청소년 가운데 과연 누가 잭슨 브라운 앨범의 해설지를 읽는단 말인가? "오늘 밤, 다시 당신과 나뿐이야, 로지." 그가 이렇게 노래하는 순간, 나는 그가 자위행위에 대해서 노래하고 있음을 깨달았다.*

"엄마?" 노래가 끝나자마자 내가 말했다. "혹시 저 사람?"

"저 사람이 뭐?" 엄마가 말했다. 아직 남은 게 있는지 보려고 맥주 캔을 흔들면서 말이다.

"혹시 저 사람이, 있잖아요, 혼자서 하는 그 이야기를 하고 있는 거예요?"

---

* 이 노래의 제목인 동시에 일면 여성을 지칭하는 듯한 '로지Rosie'라는 이름 자체가 "다섯 자매를 둔 장밋빛 손바닥Rosie palm on her five sisters", 즉 사람의 손을 가리키기 때문이다.

"뭐라고? 하, 세상에. 뚱딴지같기는. 아니야, 얘, 나는 그렇게 생각 안 해. 무슨 말인가 하면, 이건 〈스토리텔러스〉잖아, 안 그래? 실제로 그랬다면 그렇다고 말했겠지. 이번이 기회이니까."

"내 생각에는 맞는 것 같은데." 내가 말했다.

"아니라니까."

"심지어 여자가 열여섯이라고 했어요. 타이즈 차림의 여자 말이에요. 뭔가 징그럽잖아요."

"음, 그거야 1970년대였으니까."

"그럼 그 당시에는 징그럽지 않았다는 거예요?"

"음… 아니, 솔직히 징그럽기는 했겠지. 우리 딸, 엄마는 이 노래를 좋아하거든. 엄마는 니를 멤피스에 가게 허락했고 말이야. 그러니 엄마가 갑자기 그걸 후회할 일이 없으면 좋겠네."

"알았어요, 알았어요, 죄송해요." 내가 말했다.

"사실은 이런 거란다, 얘야. 사람이 뭔가를 좋아하게 되면, 그걸 만들면서 뭐가 들어갔다는 둥, 그 배경이 뭐였다는 둥 하는 것에 대해서는 별로 많이 생각하지 않게 되거든. 나도 잘은 모르겠다만, 뭔가를 그 자체로 좋아하기만 하면 되는 거야. 그러고 나면 그 뭔가는 오로지 나를 위한 게 된단다, 알았니?"

"진짜 철학적인 이야기네요." 내가 말했다. 왜 내가 자꾸 이 말을 하는 건지는 나도 몰랐다. 그냥 내게 조금이라도 혼란스러운 이야기는 '철학적'이었다. 한마디 덧붙이자면, 나는 대학에서건 대학

원에서건 철학 수업은 한 번도 들어본 적이 없다. 하지만 이따금 내가 이해하지 못하는 어떤 것 때문에 불안해질 때마다 그 말을 하곤 한다.

"음, 너네 엄마는 상당히 똑똑하니까." 엄마는 미소 지으며 내게 말했다. "그러니 이제는 제발 입 좀 다물어 줄래? 다음 노래는 강도질을 하려다가 죽은 남자에 관한 내용이거든. 내가 장담하는데, 너 혹시 이 노래를 가지고도 분위기를 망칠 셈이라면—."

"알았어요." 내가 말했다. 나는 엄마 뺨에 입을 맞추었다. "고마워요, 엄마."

"별말씀을요, 공주님." 엄마가 말했다. 그리고는 당신을 행복하게 만들어 줄 뭔가에 도로 정신을 집중했다.

그리하여 우리는 바로 다음 날 멤피스로 출발했다. 나랑 지크 단둘이서만. 차에다가는 마운틴듀와 골든플레이크 과자, 슈거베이비스 캐러멜 세 상자를 쟁였다. 지크는 스리식스마피아의 카세트테이프를 틀었는데, 그들이 멤피스 출신이라는 이유에서였다. 솔직히 말해서 나는 그 공포 영화 같은 피아노 소리를 듣자마자 이런 생각이 들었다. "아, 이건 마치 우리 포스터 같은 느낌이네." 온갖 별난 심상과 악마 숭배 내용이 들어 있었는데, 랩에 대해서 알지 못하는 나로서는 별로 신경 쓰이지 않았다. 곧이어 그들은 여성의 몸에 대해서 정말로 노골적인 이야기를 하기 시작했고, 지크와 나는 정말로 얼굴이 새빨개졌다. 그래서 나는 가이디드 바이 보이시스의 테이프를 집어넣었고, 우리는 로버트 폴라드가 노래하는 것을 들었다. 나는 이렇게 생각했다. '그래, 그래, 그래, 그래, 그래.' 10대가 되기 위해서는 내 본래 모습을 다른 누가 알 수도 있다고 생각하는 것이야말로 식은 죽 먹기였다. 설령 나를 이해하는 사람은 아무도 없다고 생각하며 하루 종일 보낸다 치더라도 말이다. 그거야말로 무척이나 좋은 느낌이었다.

테네시 중부는 워낙 평탄했기 때문에, 우리는 그저 차를 타고 달리고 또 달리기만 했다. 하늘도 새파래서 비록 몇 시간뿐이라 해도 내가 평생 알고 지냈던 장소를 뒤로하고 떠나는 것이 정말 기분 좋았다. 우리의 배낭 속에는 가장자리가 들어 있었다. 모서리가 노랗게 바랜 종이에 복사된 채로. 우리가 두 장소 사이에서 이동 중이던 바로 그 자동차 안에서의 시간이야말로 나에게는 행복이었다. 지크는 자기 선생님에 대해서 이야기해 주었다. 60대의 여자 선생님이었는데, 뉴욕에 있는 현대미술관에 그분의 조각이 전시되어 있다는 것이다. 그 선생님은 안락의자에 앉아 거의 움직이는 법 없이, 학생의 이름을 하나하나 불러서 각자의 작품을 검토했다. 선생님은 작품을 집어서 불빛에 비춰 보고, 곁눈질하고는, 이렇게 말했다. "거의 다 됐어" 또는 "아직 아니야", "충분히 괜찮아". 그러고는 학생을 도로 자리에 돌려보냈다. 그의 말에 따르면, 기법이나 지도 같은 실제

지식을 전달한다는 점에서는 끔찍한 수업이었다. 하지만 그는 자기가 뭔가를 작업하고, 자기가 가진 것을 거기 모두 쏟아붓고, 마치 마법의 8번 공* 같은 선생님 앞에 서서, 자기 운명이 어떻게 될지 알기 위해 기다린다는 발상을 정말로 좋아했다.

곧이어 우리는 멤피스에 도착했다. 그곳은 다 무너져 가는 듯했고, 심한 도로 구멍이며 숱한 쓰레기가 널려 있었지만, 지크는 무척이나 좋아했다. 우리는 곧장 휴이 버거를 먹었고, 맛이 상당히 좋았는데, 어쩌면 지크가 계속 한 말 때문에 훨씬 좋게 느꼈는지도 모른다. "으음… 아, 휴이가 그리웠어." 마치 전쟁이나 다른 무엇 때문에 고향을 멀리 떠나 있었던 사람 같았다. 하얀 벽이 검은색 마커 그래피티로 완전히 뒤덮여 있었는데, '카렌과 짐이 왔다 감. 96/6/7'과 'M타운 베이비!' 같은 내용들이었다. 나는 우리 포스터 가운데 한 장을 꺼냈지만, 포스터를 붙이는 대신 마커를 집어서 그 문장 전체를 적었다. 이어서 지크가 두 손의 대략적인 스케치를 조그맣게 그렸다. 그는 잠시 머뭇거리더니 '지크와 프랭키'라고 썼고, 나를 바라보며 미소 지었다. "여기서는 매번 새로 시작하기 위해서 벽에 페인트칠을 하거든. 그러니 이것도 금세 없어질 거야." 나는 벽에 손을 대고 우리의 이름을 따라가 보았다.

우리는 동물원을 거닐었고, 코끼리와 원숭이를 구경했지만, 동물

* 미국 장난감 회사 마텔에서 내놓은 상품으로, 각자 질문을 던지고 나서 8번 당구공 모양의 플라스틱 구를 흔들어서 답변을 확인하는 방식이다.

들은 취하기라도 한 듯 멍한 모습이었다. 우리는 액체 질소를 이용해 얼린, 저 묘하게 생긴 우주 시대의 구슬형 아이스크림 디핑 닷츠를 조금 먹었고, 맹수관에 있는 벤치에 앉아서 호랑이들이 이리저리 거닐고, 기지개를 켜고, 어딘가를 응시하는 모습을 구경했다. 충분히 오래 응시하면, 그 줄무늬는 마치 액체처럼, 일종의 매직 아이 포스터처럼 변했다. 내가 만약 그 줄무늬를 만져보려고 울타리를 넘어가면 과연 무슨 일이 일어날지 궁금해졌다. 호랑이가 내 한쪽 팔을 물고 이리저리 끌고 다니느라 사방팔방에 피가 흥건하겠거니 생각이 들었다. 나는 작은 아이스크림 구슬을 혀 위에 올려놓고 녹였다.

나는 포스터를 하나 꺼내서 삼각형으로 접었다. 지크도 똑같이 했다. 우리는 벤치에 앉은 채 포스터 스무 장쯤을 작은 종이접기로 만들었다. 동물원을 나서면서 우리는 그걸 여기저기 남겨놓았다. 그 작은 지뢰는 아무도 해치지 않을 것이었고, 그저 우리를 즐겁게 만들어 줄 만큼의 폭발이었다.

나는 포스터를 더 많이 붙여도 되겠느냐고 지크에게 물었고, 그는 오버턴 공원으로 향했다. 우리는 잔디밭을 걸어서 오버턴 공원 야외무대에 도착했는데, 그 이상한 원형극장은 다 무너져 가는 상태였지만, 그래도 1940년대의 영화에서 상상했던 미래의 모습 비슷하게 여전히 아름다웠다. 우리는 포스터 스무 장을 최대한 빨리 붙였지만, 그 야외무대는 워낙 컸기 때문에 마치 포스터에 나온 이미지며 문장을 빨아들이기라도 하는 듯했다. 나는 우리가 포스터를 1,000장쯤 가져왔더라면 좋았을걸 생각했다. 내가 실망한 걸 지크도 충분히 알 수 있으리라는 생각이 들었다. "이건 콜필드에서 더 잘 먹혔어. 사실." 그가 말했다. "왜냐하면 워낙 작은 동네니까." 그의 말이 맞았지만, 나는 어쩐지 서글퍼졌다. 나는 엘비스 프레슬리가 이 무대에 서 있는, 내가 쓴 문장을 그가 노래로 부르고, '허기'라는 단어를 그의 진한 남부 억양으로 듣는 모습을 상상해 보았다. 내 머릿속에서 그 소리가 워낙 듣기 좋았기에, 나는 진짜로 그걸 들을 수 있을 것만 같았다. 하지만 그것도 지나가 버렸다. 그곳에는 단지 나와 지크, 탁 트인 공원, 내 피부를 그을리는 태양뿐이었다.

"이제는 콜필드로 출발해야 할 것 같아." 내가 말했다. 그러자 그는 순간적으로 실망한 눈치였지만, 곧이어 고개를 끄덕였다. 그는 내 손을 잡으며 말했다. "이걸 나랑 같이 해줘서 고마워."

나는 고개를 끄덕였다. 부끄러웠다. 나는 그에게 키스했고, 그도 나에게 키스했다. "내가 여기로 돌아온 다음에도 언제든 놀러 와." 그가 제안했다. "이제는 너도 여기까지 오는 길을 아니까." 나로선 그가 나를 떠난 이후의 시기, 즉 이 여름이 끝난 다음에 대해서 이야기한다는 게 마음에 들지 않았다. 이 여름은 결국 끝날 것이 분명했지만, 우리끼리야 그렇지 않은 척하면 안 되는 걸까? 왜 모든 사람은 일을 전진시키기를 원하는 것이며, 왜 나는 얼음덩어리 속에

꽁꽁 얼어붙어 있기를 원하는 것일까?

"음, 네가 어디 사는지를 내가 모르잖아." 내가 그에게 말했다.

"구경해 보고 싶어?" 그가 물었다.

"어… 그런 것 같아." 내가 말했다.

"여기서 별로 안 멀어. 가자." 그가 말했다. 우리는 다시 차로 걸어갔다. 우리는 차를 몰고 센트럴 가든스라는 지역으로 갔는데, 매우 부유하고 주택도 모두 오래된 것들이었다. 그중 일부는 마치 성처럼 돌을 잔뜩 갖다가 만들어 놓았다. 나는 순간적으로 깨달았다. 비록 지크가 부자라는 사실을 알고는 있었지만, 그게 진짜로 어떤 모습일지는 제대로 이해하지 못했음을 말이다. 갑자기 나는 그의 집을 보기가 두려워졌다. 차라리 그가 자기 할머니의 소파에 앉아 있는 모습을 생각하는 편이 더 나을 것 같았는데, 그것이라면 적어도 내가 이해할 수 있었기 때문이다.

"여기야." 그가 말했다. 내가 주차한 곳에 있는 집으로 말하자면, 천만다행히도, 주위에 있는 다른 집보다는 약간 더 수수한 편이었다. 오히려 별장에 가까운 모양새였지만, 그래도 여전히 상당히 비싸 보였고, 현관 베란다 지붕을 돌기둥이 떠받친 모습의 깔끔한 이층집이었다. 현관문은 마치 100년은 묵은 듯 보이는 나무의 일종으로 되어 있었다. 마당은 전문가의 솜씨로 유지되고 있었으며, 잔디밭에는 자전거나 허약한 접의자 같은 것이 단 하나도 놓여 있지 않았다. 현관 베란다에는 그녀가 있었다.

"네가 사는 데가 여기야?" 내가 묻자 그가 고개를 끄덕였다.

"여기 살아." 그가 말했다. 두 눈이 흐려져 있었다.

"진짜 좋은 집이네." 내가 말했다. 중고 시트를 깔아놓은 내 방 침대 위에서 그가 줄곧 시간을 보냈다는 사실이 무척이나 민망해졌다.

"별로 달라지지 않은 것 같네." 그가 말했다. 이건 혼잣말에 가까웠다. 그는 엄마와 자신이 그곳에 없으면 이 집이 마치 트랜스포머처럼, 또는 자신들의 부재에 해당하는 뭔가에 의해서 제풀에 무너지기라도 할 거라고 생각했던 모양이었다.

"이건 진짜 좋은 집이다, 지크." 내가 말했다. 마치 나는 그가 이렇게 말하기를 무척이라도 바라는 것만 같았다. "이건 '실제로' 진짜 좋은 집이고, 나는 부자야. 하지만 이보다는 차라리 너와 함께 있고 싶어." 하지만 그는 그냥 계속 그 집을 바라보고 있을 뿐이었다. 시간은 오후 3시였고, 태양은 마침내 누그러지기 시작해서, 숨 쉬기가 약간은 더 편안해지고 있었다. 에어컨도 신통치 않고, 차에도 무리가 가고 있었지만, 우리는 그냥 계속 그 집 앞에서 시동을 건 채로 머물러 있었다.

"포스터 하나 줘봐." 그가 마침내 말했다. 배낭에 더 가까이 앉은 사람은 그였지만, 나는 상황을 어색하게 만들고 싶지 않아서, 굳이 몸을 비틀며 한 장 꺼내주었다. 그는 포스터를 반으로 접더니, 차에서 내려 우편함으로 다가가서 집어넣었다. 그는 차로 돌아와서 자리에 앉았다. 다리가 살짝 떨리고 있었다.

“이제 그만 갈까?” 내가 물었다. 하지만 그가 말했다. “하나 더 줘봐.”

내가 포스터를 건네주자, 그가 말했다. “나랑 같이 좀 가줄래? 부탁이야.” 그래서 우리는 차에서 내렸다. 내가 테이프를 들었다. 우리는 그의 집 현관 베란다까지 걸어갔다. 그는 포스터를 현관문에 갖다 댔고, 나는 테이프를 두 조각 떼어 냈으며, 우리는 그의 집 현관문에 포스터를 붙였다. 우리는 뒤로 물러나서 그 모습을 살펴보았다. 그가 말했다. “이걸 본 우리 아빠 얼굴이 어떨지 상상이 돼?” 솔직히 나는 그의 아빠 얼굴조차도 모르는 터였다. 하지만 나는 고개를 끄덕였다. “우리를 잡으려고 잔뜩 허기졌지.” 내가 말했다. 바로 그때 현관문이 확 열리더니 어떤 여자가 우리를 바라보았다. 하늘색 실내복을 걸쳤는데, 우리보다 나이가 그리 많지도 않았다.

“도대체 뭣들 하고 있는 거야?” 여자가 소리를 질렀다. 그러다가 지크를 본 그녀는 곧바로 몸이 굳었다. “아, 세상에.” 여자가 말했다.

내가 말했다. “우리는 그냥… 고아들을 위한 모금을 다니는 중이에요. 우리도 고아거든요.” 하지만 여자는 이미 현관을 벗어나 안으로 달려가고 있었다.

“지크?” 내가 말했다.

“어서 가는 게 좋겠어.” 그가 말했다. 하지만 그는 머뭇거렸다. 포스터를 도로 떼어 낼까 생각하는 중이었다. 그때 한 남자가 나타났는데, 반바지와 티셔츠 차림이었다. "아들?" 그가 말했다. 여자는 또 다른 방에서 이쪽을 빠끔 내다보고 있었다.

"아빠?" 지크가 말했다.

"도대체 여기서 뭐 하는 거냐?" 그의 아빠가 말했다. "왜 전화를 안 했어?" 약간 눈을 희번덕거리면서 그 남자가 말했다. "엄마도 같이 온 거냐? 엄마가 너를 보낸 거야?"

"그냥 저 혼자예요." 지크가 말했다. "그러니까… 친구하고요."

"안녕하세요." 내가 인사했다.

"여기는 왜 온 거냐?" 그의 아버지가 말했다. 점점 더 화가 나는 모양이었다. 혹시나 아내가 달려와서 칼이라도 휘두르지 않을까 하는 두려움에 더는 떨지 않아도 되었으니까.

"우리는 동물원에 다녀왔어요." 내가 말했다.

"얘는 누구냐?" 그의 아버지가 말했다.

"말씀드렸잖아요." 지크가 말했다. 말을 더듬거리기 시작하고 있었다.

"이건 또 뭐냐?" 그의 아버지가 말했다. 이 남자는 그저 질문뿐이었다. 아들이 보고 싶었다든지, 미안하다든지, 하다못해 존나 평일 대낮에 딸뻘이라 해도 무방할 법한 여자와 집에 있었던 이유에 대한 설명이라든지 하는 것은 전혀 없었다. 그의 아버지는 포스터를 손에 쥐고 읽어보았다.

"이게… 바로 뉴스에서 이야기하던 바로 그 물건이로군. 사방팔

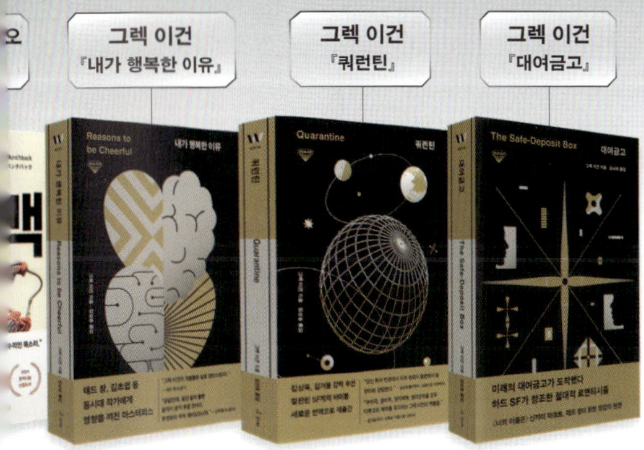

허블의 대표 해외 도서

허블의 대표 국내 도서

아무도 오지 않는 곳에서

천선란 지음

"묻고 싶다. 천선란 자네는
　대체 어떤 사랑을 해온 것이냐고."
　—박정민(배우)

박정민 배우·백온유 소설가 추천
데뷔 초부터 6년에 걸쳐 완성한
좀비 아포칼립스 3부작

새벽

옥타[…]

"로맨[…]
무섭[…]
　—김[…]

도나[…]
옥타[…]
마침[…]

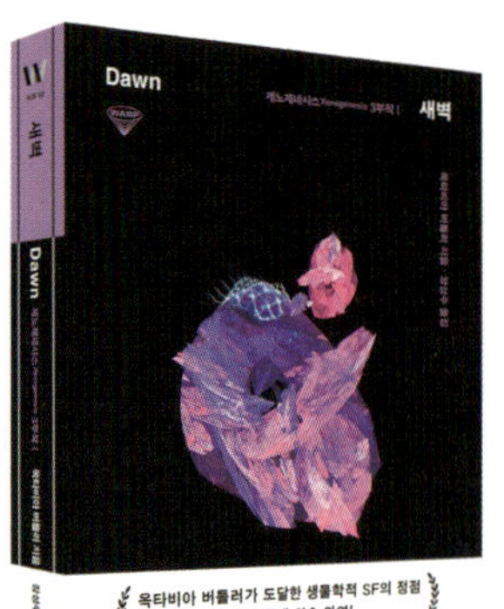

뭐 사랑도 있겠고,
인간 고유의 특성: SF 시집

김혜순·신해욱·이제니·김승일·김 현·서윤후
조시현·최재원·임유영·고선경·유선혜·한영원

"시인들은 SF 없이도 시를 쓰겠지만,
　SF에는 시인들이 필요하다."

허블에서 펴내는 첫 SF 시집
열두 명의 시인이 쓴 'SF X 시'의 가능태

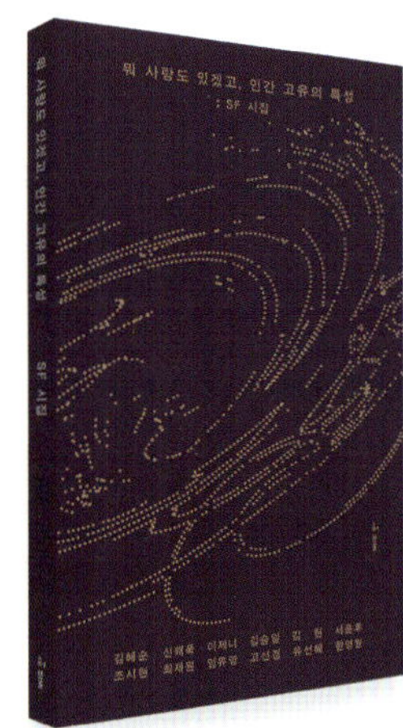

토막 난 우주를 안고서

김초엽·천선란·김혜윤·청예·조서월 지음

"우리의 낙원은 늘 폐허 위에서
　시작되었다."

한국과학문학상 10주년 기념
대표작가 앤솔러지
멸망의 징후가 일상이 된 세계에서
다섯 작가가 꺼내 든 죽음 너머의 이야기

방에 있던데.”

“이건 말하자면… 그래피티예요.” 지크가 말했다.

그의 아버지는 휘둥그레진 눈으로 지크를 바라보았다. 포스터를 한번 내려다보고, 다시 자기 아들을 쳐다보았다. “이거 네가 그린 거지.” 그가 말했다. 질문이 아니었다. 곧바로 서술문으로 넘어가 버린 것이었다.

“우리가 같이 그린 거예요.” 내가 말했다. “글은 제가 쓴 거라고요.” 그러자 그의 아버지가 말했다. “미안하지만, 아가씨, 나는 지금 우리 아들이랑 이야기를 하고 있거든.”

“음, 알았어요, 하지만—.”

“아들, 이건 아주 나쁜 짓이야. 이건… 정말 나쁜 짓이라고. 여차하면 인생 망칠 수 있다니까.”

“저 여자는 누군데요?” 지크가 갑자기 물었다. “엄마한테 듣기로는 두 사람이었다는데, 저 여자는 그중 어느 쪽도 아니네요. 저 여자가 여기 사는 거예요?”

“너 지금 나한테 거꾸로 덮어씌우려는 거냐.” 그의 아버지가 말했다. “바로 이… 물건에 대한 비난을 피하려고 말이야. 이런, 세상에. 내가 하여간 너네 엄마 때문에 미치겠다.”

“나는 아버지가 너무 미워요.” 지크가 말했다.

“당장 안으로 들어와라.” 그의 아버지가 말했다. 거의 소리치다시피 했다. “이놈의 포스터 때문에… 감방이라도 가고 싶은 거냐? 도무지 믿을 수가—."

"아버지가 미워요." 지크가 다시 말했다. 그러면서 양손으로 얼굴을 문질렀다. 마치 때를 밀려는 것처럼, 마치 벌레라도 붙은 것처럼, 마치 두뇌 속에서 불길이 일어난 것처럼.

"안으로 들어오라니까." 그의 아버지가 이를 갈며 말했다. "우리도 앞으로 어떻게 할지 궁리해 볼 필요가—." 그때 지크가 갑자기 달려들더니 자기 아버지의 얼굴을 할퀴기 시작했다. 그가 손톱을 피부에 박아 넣자, 그의 아버지는 비명을 지르기 시작했다.

"루번!" 여자가 소리쳤다.

"빌어먹을!" 그의 아빠가 말했다. 아들의 손을 자기 얼굴에서 떼어놓으려 했지만, 지크는 마치 광포한 다람쥐 같았다. 내가 달려가서 최대한 세게 걷어차자, 그의 아버지는 무릎이 꺾이며 땅에 쓰러졌다. 물론 우리 아빠와는 아무 관계 없는 일이었다. 나로선 그저 지크를 마음 아프게 한 사람을 혼내주기를 무척이나 원했을 뿐이었다. "빌어먹을!" 그의 아빠가 또다시 말했다.

"경찰에 신고할게요!" 여자가 소리를 질렀다. 하지만 지크의 아빠가 받아쳤다. "실라, 미쳤어? 신고하지 마!"

"어서 가자." 내가 지크에게 말했다. 그는 마침내 자기 아버지의 얼굴에서 손을 떼어 낸 참이었다. 아버지의 얼굴에는 온통 깔쭉깔쭉 작은 상처가 나 있었고, 내가 보니 지크의 손톱에는 피부 조각이 달라붙어 있었다.

우리는 차로 뛰어갔고, 나는 타이어에 불이 나도록 급가속했다. 우리 둘 다 숨이 넘어갈 정도로 헐떡거렸고, 나는 주거 지역에서 시속 88킬로미터로 달렸지만, 개의치 않고 계속 나아갔다. 나는 정지 신호도 무시해 버렸는데, 마침 개를 산책시키던 할머니 한 명이 소리를 지르기에 나도 맞받아서 "좆까!" 하고 소리치고는 계속 달렸다. 몇 킬로미터쯤 가고서야 나는 마침내 문을 닫은 어느 자동차 부품 가게의 텅 빈 주차장에 차를 세웠다.

"아, 씨발." 지크가 말했다. 그는 온몸을 긴장하고 있었다. 마치 누군가가 곧 자기를 때릴 거라서 기다리기라도 하듯이. "우리 완전 망했어."

"괜찮아." 내가 말했다. "너는 옳은 일을 한 거야."

"나는 그냥… 프랭키, 나 너무 슬퍼." 그가 말했다. 그러고는 울기 시작했다.

"괜찮아." 내가 말했다. 그는 몸을 떨었고, 숨을 쉬려고 노력하면서 작게 끅끅대는 소리를 냈다. "괜찮을 거라니까."

"내 인생 전부가." 그가 말했다. 하지만 몇 초간 다른 말은 더 나오지 않았고, 그저 울음만 나올 뿐이었다. "내가 그냥 죽어버렸으면 좋겠어."

"아니야." 내가 말했다. "아니라고. 네가 죽는다면, 지크. 네가 죽는다면 나도 자살해 버릴 거야. 죽지 마. 알았어? 죽지 말라고. 너는 계속 살아갈 수 있어, 알았지? 나도 살아 있고, 그렇지? 설마 네 삶이 내 삶보다 더 나쁘다고 생각하는 거야?"

"어떻게 해야 하지?" 그가 물었다. 마치 내가 정답을 알기라도 하는 듯 말이다. 마치 나를 진심으로 믿고 있는 것처럼 말이다.

"자, 일단… 일단 좀 와봐." 내가 말했다. 나는 좌석 이쪽으로 그를 잡아당겼고, 우리는 어색하게 서로를 끌어안게 되었다. 그의 얼굴은 눈물과 콧물과 침과 땀으로 흠뻑 젖어 있었다. 하지만 그는 거듭 죽었으면 좋겠다고 말했고, 그래서 나는 계속 그를 끌어안고 있었다. 그러다가 그가 나에게 키스했는데, 그의 입에서 무척 짭짤한 맛이 났다. 그의 입안에는 피도 약간 섞여 있었는데, 어쩌면 자기 아버지를 죽이려고 시도하는 사이 혀를 씹어서 그런 것 같았고, 나 역시 그 맛을 느낄 수 있었다. 나는 멈추고 싶었고, 그가 정상적으로 숨 쉬는 소리를 듣고 싶었다. 만약 이걸로 그가 호흡을 안정시킬 수만 있다면, 나는 그것도 괜찮다고 생각했다. 하지만 그는 계속해서 나에게 키스했고, 점점 더 거칠어졌다. 그는 내 입안으로 혀를 집어넣었고, 나는 곧바로 그걸 싫어하게 되었다. 나는 그냥 계속 생각했다. '죽지 마, 죽지 마, 죽지 마, 죽지 마, 죽지 마.' 하지만 지금 나는 그냥 혼잣말을 하고 있는 걸까? 지크는? 우리 둘은? 그가 내게 키스하고 죽지 않도록 내버려두는 것 말고는 딱히 할 수 있는 일이 없었다.

그러다가 그는 내가 앉은 좌석으로 넘어왔고, 나를 문에다 대고 짓눌렀다. 그의 두 손이 내 몸을 만지기 시작했는데, 지금껏 아무도 그렇게 내 몸을 만진 적은 없었다. 그리고 나로선 최대한 오랫동안 최대한 그 상태를 유지하기를 원하던 차였다. 나는 지크를 무척 좋아했다. 하지만 그가 내 바지 속으로 손을 집어넣는 것을 원하지는 않았다. 그것도 하필이면 멤피스에 있는 텅 빈 주차장에서, 그것도 하필이면 훤한 대낮부터 어떤 여자랑 섹스를 했다는 이유로 자기 아버지에게 고함을 치고 난 직후에 말이다. 물론 누군가가 내 셔츠 속에 손을 집어넣기에 딱 알맞은 시간이란 아예 없을 수도 있고, 어쩌면 내 경우에만 없을 수도 있었지만, 여하간 지금은 정말로 좋지 않은 시간이었다.

"지크, 제발 좀." 내가 말했다. 하지만 그는 계속해서 내게 거칠게 키스하고 있있고, 내 바지를 벗기러 하고 있어서, 나로신 숨을 쉬기조차도 어려웠다. 그가 말했다. "나는 네가 무척 좋아, 프랭키. 나는 네가 무척 좋다고." 나는 순간적으로 나 자신 속으로 깊이 침잠하기 시작했다. 나 자신을 진정시켰다. 그러자 그가 말했다. "너 이거 하고 싶었던 거지? 우리 이거 할 수 있을까?" 나는 마치 호수의 수면 아래로 빠져드는 것 같은, 내 몸을 떠나지 못하고 더 깊이 들어가는 듯한 느낌이었다. 그러다가 나는 그냥… 내가 뭘 했는지는 나도 몰랐다. 하지만 나는 다시 내 몸을 가득 채웠고, 내 피부는 나를 인간으로 만든 뭔가를 감싸고 팽팽해졌다. 나는 지크를 밀어냈다.

"지크." 내가 말했다. "제발 이러지 마. 알았어? 하지 말란 말이야." 그러자 그는 내가 수영장에서 처음 만났던 바로 그 묘하고 작은 소년으로 퍼뜩 돌아간 것처럼 보였다.

"미안해." 그가 말했다. 그가 다시 울기 시작하자, 나로서는 속수무책이었다. 그가 다른 일 때문에 우는 것이야 상관없었지만, 이 일 때문에 울어서는 안 되었다.

"지크! 제발 좀. 알았어? 괜찮아. 너는 아무 짓도 안 했잖아. 너는 나를 아프게 하지 않았다고. 너는 그만뒀다고. 알았어? 우리는 괜찮아. 우리는 괜찮다고."

"정말 미안해." 그가 말했다. 하지만 무슨 상관이겠는가? 그 일은 이미 일어났고, 제대로 일어나지 않았으며, 나는 이제 안전한 느낌이 들었다. 어쩌면 예전처럼 돌아갈 수 있을지도 모르겠다는 생각이 들었다. 그것 말고는 딱히 무슨 말이나 행동을 해야 할지 알 수 없었다.

"가장자리는 판자촌, 금 탐광꾼 우글거리고, 우리는 도망자, 법은 우리를 잡으려고 잔뜩 허기졌지." 내가 말했다. 그러자 지크가 말했다. "아, 프랭키, 정말 미안해." 그래서 내가 말했다. "입 닥쳐. 가장자리? 가장자리? 그건 판자촌이야, 알았어? 그냥 잠시만 입 닥치고 숨을 쉬라고. 가장자리는 판자촌, 금 탐광꾼 우글거리고. 우리는 도망자, 법은 우리를 잡으려고 잔뜩 허기졌지."

"알았어." 그가 말했다. "알았어."

"우리는 도망자, 지크. 우리는 도망자. 우리는 도망자. 우리는 도망자, 법은 우리를 잡으려고 잔뜩 허기졌지."

"알았어." 지크가 말했다. 일종의 굴복이었다. "알았어, 프랭키."

"아니야, 그냥, 내가 말하게 돼. 가장자리는 판자촌, 금 탐광꾼 우글거리고." 나는 계속 말했다. 열 번이나 말했다. 스무 번이었나? 나도 기억나지 않는다. 우리가 거기 얼마나 오래 있었는지도 모르겠다. 머지않아 엄마한테 전화를 걸어야 했다. 공중전화를 찾아서 이제 집에 간다고 엄마에게 알려야 했다. 나는 콜필드로 돌아가고 있었고, 아무것도 바뀌지 않았다. 내가 이 문장을 계속 말하는 한, 아무것도 바뀌지 않을 것이었다. 지크는 떠나지 않을 것이었다. 그는 나를 아프게 하지 않을 것이었다. 그가 스스로를 아프게 하지도 않을 것이었다. 나는 이 문장을 다시 말했다. 또다시 말했다. 지크는 이제 울음을 그쳤다. 나는 이 문장을 계속 말했고, 그는 마침내 나를 바라보았고, 나와 눈을 맞추었다. 나는 이 문장을 계속 말했다. 거듭 또 거듭. 그가 알게 될 때까지. 내가 이 문장을 말하기를 절대 멈추지 않으리라는 것을 그가 알게 될 때까지. 우리가 살아 있는 한, 나는 이 문장을 말하기를 절대 멈추지 않을 것이었다. 그리고 우리는 영원히 살게 될 것이었다. 그래서 이 문장은 영원히 계속될 것이었다. 이 문장은 결코 멈추지 않을 것이었다.

나는 이 문장을 다시 말했다. 또다시 말했다. **'가장자리는 판자촌, 금 탐광꾼 우글거리고, 우리는 도망자, 법은 우리를 잡으려고 잔뜩 허기졌지.'** 나는 지금도 이 문장을 말하고 있다. 나는 이 문장을 말하기를 결코 멈추지 않았다.

그것 말고 달리 끝낼 방법이 있기는 했을까? 차에서 내려주었을 때, 지크는 하다못해 작별 인사조차도 건네지 않았다. 그런데 내가 집에 와보니, 오빠들이 거실에 모여 있었고, 엄마는 전화를 붙잡고 맴돌면서 누군가에게 묻고 있었다. "얼마나 다친 건데?"

"무슨… 무슨 일이야?" 내가 물었다.

"차 몰고 오는 길에 못 봤어?" 앤드루가 물었다. 내가 고개를 저었더니 브라이언이 말해주었다. 우리 학교에 다니는 10대 대여섯 명이 포스터를 더 붙이다가 '포스터 치안대'에게 걸려서 한구석으로 몰이를 당했다는 것이다. 그 아이들은 영화 〈크로우〉에 나온 브랜던 리처럼 얼굴을 칠하고 있었는데,* 주황색 사냥용 안전 조끼를 입고 술에 취한 어른들이 위협을 가하자 케이시 래칫이 유리병을 집어던졌고, 고속도로 옆에서 수영 용품점을 운영하는 페리스 씨가 병에 맞고 뻗어버렸다. 그러자 정확히 누구인지 아직 밝혀지지 않은 또 다른 어른이 10대 소년의 가슴팍에 정통으로 총을 쏘았다. 결국 케이시는 죽고 말았다.

"그래서 어떻게 됐어?" 나는 깜짝 놀라 물었다.

"케이시 래칫이 존나 죽어버렸다니까, 프랭키." 찰리가 말했다. "엄마는 지금 호바트랑 통화하는 중이야. 쇼핑센터 옆에서 난리법석이 일어났거든. 모두 다이아몬드 커넥션 옆에서 벌어진 일이야. 호바트는 '포스터 치안대'를 인터뷰하러 거기 가 있었대. 그러다가 누군가에게 밟혔는지 한쪽 다리가 부러졌다나, 뭐 그렇대."

"케이시 래칫?" 나는 다시 물었다. 케이시는 아마 키가 160센티미터쯤 되었을 텐데,《스래셔 매거진》에도 나왔으며, 후원을 받는 스케이트보드 선수였다. 봄방학 동안에는 캘리포니아에 가서 스케이트보드 비디오를 촬영하기도 했었다. 1학년 때에는 머리를 분홍색으로 염색하는 바람에 정학을 받기도 했고, 사유지에 들어가서 스케이트보드를 탔다는 이유로 경찰에 붙잡힌 적도 여러 번이었다.

---

* 미국의 슈퍼히어로 만화를 각색한 1994년 개봉 영화. 억울하게 살해된 주인공이 까마귀의 도움으로 부활, 새하얀 얼굴에 눈가와 입술을 검게 칠한 기괴한 모습으로 악당에게 복수하는 내용이다. 이소룡의 아들 브랜던 리가 주연을 맡았지만, 촬영 중 총기 오발로 사망하여 충격을 주었다.

비록 단 한 번도 말을 섞어본 적 없었지만, 나는 예전부터 그가 끝내준다고, 장차 콜필드를 떠나서 멋진 일들을 하게 될 거라고 늘 생각했었다. 그런 그가 죽다니.

"그 케이시 래칫이 그 포스터를 만들었다고 말하는 사람이 있다면 나는 믿겠어." 앤드루가 말했다. "그게 이치에 맞으니까. 기억해 봐. 그 녀석, 그 수어사이덜 텐던시스 밴드 티셔츠를 입고 다니지 않았어?"

"오빠 생각에는 케이시가 그 포스터를 만든 것 같아?" 내가 물었다.

"내 말뜻은 뭐냐 하면, 알고 보니 그게 그 녀석이었다고 드러난다면 나도 믿겠다는 거야." 앤드루가 해명했다.

"누군가가 실제로 그걸 만들었는지 어떤지는 나도 모르겠어." 브라이언이 말했다. "내 생각에는 CIA에서 시작한 일종의 정신 조종 실험이 아닌가 싶어. 무슨 일이 벌어지나 보려고 한 거지. 내가 그 물건을 절대로 건드리지 않는 이유도 그거라니까. 어떤 정부 비밀 타격대에게 끌려가서 사라져 버리고 싶지는 않으니까."

"내 생각에는 그게 어떤 노래에서 나온 가사인 것 같아." 찰리가 말했다. "뭐랄까, 예전에 들었던 것 같은데." 그러더니 오빠는 무슨 헤비메탈 비슷한 노래를 지어 불렀다. "가아자앙자아리이는 판자촌…" 오빠의 말투는 마치 액슬 로즈처럼 들렸다.

엄마가 전화를 끊더니 내게로 달려왔다. "너 괜찮니?" 엄마가 물었다. 나는 고개를 끄덕였다. "호바트는 다리가 부러졌다지 뭐니, 세상에. 엄마는 지금 응급실에 가서 그 사람을 집에 데려와야 하거든."
엄마는 세쌍둥이를 쳐다보았다. "나가지 말고 집에 있어." 엄마가 오
빠들에게 말했다. "프랭키를 지켜주라고, 알았지?"

"엄마." 내가 말했다. "오빠들이 굳이 나를 지켜줄 필요는 없
어요."

"몇 시간 뒤면 돌아올 거야." 엄마가 말했다.

세쌍둥이는 농구를 하러 나갔고, 나는 거실에 서 있었다. 이제는
집이 텅 비었다. 나는 무슨 일이 일어났는지 지크에게 말해주고 싶
었다. 만약 내가 아닌 다른 사람으로부터 이 일에 대해서 전해 들으
면, 그의 정신이 나갈지도 모른다는 생각이 들었다. 나는 여전히 배
닝을 들고 있었다. 얼어보니 실쩍 구겨진 포스터가 닉 장 들어 있었
다. 나는 현관문으로 나가서 그냥 계속 걸었다. 네 블록을 걸어가는
데 20분이나 걸렸지만, 나는 그의 방에 불이 켜진 것을 확인할 수
있었다. 나는 창문으로 다가갔고, 덤불 속에 웅크리고 앉았다. 이러
고 있다가는 총에 맞거나 경찰에 신고당하기 십상이라는 생각이 들
었다. 나는 까치발을 하고 서서 창문을 똑똑 두들겼다. 창문 너머로
지크의 얼굴이 보였지만, 안이 밝아서인지 그는 나를 알아보지 못
했다. 그저 어둠 속을 응시하는 그의 눈은 워낙 초점이 없었다. 내가
이전에 봤던 것보다도 더 슬퍼 보였다. "나야." 내가 말했지만, 그는
창문을 열지 않았다. 그냥 몇 초쯤 더 그곳에 서 있다가 떠나버렸다.
나는 다시 창문을 두들겼지만, 그는 아예 다가오지도 않았다. 나는

배낭에서 포스터 한 장을 꺼내서 몇 번 접어서 정사각형 모양으로 만든 다음, 창문이 창틀과 만나는 부분의 작은 틈새에 끼우고, 그가 보게 되기를 바라며 최대한 안으로 집어넣었다. 나는 5분쯤 기다렸고, 두 번 더 창문을 두들겼다. 아무 일도 일어나지 않았다. 이렇게 외출한 사이에 엄마가 돌아오는 사태는 피하고 싶었기에, 나는 결국 포기하고 말았다. 아직 포스터가 석 장 남아 있었는데, 문득 내가 가장 우스꽝스러운 방식으로 하느님이라도 된 것 같은 기분이 들었다. 내가 아는 사실을 이 세상에서 아무도 모르는, 심지어 지크조차도 모르는 셈이었으니까. 나는 아무 우편함이나 세 개를 골라잡아서 그 안에 포스터를 집어넣고, 각각의 도착 알림 표시기를 올려두었다.

집에 돌아온 나는 침대에 누웠고, 다음 날 정오 직전에야 깨어났다. 집은 이미 텅 빈 상태였고, 나로선 어젯밤에 또 무슨 일이 더 일어났는지 전혀 알 수 없었다. 나는 집에서 나가지 않았다. 평소와 같이 지크가 나타나기를 기다리고, 기다리고, 또 기다렸지만, 그는 끝내 오지 않았다. 나는 차고로 가서 오후 시간 내내 복사기를 이용해서 포스터 복사본을 더 만들었다. 그동안은 직접 원본을 만지지 않으려 했는데, 혹시 손상이라도 될까 봐 겁이 나서였다. 하지만 그날만은 원본을 이용해서 첫 복사본을 만들었고, 곧이어 그걸 유심히 들여다보면서 혹시 내가 전에 놓친 뭔가가 있는지 살펴보았다. 핏방울을 하나하나 모조리 세어보려고 시도했고, 어떤 얼룩이 내 것

이고 어떤 얼룩이 지크의 것인지 구분해 보려고 시도했다. 바깥에
서는 세상이 돌아가고 있음을, 이런저런 일들이 일어나고 있음을,
내가 시작했던 이 일이 이제는 거대한 힘들과 맞서 싸울 수밖에 없
음을 나도 알았다. 하지만 그때만큼은 너무나 현실과 단절된 것 같
은 느낌이 들었다.

복사본 만들기를 마치자, 나는 유리판에 손을 대고 내 손바닥 복
사본을 한 장 만들었다. 나는 손금을 살펴보았고, 그걸 읽는 방법을
알고 싶다고 생각했다. 내 미래가 어떨지 알고 싶었다. 왜냐하면 바
로 그 순간, 나로서는 미래를 도무지 상상할 수 없었기 때문이었다.
도대체 어떻게 해야 이 비밀을 남은 평생 지킬 수 있을지 상상할 수
없었기 때문이다. 하지만 지키리라는 것만큼은 나도 알았다. 심지어
그때에도, 즉 열여섯 살 때에도, 평생에 걸쳐서 나를 사랑하는 사람,
나를 돌봐주는 사람, 내가 살게 될 그 어떤 삶으로 나아가는 길을
찾게끔 도와주는 사람을 모조리 미워하게 되리라는 것을 나도 알았
다. 왜냐하면 내가 어떤 사람인지, 내가 어떤 일을 했는지 그들에게
결코 말할 수 없을 것이기 때문이었다.

매지 브라워

　　　　　　　며칠 뒤에 매지가 다시 전화를 걸었다. 나는 전화를 받았다.

"알았어요." 내가 그녀에게 말했다.

"알았다뇨?"

"당신하고 얘기할게요. 당신한테 얘기한다고요."

"우와… 고맙습니다, 프랭키. 정말 잘된 거예요. 제가 약속할게요. 당신의 이야기를 존중하는 방식으로 글을 쓸게요."

"알았어요." 나는 그녀에게 말했다. "그럼 저는 이만."

"잠깐만요. 저… 왜 하겠다고 말씀하신 거죠?"

"저도 모르겠어요. 솔직히 말하자면요." 내가 말했다. "가장 큰 이유는 지쳐서예요. 당신이 전화를 건 이후로 저는 약간 정신이 나간 느낌이었어요. 게다가 시간이 갈수록 심해질 뿐인 것 같았고요. 어쩌면 그걸 속 시원히 밝히고, 제가 모조리 꾸며낸 게 아니라는 걸 증명하고 싶은지도 모르겠네요. 저도 잘 모르겠어요. 하지만 대략 이와 비슷한 뭔가인 것 같아요."

"그러면 언제쯤 제가 이야기를—." 그녀가 말을 시작했지만, 나는 전화를 그냥 끊어버렸다.

나는 끝에 무척 가까워진 상태였다. 이야기의 끝은 물론 아니었다. 왜냐하면 그건 원을 그리면서 영원히 계속될 것이기 때문이었다. 하지만 나는 그걸 비밀로 간직하기의 끝에 가까워지고 있었다. 침대에 눕고 싶었지만, 시간은 겨우 오전 10시였다. 설거지 거리도 있었고, 내가 쓰고 있는 것은 아닌 책도 있었고, 주니의 학교 때문에 잘라 내야 하는 식품 포장지 쿠폰*도 있었다. 하지만 나는 침대에 눕고만 싶었다. 나는 곧바로 침대에 누웠고, 그 여름에 대한 꿈을 꾸도록 내버려두었다.

* 1996년에 미국 식품 회사 제너럴 밀스에서 실시한 '교육을 위한 식품 포장지 쿠폰'(BTFE) 이벤트. 학부모가 특정 제품을 구입하고 학생을 통해 포장지 쿠폰을 학교에 제출하면 일정액이 적립되었다.

<h1 style="text-align:center">제12장</h1>

오후 4시가 되자, 나는 더 견딜 수가 없었다. 그래서 나는 지크의 할머니 댁까지 차를 몰고 갔다. 배낭에는 포스터를 잔뜩 채웠다. 그게 곁에 있지 않으면 내가 제대로 기능할 수 없기라도 한 것처럼 말이다. 나는 문을 똑똑 두들겼지만 아무도 나오지 않았다. 나는 주먹으로 두들기고 두들기며 지크를 불렀으며, 그러다가 집 옆으로 돌아가서 계단을 거쳐 뒷문 베란다로 올라갔다. 거기서 문 유리창 안을 엿보았더니, 그가 복도에 웅크리고 앉아 있었다.

"지크!" 내가 말했다. "얘기 좀 할래?"

그는 고개를 저었지만, 나는 떠나지 않을 작정이었다. 내가 떠나지 않으리라는 것을 그가 반드시 알아야만 했다. "지크! 씨발, 왜 그러는 건데?” 내가 소리를 질렀다. 그러자 그가 마침내 밖으로 나오더니, 등 뒤로 조용히 현관문을 닫았다.

“너 지금, 그러니까, 나를 피해서 숨으려는 거야?” 내가 물었다. “멤피스에서 있었던 일 때문에 그러는 거야? 차에서 있었던 일 때문에?”

그의 얼굴이 빨개졌다. 미친 듯 빨개졌다. 그는 차마 나를 쳐다보지도 못했다. “사실은… 내가 떠나게 됐어. 우리가 떠나게 됐다고.” 순간적으로 그의 눈이 커다래졌다. 마치 ‘우리’에 나까지 포함되었다고 내가 착각하는 것은 아닌가 하고 두려워한 것처럼 보였다. 하지만 나는 뭐가 어떻게 되고 있는지를 여전히 파악하려 노력하는 중이었다. “그러니까 엄마랑 나랑… 우리 멤피스로 돌아가게 됐어.”

“뭐? 언제?”

“금방. 음, 내일.”

“떠난다고?”

“어젯밤에 아빠가 엄마한테 전화를 했어.” 지크가 말했다. “무슨 일이 있었는지 아빠가 엄마한테 말했대. 아빠는 내가 여차하면 인생 망칠 수도 있다고 했대. 내가 체포될 수도 있다고 했대. 내가 대학에도 못 가게 될 거라고 했대. 나야 미술대학에 가겠다고 아빠한테 말할 작정이긴 했지만, 여하튼—.”

“지크, 제발. 떠난다고? 그냥 돌아간다고? 너네 아빠한테? 그 씨발 멍청이한테? 너네 엄마가 돌아가는 거겠지.”

"엄마는 무서워하서, 프랭키. 나도 무서워. 무섭다고. 여차하면 우리가 체포될 수도 있어."

"그거라면 이미 알고 있었잖아. 안 그래? 이미 우리도 알고 있었고, 그래도… 그래도 괜찮다고."

"부모님은 나를 걱정하서. 엄마 말로는 콜필드가 안전하지 않대. 또 한 명이 죽었어, 프랭키. 뭐랄까, 이런, 세상에, 상황이 정말 좋지 않아."

"가지 마." 내가 말했다.

"나는 가야만 해." 그가 대답했다.

"제발 떠나지 말라니까." 나는 그의 한쪽 팔을 붙잡으며 말했다.

"프랭키, 나도 선택의 여지가 없어. 알지?" 그가 말했다. 그의 목소리가 쩍쩍 갈라졌다. 마치 바로 그 순간에 사춘기가 갑자기 시작되기라도 한 것처럼 말이다. "나는 집으로 가야만 해."

"제발 여기 남아 있으라니까." 내가 말했다. "너네 할머니랑 같이 남아 있으라니까."

"세상에, 안 돼. 그렇게는 못 해." 그가 말했다. "상황이 좋지 않아, 프랭키. 그냥 너랑 나뿐일 때에는 괜찮았어. 지금까지 있었던 일 중에서도 최고였다고. 그런데 지금은 좋지 않아. 우리가 뭔가 끔찍한 짓을 한 거야."

"사실은 그렇지 않아. 그리고 심지어 너도 존나 그 말을 믿지 않잖아." 내가 말했다. 목소리가 커지고 있었다. "지금 네가 하는 말,

꼭 판사 앞에서 외는 멍청한 반성문처럼 들린다고."

"그 애가 죽었다고, 프랭키. 우리가 그 애를 죽게 한 거야."

"아니야, 아니야, 아니야, 아니야, 아니야." 내가 말했다. 나는 예술가로서의 우리의 책임을 재탕하고 싶지 않았고, 그걸 계속 설명해 넘기고 싶지 않았다. 나는 그냥 살아 있고 싶고, 그 안에 있고 싶고, 그걸 계속하고 싶을 뿐이었다. 그리고 나에게는 지크가 필요했다. "내가 포스터를 이렇게 잔뜩 갖고 왔어. 집에도 더 있어. 어서 이걸 붙이러 가자. 우리가 계속하기만 하면, 이게 계속될 거고, 어쩌면 상황이 나아질지도 몰라. 어쩌면 다른 뭔가로 변할지도 몰라."

"나는 떠난다니까." 그가 말했다. "그래도 너한테 연락은 할게. 편지라든가. 이 일이 다 끝나고 나면 연락할게. 그리고 나면⋯ 너도 너를 만나러 멤피스로 올 수 있을 거야."

바로 그때 나는 두 번 다시 지크를 볼 수 없으리라는 것을 알았다. 이것이야말로 그토록 극심하게 짧은 기간 동안이나마 내게 무척이나 중요했던 뭔가의 끝이었다. 그게 끝나가고 있었고, 이후에 결국 무슨 일이 닥치든지 간에 나는 혼자가 될 예정이었다.

그는 나를 뒤로하고 돌아서서 현관문을 열었다.

"내가 사람들한테 말할 거야. 우리가 한 거라고." 내가 말했다. 나는 배낭을 열고 잔뜩 들어 있는 포스터를 그에게 보여주었다. "이걸 가지고 이 집이며 우리 집에 아주 도배를 할 거고, 모두한테 말할 거야. 우리가 한 거라고."

지크는 그 자리에 얼어붙었다. 그의 어깨에서 경련이 일어났는데, 마치 방금 목에 주먹을 한 대 얻어맞은 것 같았다. "아니, 너는 그렇게 하지 않을 거야." 지크가 말했다. 그는 양쪽 손바닥으로 자기 귀를 두들겼다. 마치 귀에 불이라도 난 듯이, 또는 귀가 웅웅거리기라도 한 것처럼. 이제 그는 내 바로 옆에 있었고, 갑자기 내 손목을 움켜쥐었는데, 내 생각에는 의도했던 것보다 더 세게 움켜쥔 것 같았다. "제발 그러지 마." 지크가 말했다. 심지어 그는 나를 제대로 쳐다보는 것도 아니었고, 마치 멀리 있는 것 같았다. "부탁이야. 제발 그러지 마."

나는 손아귀에서 팔을 빼내려 했지만, 그는 더 세게 움켜쥐었다. 마치 내가 약속하지 않는 한 놓아줄 수 없다고 말하는 듯했다. 지크의 얼굴에 나타난 표정으로 말하자면, 지금껏 그에게서 한 번도 보지 못한 것이었다. 얼굴의 왼쪽은 경련하고 있어서, 마치 피부 밑에 벌레들이 들어가 있는 듯했다. 그의 모습은… 너무 무서웠다. 그리고 나는 깨달았다. 그가 나를 두려워하고 있다는 것을. 왜냐하면 내가 잔인한 일을 하고 있었기 때문이었고, 내가 혼자가 된다는 것을 무서워했기 때문이었다. 왜냐하면 만약 지크가 곁에 없다면, 즉 오로지 나와 내 안에 있는 뭔가만 남는다면, 과연 무슨 짓을 하게 될지 내가 걱정했기 때문이었다. 지크야말로 내가 나쁜 짓을 하지 못하게 계속 막아준 존재였던 것 같았다.

그의 할머니가 부엌에서 부르는 소리가 들렸다. "밖에 누구니?"

그러자 지크는 얼른 나를 밀어냈는데, 마치 할머니에게 들키지 않게 나를 숨기려는 듯했다. 여전히 두 발이 땅에 단단히 박혀 있었던 까닭에 나는 비틀거리며 뒤로 물러났다. 배낭을 떨어트리고 거기 걸려 넘어졌으며, 이어서 베란다 계단을 따라 굴러 떨어지면서, 한 팔을 뻗어 균형을 잡았지만 다른 한 팔이 등에 깔리고 말았다. 나는 뭔가 부러지는 소리를 들었고, 차마 믿을 수 없는 고통의 물결을 느꼈다. 어찌나 날카로운 고통인지 헉 하고 소리를 내질렀지만, 내 입에서는 아무 소리도 나오지 않았다. 나는 땅에 얼굴을 박았고, 흙에 이를 박았고, 곧바로 입이 얼얼해졌다. 1, 2초쯤 지나자 너무 부끄러운 나머지 일어서려고 노력했지만, 곧바로 다시 쓰러지고 말았다. 나는 뇌진탕을 겪었던 것이, 즉 1초쯤 기절했던 것이 분명했다. 내가 왜 일어날 수 없는지, 내가 왜 지크의 할머니 집 뒤편 잔디밭에서 허우적거리고 있는지 계속해서 이해하려 노력했다. 곧이어 지크가 내는 소리가 들렸다. 매우 깊은 소리였고, 구역질하는 신음의 일종이어서, 마치 쇠망치로 맞은 암소가 내는 소리와도 비슷했다. 나는 지크가 너무나도 걱정되었다. 그를 부르려 했지만, 여전히 아무 소리도 나오지 않았다.

"프랭키." 그가 말했다. "아, 세상에, 아, 이런 세상에, 아, 세상에, 아, 이런 세상에." 그러면서 그는 계속 말했지만, 그건 심지어 진짜 말조차도 아니었다. 그저 소리, 작은 신음, 울부짖음일 뿐이었다.

나는 마침내 몸을 굴려 똑바로 누웠다가 일어나 앉았다. 그리고 내 왼팔이 반으로 부러져서 그냥 이리저리 흔들리는 것을 깨달았다. 딱 알맞게 아프지는 않았다. 즉 내가 예상했던 것처럼 아프지는 않았다는 뜻이다. 추측건대 그런 종류의 고통은 이미 넘어선 상태였기 때문일 것이다. 하지만 왼팔이 내 몸의 일부처럼 느껴지지 않기도 했다. 이제 왼팔은 내가 필요로 하지는 않지만, 그렇다고 해서 내가 없앨 수도 없는 뭔가였다. 배낭은 여전히 내 한쪽 발에 걸린 채였고, 배낭 끈 한쪽이 내 발목에 감겨 있어서, 나는 멀쩡한 팔로 그걸 벗겨 냈다. 나는 숨을 깊이 들이마시고 나서 일어났다. 내가 쳐다보았지만 지크는 다가오지 않았다. 그거야말로 부러진 팔보다 나빴다. 즉 그가 그냥 거기 서 있다는 것이 말이다. 그는 울고 있었다. 내 눈에도 보였지만, 그는 조금도 가까이 다가오지 않으려 했다. 가끔 그럴 때가 있었다. 그가 갑자기 자기 자신의 속으로 돌아간 것처럼, 즉 자기가 무슨 짓을 했는지 깨달은 것처럼 보일 때가 말이다.

"정말 미안해, 프랭키." 그가 말했다.

나는 이렇게 말하고 싶었다. 네 잘못이 아니라고, 이건 우연한 사고였을 뿐이고, 어쩌면 모든 것이 우연일지도 모른다고 말이다. 어쩌면 이 세상의 그 무엇도 의도적이지는 않을지도 모른다고 말이다. 어쩌면 지금까지 벌어졌고 앞으로 벌어질 모든 것이 어떤 멍청한 실수일지도 모른다고 말이다. 그러니 네가 사과한다고 해서 누가 신경이나 쓰겠느냐고 말하고 싶었다.

그래서 나는 이렇게 말했다. "씨발 새끼." 곧이어 나는 비틀거리며 차로 향했고, 어찌어찌 운전석에 오르고 나서야 비로소 차 열쇠를 어디 뒀는지 모른다는 것을 깨달았다. 멀쩡한 손과 이로 배낭을 열었지만, 그 안에는 포스터만 들어 있었다. 나는 왼손을 주머니에 넣어보려 했지만, 당연히 제대로 되지가 않았다. 그래서 오른손을 일단 죽 뻗은 다음, 내 청바지 왼쪽 주머니로 집어넣을 수밖에 없었다. 그러자 이제는 고통의 물결이, 즉 내가 몸을 움직일 때마다 일어나는 강렬한 충격이 나를 때리기 시작했다. 하지만 나는 마침내 열쇠를 집었다. 그렇게 하기까지 무려 4시간쯤 걸린 것 같은 느낌이었다.

나는 배낭을 조수석에 내려놓고 차의 시동을 걸었다. 집 쪽을 바라보니 지크가 거실 창문으로 나를 쳐다보고 있었다. 그의 할머니도 다른 창문에서 쳐다보고 있었는데, 무척이나 이리둥절한 듯 나를 바라보며 인상을 쓰고 있었다. 할머니가 무엇을 보았는지, 또는 무슨 일이 있었다고 생각했는지, 또는 지크에 관해서나 멤피스로의 귀환에 관해서 당신 딸에게 무슨 이야기를 들었는지, 나로선 도무지 알 길이 없었다. 그래서 마치 바보처럼, 나는 할머니에게 손을 흔들었다. 지크에게 한 일이 아니었다. 나로선 더 이상 그를 바라볼 수조차 없었다. 하지만 나는 그의 할머니에게 손을 흔들었다. 내 평생 한 번도 이야기를 나눠본 적 없는 사람에게 말이다. 그러자 할머니도 내게 손을 흔들었다. 곧이어 나는 떠났다.

워낙 짧은 거리였지만, 나는 울고 숨을 헐떡거렸으며, 고통은 너무나 격렬해져서 금방이라도 토해버릴 것 같은 기분이 들었다. 어쩌면 응급실로 곧장 차를 몰아야 할지도 모른다고 생각했다. 엄마는 최소한 1시간은 집에 안 계실 테니까. 이 모든 일이 정말 몇분의 1초 사이에 벌어졌다. 두뇌는 오산을 범하고 있었고, 시간은 멈추어 버렸고, 나는 미래와 과거를 동시에 바라보고 있었다. 무슨 말을 할지 상상해 보았다. 뭐, 그냥 넘어졌다고 말할까? 그렇게 말할 수 없는 이유가 있을까? 이렇게 말할 수도 있었다. '다른 누구의 집이 아니라 우리 집 계단에서 떨어졌어요. 무슨 뜻인지 아시겠지요. 그렇게 해서 제 팔이 부러진 거예요.' 하지만 어떤 이유 때문인지, 내 몸이 얼마나 작살났는지를 스스로 깨닫지 못하게 막기 위해서 내 두뇌는 이미 기능을 멈춘 상태였기 때문에, 남들에게 지크가 나를 밀었다고 말해야 한다고 생각했다. 그가 움켜쥐었던 내 손목에 멍이 들어 있었다. 그가 곤란에 처하게 될 것 같았다. 그렇게 되면 내가 달리 뭘 할 수 있을까? 아울러 내 삶이 끝나고 있는 것 같은, 마치 내 삶의 최고의 부분이 영원히 사라진 것 같은 기분이 들었다. 어쩌면 나는 계속해서 살아갈 만한 가치가 있는지 궁금해하는 것인지도 몰랐다. 뭔가를 어떻게 끝내야 할지 알고 싶었다. 나는 차 안에 있었고, 우리 집은 너무 가까웠다. 시간이 많지 않았다.

그때 짧게 반짝이는 생각이, 한 가지 가능성이 있었기에 나로서는 그것을 따라갈 수밖에, 그것으로 들어가는 수밖에 없었다. 그렇게 나는 우리 집을 불과 몇 미터 남겨놓은 상황에서, 차의 가속기를 세게 밟아서 엔진이 비명을 지르게 만들었고, 내 눈에 보이는 나무 중에서도 가장 큰 것을 향해 이웃집 마당으로 곧장 돌진했다. 차가 나무에 부딪혔고, 그 형체를 방금 완전히 포기해 버린 금속 특유의 요란한 소리가 났으며, 비록 안전벨트를 매고 있었지만(솔직히 말해서 언제 그걸 뗐는지도 기억이 나지 않았다) 나는 운전대에 이마를 박았고, 온 세상이 말 그대로 어둠에 잠겼다. 그것이야말로 내 평생 본 것 중에서 가장 완벽한 어둠이었다.

정신을 차려보니, 엔진에서는 부자연스러운 소리가 들려왔고, 온갖 수증기인지 연기인지 다른 무엇인지가(어쩌면 영혼이었을 수도 있다) 새어 나오고 있었다. 차의 내부는 포스터로 뒤덮여 있었는데, 충격 때문에 배낭에서 쏟아져 나온 것들이었다. 눈에는 사물이 겹쳐져 보였고, 지크와 네가 만든 것을 바라보면서도 정작 우리가 그걸 만들었다는 사실을 깨닫지 못했다. 그 몇 초 사이에 나는 아무것도 알지 못했다. 심지어 내가 아직 살아 있는지도 확신하지 못했다. 그러다가 갑자기 생각이 났다. 그 온 여름이며, 모든 세부 내용이 말이다. 그래서 나는 생각했다. '이제는 죽고 말겠지.'

"아가씨?" 누군가가 말했다. 그 격식 있는 말투가 너무나도 충격적이고, 너무나도 낯설었다. 마치 전 세계에서 가장 훌륭한 식당의 지배인이 방금 나를 맞이하며 인사를 건넨 것 같았다.

"네?" 내가 대답했다. 정확히 무슨 일이 벌어지고 있는지 모르는 채로 말이다.

"내가 도와줄게요, 알았죠?" 목소리가 말했다. "구급차를 불러놨으니, 금방 도착할 거예요. 아가씨는 안전해요. 잠들지 말고 깨어 있기만 해요. 나랑 이야기를 하자고요.”

나는 마침내 그 남자를 알아볼 수 있었다. 바로 우리 이웃인 에이버리 씨였다. 하오리 차림이었는데, 무척이나 멋진 모습이었고, 머리카락은 금색이고 무척 고왔다.

“아, 에이버리 씨.” 내가 말했다. “나무를 망가트려서 정말 죄송해요.”

“내 나무까지는 아니니까.” 그가 말했다. “아무 문제 없어요. 아가씨가 죽지 않아서 내가 얼마나 안심했는지 몰라요.”

“제 잘못이에요.” 내가 그에게 말했다.

“누구의 잘못도 아니에요.” 그가 말했다. 그러고는 미소 지었다. 그러고는 피가 흐르는 내 얼굴을 향해서 한 손을 뻗었다. 그는 가운뎃손가락 끄트머리로 내 왼쪽 관자놀이를 이리저리 문질렀는데, 그것이야말로 내 평생 느낀 것 중 지금도 가장 위안이 되는 일이었다. 그 작은 접촉, 그 부드러운 손길이 내가 아직 죽지 않았음을 상기시켜 주었기 때문이다.

에이버리 씨는 차 안을 들여다보다가 포스터를 발견했다. 그는 나를 바라보았는데, 마침 내 눈에 뭔가가 떠올라 있었던 모양이다. 왜냐하면 그는 곧바로 알아챘기 때문이었다. 그는 알아챘다. 내가 모방범이 아니라는 것을. 자신의 이웃인 이 조용하고 묘한 여자애가 이 포스터를 만들었다는 사실을.

그가 야릇한 표정으로 바라보기에, 나는 고개를 끄덕였다. "저였어요." 내가 말했다.

"아가씨가 이걸 만들었군요." 그가 말했다. 단언이었다.

"제가 만들었어요. 제가 붙였고요. 저는 지금도 붙이고 있어요." 이 사실을 시인하는 것이야말로 너무나도 낯선 느낌이었다. 원래는 평생 어느 누구에게도 말하지 않을 작정이었다. 그런데 너무나도 쉽게 말해버렸다. 따지고 보면, 나는 거의 죽을 뻔했고, 사랑했던 남자애 때문에 팔이 부러졌지만, 그래도 하여간. 그제야 나는 깨달았다. 지금껏 누군가에게 말하고 싶어서 안달하고 있었다는 것을 말이다.

"이건… 이건 정말 멋지네요."

"진짜요?" 내가 물었다.

"너무 이상한 이야기이기는 한데, 미안하지만 아가씨 이름을 다시 말해줘요. 내가 전에 들었는지 모르겠어서요."

"프랭키요." 내가 말했다.

"아, 예쁜 이름이네요. 프랭키. 아가씨야말로 이 읍에서 나를 놀라게 만든 첫 번째 사람이에요. 불과 2분 사이에 아가씨는 내가 콜필드에서 목격한 것 중에서도 가장 놀라운 일 두 가지를 해냈으니까요."

사고이건 고의이건 간에, 하마터면 죽을 뻔한 10대 여자에게 말하는 내용치고는 상당히 이상한 셈이었지만, 덕분에 나는 무척이나 감사한 마음으로 충만해졌다.

"저희 엄마나." 나는 더듬거리며 말했다. "구급차나… 다른 누가 이걸 발견하면 안 돼요."

"아, 이런. 알았어요. 무슨 말인지 나도 이해했어요."

"제 팔이 부러져서요." 내가 말했다.

"진짜로 그러네요. 아주 심하게요." 그도 인정했다. 그는 창 너머로 손을 뻗어 내 근처에 흩어진 포스터 몇 장을 주웠다. 그러더니 저쪽으로 돌아서 조수석 쪽으로 가더니, 나머지를 모조리 주워 모았다. 그가 포스터를 배낭에 집어넣는 동안, 나는 구급차 소리를 들을 수 있었다.

"아주 가까이 왔어요." 내가 말했다.

"내가 챙겼어요. 거의 다." 그가 외쳤다. "됐어요. 내가 챙겼어요. 어, 아가씨 좌석 밑에도 하나 있었네요. 됐어요. 내가 다 챙겼어요."

"저 대신 좀 맡아주실래요? 숨겨주실래요?"

"아, 그래요. 안 그래도 딱 그렇게 할 참이었어요. 내가 숨겨둘게요. 우리끼리의 비밀이에요. 그러니까― 아, 이런. 미안하지만 한 번만 더 이름을 말해줘요."

"프랭키요." 내가 말했다. 구급차는 아주 가까이 와 있었다.

"프랭키, 내가 절대 아무한테도 말 안 할게요. 걱정 말아요."

"고맙습니다." 내가 말했다.

"죽지 말아요, 프랭키." 그가 말했다. "혹시라도 죽으면, 나도 누군가에게 말할 수밖에 없을 것 같으니까요."

"죽지 않을 거예요." 내가 말했다. 아마 내 말투가 실망한 것처럼 들렸던 모양이다.

"앞으로 무척이나 놀라운 인생을 살게 될 거예요, 프랭키." 그가 내게 말했다. "만약에 이게 그 시작이라면요? 아가씨의 삶이 얼마나 훌륭해질지 정말 기가 막힐 거예요."

"제가 나쁜 사람 같다는 생각이 들어요." 내가 말했다.

"아니에요." 그가 말했다. 내 생각에는 그가 뭔가 더 말하려고 했던 것 같다. 하지만 그때 구급대원들이 내 차를 향해 달려오며 이런 저런 소리를 질렀고, 에이버리 씨는 내 시야에서 사라지고 말았다. 이후 나는 단 한 번도 그와 이야기를 나눠보지 못했다. 하지만 가끔씩, 그러니까 내가 나쁜 사람 같다는 생각이 무려 100만 번째로 들 때면, 내 귀에는 여전히 그의 목소리가 들린다. '아니에요'라는 그 한마디가. 비록 그의 말을 전적으로 믿은 것은 아니었지만, 그 한마디는 무척이나 여러 번 나를 구원해 주었다.

정신을 차려보니 병원이었고, 내 병실이었으며, 모든 것이 멍하고도 흐릿했다. 온몸에 아주 낮은 전압의 전기가 흐르는 듯한 느낌이 들었다. 입안의 혀가 부푼 느낌이 들었고, 입 자체도 역시나 부푼 느낌이 들었다. 부러진 팔은 밧줄 같은 것에 매달려 있었고, 발포 고무와 금속으로 이루어진 부목을 대서 똑바로 해놓은 상태였다. 팔이 여전히 내 몸에 달려 있다는 사실을 깨닫자마자, 엄마가 부르는 소리가 들렸다. "프랭키?"

“네?” 내가 대답했다.

“괜찮을 거야.” 엄마가 내게 말했다. “부러진 팔도 괜찮아질 거야. 완전히 새것처럼 될 거래. 적어도 의사 선생님 말씀으로는 그래. 골절이 일어나기는 했는데, 다행히도 뼈가—.” 엄마가 갑자기 말을 멈추었고, 마치 토할 것 같은 표정이 되었다. 이제 세상이 약간은 더 또렷하게 보였고, 나는 엄마의 얼굴이 얼마나 창백한지를 깨닫게 되었다. 몇 초가 더 지나서야 엄마는 말을 겨우 이었다. 마치 부러진 팔에 대한 공포 때문에 엄마가 하마터면 토할 뻔했다는 것을 내가 눈치채지는 못했으리라는 투였다. “뼈가 피부를 찢고 나오지는 않았으니까. 그렇지? 10대 아이들의 뼈는, 뭐랄까, 아, 세상에, 그냥 잘 붙게 마련이어서, 아무 일 없을 거래.”

“입에서 이상한 느낌이 들어요.” 내가 엄마에게 말했다.

“그래. 앞니 두 개가 빠졌거든. 나중에 치과에 가서 이를 치료해야 할 거야. 왜냐하면… 음, 이에 대해서는 걱정하지 마, 프랭키. 세상에. 엄마도 이에 대해서는 걱정 안 할 거야, 알았지? 치아야말로 우리의 걱정 중에서도 ‘제일 나중’인 거니까. 그렇기는 해도, 사고 때문에 이가 무척 심하게 망가지는 했어.”

“사고 때문에.” 내가 말했다. 마치 엄마가 아는 사실과 엄마가 모르는 사실을 맞춰보기라도 하듯이. 혹시 지크가 나를 만나러 왔었는지, 지금 복도에서 기다리고 있는 건 아닌지 궁금해졌다.

“사고 난 거 기억이 나니, 얘?” 엄마가 물었다. “차를 몰다가 길에서 벗어났어. 그러고는 곧장… 곧장 이웃집 마당으로 뛰어들어서 거기 있는 나무를 들이받은 거지. 기억나니?”

“기억나요.” 내가 시인했다. “나무에 상당히 세게 박았어요.”

“진짜로 그랬어, 애야.” 엄마가 말했다. “그래서 엄마는… 프랭키, 대체 어떻게 된 거니?”

나는 거짓말을 할 수밖에 없음을 깨달았다. 아울러 거짓말을 하기가 무척이나 쉬울 것임을 깨달았다. 유일한 문제는 혹시 지크가 복도에 와 있는지, 혹시 엄마한테 모든 것을 말했는지 여부였다. 하지만 나는 그가 와 있지 않을 것 같다는 느낌이 들었다. 그는 자기 할머니네 마당에서도 땅에 쓰러진 나를 두고 자리를 떴다. 그는 나를 도우러 오지 않았다. 그는 떠난 것이었다.

“지크가 떠난대요.” 내가 말했다.

“뭐라고?” 엄마가 물었다.

“지크가 떠난다고요. 엄마, 혹시 지크 여기 있어요? 그러니까, 지금 여기 와 있느냐고요?”

“그러니까 네 생각에는 지크가 지금 병실에 있는 것 같다는 거니, 프랭키?” 엄마는 당혹스러워하며 물었다.

“아뇨, 하지만… 혹시 걔가 복도에 와 있어요? 그러니까, 엄마 혹시 걔 봤어요?”

“프랭키? 아니. 아니야. 나는 지크 못 봤어. 나는 출근했다가 경찰한테 전화를 받았을 뿐이야. 네가 교통사고를 당했는데 상태가 진짜 좋지 않다고 하더라. 음, 알고 보니 그렇게 좋지 않은 것까지는 아니었어. 알지? 너는 괜찮아. 괜찮아질 거야. 그래서 나는 곧장 병원으로 왔고, 그때부터 줄곧 네 곁에 있었던 거야."

"알았어요… 음, 지크가 멤피스로 돌아갈 거래요. 콜필드를 떠날 거래요." 나는 울기 시작했다.

"얘야, 아, 세상에. 정말 딱하게 됐구나. 정말 딱하게 됐어. 네가 걔를 정말 좋아했던 걸 엄마도 알거든." 엄마는 이렇게 말하며 내 머리를 토닥거렸다. 이론상 내가 얼마나 큰 고통을 느낄 수 있는지 알기에 차마 나를 안아주지 못하는 것이었다.

"벌써부터 개가 보고 싶어요." 내가 말했다.

"그래서, 얘, 개한테 그 이야기를 들은 직후에 화가 났던 거니?" 엄마가 나한테 물었다. "그래서 차를 몰고 집으로 왔던 거니?"

"예… 제 생각에는 차를 너무 빨리 몰았던 것 같아요. 아니면 그냥 도로에 정신을 집중하지 못했던 거겠죠. 아마도요? 저도 사실 기억이 안 나요, 엄마."

"음, 알았다. 그건… 물론 너는 기억이 안 날 수도 있지. 하지만… 프랭키? 엄마를 똑바로 볼 수 있지, 우리 공주님?"

"지금 똑바로 보고 있잖아요." 내가 대답했다.

"엄마가 보기에는 똑바로라기에는 왼쪽으로 십수 센티미터 빗나간 것 같기는 한데, 그래도 뭐… 괜찮아. 나중에 의사 선생님이 오시면 그 문제에 대해서도 물어봐야겠다. 그나저나 엄마가 한 가지 확실히 알고 싶은 게 있거든. 너도 엄마한테 말해도 되고. 엄마한테는 뭐든지 말해도 되니까."

"알았어요." 내가 말했다. 물론 내가 엄마한테 모조리 말하지 않으리라는 것을 나도 알았다. 나는 무척이나 많은 것을 빼놓고 말할 것이었다.

"혹시 일부러 나무에다가 차를 들이받은 건 아니지? 그러니까 지크가 떠났다는 사실 때문에 화가 나서 그런 건 아니지?"

"아니에요!" 내가 대답했다. 왜냐하면 진짜로 아니었기 때문이다. 실제로는 그거보다 훨씬 더 복잡했지만, 나는 거기 말려들지 않았다. "엄마, 아니에요. 저는 그냥… 저도 모르겠어요. 자살하려 했던 건 아니에요, 엄마."

"아, 얘야. 네가 그 단어를 말하는 걸 듣기만 해도 엄마는 속이 울렁거리는구나." 엄마가 내게 말했다. "물론 지크는 좋은 애 같았어. 하지만, 세상에, 프랭키, 고작 남자애 하나 때문에 자살하는 건 절대 안 돼. 다른 무엇 때문에라도 말이야! 이 세상 무엇도 굳이 자살할 만한 가치까지는 없으니까. 너네 아빠도 엄마를 떠나서 완전히 새로운 가족을 꾸리기 시작했잖니. 하지만 그 일 때문에 내가 자살하는 일은 없을 거야."

"엄마." 내가 말했다. 갑자기 너무 지쳐버렸기 때문이다. "지금 당장은 아빠 이야기를 하고 싶지 않아요."

"물론 그렇겠지, 얘야." 엄마가 말했다. 그러면서 목이 메기 시작했고, 눈물이 고이기 시작했다. "나는 그냥… 너야말로 엄마가 평생 만난 사람 중에서도 가장 예쁘고 멋지고 낯선 사람이야. 너야말로 세상에서 가장 놀라운 사람이야. 그러니 너는 이 세상의 나머지 사람들이 그 사실을 이해하게 만들 만큼 충분히 오래 살아야만 해. 알았지? 너는 계속 살아남아야만 해."

"저도 노력할게요, 엄마." 내가 말했다. 그러고는 나도 다시 울기 시작했다.

"앞으로 10년 안에." 엄마가 말했다. "그러니까 네가 콜필드를 떠나, 성공하고 행복해졌을 때, 너는 이번 여름을 심지어 기억조차 못할 거란다. 얘야."

"제 생각에 기억은 할 것 같아요." 내가 엄마한테 말했다.

"그래, 기억은 하겠지." 엄마가 말했다. "하지만 지금 당장 보이는 것만큼 중요하지는 않을 거란다."

그 일 이후의 상황들은 신속하게 전개되었다. 케이시 래칫이 피살되고 소동이 계속되자, 경찰에서는 인근 여러 카운티의 도움을 받아가면서까지 2주 동안 아무도 콜필드에 들어오지 못하게 했다. 원래 살던 사람이 아닌 이상 어느 누구도 읍 경계를 넘을 수 없었으며, 식량과 휘발유 같은 필수품을 배달하는 경우만 예외로 두었다. 테네시 주지사는 비상사태를 선언했다. 이 시점에 이르자 전국의 모든 주에서는 물론이고 최소한 30개의 다른 국가에서도 그 포스터가 목격되었다는 기록이 나오게 되었으며, 콜필드에서도 여전히 포스터가 도배되고 있었다. TV에서는 ABC 뉴스가 포스터에 대한 소식을 전했다. 보도에 따르면 콜로라도주 덴버에 사는 한 남자가 말기 암으로 고통받다가 자살했는데, 그가 남긴 유서에는 오로지 내가 그 여름에 일찌감치 적었던 문장만 가득했다고 한다. 뉴욕시에 사는 누군가는 타임스 스퀘어에 그 포스터의 거대한 버전들을 도배했고, 철거되기 전까지 그 사진을 찍는 것이 힙스터들 사이에서 일종의 게임처럼 되었다. 노스캐롤라이나주 힐스버러의 한 여자는 그 문장이 사실은 고인이 된 자기 남편이 쓴 미출간 소설에서 나온 것이라고 말했는데, 알고 보니 그 남자는 생전에 딕 페인Dick Paine이라는 필명으로 에로 소설만 수백 권 썼다.

뉴스에서는 우리 읍장과도 인터뷰했는데, 그 양반은 아직도 그 포스터가 악마의 현현이라고 확신하고 있으며, 최초의 검은색 밴에 타고 있던 낯선 사람들이 결국 발견되어 법의 심판을 받기를 바란다고 말했다. 그로부터 4년 뒤, 우리는 그가 녹스빌에서 딴살림을 차리고 있었으며, 그 두 번째 가족이 콜필드로 이사해 첫 번째 가족과 함께 묘한 조화를 이루며 살아가게 되었다는 소식을 들었다. 이후로도 그는 오랫동안 읍장으로 재직하다가, 지역 농산물 축제의 물 빠트리기 놀이장치*에 앉아 있다가 갑작스러운 심장마비로 사망하고 말았다.

---

* 참가자가 공을 던져 표적에 명중시키면 물탱크 위 좌석이 내려가서 거기 앉아 있던 사람이 빠지는 놀이장치다. 보통 기금 마련을 위해 참가자가 돈을 내고 주최자를 물탱크에 빠트리는 방식으로 진행된다.

나는 집으로 돌아왔고, 팔도 결국 나았다. 오빠들은 나를 어색하게, 심지어 친절하게 대했다. 자기네가 겪었던 그 어떤 사고보다도 더 심한 뭔가에서 내가 살아남았다는 사실에 약간 놀라지 않았나 싶다. 또한 오빠들은 내가 천하무적이라는 사실을 미처 깨닫지 못했기 때문에, 새삼스레 내 힘을, 즉 내가 여차하면 자기들에게 저지를 수도 있는 일을 경계하게 된 것이 아닌가 싶기도 하다.

엄마가 출근한 동안 나는 호바트와 함께 상당히 많은 시간을 보냈다. 아저씨는 다리가 부러져서 목발을 짚고 절뚝거리며 돌아다녔고, 우리 둘 다 부상에서 회복되는 중이었기 때문이다. 우리는 달달한 차를 잔뜩 마셨고, 번갈아 가면서 퍼트리샤 하이스미스 소설을 서로에게 큰 소리로 읽어주었다. 나는 진심으로 아저씨를 좋아하게 되었달까, 뭐, 그랬다. 특유의 허세에 익숙해지고 나니, 그가 얼마나 온화하고 감성적인 사람인지 알 수 있었다.

호바트는 신문사 일을 그만두어서 실업자 신세였고, 사실상 우리 집으로 이사해 들어온 상태였다. 나는 아저씨와 함께 신문 광고란을 읽으면서, 흥미로워 보이는 일자리를 골라 표시했다. 그중 하나는 슈완스의 운전기사가 되는 것이었는데, 호바트가 지원하자 그 회사에서 생산하는 식품 카탈로그가 날아왔다. 우리는 상당한 시간을 들여 키이우 커틀릿*과 하드 아이스크림의 꼴사나운 사진을 들여다보았다. 우리는 흥미로워 보이는 매물도 살펴보았으며, 차를 몰

* 닭가슴살에 빵가루를 입혀 튀긴 우크라이나식 요리.

고 여러 읍을 돌아다니며 희귀 영화 비디오테이프를 잔뜩 사 모았다. 나로선 들어본 적도 없는 영화들이었지만, 호바트의 말로는 끝내준다고 했다. 아저씨는 콜필드에 비디오 가게를 열고 싶다고, 그래서 구하기 힘든 컬트 고전들을 다루고 싶다고 말했다. 훗날 아저씨는 실제로 그렇게 했으며, 비록 돈을 많이 벌지는 못했지만, 수집가들과 영화 마니아들 사이에서는, 그러니까 인터넷 게시판에 모여 있는 저 묘한 사람들 사이에서는 제법 유명해지게 되었다. 아저씨는 물건을 찾아내는 감각이 뛰어났다. 전반적으로는 엉성한 편이었지만, 그 일에서만큼은 뛰어났다.

어느 날 오후, 내가 『이토록 달콤한 고통』의 한 대목을 읽고 나서, 우리는 땅콩버터 샌드위치를 만들고 있었다. 그때 호바트가 말했다. "나는 10대가 되는 게 싫었어."

"저는 싫지 않아요." 내가 말했다. 약간 모욕당한 느낌이 들었다.

"음, 나는 그랬어." 내게 말하는 아저씨의 표정은 무척 슬펐다. "딱히 더 나은 뭔가가 오고 있다고 생각해서 그런 것은 아니었어. 다만 나 자신의 몸속에서 평온하다는 느낌이 영 들지 않았을 뿐이야."

"저도 가끔 그런 느낌을 받아요." 나도 시인했다.

"그러다가 내가 더 나이 들고 나니까 말이지. 어땠는지 알아? 여전히 내 몸속에서 평온하다는 느낌이 전혀 안 들고 있어. 내 생각에는 평생 그럴 것 같아. 나는 어딜 가든지 발끈한달까, 항상 내가 기대한 것보다는 조금 덜 얻어내곤 한다니까. 하지만 그것도 괜찮은 것 같아. 어쩌면 완전히 정착한 것은 아니라고 느끼는 게 내게 필요하기 때문일 수도 있어. 어쩌면 어떤 사람들에게는 그러는 게 필요하기 때문일 수도 있고."

"설령 아저씨가 정착했다고 느끼더라도, 뭔가가 일어나는 바람에 그걸 망칠 수도 있고요." 내가 제안했다.

"그래. 맞는 말이야." 아저씨는 이렇게 말하면서 웃었다. "내가 방금 한 말은 이런 뜻이야. 너네 엄마가 가끔 그러거든. 미래에는 너의 상황이 더 나아질 거라고 말이야. 내 생각에도 그럴 것 같아. 너는 정말 똑똑하고, 결국 잘될 거야. 하지만 또 이런 생각도 들어. 만약 네가 이 세상에서 평온하다는 느낌을 전혀 받지 못한다면, 그건 무척 좋지 않은 일이라고 말이야. 빈둥거릴 필요는 여전히 있어. 너는 그냥 네가 좋아하는 것들을 발견하기 위해서 더 열심히 찾아보기만 하면 돼."

"알았어요." 내가 말했다. 나는 아저씨를 끌어안고 싶은 기분 비슷한 것에 휩싸였다. 그 포스터를 내가 만든 거라고 이야기해 버릴까 하는 생각도 몇분의 1초 동안 해보았다. 하지만 말하지 않으리라는 걸 나도 알았다. 다만 말해버릴까 고려했었다는 사실 때문에 나는 한 가지 사실을 깨닫게 되었다. 즉 아저씨가 우리 엄마랑 결혼할 수도 있다는 것이었다. 그렇게 되면 나도 기쁠 것이었다.

엄마는 나를 끌고 동네를 한 바퀴 도는 긴 산책을 나갔다. 너무 오랫동안 집에만 박혀 있었으니 정신 차리라는 뜻에서였다. 나는 에이버리 씨에게 손을 흔들었고, 그도 내게 손을 흔들어 주었다. 매 번 우리 집 현관으로 돌아오고 나면, 엄마는 나를 꼭 끌어안고 이렇게 말하곤 했다. "너는 괜찮아질 거야."

지크로부터는 아무 소식이 없었다. 그가 내게 연락하지 않을 이유가 차고 넘친다는 걸 나도 알았다. 그는 포스터를 두려워했고, 혹시나 누가 알아낼 경우에 일어날 일을 두려워했다. 하지만 내가 알기로는 이보다 더한 이유가 있었다. 자기가 나를 아프게 했다는 것이, 내게 끔찍한 짓을 저질렀다는 것이 부끄러웠기 때문이었다. 만약 내 상태를 확인하거나, 나에게 한 일을 사과하지 않는다면, 그로서는 그 일이 아예 일어나지 않았던 척할 수 있었다.

나는 계속 생각했다. 내가 그를 필요로 했을 때 그가 어떻게 나를 밀쳐 냈는지, 저 무시무시한 계단 아래로 어떻게 나를 밀쳐 냈는지를 말이다. 어쩌면 내가 눈이 멀었던 건지도 모르겠지만, 나는 그의 행동이 의도적이었다고 생각하지 않았다. 졸지에 그를 대신해 내가 핑계를 만들어 주고 있음을, 그가 분노로 인해 스스로 나쁜 장소로 내몰렸음을 무시하기 위해서 내가 노력하고 있다는 걸 알고 있었다. 내가 그를 보호하는 까닭은 그에게 이게 필요하리라고 생각했기 때문이었던 것 같다. 게다가 나를 아프게 한 사람, 나를 망가트린 사람을 보호해 준다면, 나는 그보다 더 강해지는 셈이고, 우리를 더 많이 아프게 하려는 어느 누구보다도 더 강해지는 셈이기 때문이었다. 게다가 어쩌면 이렇게 함으로써 그가 돌아올 수도 있을 것이기 때문이었다.

나는 그를 용서하기로, 그것 때문에 변명하지 않기로 결정을 내렸다. 그리고 나는 지금도 변명하지 않고 있다. 하지만 그가 떠난 이후, 나는 단지 그가 나와 이야기하기를, 연락하기를 바랄 뿐이었다. 그리고 나는 예전처럼 돌아갈 수 있으리라고 진짜로 믿었다. 하지만 차마 내가 먼저 전화할 수는 없었다. 반드시 그가 먼저 전화해야만 했다. 나는 그렇게 생각했다. 하지만 그는 그렇게 하지 않을 것이었다.

그래서 나는 미칠 것 같았다. 비록 몸은 낫고 있었지만, 나는 마치 죽어가는 듯한 기분이었다. 콜필드가 텅 빈 것처럼 느껴졌다. 그 여름이 시작되기 전보다도 더 외롭게 느껴졌다. 그것 때문에 나는 그를 약간 미워하게 되었다.

달리 할 일도 없었기에, 나는 소설을 마무리했다. 내 주인공인 사악한 천재가 무사히 빠져나가게 했다. 그녀가 했던 행동이며, 여전히 하는 행동이며, 이후로도 결코 멈추지 않을 행동들을 아무도 발견하지 못하게 했다. 그녀는 천하무적이었다. 그녀는 도망자였고, 빌어먹을, 법은 그녀를 잡으려고 잔뜩 허기졌다. 나는 엄마에게 그 소설을 건네주었다. 어쩌면 내가 나아지고 있음을 엄마에게 보여

주기 위해서였을 수도 있고, 아니면 내가 한 일을 인정해 줄 수 있
는 사람이 달리 없어서였을 수도 있었다. 엄마는 그 소설을 좋아했
다. "네가 여름 내내 하고 있었던 게 이거였니?" 엄마가 묻기에 나는
고개를 끄덕였다. 예, 물론이죠. 이거, 오로지 이거뿐이었어요. 저
의 지난 몇 달간의 증거가 여기 있어요. 엄마는 그 소설을 호바트에
게 보여주었고, 아저씨도 역시나 좋아했다. 그래서 문득 다음과 같
은 사실을 처음으로 느끼게 되었다. 즉 내가 묘한 방면으로 정말 뛰
어나다고 치면, 그걸 부끄러워하는 것이야말로 어리석다는 점이었
다. 꼭 뛰어나지 않아도 상관없었다. 그걸로 내가 행복해진다면 말
이다.

물론 나는 계속해서 포스터를 붙였다. 사고 이후의 첫 포스터는
작은 새 모양으로 접어서, 아침의 열기를 뚫고 걸어가서 지크의 할
머니 집의 우편함에 집어넣었다. 우편함 뚜껑을 닫고 창문 너머를
바라보았더니, 할머니가 소파에 앉아 혼자 TV를 보고 있었다. 눈에
띄기 전에 떠났지만, 나로선 할머니가 그걸 발견했으면 하는, 지크
의 어머니에게 전화했으면 하는, 지크가 어머니와 함께 곧바로 차
를 몰고 콜필드로 돌아왔으면 하는 바람이었다. 하지만 그런 일은
절대 일어나지 않았다. 내 입장에서 뭔가 다르다 싶은 일도 일어나
지 않았다. 어쩌면 나 때문에 지크의 할머니가 완전히 겁에 질려버
렸을 수도 있었다. 나로선 알 수 없었다. 나는 아무 연락도 받지 못
했다.

가끔은, 그러니까 혼자 있을 때면, 나는 차고로 가서 포스터 원본을 가지고 복사본을 만들었다. 원본은 내가 가지고 있었다. 그건 내 것이었고, 하마터면 나를 죽게 만들 뻔했던 이후에 지크가 내게 해줄 수 있는 최소한의 것이었다. 나는 실물을, 첫 번째 것을, 그리고 그 안에 깃든 모든 위력을 갖고 있었다. 우리의 피며, 저 하늘의 별들을 말이다. 나는 한 번에 다섯 장씩 복사본을 만들었다. 그게 여전히 내 것이라고 느끼게 만들어 주기에 딱 알맞은 만큼이었다.

개학 때에도 나는 팔에 깁스를 하고 있었지만, 어느 누구한테도 거기 이름을 적어달라고 부탁하지 않았다. 어느 누구도 나한테 부탁하지 않기는 마찬가지였다. 그렇다고 해서 내게 표식을 남기고 싶은 마음에 사인펜으로 무장하고 길게 늘어선 위문객들을 거절하느라 하루에도 몇 시간씩 소비했다는 뜻까지는 아니었다. 어떤 면에서 나는 그것 때문에 더 눈에 안 띄게 되었다. 왜냐하면 사람들은 깁스를 보자마자 길을 비켜주었으며, 심지어 그 팔이 누구의 것인지조차 알지 못했기 때문이다. 나는 포스터를 접어서 아무 사물함에나 문틈으로 쑤셔 넣었다. 내 포스터가 프린트된 티셔츠(액션 그래픽스에서 구입한 짝퉁이었다)를 입고 학교에 온 아이들도 몇 명인가 있었는데, 그들은 집에 가서 옷을 갈아입고 오라는 처분을 받음으로써 개학 직후의 몇 주 동안 일종의 전설적인 존재가 되었다.

제니 거저라는 여자애가 있었는데(솔직히 말해서 나 역시 그런 애가 있는지도 몰랐다) 그 셔츠를 세 번이나 입고 왔다가 결국 일주일 정학을 먹었다. 그 애가 다시 학교에 나왔을 때, 나는 점심시간에 함께 앉기 시작했고, 우리는 가끔 그 포스터에 관해서 이야기를 나누었다. 그 애는 거의 여름 내내 캠프에 다녀왔기 때문에, 나는 그사이 벌어진 일의 내 나름대로의 버전을 즐겨 이야기해 주었다. 그러면서 내가 마치 구경꾼이었던 척, 관찰자였던 척했는데, 그거야말로 훌륭한 연습이었다. 즉 공황 사태에 대해서 알기는 했지만, 그렇다고 모든 것까지는 말하지 않는 것이었다. 여차하면 우리는 친구가, 그러니까 진짜 친구가 될 수도 있었겠지만, 그 애가 크리스마스 방학 직전에 임신하는 바람에 부모님의 지시대로 애틀랜타에 가서 이모랑 함께 살게 되었다. 나는 점심을 거르고 도서관에 죽치기 시작했고, 대학 입학 원서를 쓰기 시작했고, 내 미래를 계획하기 시작했다. 그게 바로 내 계획이었다. 즉 미래를 상상하는 것이었다.

공황 사태는 결국 대부분 잠잠해졌다. 마치 재난의 진앙과도 비슷했던 곳에 사는 우리는 회복되고 있었지만, 지진 활동의 파문은 여전히 점점 더 멀리, 세상 속으로 퍼져나가고 있었다. 하지만 솔직히 말해서 인터넷이 나오기 이전의(또는 인터넷이 있는 지금 같은) 시대의 어느 누구도 그게 누구 때문이었는지에 대해서 제대로 된 합의에 도달할 수 없으며, 더 깊은 연구가 없는 상태에서는 그 기원도 더는 중요하지 않다. 이제 그것은 이 세상에 존재하는 사물이었으며, 무엇도 이를 바꿔놓지는 못할 것이기 때문이다.

세쌍둥이가 대학에 가면서 엄마와 나는 모든 시간을 함께 보내게 되었고, 호바트는 발을 질질 끌면서 우리 주위를 돌아다녔다. 나는 두 사람에게 대학에 관해서, 내가 하고 싶을지도 모르는 것에 관해서 점점 더 많이 이야기하게 되었다. 우리는 저녁을 먹고, 영화를 보았으며, 솔직히 그거야말로 내가 지금껏 느껴본 것 중 가장 가족과 비슷한 것이었다고 생각된다. 나는 뭔가를, 즉 내가 만들어 낸 뭔가를 이겨낸 셈이었다. 그래서 행복한 건지는 나도 확신할 수 없었지만, 그것 말고 달리 뭐가 될 수 있었는지도 나로선 확신할 수 없었다.

그리고 이렇게 스치는 기억들이 있었다. 내 머릿속에서 다른 누군가의 목소리로 그 문장, 즉 내 말을 듣곤 했던 것이다. 혹시 지크의 목소리일까? 내 목소리는 아니었다. 스스로가 갇혀버렸다는, 덫에 걸렸다는 느낌이 들 때마다, 나는 머릿속에서 내 목소리로 그 문장을 말하곤 했으며, 그러면 마음이 진정되었다. 그건 내 것이었다. 내가 만든 것이었다. 다른 누구도 그걸 내게서 가져가게 허락하지 않을 것이었다. **'가장자리는 판자촌, 금 탐광꾼 우글거리고, 우리는 도망자, 법은 우리를 잡으려고 잔뜩 허기졌지.'** 그건 끝나지 않았다. 나는 여전히 도망자였다. 우리는 여전히 도망자였다. 그리고 나는 그렇다고 확신하며 남은 평생을 살아갈 것이었다. 그래서 내가 얼마나 기쁜지 차마 말할 수 없었다.

2017년 가을

우리는 도망자,
법은 우리를 잡으려고
잔뜩 허기졌지

제13장

매지 브라워가 처음으로 우리 집에 전화를 걸어서 내 삶을 망쳐놓은 지 딱 2주 뒤에, 나는 지금 사는 볼링 그린에서 30분 떨어진 어느 읍에 있는 크리스털 레스토랑의 칸막이 좌석에 앉아 있었다. 나는 주니를 학교까지 차로 데려다주고, 집으로 가서, 3시간 내내 집 안을 이리저리 거닐었다. 고양이가 야옹거리며 내 곁에 바짝 붙어 거닐었고, 때때로 발 사이에 걸리는 바람에 내 입에서 욕이 나오기도 했다. 그러다가 나는 남편에게 문자를 보냈다. 하루의 그 시점에 남편은 우리가 아주 잘 아는 사람들의 입안 깊숙이에서 이를 청소하고 고치고 있을 터였다. 문자 내용은 내 글 때문에 인터뷰를 하고 싶어 하는 누군가를 만나러 다녀오겠다는 것이었다.

딱히 이상한 주장도 아니었던 것이, 나는 이미 상당히 인기 있는 책을 몇 권 썼기 때문이다. 그래서 때때로 사람들이 나와 이야기를 나누었기에, 이것이야말로 손쉬운 거짓말이었다.

문제는 뭔가 하면, 1996년 콜필드 공황 사태의 원인이 바로 나였다는 사실을 남편에게도 전혀 말한 적이 없다는 사실이었다. 가끔 입는 티셔츠, 그러니까 토론토에 있는 아주 값비싼 옷가게에서 주문한 그 티셔츠에 들어 있는 문장이 내가 열여섯 살 때 쓴 것이라는 사실도 남편에게 전혀 말한 적이 없었다.

에런은 내가 콜필드 출신이라는 것을, 아울러 공황 사태 동안 내가 거기 살았다는 것을 알고 있었다. 우리는 그 일에 대해서도 이야기를 나눈 바 있다. 하지만 나는 그에게 진실을 말한 적이 없었다. 왜냐하면 처음 만났을 때 그는 일종의 별종이어서, 연애 상대로서는 내게 그다지 흥미롭지 않았던 까닭이었다. 그는 심지어 대학 시절부터 치아에 골몰했기 때문에, 그 점이야말로 굳이 엮이고 싶지 않은 무엇처럼 보였다. 사실 그가 처음 관심을 보인 대상은 '내' 치아였는데, 내 앞니 두 개가 딱히 솜씨가 뛰어나지는 않아도 매우 저렴했던 치과의사에 의해 엉망으로 수선되었기 때문이었다. 그는 내 치아 수선 작업이 상당히 엉망이라고 지적하면서, 나중에 자기가 치과의사가 되면 엉망이 된 내 이를 무료로 고쳐주겠다고 말했다. 그러니 이게 얼마나 낭만과는 담쌓은 이야기인지를 모두들 이해하고도 남을 것이다. 마찬가지 맥락에서 남들이 사탄의 산물이라고 생각하는 예술 작품의 작자가 바로 나였다고 털어놓지 않으려는 이유 역시 모두들 이해하고도 남을 것이다.

그러던 어느 날, 나는 바로 그 남자와 살을 섞게 되었다. 비록 그가 대개는 내 '치아'에 관심을 갖고 있기는 했지만, 그것만 해도 대학에 다니는 다른 남자들보다는 나에 대해 훨씬 많이 아는 셈이었기 때문이다. 아울러 그다음에도, 즉 살을 섞고 난 다음에도, 문화를 변모시킨 나의 포스터에 관해서 누군가에게 말할 수 있는 기회가 있기는 했지만, 나는 결국 그 기회를 놓치고 말았다. 왜냐하면 나로선 여전히 '내 이를 고쳐주고 싶어 하는, 심지어, 뭐랄까, 살을 섞는 동안에도 내 이를 핥다시피 하는 이 별종과 결혼해야지'라고는 생각하지 않았기 때문이었다. 이후로도 우리는 만났다 헤어지기를 반복했으며, 매번 헤어지고 나면 이런 생각이 들었다. '그에게 말하지 않은 게 무척이나 다행이야. 그에게 그 포스터를 보여주지 않은 게 무척이나 다행이야.' 그러다가 다시 만나게 되면 이런 생각이 들었다. '혹시나 그가 내 생일을 까먹고 만화책 행사에 가는 불상사가 또다시 벌어질 수도 있잖아. 역시 그에게는 그 포스터를 보여주면 안 되겠어.' 급기야 결혼식에서 내가 그와 춤을 추고, 엄마가 우리를 보면서 울고 있을 때에도 마찬가지였다. 설마 내가 그에게서 빙글빙글 돌아 멀어졌다가, 다시 빙글빙글 돌아 그의 품에 안기면서 이렇게 털어놓아야 했겠는가. 그러니까 지크라는 남자애가 있었는데, 딱히 연애 감정은 없었지만, 여하간 그런 것까지는 아니었지만, 나로선 그 남자애 생각을 결코 그만둘 수가 없어. 왜냐하면 그 남자애야말로 내 삶 전체의 궤도 설정에 부분적으로 책임이 있거든, 아울러 나는 도망자, 법은 우리를 잡으려고 잔뜩 허기졌지…. 심지어 패치 클라인이 〈당신은 나의 것〉을 부르고, 누가 우리 모습을 비디오로 녹화하는 와중에 말이다. 그러고 난 다음에야 나는 진심으로 에런과 사랑에 빠지게 되었다. 그는 내가 처음 생각했던 것보다도 더 기묘하고 더 흥미로운 사람이었으며, 무엇보다도 믿을 수 없을 정도로 친절하고 온화했고, 우리 딸을 사랑했다. 그래서 나는 이런 생각이 들었다. '내가 이걸 망쳐버리면 어떻게 될까? 내 안에 들어 있는 것이 이 모두를 망쳐버리고, 내가 이 전부를 잃어버리면 어떻게 될까?' 그래서 나는 입도 벙긋하지 않았다. 그건 줄곧 비밀로 남아 있었다. 그러다가 매지 브라워가 어찌어찌 그 비밀을 알아낸 것이었다.

마침내 그녀가 나타나자, 나는 그가 나이가 많다는 사실을 깨닫고 깜짝 놀랐다. '매지'라는 이름을 가진 사람이라면, 브루클린 출신의 힙스터 여성일 거라고 예상했던 까닭이었다. 즉 나이는 스무 살이고, 예일 대학을 조기 졸업하고, 어찌어찌 《뉴요커》에서 일하게 되었는데, 나중에 가서 알고 보니 할아버지가, 누구라고 할까, 예를 들어 웬디스의 창업자인 데이브 토머스로 밝혀진다거나 할 줄 알았던 것이다. 하지만 그녀는 나보다 나이가 많았다. 키가 크고 약간 깡말랐으며, 머리카락이 희끗해지고 있었고, 1970년대에나 입던 대단히 놀라운 꽃무늬 와이셔츠를 걸치고 있었다. 그 내내 나는 이런 생각이 들었다. '이것까지는 차마 예상 못 했는데.' 곧이어 그녀가 나를 굽어보게 되었고, 쪄서 익힌 미니 햄버거를 판매하는 이 패스트푸드점의 칸막이 좌석에서 나를 내려다보게 되었다. 내가 말했다. "안녕하세요." 워낙 작게 말하다 보니, 과연 그녀가 듣기는 했을지 의문이었다.

"프랭키?" 그녀가 물었다. 하지만 그녀는 당연히 나라는 것을 알고 있었다. 그녀는 나를 찾아낸 것이다.

"맞아요." 내가 말했다. "제 이름이에요, 네."

"제가 매지예요." 그녀가 말했다. "저를 만나주셔서 정말 감사합니다. 괜찮다면 좀 앉아도 될까요? 우리 이야기 좀 나눠도 될까요?"

문득 이렇게 대답하면 무슨 기분이 들지 궁금해졌다. "흐음… 안 되겠는데요." 그러면서 벌떡 일어나 차에 올라타고는 쏜살같이 차량 흐름 속으로 끼어들어서, 하마터면 커다란 교통사고를 일으킬 뻔하고, 이후 두 번 다시 그녀와 이야기하지 않는다면 말이다.

"그럼요." 내가 말했다. "그러니까, 이야기를 나누는 게 좋을 것 같네요."

그녀는 내 맞은편 자리로 미끄러져 들어왔고, 곧바로 다시 일어났다. "제가 먹을 것을 좀 사 와도 될까요? 배가 고파서요."

"예, 그럼요. 괜찮아요. 저는, 음, 차라리 다른 곳을 골랐어야 했나 싶네요. 뭘 같이 먹어야 될 줄 알았더라면요."

"여기 음식이 별로인가요?" 그녀가 물었다.

"아뇨, 여기 진짜 괜찮아요." 내가 말했다. "진짜 괜찮아요… 제 생각에는요."

"음, 그렇게 말씀하신다면, 저도 믿고 한번 먹어보죠." 그녀가 대답했다. 그러더니 주문을 하러 성큼성큼 걸어가 버렸다. 그제야 나는 음식을 먹는 그녀를 빤히 쳐다보며 앉아만 있고 싶지 않다는 생각이 들었다. 그래서 나도 가서 크리스털 미니 버거 열 개, 프렌치프라이 큰 것, 미니 핫도그 두 개, 닥터페퍼 큰 것을 주문했다. 모든 것이 변하는 상황에서 약간 느글느글한 느낌을 받는 것도 나쁘지 않을 성싶다는 생각이 들었다.

마주 보고 음식을 먹는 동안, 그녀는 자기가 누구인지를 소개해 주었다. 나로서는 설명을 듣는 게 마음에 들었는데, 어떤 이유에서인지 나는 아직 그녀를 온라인으로 검색해 보지도 않았기 때문이었다. 왜 내가 그녀를 온라인으로 검색해 보지도 않았던 걸까? 내 생각에는 이게 현실이 아니라고 계속해서 믿고 싶었기 때문이었던 것 같다. 즉 내가 약속 장소에 나가더라도 만나기로 한 사람은 나와 있지 않을 것이며, 나는 예전의 삶으로 되돌아올 수 있을 거라고 믿고 싶었던 것이다.

그녀는 기자이지만 미술 비평가까지는 아니었으며, 대개는 뉴욕의 덜 알려진 예술가들에게 초점을 맞추었는데, 대부분 화가였고 대부분 여성이었다. 하지만 그녀는 헨리 루스벨트 윌슨이라는 화가를 발견했고, 그에 관한 책을 쓰는 중이었다. 그는 뉴욕 북부의 킨이라는 마을 출신이었으며, 아내 헨리에타 윌슨과 함께(부부 이름이 헨리와 헨리에타라니, 원, 세상에)* 농장에 살면서, 대개는 중고품 경매에서 구입한 낡은 문짝에다가 마치 유령 같은 초상화를 그렸다. 그는 평생 무명에 가까웠으며, 뉴욕과 샌프란시스코에서 단체전을 몇 번이나 가졌는데도 그랬다. 아울러 그는 밀워키 브루어스 야구단 2군 소속으로 더블에이에서 투수로 뛰었으며, 통행금지 시간 이후에 2층 창문으로 들어오려다가 한쪽 팔이 부러지는 바람에 야구를 그만두었다. 그는 일곱 살 때에 어설픈 강도의 살인 행각으로 부모를 여의었고, 열네 살 때까지 고아원에서 지내며 문짝에 그림 그리기를 시작했다.

매지는 그의 작품 가운데 일부의 사진을 내게 보여주었는데, 정말로 유령 같은 모습이었다. 키가 크고, 폭이 좁고, 거의 내 앞에서 안개로 변모하는 듯한 인물이었다. 하지만 아름답기도 했다. 곧이어 그녀는 헨리의 사진을 내게 보여주었는데, 이런, 세상에, 너무나도 잘생겼다. 미치도록 잘생겼다. 마치 모델 선발 대회에서 우승해서 결국 어느 공주님과 결혼하게 되는 농사꾼이라 해도 믿을 만큼 잘생겼고, 곱슬거리는 갈색 머리카락과 반짝이는 파란 눈, 헐렁한 리넨 셔츠 아래에는 울퉁불퉁한 근육을 지니고 있었다. 내가 보기에도, 만약 그렇게 생긴 사람이라면 나머지 모든 사람이 자기 앞에서

* 헨리는 남성의 이름인데, 그 여성형 이름이 바로 헨리에타이기 때문이다.

안개처럼 풀어헤쳐질 것처럼 보일 법했다. 그런 사람이 어떻게 자기만큼 예쁘지 않은 누군가를 그릴 수 있겠는가. 그래서 상대방이 너무 기분 나쁘지 않게끔 유령으로 변모시킴으로써 환심을 사려는 것이었다.

"그래서 말이죠." 매지가 말을 이었다. "저는 헨리의 삶을 조사하기 시작하면서 헨리에타를 만나러 갔는데, 그녀는 헨리에 관해서 말하는 것을 믿을 수 없을 정도로 꺼려 했어요. 진심으로 그를 보호하려 들었기에, 이용할 수 있는 정보가 많지 않았어요. 그래서 저는 그녀의 환심을 사야 했고, 제가 그의 그림을 얼마나 좋아하는지 말해야만 했죠. 제 생각에는 그녀도 결국에는 제가 자기 남편의 작품을 더 넓은 세상에, 즉 그가 살아 있을 때 대부분 그를 무시해 버렸던 곳에 알릴 수 있음을 깨달은 모양이었어요. 저는 아예 킨에 아파트를 하나 얻었고, 그래서 며칠에 한 번씩 그녀와 만났어요. 그러던 어느 날, 저도 잘은 모르겠지만, 그녀는 자기가 살 날이 얼마 남지 않았고 헨리는 이미 죽어버렸으니, 이제는 저한테 모든 것을 말해도 괜찮다고 결론을 내렸던 모양이에요. 그래서 그렇게 했죠."

매지가 내게 말해준 바에 따르면, 헨리는 동성애자였다. 헨리에타는 그와 관계를 시작하기 전부터 이 사실을 알고 있었다. 하지만 그녀는 그를 좋아했고, 그 역시 상냥했으며, 그녀의 마음에 쏙 드는 커다란 농장까지 갖고 있었다. 헨리의 입장에서는 그 지역에 사는 남자들과 여러 건의 지속되는 관계를 맺기가 거의 불가능했기 때문에, 그가 다른 누군가의 것이 될 때보다는 그녀만의 것이 될 때가 훨씬 더 많았다. 어느 시점에 이르러 그는 로스앤젤레스에서 열린 화랑 전시회에서 랜돌프 에이버리를 만났고, 두 남자는 이후 평생 이어진 깊은 우정을 형성했다. 두 사람의 우정은 육체적인 것까지는 아니었다. 적어도 헨리에타가 매지에게 장담한 바에 따르면 그러했다는 모양이다. 여하간 두 남자는 에이버리가 죽기 전까지 긴밀한 접촉을 유지했다. 내가 알기로 에이버리는 에이즈로 사망했는데, 콜필드의 그 여름으로부터 겨우 몇 년 뒤의 일이었다.

나는 그 사실을(그러니까 그가 에이즈로 죽었다는 사실까지는 아니었는데, 왜냐하면 1990년대라 해도 콜필드에서는 어느 누구도 그런 일에 대해서 언급하지 않았기 때문이다) 대학에 가서야, 그러니까 에턴과 사귈 때에야 비로소 알게 되었다. 하루는 엄마가 전화해서 그가 죽었다고 알려주었다. 엄마 말로는 잠자다가 돌아가셨다고 하기에, 나는 곧바로 내 배낭이 궁금해졌다. 혹시 그가 여전히 그걸 갖고 있는지, 혹시 그의 누이가 그걸 찾아낼 것인지 말이다. 나는 콜필드에 살던 시절에도 너무 창피한 나머지 차마 그걸 되찾지 못했다. 한편으로는 우리의 만남 전체가 꿈이었을 가능성을 보전하고 싶었기 때문이기도 했다. 하지만 이제 다른 누군가가 그걸 우연히 발견할 가능성이 있음을 알게 되자, 나는 매우 신경이 곤두서게 되었다. 왜냐하면 배낭에 내 이름 머리글자가 재봉틀로 새겨져 있기 때문이다. 엄마가 추가로 10달러를 내면서까지 그걸 새겨놓았는데, 그거야말로 내 정체가 발각되는 방법 중에서도 가장 멍청한 방법이었던 것처럼 보였다. "그럼 에이버리 씨가 갖고 있던 물건들은 어떻게 될 것 같아요?" 나는 엄마에게 물었다. 그리고 곧바로 이렇게 생각했다. '너 지금 뭐 하는 거니, 프랭키?'

"뭐라고, 공주님?" 엄마가 물었다.

"어어, 으음, 음, 그러니까 혹시 엄마가 생각하기에는, 뭐랄까, 유품 경매나, 뭐, 그런 걸 할 것 같아요? 아니면 어느 미술관에서라도 유품을 가져갈 것 같아요? 그는 예술가였잖아요, 안 그래요? 아마 괜찮은 물건이 있을 것 같은데. 저도 콜필드로 돌아가서 뭔가 입찰에 참여할까 봐요."

"애, 너 혹시 대마초라도 피웠니?" 엄마가 물었다. "미술관에서 에이버리 씨의 물건을 가져가는 일은 없을 거야. 그 양반도 예술가로서 그 정도로 유명한 것까지는 아니니까."

그러고 나자 나는 정말로 슬퍼졌다. 한편으로는 내 배낭을 정말로 되찾고 싶어서였는데, 그래야 발각되지 않을 것이기 때문이었다. 또 한편으로는 그의 하오리를 사고 싶어서였는데, 그걸 입고 캠퍼스를 돌아다니고 싶었기 때문이었다. 이후로 우리는 그 일에 대해서 두 번 다시 이야기하지 않았다. 내가 알기로 내 배낭은 여전히 그의 누이 집 어딘가에 놓여 있을 것이었다. 이제 와서 나는 혹시 매지가 그걸 발견한 건지 궁금해졌지만, 생각이 지나치게 앞서가고 있었다. 나는 햄버거 일곱 개를 이미 먹어치운 다음이었다. 조금 속도를 줄일 필요가 있었다. 매지가 아는 것을 말하게끔 내버려두어야만 했는데, 그래야만 그녀가 모르는 것이 무엇인지를 내가 파악할 수 있었기 때문이다.

매자가 말했다. "그래서 마침내, 헨리에타는 여러 지하실과 헛간을 뒤지고, 심지어 몇몇 친구의 집까지 뒤진 끝에, 현존하는 헨리의 그림을 모조리 찾아냈어요. 그러고 나서는 랜돌프 에이버리가 보낸 편지 한 보따리를 저에게 건네주더군요. 제가 보기에는 에이버리가 죽기 전까지 두 사람이 최소한 일주일에 한두 번씩은 서로에게 편지를 썼던 것 같아요."

문득 이런 상상을 해보았다. 콜필드에 있는 누이의 집 어딘가에 에이버리 씨가 헨리에게서 받은 편지 모두가 감춰져 있다고, 그리고 어쩌면 바로 그 장소에 내 배낭도 함께 감춰져 있다고 말이다.

"그래서 저는 편지를 하나하나 읽어보면서 주석을 달고, 교차 대조를 했어요. 내용 가운데 상당수는 랜돌프가 다저스를 좋아하고 헨리가 양키스를 좋아한다는 사실에 관한 것이어서, 저로서는 야구와 관련된 고유명사를 '무척이나' 많이 공부해야만 했죠. 그러다가 1996년 여름으로 접어들자 저도 새삼 관심이 솟아났는데, 왜냐하면 공황 사태에 대해서 랜돌프가 정기적으로 헨리에게 최신 소식을 전해주었기 때문이죠. 당신도 알고 있겠지만, 그가 그 일의 주모자일 거라고 의심했던 사람이 상당히 많았잖아요."

"네, 저도 들어보기는 했어요. 일리 있는 주장이었죠." 내가 말했다. 이미 두 주 전의 통화에서 내가 그랬다고 털어놓기는 했지만, 어쩌면 나는 여전히 발뺌할 방법을 궁리하고 있는 것인지도 몰랐다. 랜돌프 에이버리는 전에도 증거를 감춰준 바 있었다. 이제는 그가 죽어버렸으니, 나를 위해서 그냥 계속 감춰줄 수도 있지 않나, 뭐, 그런 생각이 들었던 거다.

"음, 하지만 아니었어요." 매지가 말했다. 그녀는 약간 혼란스러운 듯했다. "그렇죠? 왜냐하면 그건 바로 당신이었으니까요."

"당신이 아는 내용을 더 들어보고 싶네요." 내가 말했다.

그녀의 말에 따르면, 편지 가운데 몇 통에서 내 이름이 언급되었다. 그녀는 편지 가운데 하나의 복사본을 꺼냈고, 내가 작고 텅 빈 햄버거 상자가 쌓인 쟁반을 치울 때까지 기다려 주었다. 그래야만 자기가 그걸 내 앞에 내려놓을 수 있기 때문이었다. 에이버리 씨의 필체가 얼마나 엉망진창이던지, 나는 보자마자 깜짝 놀랐다. 내가 상상했던 예술가 특유의 우아하고도 긴 획이며, 유려한 흘림체와는 영 딴판이었다. 종이를 꾹꾹 눌러서 마치 긁어대듯 쓴 글자를 보고 나서야 나는 뒤늦게 기억해 냈다. '아, 그분은 돌아가시기 직전이었지.' 물론 냉정한 평가였지만, 그래도 일리가 있었다. 에이버리 씨의 필체가 아름다운지 여부를 내가 왜 중요하게 여겼는지는 모르겠지만, 콜필드에서 일본식 기모노를 입고 다니는 사람이라면 역시나 서예처럼 아름답고 유려한 필체를 갖고 있어야 마땅하다는 생각도 들었다.

“그리고 말이죠.” 내 머릿속에서 전개되는 묘한 상상을 방해하고 끼어들며 매지가 말했다. “이 부분이 중요해요. 그는 누가 그걸 했는지 알아냈다고 헨리에게 말했어요. 그가 이렇게 말하죠. 바로 여기서요. ‘이 사실을 알고 있는 사람은 말이야, 헨리, 이 세상에서 나 하나뿐이라고.’ 그러고 나서, 여길 좀 보세요. ‘바로 우리 이웃이고, 여자애야. 프랭키 버지라는 10대지.’”

나는 글자를 따라 움직이는 그녀의 손가락을 뒤따라서 읽었다. 그러다가 내 이름을 보자 깜짝 놀라고 말았다. 그가 말했던 것이다. 그가 누군가에게 말했던 것이다.

“바로 당신이죠.” 매지가 말했다.

“제 이름이 맞아요, 네.” 나는 시인했다. 계속 읽어나가다 보니, 매지가 잠시 긴장하는 것을 알 수 있었다. ‘헨리, 정말 놀랍다니까. 이 평범하고 작은 시골 여자애가, 정말 끔찍하리만치 어설프고 둔감한 애가—.’ “저기, 잠깐, 계속 읽어보세요.” 매지가 말했다. ‘—어쩌면 내가 지금껏 본 중에서 가장 위대한 예술가일 수도 있어. 그 여자애에 비하자면 내 작품은 엉터리야. 미안한 말이지만, 자네의 작품도 마찬가지고.’

그녀는 편지를 도로 가져가 집어넣었다. “그는 당신의… 당신의 교통사고에 대해서도 이야기했어요. 뭔가 다른 명칭을 쓰기는 했는데, 여하간 포스터에 대해서도 언급했어요. 그의 말로는 맨 처음 나타난 것들부터 유심히 관찰했다고 하더군요. 그러다가 당신이 묘한 시간에 돌아다니는 것을 깨닫고, 바로 당신이었다고 확신하게 되었던 거죠. 당신 역시 그렇다고 그에게 말했고요.”

“그렇게 해서 알아낸 거예요?” 내가 그녀에게 물었다. “뭐랄까, 굳이 찾아내려고 애쓴 것도 아니었다는 거예요? 그러니까 어느 누구도 들어본 적 없는 이 화가에 대한 책을 쓰려던 것뿐인데 여기까지 왔다는 거예요?”

“그게, 그러니까… 맞아요.”

“그리고 그 할머니가 이 비밀 편지를 당신에게 주었기 때문에, 당신도 내가 그 포스터를 만들었다는 걸 이제 알게 되었다는 거예요?”

“음, 이미 말씀드렸지만, 저는 바로 당신이라고 거의 100퍼센트 확신하고 있어요. 당신의 책을 읽었거든요. 특히 당신이 고등학생 시절 썼다는 책을 말이에요. 거기서는 주인공이 ‘가장자리’에 가는 것에 대해서 많이 이야기하고, 그 포스터에 들어 있는 것과 매우 유사한 느낌을 주는 심상도 몇 가지 있죠. 그러니까 저는… 뭐랄까, 솔직히 그거야말로 가장 놀라운 것 가운데 하나라고 생각해요. 그러니까… 바로 당신이었던 거예요. 이미 당신도 맞다고 시인했잖아요. 전화로요. 바로 당신인 거예요.”

‘가장자리, 가장자리, 가장자리, 가장자리… 가장자리는 판자촌, 금 탐광꾼 우글거리고, 우리는 도망자, 법은 우리를 잡으려고 잔뜩 허기졌지.’ 나는 속으로 이렇게 말했다. 정확히 내 목소리로 말이다.

그러고 나서 매지를 바라보았다.

"제가 만든 거예요." 내가 마침내 말했다. "네, 100퍼센트예요. 제가 쓴 거예요."

"혹시 증거를 갖고 계세요?" 그녀가 말했다.

나는 증거를 가져온 상태였다. 내 삶을 파헤치려, 나를 뒤흔들려, 어쩌면 내가 이제껏 열심히 살기 위해 해온 모든 일을 변화시키려 시도하는 이 여자를 만났을 때, 최대한 내 몸 가까운 곳에 놓아둘 필요가 있었기 때문이다. 나는 배낭에 손을 넣어서 비닐 폴더를 꺼냈다. 미술관에서나 사용하는 최고급 기록물 보관용 폴더였다. 내가 폴더를 보여주자 그녀는 작게 감탄사를 내뱉었다. 마치 누군가에게 가슴을 짓밟히기라도 한 듯한 소리였다. "이게 원본이에요." 내가 그녀에게 말했다. "첫 번째 거예요. 나머지는 모두 여기에서 나온 거예요."

"이게 원본이라고요?"

"그리고 이건 제 피예요." 나는 별들을 가리키며 말했다.

"피라고요?" 그녀는 눈을 크게 뜨며 말했다. 나는 고개를 끄덕였다.

그녀는 포스터를 바라보았다. 20년 만에 나를 제외한 누군가가 처음으로 이 포스터를 살펴보는 셈이었다. 내 생각에 여차하면 이 원본을 보는 사람은 얼굴이 떨어져 나가거나, 눈이 멀거나, 돌로 변해버릴 수도 있을 것 같았다. 하지만 기록물 보관용 비닐 폴더의 보호 덕분인지, 다른 사람이 재난을 겪는 일은 벌어지지 않았다. 나는 그렇게 생각하기로 했다.

매지는 단단한 좌석에 등을 기댄 채, 천장을 올려다보았다. 그러고는 미소 지었다. 그녀가 미소 짓자 아름다운 이가 드러났다. 내 이와도 전혀 다르고, 지크의 이와도 전혀 달랐다. 그녀는 내 손을 잡았다. "정말 대단해요." 그녀가 마침내 말했다.

"겁이 나네요." 내가 말했다. "사실… 사실 아주 복잡한 이야기거든요."

"그날 통화 중에도 그렇게 말했었죠. 복잡하다고. 그건 무슨 뜻이죠?"

"무슨 뜻이냐고요?" 내가 대답했다. "무슨 뜻인가 하면… 복잡하다는 거예요. 저로서도 잘 설명할 수가 없네요."

"혹시 이걸 다른 누군가와 함께 만들었나요? 혹시 도움을 받았나요? 그러니까 오빠분들한테서라든지?"

"저희 오빠들요?" 내가 말했다. 얼떨결에 코웃음이 터지고 말았다. "저희 오빠들은 아니에요. 전혀요." 나는 오빠들에 대해서 생각해 보았다. 세쌍둥이는 대학을 중퇴하고 여러 해 동안 식당 주방에서 일했으며, 지금은 사우스캐롤라이나주 찰스턴에서 식당을 공동 운영하고 있다. 남부 요리를 현대식으로 재해석한 식당이라 오만 가지 잡지며 푸드 네트워크 채널에 등장했으며, 일 때문에 워낙 바쁘다 보니 나도 오빠들을 거의 못 보고 살았다. 셋 중 누구도 결혼하지 않았고, 아이도 낳지 않았다. 여전히 항상 서로 치고받는가 하면, 문신하고 다니는 온갖 힙한 여자들과 데이트를 하고, 진탕 술에 취했다가도 어느 날인가는 〈투데이〉 쇼에 출연해 소금 크래커 토피며 치어와인 바비큐 소스를 만드는 야생 상태의 사내아이들이었다. 이제는 세 명 모두 주짓수와 목공에 푹 빠져 있었으며, 재난 생존 준비*에도 약간 발을 담그고 있었다. 세 사람은 마치 자기네만의 세상을 만든 격이 되어서, 나를 볼 때마다 깜짝깜짝 놀라곤 했다. 나야말로 자신들의 일부였던 동시에 일부가 아니었기 때문이다.

여하간 아니었다. 세쌍둥이는 전혀 아니었다.

"그럼 누구였는데요?" 그녀가 물었다.

나는 주위를 둘러보았다. 비쁜 점심시간은 지나간 나음이었다. 크리스털 매장 안에는 손님이 아무도 없고 우리 둘뿐이었다. 10대 시절 이후 패스트푸드 식당에 이렇게 오래 앉아본 적은 또 처음이었다.

"저도 모르겠어요." 내가 말했다.

"저는 이 일에 대해서 쓰고 싶어요, 프랭키." 그녀가 내게 말했다. "제가 '직접' 쓸 거예요. 《뉴요커》에 실릴 기사를 말이에요. 충분히 짐작이 가시겠지만, 그쪽에서도 이 기사에 매우 관심이 많지만, 내용에 대해서는 아직 아무도 모르고 있어요. 그저 저뿐이에요. 그리

---

* 각종 재난재해로 인한 위기 상황에서 생존하기 위해 평소부터 식량과 무기 등의 필수품을 모아두는 것을 말한다.

고 당신하고요. 그리고… 음, 이미 알고 있는 다른 누군가하고요. 하지만 저로선 그 일에 대해서 당신의 이야기가 필요해요. 그 일을 이해하려면 당신의 도움이 필요해요."

"그건 이해할 수 없는 일이었어요." 내가 그녀에게 말했다. "뭐랄까, 솔직히 말해서, 정말이지 터무니없지 않아요? 나중에 무슨 일이 벌어질지 제가 조금이라도 알고 있었다고 생각하세요? 이해할 수 없는 일이었어요."

"이해할 수 있을 것 같아요." 그녀가 말했다. "제가 돕도록 허락해주신다면요."

"사람들한테 말을 하려면 시간이 좀 필요해요. 남편한테, 빌어먹을, 남편한테도 말할 필요가 있고요. 저희 엄마한테도 말할 필요가 있고요. 저는 그냥… 생각해 볼 시간이 좀 필요해요."

"그러고 나면 저한테 말해주실 건가요?" 그녀가 물었다. "본인이라고 나서실 건가요?"

"좋아요." 나는 마침내 말했다. "좋아요, 네. 제가 했어요. 제가 했다고 사람들한테 말할게요."

그녀는 명함을 건네주었다. "제 이메일하고 전화번호예요. 이미 갖고 계신 줄은 알지만, 일단 받아두세요. 혹시 뭐라도 생각이 나시면 어디 적어놓으시거나, 아니면 저한테 전화를 주세요. 혹시 어디 가셔야 하는데 제가 동행하는 게 좋겠다면, 기꺼이 따라갈게요."

문득 이런 상상을 해보았다. 내가 방금 만난 이 여자가 우리 엄마 옆에 나랑 나란히 앉아 있고, 내가 이렇게 말하는 거다. "많은 사람들을 돌아버리게 만들었고, 본의 아니게 우리가 아는 몇 사람을 죽게까지 만들었던 그 물건은 제가 만든 거였어요." 그러면 엄마가 이렇게 말하는 거다. "아, 우리 공주님. 그 일에 대해서는 엄마랑 이야기를 좀 해봐야 되겠네. 그나저나 여기 오신 친구분, 마실 거라도 좀 내드릴까? 혹시 샌드위치라도? 혹시 피자라도? 프랭키? 프랭키? 엄마 말 듣고 있니? '친구분한테 피자라도?'"

매지는 잠시 나를 빤히 바라보았다. "혹시 휴대전화 번호를 알 수 있을까요? 지금까지는 맥의 집 전화로만 연락을 드렸어서요. 그렇게 하면 계속 연락을 이어나갈 수 있을 것 같아서요." 문득 그녀가 의심한다는 느낌이 들었다. 만에 하나 내가 곧바로 비행기에 올라 아무 나라로나 떠나버리고, 자기는 어느 누구도 간행하고 싶어 하지 않는 기사만 붙들고 뒤에 남겨지지 않을까 의심하는 것이었다. 내 생각에는 그녀가 매우 똑똑하기 때문에 충분히 그렇게 의심할 만해 보였다.

내가 그녀의 명함을 들여다보며 내 휴대전화로 문자를 보내자, 그녀는 고개를 끄덕이며 자기 주소록에 나를 추가했다. 우리는 자리에서 일어났다. 내 몫인 미니 핫도그가 아직 하나 남아 있어서, 내가 그쪽으로 손을 뻗으려는 차에 매지가 물었다. "그나저나 그건 어디에서 나온 거예요?"

나는 미니 핫도그에 정신이 팔렸지만, 곧바로 정신을 집중하려 애썼다. "포스터 말이에요?" 내가 물었다.

"그 구절요. 네, 그 문장 말이에요." 그녀가 말했다. "그건 어디에서 나온 거예요?"

"저한테서요." 내가 말했다. 달리 뭐라고 말해야 할지 알 수 없었다.

그녀는 몇 초 동안 나를 빤히 바라보았다. 자기 머릿속에서 그 문장을 되뇌고 있음을 나도 알 수 있었다. 그녀의 머릿속에서 울려 퍼지는 한 음절 한 음절을, 말하는 것 전체를 나도 들을 수 있었다. 왜냐하면 그 소리가 어떤지를 무척이나 잘 알고 있었기 때문이다.

"그럼 조만간 이야기 나눠요." 그녀가 말했다. 나는 고개를 끄덕였다. 그녀가 떠나자마자, 나는 핫도그를 머스터드에 찍어서 두 입에 먹어치웠다.

제14장

나는 고등학교를 졸업하고 장학금을 받아서 켄터키주에 있는 작은 인문학 대학에 들어갔으며, 바로 그곳에서 에런을 만났다. 나는 친구들도 사귀었다. 나 자신이 탁 트인 공간으로 확장되는 듯한 느낌을 받았는데, 고등학교 시절의 나와 비슷했던 사람들과 어울리게 되었기 때문이다. 그러면서, 세상에, 나는 그들이 살짝 더 끝내주는 누군가로 스스로를 바꿔놓을 수 있었다는 사실에 깜짝 놀라고 말았다. 나는 영어를 전공했는데, 가끔은 강의에서 다루는 책 가운데 일부를 이미 읽었다고 말해서 교수들을 놀래곤 했다. 그들은 깊은 인상을 받은 나머지, 나에게 약간 더 추가적인 관심을 보였으며, 덕분에 나는 무척이나 어른이 된 것 같은 기분이 든 나머지, 4년이라는 시간 내내 그들이 시키는 것은 뭐든지 하자고 작정했다.

4학년 때에 나는 버 블러시 박사라는 까다롭고 나이 많은 교수에게 특별 지도를 받게 되었다. 그는 그해 말에 은퇴할 예정이었고, 내가 알기로는 지난 10년 동안 일반적으로 수강할 수 있는 강의는 한 번도 가르치지 않았다. 도서관에 가면 그의 커다란 연구실이 있었고, 소파가 무려 '세 개'나 있었다(나중에 그에게 들은 바에 따르면 각각 정해진 용도가 있었다. 하나는 접대용, 하나는 독서용, 나머지 하나는 수면용이었다). 나는 캠퍼스의 다른 어느 곳에서도 그를 본 적이 없어서, 마치 그가 매일 아침 그 방으로 텔레포트되었다가, 저녁이 되면 일종의 웜홀을 통해 집으로 돌아가는 것만 같았다. 내가 그를 특별히 찾아간 까닭은, 내가 콜필드에서 그 여름에 썼던 소설을 누군가에게 보여주고 싶었기 때문이었다. 나와 직접 관련된 사람들에게는 보여주고 싶지 않았는데, 예를 들어 어떤 교수는 이렇게 생각할 수도 있을 것이기 때문이었다. '기껏해야 낸시 드루 팬픽 따위나 쓰는 여학생을 위해서 추천서를 써줄 수는 없는 노릇이지.' 만약 내 작품이 엉터리라면, 그 사실을 아는 유일한 사람은 십중팔구 정년퇴임 당일에 자기 사무실에서 사망할 가능성이 매우 높은 저 나이 많고 정신 나간 교수뿐일 터였다.

도서관에서 약간의 조사를 거친 끝에, 나는 블러시 박사가 과거 학생들을 가르치던 시절의 담당 과목이 19세기 미국 문학이었음을 알아냈다. 게다가 그는 『허클베리 핀, 러시아에 가다』라는 팬픽도 쓴 적이 있는데, 이 작품에서 허클베리는 황제 니콜라이 1세의 딸 올가 니콜라예브나의 애정을 얻어내고, 제국 친위대의 추적을 피해 대륙 곳곳을 누빈다. 상당히 정신 나간 책이다 보니, 어느 대목에서는 톰 소여가 애완동물인 시베리아 호랑이를 데리고 나타나 헉과 올가가 불타는 건물에서 도망치도록 도와주었다가, 이후로는 영영 모습을 감춰버린다. 허클베리가 러시아 제국의 차르로 등극하고, 유럽 전체를 정복하기로 작정하는 것으로 소설은 마무리된다. 다 읽자마자 나는 이런 생각을 떠올렸다. '블러시 박사님이라면 나의 사악한 낸시 드루 소설을 좋아할 만하겠어.'

내 생각에 그는 웬 학생이 연구실 문간에 나타났다는 것만으로 충격받은 나머지, 그저 나를 돌려보내기 위해 수강 신청서에 서명해 준 것 같다. 하지만 나는 그에게 원고의 타자본도 건넸다. 이후로는 연구실 문을 두드려 보아도 한 달 넘게 그를 만나지 못했다. 그러다가 내가 포기하자마자, 학교 우체국을 통해 진짜 편지지에 적힌 편지가 날아왔다. 블러시 박사가 연구실에서 만나자며 나를 초대한 것이었다. 나를 만난 그는 그 책이 정말로 상당히 훌륭하다고 생각한다고 말했다. "전복적이야!" 그는 계속 말했다. "무척이나 기이하게도 전복적이라고. 무슨 뜻인지 이해하겠나? 의도적인 거였어. 그렇지?" 그래서 나는 전적으로 의도적이었다고 대답했다. 그가 계속해서 그 문제로 나를 압박하지는 말았으면 하는 마음으로. 그는 여덟이나 되는 자녀에게 하디 보이스와 낸시 드루 소설을 읽어 준 적이 있다고 시인하면서, 그 내용에 대해서는 애정도 품고 있지만, 그 안에 나오는 모든 인물이 어찌나 유능한지에 대해서 격렬한 짜증도 품고 있다고 했다. "그렇다 보니 어느 시점에 가서는 뭔가 사소한 시빗거리 때문에 형제가 서로를 죽도록 두들겨 패는 일조차도 그 둘에게는 부자연스러워지고 만 거야. 자네도 그렇게 생각하지 않나?" 그가 내게 말했다. 나 역시 현미경이 망가졌다는 이유로 프랭크가 조를 베란다 너머로 내던지는 모습을 지켜보면 좋겠다는 생각이 들었다.

그가 도로 건네준 원고는 교정이 이루어진 상태였고, 모든 수정 사항이 빨간 펜으로 깔끔하게 적혀 있었다. 그의 말에 따르면, 거기 적힌 수정 사항만 바로잡는다면 A학점을 충분히 받을 만하다는 거였다. 수정 사항은 대부분 문법 실수였는데, 그가 강조했듯 내 문법 실력은 상당히 끔찍스러울 정도였기 때문이다. 수업은 그걸로 끝이었고, 그 학기의 남은 시간 내내 나는 매주 화요일과 목요일마다 그의 접대용 소파에 앉아서 숙제나 공부를 했고, 그는 책을 읽거나 낮잠을 잤다. 가끔 우리는 차를 마셨고, 문학 이야기를 나누었다. 비록 당신 자신이 문학에 대해 거의 이해하는 바가 없다고 시인하긴 했지만, 그는 친절하고도 사랑스러웠다. 그해 말에 그는 손자며느리가 뉴욕의 어느 종합 에이전시에서 문학 에이전트로 일하고 있다며 내 원고를 보냈다고 했다. 손자며느리는 내 원고를 마음에 들어 하면서, 출판사에 판매할 수도 있고 인기 청소년 시리즈가 될 수도 있을 거라고 확신하는 모양이었다. 그는 손자며느리의 연락처가 적힌 명함을 내게 건네주었다. 나는 울고 있었지만, 그는 미처 눈치채지 못한 듯했고, 내가 차마 끌어안기도 전에, 수면용 소파로 돌아가 다시 누워버렸다. 혹시 누가 그 순간에 연구실로 들어왔다면, 즉 블러시 박사는 소파에 누워 코를 골고 나는 딸꾹질까지 할 만큼 서럽게 우는 모습을 봤다면, 과연 무슨 상상을 했을지 나로선 도무지 상상도 되지 않는다. 졸업 후 처음으로 맞이한 여름이 끝나갈 무렵, 나는 유명 출판사와 책 두 권을 계약했다. 블러시 교수는 퇴임한 지 다섯 달 뒤에 수면 중 돌아가시는 바람에, 나는 또다시 눈물바람을 하고 말았다. 그는 내 삶에서 사라지기 전에 친절을 베풀어 주었고, 그거야말로 누군가가 나를 떠나거나, 내가 누군가를 떠날 때에 일반적으로 일어나는 일까지는 아니었기 때문이다.

나는 프랜시스 엘리너 버지Frances Eleanor Budge라는 이름으로 에비 패스타벤드가 주인공으로 등장해서 러닝 할로라는 마을 전체에 혼돈을 야기하고, 그 와중에 자기 아빠와 언니를(엄마는 오래전에 돌아가셨으니까) 사랑하면서도 증오하는 내용의 아동 소설을 네 권 썼다. 모두 베스트셀러가 되었으며, 핼러윈이면 에비 패스타벤드처럼 차려입은 여자애들도 제법 많았다. 역시 내가 그 여름에 콜필드의 내 방에서 만들어 낸 이것이 세상으로 퍼져나가는 것을 지켜보는 기분은 매우 기이했다. TV 드라마나 영화에 대한 이야기는 항상 있었지만 한 번도 성사되지는 않았는데, 나로서는 어쨌거나 상관없었다. 그 작품이 그 정도로까지 현실화되는 것은 나도 바라지 않았으니까.

몇 년 전에 나는 프랭키 버지라는 이름으로 『이름 똑같은 자매』라는 일반 소설을 발표했다. 이 작품에서는 한 여성이 오래전에 사라진 아버지가 임종을 앞두고 있다는 사실을 알게 되고, 이후 전국을 누비면서 이복 자매 12명 모두를 불러 모은다. 즉 어머니는 서로 다르지만 이름은 서로 똑같은 자매들을 데리고 임종을 앞둔 아버지를 만나러 간다는 내용이다. 이 책은 아주 잘되지는 '않은' 편이었고, 판매도 저조했다. 서평은 호의적이었는데도 말이다. 문득 이런 생각이 들었다. 내가 자신의 삶에 관해서 쓰려고 너무 열심히 노력하다 보니, 노골적으로 자전적인 내용이 되고 말았으며, 결국 엉망진창이 되고 말았다고. 나는 인터뷰며 행사에서 우리 아빠에 대한 이야기를, 즉 옛날이야기를 꺼낼 때면 부끄러웠다. 지금은 괜찮다. 그것도 충분히 괜찮은 책이었으니까. 혹시 아빠가 그걸 읽고 연락해 오려나 싶었지만, 내 대학 졸업식에 찾아왔을 때 이후로는 서로 보지도 듣지도 못한 채였다. 그날 졸업식이 시작되기도 전에 브라이언이 아빠를 향해 날아차기를 시도하는 것을 보고, 우리 모두 두 번 다시 서로 만날 필요가 없다는 결론을 내렸다. 나는 굳이 말하지 않고도 그렇다고 짐작할 수 있었다. 나하고는 전혀 닮은 데가 없는 아빠의 딸 프랜시스는 상당히 예뻤고, 소셜미디어에서 매우 활발히 존재감을 발휘하고 있었다. 저쪽은 시카고의 어느 광고 회사에서 일한다던데, 사실 우리 둘은 대화 한번 나눠보지 않았다. 혹시나 우리가 현실에서 만난다면, 둘 중 한 사람은 폭발하고 말 것 같다는, 즉 문자 그대로 존재하기를 중단하게 될 것 같다는 생각마저 들었다. 과연 저쪽은 내가 누군지 알기나 하는지도 나로선 몰랐다. 나로선 그저 저쪽이 결혼하기를, 그리하여 남편의 성을 사용하게 되기를 바랄 뿐이었다. 그때가 되면 혹시나, 만에 하나, 나도 지금처럼 많이, 지금처럼 쩨쩨하게 저쪽을 미워하지는 않을지도 모르니까.

어찌 보면 지금껏 나 역시 이 세상에 살고 있다는 사실을 말하려고 노력했던 게 아니었나 싶기도 하다. 나는 사람들이 각자의 삶에서 어린아이였던 짧은 시기 동안 좋아했던 어떤 책의 저자로서 가능한 범위 내에서 유명한 편이었고, 내가 만들어 낸 것들이 논의되고 고려되는 온갖 종류의 상황을 겪어보았다. 가끔은 사람들이 그런 논의에 동참하라고 나에게 청하기도 했다. 나로선 거리낄 것이 없었다.

나는 정말로 훌륭한 남편과 사랑스럽고 아름다운 아이를 두었고, 일주일에 두 번씩 초등학교 도서관에 가서 아이들에게 책을 읽어주었으며(물론 아이들이야 책에는 관심도 없고, 자기네가 깔고 앉을 베개를 놓고 싸우고만 싶어 했지만), 이웃 여러 카운티의 여러 학교를 찾아가서 10대들을 앉혀놓고 글쓰기에 대해서 이야기했다. 이것이야말로 내가 살아가는 온 삶이었다. 하지만 내 생각에 사실은 내가 지금까지 쌓아온 그 삶의 아래에는 또 다른 삶이, 이 비밀의 삶이, 이 비밀의 것이 있었던 듯하다. 내가 그 비밀 위에서 내 삶을 유지해 나가는 한, 그 비밀이 내면 깊숙한 곳에 머물러 있도록 억눌러 두는 한, 모든 게 제대로 돌아갈 것이라고 마음속으로 되새겼었다. 그러다가 뭔가가 돌아올 때면, 그것이 다시 나타날 때면, 그것이 내면의 그 장소에서 다시 드러날 때면, 그것은 내가 만들어 낸 세계에서 실제의 공간을 차지했다. 나로선 그것이 얼마나 많은 공간을 필요로 하는지 확신하지 못했다. 혹시 그것이 그 삶의 바깥으로 나를 잔뜩 밀어내 버리면, 나는 천생 새로 시작할 수밖에, 다른 누군가가 될 수밖에 없게 되는 걸까.

그날 밤, 나는 베이비시터에게 부탁해서 주니를 데리고 영화를 보러 가게 했다. 퇴근해서 집에 들어온 에런에게 나는 할 말이 있다고 했다. 내 온몸이 진동하다시피 하고 있었다. 내 피부가 간질거리고 있었다.

"당신, 몸이 좀 안 좋은 것 같은데." 에런은 얼굴을 찌푸리며 말했다. "괜찮은 거야?"

"알려줄 게 있는데―." 내가 말하자마자, 그는 곧바로 얼어붙었다.

"혹시 누가 돌아가시기라도 한 거야?" 그가 툭 내뱉었다. "혹시 장모님이 돌아가신 거야? 잠깐, 혹시 '우리' 어머니가 돌아가신 건가? 그래서 굳이 비한테 주니를 데리고 외출하게 한 거야?"

"아니야, 세상에, 에런, 미안해. 아니라고. 아무도 안 죽었어. 죽은 사람은 없어. 죽어가는 사람도 없고. 그런 일이 아니야. 세상에, 당신이 너무 앞서가고 있다고."

"당신 표정이 딱 그렇잖아." 그는 여전히 의심스러워하며 말했다. "딱 누가 죽었을 때 같은데. 그리고 보니 예전에 우리 엄마도 딱 당신 같은 표정이었지. 우리 강아지가 차에 치여 죽었다고 나한테 말했을 때였어."

"음, 세상에, 그런 일이 아니라니까. 내 표정은 그냥 평소 같은 거야. 알았어? 내 평소 얼굴이라고."

"얼굴이 너무 창백한데." 그는 내 얼굴을 살펴보며 말했다. "땀도 흘리고 있고."

"빌어먹을, 당신 때문에 더 꼬이고 있잖아." 내가 그에게 말했다. "맥주나 뭐 그런 거 마실래? 그런 거라도 마시면 조금 안정이 되겠느냐고?"

"차라리 무슨 일인지 속 시원히 말해주는 게 나을 것 같은데." 그가 말했다. "왜냐하면 당신 행동 때문에 내가 살짝 겁이 나거든."

"알았어. 음. 그러니까 오늘 어떤 여자를 만났는데, 나에 대한 기사를 《뉴요커》에 싣고 싶대. 그래서—"

"아, 빌어먹을, 세상에, 프랭키. 그거 좋은 소식 아니야? 그런데 왜 이런 식으로 행동하고 있어? 이건 대단한 일이잖아! 에비 소설에 관한 내용이래? 아니면 그 일반 소설?"

"아니야." 내가 말했다. "내 책에 관한 내용이 아니야."

"아." 남편이 대답했다. 그는 미소 짓고 있었지만, 실제로는 머리를 굴리는 모습이 똑똑히 보였다. 에비 패스타벤드와 그 사악한 두뇌에 관한 내용이 아니라면, 도대체 누가 나하고 굳이 이야기하고 싶어 하는지를 궁리해 보려는 것이었다. "음, 그럼 뭐래?"

"콜필드 공황 사태에 대해서 나하고 이야기하고 싶대." 내가 마침내 말했다.

"그거 혹시 구술사 같은 거야? 프랭키, 세상에. 나는 잘 모르겠어. 그러니 차라리 무슨 내용인지 속 시원히 말해주면―."

"내가 한 일이었어." 나는 약간 소리치다시피 말했다. "나 때문에 생긴 일이었다고. 그 당시에 말이야. 그 포스터는 내가 만든 거야. 그 문장도 내가 쓴 거고."

"조용히 해." 그는 인상을 쓰면서 말했다. "프랭키, 그런 일에 대해서 함부로 거짓말을 하다가는 크게 말썽에 휘말릴 수도 있어. 그 여자는 기자일 거 아냐. 그러니, 뭐랄까, 그쪽에서도―."

"내가 한 일이었어. 진짜로 내가 한 일이라고. 그 당시에, 그 여름에 말이야. 그 문장은 내가 쓴 거였고, 그 포스터도 내가 만든 거였고, 읍 곳곳에 붙인 것도 나였어. 그러다가 상황이 정말 기묘하게 돌아가는 바람에, 어떻게 손을 써보기에는 너무 늦고 말았지. 그래서 나도 그냥 아무한테도 말하지 않았던 거야. 줄곧."

"심지어 '나'한테도 말하지 않았지." 남편이 말했다. "그런 일이 있었는데 나한테도 말하지 않았잖아? 어떻게 그럴 수가 있어?"

내가 손을 뻗자 남편은 가만 내버려두었다. 내 손이 자기 몸에 닿도록 내버려두다니, 친절하기 짝이 없었다. 나는 그를 끌어안았다. "나는 '아무한테도' 말하지 않았어, 에런. 무슨 말인지 이해하겠어? 나로선 말할 수가 없었어."

"음, 그래도 누군가에게는 말했을 것 아냐? 그 여자는 이미 알고 있으니까, 안 그래?"

"설명하자면 복잡해." 내가 남편에게 말했다. "그 여자도 어찌어찌 알게 되어서 나한테 물어봤던 거고, 그래서 내가 맞다고 대답한 거야. 그래서 이제는 그 여자가 그 일에 대해서 기사를 쓰게 된 거지. 결국 모두가 알게 될 거야."

"음, 그러면, 빌어먹을, 잠깐만. 당신도 알다시피 마커스가 변호사잖아. 그러니 일단 그에게 물어보고 나서 행동하는 게 좋겠어."

"당신 동생은 이민법 전문이잖아, 에런. 이런 일에 대해서는 잘 알지도 못할 거야."

"음, 그래도 말하는 요령 정도는 알 것 아냐. 예를 들어 중지 명령 정도는 할 수 있겠지. 아니면 명예훼손으로 고소하거나."

"하지만, 에런, 무슨 말인지 모르겠어? 내가 한 말 들었잖아, 그렇지? 내가 한 일이라니까. 내가 진짜로 한 일이라고. 내가 만든 거야. 가장자리? 가장자리가 뭔지 당신도 알잖아, 그렇지? 그거 내가 쓴 거야. 내가 만든 거라고."

"음, 그 망할 놈의 것을 이제 와서 입에 올리려니 정말로 명예훼

손 같은 기분이 드는데." 그가 말했다. 나를 보호하려고 무척이나 애쓰는 남편의 모습에, 뭔가 훨씬 더 나쁜 기분이 들었다. "당신이 청소년 시절에 했던 뭔가를 이제 와서 들먹이는 일이야말로 명예훼손 비슷한 기분이 들어. 그건 그냥 덮어두어야 마땅하겠지, 안 그래? 그 일에 대한 기록은 비공개되어야 마땅해. 왜냐하면 그때 당신은 18세 미만이었으니까."

주니가 집에 돌아올 때까지 1시간도 남지 않았다. 우리는 그 시간 내내 인터넷에서 '집단 히스테리 법적 책임 청소년 면책 법령'에 대해서 검색하고, 무려 20페이지에 달하는 그 결과물을 읽지는 않을 예정이었다. 그러기에는 너무 늦었다. 그 이야기는 이미 벌어진 것이었다. 나는 이미 그걸 쓴 것이었다.

"내 생각에는 당신이 줄스한테도 이야기해야 될 것 같아." 그가 갑자기 내 에이전트를 언급하며 말했다. "출판사에도 미리 알릴 필요가 있지 않느냐는 거지. 왜냐하면 그쪽에서도 이 일에 대해서 그리 기뻐하지는 않을 테니까 말이야."

"그쪽에다가도 이야기할 거야, 아마도. 하지만 지금 당장은 그쪽에 별로 신경 쓰고 싶지 않아."

"여차하면 당신 책 판매에 악영향이 있을 텐데. 십중팔구." 남편이 말했다. "여차하면 그쪽에서 다음 책은 간행하지 않겠다고 나올 수도 있다고."

"알았어. 이 일이 감당하기 버거운 편이라는 건 나도 알아. 하지만, 뭐랄까, 당신이 생각하기에는 출판사에서 노발대발 화를 내기라도 할 것 같아? 자기가 사는 작은 읍에 혼란을 야기하는 사악한 10대 천재 소녀에 관한 소설을 쓴 바로 그 사람이 저 유명한 공황 사태를 일으켰다는 사실 때문에?"

"당신 정도면 청소년의 귀감이라고나―."

"나는 전혀 그렇지 않아. 어쨌거나 나는 그 정도로 유명하지는 않으니까. 됐어, 에런? 집중해 보라고. 무슨 말인지 이해하겠어? 내가 지금 당신한테 말하고 있잖아. 다른 누구한테가 아니라 당신한테 말하고 있다고. 더 일찍 말하지 못한 건 미안해. 하지만 내 생각에 앞으로 며칠 지나고 나면, 어쩌면 당신도 이 모든 일을 돌이켜 보면 생각이 달라지고 이해할 수 있을 거야. 우리의 관계에서 문자 그대로 어떤 시점에서라도 내가 당신에게 말했더라면 얼마나 상황이 안 좋아졌을지, 내가 당신에게 말할 적기가 정말이지 없었다는 사실도. 알았어? 물론 지금도 '적기는 아니라고' 해야겠지만 말이야. 나도 알아. 하지만 이미 일어난 일이야. 그래서 나도 당신한테 말하는 거고."

"그런데 지금 당신이 나한테 말하는 내용이 정확히 뭐야?

"에런, 그러니까 내 말은, 그걸 내가 만들었다는 거야, 알았어? 진짜로 내가 만들었다고. 포스터 원본도 내가 갖고 있어. 그게 내가 처음 만든 거였어. 그 후로, 뭐랄까, 복사본을 수백 수천 장 만들었고, 그걸 붙여놓고 나서부터 상황이 기묘하게 되면서 걷잡을 수 없이 커진 거였어.”

“그 포스터라면 이곳 읍내에서도 본 적이 있는데.” 그가 갑자기 말했다. “도서관에 있는 게시판에서도 하나 본 적이 있어. 기억나? 내가 그걸 봤다고 당신한테도 말했었잖아. 그게 얼마나 묘했는지도. 기억나?”

“기억나지, 그래.”

“그것도 당신이 붙인 거야?”

“내가 뭐를?” 나는 오리발을 내밀며 반문했다. “뭐를 붙였다고?”

“포스터 말이야! 우리 동네 도서관에 있는 게시판에 붙어 있던 그 포스터, 당신이 붙인 게 맞아, 프랭키?”

“그래.” 내가 시인했다. “내가 붙인 거야.”

“그러면 당신은 여전히 그걸 하고 있다는 거로군.” 그가 말했다. “그러니까 당신은, 뭐랄까, 한 번도 그만둔 적이 없었던 거야.”

“내가 보기에도 그래.” 내가 말했다. “비록 예전만큼 많이는 아니지만, 그래도, 맞아, 나는 여전히 그걸 하고 있어.”

“어째서?” 그가 물었다. 거의 소리치다시피 했다. “그건 너무하잖아, 프랭키. 게다가… 게다가 당신은 그 티셔츠도 갖고 있고, 심지어 집 안에서 입고 다니기까지 했지.”

“이런, 세상에, 그 ‘망할 놈의 셔츠’는 사악한 것도, 그 비슷한 것도 아니야, 에런. 내가 무슨 저주받은 물건을 집 안에 들여놓은 건 아니라고.”

“아니, 당신은 그렇게 한 거야.” 그가 말했다. “말하자면, 당신이 한 일은 그런 셈이나 마찬가지라는 거야. 당신은 그 포스터를 갖고 있으니까.”

“알았어, 내가 미리 당신에게 말하지 않아서 당신이 화가 났을 거라고는 생각했어. 하지만 가만히 들어보니 당신이 화를 내는 이유는 바로 그 물건이 우리 집에 있기 때문인 것 같네. 이거 정말 기묘한 상황이네.”

“하나부터 열까지 기묘하기 짝이 없지!” 그가 말했다. 에런은 뭔가 혼란을 느낄 때면 소리를 지르는 경향이 있었다. 마치 자기가 목소리를 높이기만 하면, 상황이 걷잡을 수 없이 번지기 전에 어떤 문제를 해결할 필요가 있음을 이 세상이 이해할 거라고 생각하는 듯했다. “내가 ‘진짜’ 화난 이유는 당신이 나한테 미리 말하지 않아서, 당신이 나한테 거짓말을 해서야. 하지만 내가 ‘또 진짜 화난’ 이유는 당신이 계속해서 그 포스터를 붙이고, 그걸 집에까지 갖다 놓고 있으며, 무려 20년 전에 일어났던 어떤 일에 집착하는 것처럼 보이기 때문이기도 해.”

“하지만 그건 ‘내게’ 실제로 일어났던 일인걸.” 내가 말했다. “내게 실제로 일어났던 일이어서, 나는 ‘당연히’ 그 일에 집착하고 있는 거야. 너무나 혼란스러워. 불과 30분 만에 그 모두를 설명하고 나니 만사가 괜찮아질 수 있는 차원이 아니라니까. 하지만, 에런, 나는 당신이 이해해 주었으면 좋겠어, 알아? 나는 기분이 나쁘지는 않아.

내가 그걸 만들었다는 것 때문에 기분이 나쁘지는 않다고. 내가 그 걸 만들었다는 것 때문에 기분이 나빠지는 일은 앞으로도 결코 없 을 거야."

"그럼 나한테 한 번도 이야기한 적이 없었다는 것 때문에 기분이 나쁘지도 않겠네?" 그가 물었다. 마치 금방이라도 울 것만 같은 표 정이었다.

"그래. 당연히 그래. 하지만 나는 '아무한테도' 이야기한 적이 없 었어. 우리 엄마한테도 이야기한 적이 없다고. 됐어? 그 밖의 다른 누구에게도 이야기한 적이 없고. 하지만… 내가 미리 이야기했었다 면 당신은 나하고 결혼하지 않으려고 했을까?"

에런은 아무 말도 하지 않았다.

"에런?"

"어떻게 말해야 할지 모르겠어. 뭐랄까… 내 생각에는 차라리 당 신이 나 몰래 바람을 피웠다고 말했다면 차라리 나을 것 같아. 그랬 다면 오히려 더 이치에 맞았을 테니까, 그렇지? 당신은 뭔가를 저질 렀고, 그 일 때문에 우리 삶이 변화될 예정이고, 내가 원하든 원하지 않든 간에 그렇게 될 예정인데, 나로선 지금 내가 그것 때문에 얼마 나 더럽게 화가 났는지를 어떻게 표현해야 하는지조차 솔직히 잘 모르겠거든."

"당신이 화나는 건 나도 이해해. 그리고 당신한테 화낼 권리가 있다는 것도 알—."

"그런데 내가 화나는 이유는 이런 거야. 만약에 그 여자가 찾아내지 않았다고 치면, 당신은 심지어 나한테도 결코 이야기하지 않았을 거잖아. 나는 죽을 때까지 그 사실을 모르겠지."

"진짜 미안해. 진짜로." 여차하면 나는 이렇게 물어볼 작정이었다. 그러면 당신은 예전에 후회할 만한 일을 해본 적이 단 한 번도 없느냐고. 이렇게 말하면 그를 이해하게 만들 수 있을 것 같았으니까. 하지만 내 생각에도 그의 답변이라곤 기껏해야 여섯 살 때 껌 한 통을 훔친 것과 비슷한 게 될 것이었다. 왜냐하면 그는 너무나도 사랑스럽고 정직했으며, 그 무엇에 대해서도 내게 거짓말한 적이 없었기 때문이다. 그런데 나로 말하자면 사람 여럿이 광기로 인해 목숨을 잃게 만들었던 셈이다. 그래서 나는 해명하려는 시도를 딱 멈춰버리고 말았다.

"그리고 나도 이건 마음에 안 들지만, 내 생각에 앞으로 우리가 함께 사는 내내, 나는 당신이 나에게까지 숨겨둔 채로 놓아둘 뭔가가 있다는 사실을 의식하게 될 거야. 나아가 심지어 다른 뭔가가 더 있는지의 여부는 아마 평생 모르고 살겠지."

나는 기묘한 소리를 내뱉었다. 혹시 내가 아직 숨을 쉬고 있는지 알아보기 위해 시험이라도 해본 것처럼 말이다. 아직 숨은 쉬고 있었다.

"혹시 더 있는 거야?" 그가 물었다.

"더 있다니, 뭐가?" 나는 또 기묘한 소리를 내뱉었다.

“당신이 나한테 말해야 하는 뭔가가 더 있느냔 말이야!” 그가 물었다. 나는 그의 얼굴에서 이런 생각을 읽을 수 있었다. ‘당신이 나한테 말해야 하는 뭔가가 더 있다는 걸 알고 있어. 이건 시험이야, 프랭키.’

물론 더 있기는 했다. 우선 지크가 있었고, 다음으로 그 여름에 일어났던 모든 일이 있었다. 그 모든 세부 내용을 알게 되면 에런은 완전히 질겁할 것이었다. 더 있었다. 당연히 있었다.

“더 ‘있긴’ 있어.” 내가 그에게 말했다. “하지만 지금 당장은 나도 건드릴 수가 없어. 무슨 말인가 하면, 나는 당신에게 더 말해줄 수도 있고, 나중에 당신에게 말할 생각이지만, 일단은 생각해 볼 시간이 필요하다는 거야.”

“당신 스스로 말이지.” 그는 점점 더 화를 내며 말했다. “당신 혼자서 말이야.”

“말하자면 그렇겠지?” 내가 대답했다. “뭔가를 이렇게 오랫동안 비밀로 간직하다 보면, 그걸 풀어헤치는 데에도 시간이 필요해. 그러니 당신이 나에게 인내심을 발휘해 줄 필요가 있겠어.”

“우리를 두고 떠나려는 건 아니지, 그렇지?” 그가 물었다. 마치 그가 울기 시작할 것처럼 보였다. “다른 어딘가로 가버리고, 두 번 다시 돌아오지 않는 건 아니지?”

“아니야, 세상에, 아니라니까. 에런, 아니야. 당신이랑 주니야말로 세상에서 내가 유일하게 신경을 쓰는 대상이니까.”

“포스터도 있잖아.” 그가 말했다.

“당신이랑 주니야말로 세상에서 내가 유일하게 신경을 쓰는 ‘사람’이니까.” 내가 바꿔 말했다. “그러니 절대로, 결코, 결코 당신을 떠나지 않을 거야.”

“알았어.” 그가 마침내 말했다. 그러면서 깊이 숨을 들이마셨다.

“하지만, ‘잠시 동안’ 떠나 있어야 할 수도 있기는 해.”

“프랭키, 제바아아아알!” 그가 말했다.

“몇 가지 정리할 게 있어서 그래. 일단 콜필드로 돌아가 봐야 해. 그렇잖아? 엄마한테 말해야만 하니까. 그 기자 아줌마하고도 이야기 해 보고, 과연 세부 내용을 제대로 알고 있는지도 확인해 봐야 하고.”

“알았어.” 그가 다시 말했다. 그는 완전히 지친 기색이었다.

말하자면 이런 것이었다. 나로선 일을 망쳤다 싶은 상황이었지만, 나는 이미 그렇다는 사실을 시인했다. 그리고 이제, 만약 그가 나를 계속 곁에 두기를 원한다면, 우리 삶을 예전처럼 이어가고 싶다면, 그는 내가 좀 더 일을 망치게끔 허락해야만 했다. 하지만, 뭐랄까, 이건 결혼이었다. 그렇지 않은가? 이게 과연 사랑일까? 나는 부디 그렇기를 바랐다.

솔직히 말하자면 다음에 뭐가 올지에 대해서는 굳이 생각하고 싶지 않았다. 나는 예전부터 항상 에런이 나를 좋은 사람으로 생각한다는 사실에 의존해 왔다. 나는 좋은 어머니였고, 좋은 배우자였고, 좋은 사람이었다. 만약 그가 그렇게 생각하지 않았다면, 나로선 어떻게 해야 할지 확신할 수 없었을 것이다.

바로 그때, 나는 문득 깨닫게 되었다. 우리의 남은 평생을 말이다. 나는 남은 평생 동안 그와 함께 있고 싶었다. 단지 지금 당장만이 아니라, 앞으로도 영원히. 가끔은 며칠 동안 내가 실생활에서 대화를 나누는 성인이 오로지 남편뿐인 때도 있었다. 나는 비로소 깨달았다. 내가 세상의 나머지에 대해서 관심을 갖지 않았던 건 부분적으로나마 내가 필요로 하는 것을 남편으로부터 얻었기 때문이었음을 말이다. 어쩌면 내가 그걸 망친 건지도 몰랐다. 하지만 나로선 그럴 수밖에 없었다. 그 이야기가 마지막에 도달하도록 허락할 수밖에 없었다. 그러고 나면 나는 돌아올 것이었고, 다른 이야기를 할 수 있기를 바랄 것이었다.

"주니가 곧 돌아올 거야. 한 5분쯤 있다가. 아까 비한테서 문자가 왔어." 내가 그에게 말했다.

"애한테는 아직 말하지 마." 그가 말했다.

"어차피 애는 무슨 소리인지 전혀 이해 못 할걸." 내가 말했다.

"나는 당신이 아무렇지 않은 척 행동했으면 좋겠어." 그가 말했다. "그냥 우리가 쓰던 침대에서 잤으면 좋겠다고. 알았어? 괜히 빈 방에 가서 혼자 자고, 극적인 행동을 하면서 만사를 더 악화시키는 일이 없었으면 좋겠다고. 나도 지금 당장은 알았다고 말했으니까, 당신도 평소처럼 행동해야만 해. 우리한테 좋게 행동해야만 한다고."

“나는 빈방에 가서 혼자 자고 싶은 마음 없었는데.” 내가 말했다.

“음, ‘나’ 역시 빈방에 가서 혼자 자고 싶은 마음은 없어.”

“그 방 침대는 아주 좋지도 않으니까.” 내가 시인했다.

“당신 나 사랑해?” 그가 물었다.

“그럼.” 나는 서슴없이 말했다. 내 두뇌에 항상 적응을 요구하지 않는 질문에 대답하려니 기분이 좋았다. “그럼, 당신도 그렇다는 걸 알잖아.”

“알았어.” 그가 말했다. “당신 말을 믿을게.” 하지만 곧이어 그는 몇 초 동안 말을 멈췄고, 나는 혹시 그가 나를 의심하는 건가 싶었다. 내가 뭐라고 말하려던 차에, 그가 한 손을 들어 올렸다.

“그 문장을 기억해 내려고 노력하는 중이야.” 그가 말했다. “정확한 문장을 기억해 내려고 노력하는 중이라고.”

“가장자리는—.”

“아니.” 그가 말했다. “당신이 이야기하지는 않았으면 좋겠어… 좋아, 그래, 가장자리는 판….” 그러더니 그는 문장의 나머지를 그저 입으로만 따라 했고, 고개를 끄덕였다. 마치 그 문장이 주문이라도 되는 것처럼. 물론 실제로도 그러했지만.

그는 나를 바라보았다. “당신이 그걸 만들었다고?” 그가 말했다.

“맞아.”

“당신의 10대 두뇌가 그걸 만들었다고?” 그가 물었다.

“맞아.” 내가 시인했다.

바로 그때 주니가 방으로 뛰어 들어왔다. 반쯤 빈 밀크 더즈 캐러멜 상자를 들고서, 완전히 설탕에 절여진 채로, 방금 보고 온 영화 줄거리를 곧바로 설명하기 시작하는 거였다. 순간 이런 생각이 들었다. '오, 하느님, 감사합니다.' 우리 딸의 혼돈은 무척이나 사랑스럽고 아름다웠으며, 나는 이에 대해서 항상 감사할 것이었다. 아이 덕분에 우리는 계속해서 살아가게, 앞으로 나아가게 되었으니, 그래야만 우리가 아이에게 뒤처지지 않을 것이기 때문이었다. 나는 영화에 대한 딸의 설명에 귀를 기울였다. 비록 그중 단 한 마디도 이치에 닿지 않았지만, 최대한 귀를 기울였다. 마치 내가 충분히 열심히 노력한다면, 실제로 이해하기라도 할 것처럼 말이다.

제15장

내가 차고 진입로로 들어서니 엄마가 현관 베란다에서 나를 기다리고 있었다. 엄마는 무척이나 아름다운 모습이었다. 머리카락을 완전히 은백색으로 내버려두고 짧게 유지한 까닭이었다. 엄마는 아디다스 군복 무늬 운동복에다가 진짜 튀는 운동화를 신고 있었는데, 그 열대 뱀 무늬 발목 운동화의 가격은 내가 알기로 200달러가 넘었다. 아이들이 모두 출가한 이후에 우리 엄마는 테네시주 교통국에서 정말로 고연봉 일자리를 얻게 되었으며, 운동화 수집에도 뛰어들었는데, 그 이유에 대해서는 스스로도 제대로 설명하지 못했다. "멋있어 보이잖아, 안 그래?" 엄마는 이렇게 말하면서, 남성용 나이키 터미네이터 한 켤레를 들어서 내게 보여주곤 했다. 당신에게는 너무 커서 절대로 신지도 못할 그 물건을 굳이 이 베이에서 구입한 것이었다. 엄마 말로는 읍 사람들이 항상 운동화에 대해서 한마디씩 하는 모양이었다. 특히 10대들에게 그런 말을 듣다 보니, 엄마도 어깨가 으쓱해진 모양이었다.

엄마가 내게 손을 흔들었고, 나도 마주 손을 흔들었다. 나는 친정에 와서 며칠 있어야 한다고, 누군가 나에 관해서 쓰고 있는 기사에 관해서 엄마한테도 말해야 한다고, 어쩌면 사람들이 엄마하고도 이야기하고 싶어 할 수 있다고 미리 말해두었다. "아아, 그래, 재미있겠네, 아마도." 엄마의 대답이었다. 하지만 굳이 그걸 하기 위해서 내가 콜필드로 돌아와야만 하는 이유가 무엇인지는 엄마도 모르고 있었다. 그래도 엄마는 나더러 오라고 했다. 그래서 내가 여기 온 것이었다.

그렇다고 내가 친정에 아예 안 왔던 것까지는 아니었다. 우리 식구는 매년 적어도 여섯 번씩은 엄마를 방문했고, 엄마도 시간이 나면 주니를 보러 켄터키로 찾아왔다. 호바트는 내가 20대 후반이었을 때에 심장마비로 사망했는데, 내 생각에 두 사람은 정말로 서로 사랑했던 것 같다. 아니면 적어도 우리 엄마 입장에서는 우리 아빠를 사랑했던 것보다 아저씨를 더 많이 사랑했던 것 같다. 엄마는 최근에 새로운 남자와 만나고 있었다. 행크라는 전직 대학 축구 코치로, 우리 엄마한테 매우 친절했고, 엄마를 사랑하는 것이 역력했지만, 그렇다고 함께 살지는 않았다. 나를 만날 때마다 행크는 내 책을 가방에 하나 가득 담아 와서 서명을 부탁했는데, 자기 식구들이며 친구들에게 선물로 주려는 것이었다. 덕분에 나는 그를 제법 좋아하게 되었다.

"어서 들어와라, 우리 공주님." 엄마가 말했다. "커피도 있고, 아이스티도 있으니까. 리틀데비 미니케이크로 말하자면, 무려 서른 가지나 있고 말이야."

"저는 괜찮아요." 내가 말했다. 우리는 거실로 들어가서 자리에 앉았다.

"무슨 일인지 말해봐." 엄마가 말했다. "뭔가 중요한 일처럼 들리던데. 요즘은 너 혼자 여기 오는 일이 전혀 없었잖니."

나는 무척이나 떨렸다. 마치 이처럼 누군가를 찾아내서 이 비밀을 털어놓는 것이 내 삶의 나머지가 되기라도 할 것처럼 말이다. 아니, 그 기사가 나오면 나는 딱 그런 일을 겪을 터였다. 지금 내가 하는 일이야말로 내게는 일종의 선물이었다. 즉 내가 사랑하는 사람들에게 말해버리는, 그들에게 준비시키는, 그들에게 나를 용서할 시간을 부여하는 셈이었으니까. 그 기사가 나온 '이후'에는 한때 알고 지내던 사람들을 어색하게 마주한 채, 내가 얼마나 불편한 존재인지를 아무 말 없이 생각해 보는 상대방의 모습을 지켜보는 것이 내 삶의 나머지가 될 예정이었다.

"공주님?" 엄마가 말했다. "아무 일 없는 거 맞아?"

"공황 사태라고, 엄마도 기억하죠?" 내가 물었다. "기자가 그 일에 대해서 쓰고 있어요."

"아, 이런." 엄마가 말했다. 그러면서 당신의 군복 무늬 운동복의 소매를 손으로 잡아당겼다. "아, 세상에."

"그러게요. 그리고, 그래서, 그 사람이 그 일에 관해서 저하고 이야기를 했어요."

"너하고 이야기를 했다고?" 엄마가 물었다. "그냥 너하고만?"

"음, 내 생각에는 아마 다른 여러 사람들하고도 한 것 같아요." 나는 말을 고쳤다. "하지만 대부분 저하고요."

"그래. 그러니까, 그 사람이 공황 사태에 관해서 기사를 쓰고 있다는 거지. 그 일로 말하자면, 너도 알다시피 지금으로부터 무려 20년도 더 전이라는 거고. 여하간, 그렇구나."

"그리고, 그 사람이 저하고 이야기를 한 이유는, 제가 그 일을 시작한 사람이기 때문이에요." 내가 말했다. 나는 그냥 그렇다고 말할 필요만 있었다. 혹시 자기 어머니가 '돌아가신' 것은 아니냐고 에런이 넘겨짚은 상황을 겪고 나니, 이 내용을 상당히 직설적으로 말할 필요가 있다고 깨달았기 때문이다.

"프랭키?" 엄마는 눈물이 그렁그렁한 채, 나를 바라보며 말했다.

"제가 그 포스터를 만들었어요." 내가 엄마에게 말했다. "제가 그 문장을 썼고요. 제가 그걸 만들었어요."

"아, 우리 공주님." 엄마가 말했다. 내가 보기에 엄마는 무척이나 슬퍼 보였다. 마치 내가 고통스러워하는 모습을 지켜보는 것이 엄마에게도 고통스러운 듯했다. 그러다가 엄마가 말했다. "그건 나도 진즉에 알고 있었어."

"뭐라고요?" 내가 말했다. 엄마는 고통스러운 것이 아니었다. 나는 그제야 깨달았다. 엄마는 '내 모습이 민망했던' 것이었다.

"프랭키? 엄마는 알고 있었어. 그때 이미 알고 있었다고. 줄곧 알고 있었지. 음, 그러니까… 줄곧 알았던 것까지는 아니었어. 처음부터 알았던 것은 아니었지만, 여하간 진짜 오랫동안 알고 있었어."

"하지만 엄마는 몰랐잖아요." 내가 말했다. "엄마로서는 알 길이 없었어요. 엄마는 오빠들의 짓이라고 생각했었죠."

"처음에는, 맞아, 그랬었지. 하지만 나중에 가서는 나도 알아냈어. 그 여름에 네가 워낙 이상하게 굴었거든. 무슨 말인가 하면, 차에 탄 채로 자살하려고 시도하기 전부터도 너는—."

"저는 그런 시도를 한 적이—."

"알았다, 알았어. 그러니까 내 말은, 네가 워낙 이상하게 굴었다는 거야. 평소보다 더. 그래서 나도 알아냈던 거고. 얘, 솔직히 엄마가 어떻게 모를 수가 있었겠니? 바로 너였는데."

"음, 맞아요. 제가 하고 싶은 이야기가 바로 그거예요. 바로 저였다고요."

"나도 알아."

"이런, 세상에, 엄마." 내가 말했다.

"바로 너였지. 네가 홀딱 반했던 그 남자애하고 같이 말이야. 그러니까… 이런, 세상에, 걔 이름이 생각났다가 휙 하고 사라져 버리네. 걔네 엄마가 바이올린을 했었는데. 나랑 같은 학교를 다녔고. 세상에, 걔네 엄마 이름조차도 기억이 안 나는구나."

"걔 이름은 지크였어요." 내가 말했다. "그러니까 바로 저랑 지크였어요."

"그래, 나도 알아."

엄마도 안다는 말을 제발 좀 그만했으면 하는 마음이 들었다. 엄마 때문에 내 두뇌는 잠깐 동안 먹통이 되고 말았다. 나는 이 비밀을 밝히려고, 이제껏 말하지 않은 것에 대해 엄마의 용서를 구하려고, 그러고 나서는 그 여파로부터 엄마를 보호하려고 준비한 참이었다. 그런데 엉뚱하게도 엄마는 소파에 앉아서 내가 따라잡기만을 기다리고 있었던 셈이었다.

"우리 집 차고에 복사기가 있었잖니, 공주님." 엄마는 마치 내가 여섯 살짜리 꼬마라도 되는 양 부드럽게 말했다.

"하지만 그건 고장 나 있었잖아요." 내가 엄마에게 말했다. "오빠들이 망가트려서요."

"나도 알아. 그래서 나도 처음에는 제대로 깨닫지 못했던 거였어. 하지만 상황이 정말로 나빠지게 되자, 나는 복사지 상자를 확인해 봤어. 어째서인지 매번 조금씩 줄어들고 있더구나."

"우리 집에 복사기가 있다는 걸 엄마가 기억하고 있을 줄은 미처 몰랐네요." 내가 말했다. "그러면 왜 저한테 미리 말하지 않았던 거예요? 그 여름에, 그러니까 사람들이 죽고 난 다음에도 왜 저한테 말하지 않았던 거예요? 왜 저를 말리지 않았던 거예요?"

"음, 사실 나로서도 알아내는 데 어느 정도 시간이 걸렸기 때문이지. 엄마도 혼란을 느낄 수밖에 없었어. 딸내미가 가뜩이나 변변찮던 인생에서 처음으로 어떤 남자애를 좋아하게 되었으니까. 그러더니 정신 나간 일들이 이미 벌어지고 있더라는 거지. 한 남자애가 급수탑에서 떨어져 죽고 말이야. 그러니 세상에, 엄마가 어떻게 그 일 때문에 굳이 딸내미가 죄책감을 갖게 만들 수가 있겠니? 네가 아무 말도 하지 않기에, 나도 그냥 아무 말 하지 않았던 거야."

"엄마는 내내 알고 있었던 거네요." 내가 말했다.

"그리고, 공주님. 만약에 네가 그 일 때문에 인생을 망치기리도 했다면, 나도 당연히 뭔가 한마디했을 거야. 네가 그 여름의 일로부터 결코 회복되지 못했더라면, 나는 그 일이 너의 잘못은 아니라고, 결코 아니라고 말해주었을 거야. 그리고 내가 보기에는 아름다웠다고도 말해주었을 거야. 그러니까 너랑 지크가 만든 것이 아름다웠다고. 하지만 너는 결혼도 했고, 주니도 낳았고, 작가로서 책도 냈고, 성공하지 않았니. 그래서 나도 굳이 뭐라고 말할 필요까지는 없었던 거야. 게다가 너도 아무 말 하지 않기에, 나는 네가 그걸 까맣게 잊어버리기를, 또는 지나간 일로 생각하기를 바랐던 것뿐이었어."

"그런데 저는 그걸 지나간 일로 생각하지 않아요." 나는 이렇게

털어놓았다. 그러고는 울기 시작했다. "저는 그걸 매일같이 생각해
요. 저는 그걸 매일같이 말해요. 하루에 서너 번씩 말이에요."

"음, 너는 아직 살아 있잖니. 성공도 했고. 괜찮아." 엄마가 말했
다. 이제는 엄마도 울고 있었다.

"호바트도 알았어요?" 내가 물었다. 갑자기 그게 중요하게 생각
되었다.

"그 양반이야 꿈에도 몰랐지, 공주님." 엄마가 말했다. "네 생각
에는 호바트가(그의 영혼이 평안하기를) 과연 알기나 했을 것 같니? 이
런, 세상에. 아니야. 그냥 나만 알았어."

"그래도 괜찮아요?" 내가 물었다.

"괜찮다니, 뭐가?" 엄마가 대답했다.

"지금 와서 제가 남들한테 말하는 거요. 음, 무슨 말인가 하면, 그
기자가 결국 남들한테 말하게 될 거고, 그러면 세상에 알려지게 될
거니까요. 저는 그렇게 되더라도 엄마가 괜찮을지를 알고 싶었던
거예요. 엄마는 여전히 여기, 콜필드에 살잖아요. 사람들이 엄마를
미워하면 어쩌나 걱정이 되어서 그래요."

"나를 미워한다고?" 엄마가 말했다. "그건 벌써 20년 전의 일이
야. 게다가 그 당시 나는 정신 나간 자식새끼를 넷이나 키우는 홀어
머니였다고. 여하간, 엄마는 괜찮다. 그 일에 대해서는 충분히 변명
의 여지도 있으니까."

"사람이 여럿 죽었잖아요." 내가 말했다.

"네가 죽인 것까지는 아니잖니, 공주님. 너는 뭔가를 만들었을 뿐이야. 그러다가 사람들이 완전히 돌아버렸고, 이상한 일들을 하게 되었고, 사람들이 죽게 되었던 거지. 무슨 말인가 하면, 나도 물론 그런 일이 아예 안 일어났더라면 좋았겠다고는 생각해. 차라리 네가 그걸 일기에나 적어놓는 수준에서 끝났더라면 좋았겠다고 말이야. 하지만 괜찮아. 그건 아름다웠으니까. 다만 다른 누군가가, 즉 세상의 나머지 사람들이 그걸 아름답지 않게 만들었을 뿐이야."

"엄마, 정말로 괜찮겠어요?" 내가 물었다.

"나로 말하자면 무려 에어 조던을 신고 다니는 할머니란다, 공주님. 괜찮아. 나는 괜찮을 거야. 그나저나 '너'는 괜찮겠니?"

"그걸 제가 무슨 수로 알겠어요?" 내가 대답했다. "에린은 무척이나 혼란스러워했어요. 주니는 이해도 못 할 거고, 관심도 없겠지만, 어쩌면 나중에 가서는 놀랄지도 모르겠어요. 다른… 그러니까 다른 사람 모두에 대해서는 저도 잘 모르겠어요. 친구들의 경우에는 그 일에 대해서도 저를 존중해 줄 거고, 약간은 어색해하겠죠. 하지만 제가 정말로 걱정하는 사람은 엄마랑 에린이랑 주니예요. 솔직히 말해서 이 셋이야말로 제가 사랑하는 유일한 사람들이니까, 제가 이 물건을 만들었다는 이유 때문에 상처받지 말았으면 하는 거죠."

"다시 한번 말하지만, 넌 그때 열여섯 살이었잖니, 공주님. 그러니 괜찮아. 그러니 됐다고." 엄마는 몇 초 동안 나를 빤히 바라보았다. "솔직히 엄마는 우리가 이 일에 대해서 한 번도 이야기를 못 나

눌 줄 알았어. 우리 둘 다 죽을 때까지 아무한테도 털어놓지 않을 거라고 생각했지.”

“원래 계획은 그거였어요!” 내가 말했다. 그러다가 문득 생각이 났다. “아, 우리 말고 또 누가 아는지 아세요? 에이버리 씨였어요.”

“랜돌프 에이버리? 도대체 무슨 수로? 어떻게?”

“그건 나중에 말씀드릴게요.” 내가 말했다. “엄마, 솔직히 대답해 줘요. 만일 제가 그의 누이에게 말한다면 이상할 것 같아요?”

“응, 공주님. 진짜로, 너무나, 진실로 이상할 것 같아. 좋을 리 없지. 그 양반은 아주, 아주, 아주 나이가 많으니까.”

“저는 그냥… 그 집에 있는 뭔가를 좀 찾아볼 필요가 있거든요. 제 물건 말이에요. 그 여름에, 그러니까 제 배낭을…. 아저씨가 포스터에 관해서 알게 되고 나서, 제 가방을 대신 맡아주셨거든요. 그래서 아직 그 집에 있는지 살펴보고 싶어요.”

“그거야말로 내가 이제껏 살면서 들어본 것 중에서도 최악의 계획이구나, 프랭키. 이런, 세상에. 너 제정신이니?”

“제 생각에는 제가 거기 가봐야 할 것 같아요.” 내가 말했다. “그냥 가만히 있을 수가 없을 것 같아요. 그걸 찾을 필요가 있다고요.”

“프랭키? 엄마의 간절한 부탁이니 제발 거기 가지 말아라. 그건 정신 나간 짓이야. 게다가 그 양반을 돌보는 입주 간병인이 있어서 하루 온종일 지키고 있다니까. 좋아, 그래. 엄마가 아까 했던 말 기억하지? 그 모든 사람들의 죽음은 너의 잘못이 아니라고 했던 것 말이야. 그런데, 좋아, 프랭키. 어쩌면— 그러니까 굳이 온 세상으로까지 범위를 넓혀서 생각해 보자면, 어쩌면 너의 예전 행동 때문에 죽은 사람도 상당히 많았을 수 있어. 그럼에도 '그건 너의 잘못이 아닌' 거야! 하지만 만약 네가 20년 전의 배낭인지 뭔지를 되찾으려 하다가 에이버리 부인이 죽게 된다면, 그건 '분명히' 너의 잘못이 될 거야."

"알았어요, 무슨 말인지 저도 이해—."

"그런데 도대체 뭐가 문제라는 거니? 네 말로는 그 기자도 이미 알고 있다면서. 그 사람이 기사를 쓸 거라면서, 안 그래? 네가 배낭을 되찾거나 말거나 무슨 상관이겠어?"

"저도 모르겠어요…." 내가 말했다. 하지만 사실은 알 것도 같았다. 아니, 매우 확실하게 알고 있었다. 나는 더 많은 증거를 원했던 것이다. 이왕 내가 그 장본인으로 지목될 거라면, 더 많은 증거를 갖고 있기를 원했던 것이다. 참으로 이상한 일이었다. 그토록 오랫동안 숨겨왔으면서, 이제는 내 말을 아무도 안 믿으면 어쩌나 하고 안절부절못하다니.

"알았어요." 내가 말했다. "죄송해요." 하지만 사실 나는 어쩌면 매지에게 부탁해 에이버리 부인을 찾아가게 만들 수 있지 않을까, 어쩌면 그녀가 배낭을 되찾아 올 수 있지 않을까 생각하고 있었다. 마음을 진정시켜야 했다. 발견될지도 모른다는 공포에서 벗어나자마자, 여차하면 이 모든 일 때문에 내가 졸지에 바보처럼, 가짜처럼 보일지도 모른다는 격렬한 불안이 찾아왔기 때문이다. 나는 저 리틀데비 미니케이크를 좀 더 먹어야겠다고 했고, 엄마가 나한테 두 상자를 가져다주었다. 스타 크런치와 오트밀 크림 파이, 이렇게 두 상자를 내가 아주 재빨리 먹어치우자, 무슨 이유에선지 엄마는 미소 지었다.

"너는 항상 군것질거리를 좋아했지." 엄마가 말했다. "팝타르트며, 진저스며, 리틀데비며."

"음, 우리 집에 그게 잔뜩 있었으니까요." 내가 말했다.

"그런데 지금의 너는 주니한테 그런 걸 전혀 못 먹게 하고." 엄마가 말했다.

"주니라면 진저스를 먹자마자 공중에 뱉어 내서 폭죽처럼 터지게 만들 거예요." 내가 말했다. "걔라면 볼링 그린도 고질라처럼 부숴버릴 거고요."

"공주님?" 엄마가 나에게 물었다. 미니케이크 덕분에 나는 진정되었고, 억지로나마 숨을 쉬고 음식을 씹을 수 있었다. 마치 나는 다시 열여섯 살이 되어서 우리 집 거실에 앉아 있는 듯한 기분이 되었다. 내가 바라보았더니 엄마가 말했다. "지크는 어떻게 지내니?"

"저도 몰라요." 내가 시인했다. "찾아봐야 해요. 그에게도 말해줘야 해요."

나는 이 일을 무척이나 오랫동안 미루어 왔다. 뭐라고 말해야 할지, 어느 정도까지 말해야 할지 몰랐기 때문이다. 대학에 가고, 처음으로 이메일 계정을 만들고, 처음으로 나 혼자 진짜 인터넷을 돌아다닐 수 있게 되자마자 나는 그를 찾아보았다. 하지만 나는 그의 온전한 이름을 몰랐다. 그의 가운데 이름이 지크라는 것은 알았지만, 그건 어디까지나 그 여름에 그가 시험 삼아 썼던 이름이었을 뿐이거나, 아니면 최소한 그가 나에게 해준 말일 뿐이었다. 그가 여전히 그 이름을 쓰고 있는지, 아니면 콜필드에서 보낸 그 여름에 관한 증거를 전부 지우려고 노력하고 있는지, 아니면 내가 물어본 적도, 그가 말해준 적도 없었던 앞 이름으로 통하고 있는지, 나로선 전혀 알 길이 없었다. 가끔은 내가 그의 성姓을 잘못 기억하는 것은 아닌지, 그게 진짜로 브라운이었는지 궁금해지기도 했다. 게다가 그 당시의 인터넷은 그다지 전지전능하지 않아서, '지크 브라운'과 '멤피스'로 검색해도 딱히 많은 결과물이 나오지 않았다.

하지만 나는 계속해서 찾아보았다. 몇 개월에 한 번씩 말이다. 처음에는 알타비스타와 익사이트와 야후!에서 검색했고, 나중에는 구글에서 검색했다. 그 결과물을 이것저것 클릭해 보아도 나오는 건 전혀 없었다. 나는 프렌드스터*도, 그다음에는 마이스페이스**도, 나중에는 페이스북까지 살펴보았는데, 나 스스로 소셜미디어를 하나도 운영하지 않으면서도 그러했다. 심지어 지금도 나는 트위터나 인스타그램조차 사용하지 않는데, 왜냐하면 진짜로 그걸 사용하고

* 2002년에 창업한 소셜네트워크 서비스. 2015년에 운영이 중단되었다.
** 2003년에 창업한 소셜네트워크 서비스. 2022년 이후 사실상 운영이 중단되었다.

싶지 않았고, 사용할 필요도 없었기 때문이었다. 하지만 나는 그를 검색해 보았다. 아무것도, 심지어 긴가민가 싶은 경우에도 조금만 더 파고들면, 진짜로 그인 결과물이 아무것도 없었다. 내가 첫 책을 간행한 후에, 그러니까 돈이 생기고 나서 한번은 탐정을 고용해서 찾아볼까 하는 생각도 해보았다. 하지만 그건 잘못된 행동인 것 같았다. 만약 나에게 발견되기를 원했다면 이미 발견되게끔 지크 스스로 조치했을 터였고, 따라서 내가 굳이 다른 사람을 개입시킬 필요도 없었을 터였다.

그렇게 줄곧 이지키얼 브라운만 검색하다 보니, 급기야 나도 몇 가지 실제의 가능성을 접하게 되었다. 벤저민 이지키얼 브라운이라는 사람이 있었는데 마침 지크와 같은 해에 태어났고, 체포 기록을 제공하며 상당히 사기처럼 느껴지는 어떤 유료 사이트에는 멤피스라는 지명도 그와 관련되었다고 나와 있었다. 그는 잠깐 동안이나마 녹스빌에도 있었을지 모른다. 나는 가끔 노스캐롤라이나의 어느 주소와 연관된 검색 결과도 찾아냈다. 하지만 딱 꼬집어 말할 수 있는 것은 하나도 없었다. 벤 브라운은 검색하기에 쉬운 이름이 아니었다. 그의 할머니는 내슈빌에 있는 어느 요양원으로 가서서 그곳에 머물다 돌아가셨는데, 나는 그 사실도 몇 달 뒤에 엄마를 찾아가서야 알게 되었으며, 그에 관한 부고조차 신문에 실리지 않았다. 결국 나는 포기했다. 아니, 나는 항상 검색해 보았지만, 그러다가 다음 단계가 필요하다는 느낌이 들자 중단하고 말았던 것이다. 실제로 연락하는 것, 아무 번호로나 전화를 걸어서 그가 받기를 고대하는 것. 어른이 된 그의 목소리를 듣는다는 것, 상대방의 목소리에서 그게 지크임을 내가 알 수 있게 해주는 뭔가를 듣는다는 것이야말로, 나로서는 차마 할 수 없는 일이었다. 나는 그가 이야기할 준비가 되어 있다고 먼저 말해주기를 기다렸다. 하지만 그는 결코 이야기하기를 원하지 않는 모양이었다. 그는 결코 내가 자기를 찾아내기를 원하지 않는 모양이었다. 이제 나는 그를 찾아내야만 했다. 왜냐하면, 내가 매지에게 모든 것을 이야기할 경우, 누군가는 그를 찾아낼 것이기 때문이었다. 그렇게 된다면, 즉 다른 누군가가 비밀을 알고 있다고 그에게 말해준다면, 그에게는 너무나도 잔인한 일이 될 것이었다. 그래서 내가 말해야만 했다. 세상의 다른 누구도 아닌 바로 내가.

다음 날 오후, 나는 어려서 쓰던 방에 자리를 잡았다. 지금은 엄마가 운동화 전시실로 바꿔놓아서, 이케아 벽 진열장이 잔뜩 설치되어 있었다. 그 안에는 형광초록색, 칠흑 같은 검은색, 심지어 손톱 끝으로 아주 살짝만 눌러보아도 곧바로 얼룩이 지고 말 것 같은 하얀색 신발들이 놓여 있었다. 옷장에서 걸레받이를 바라보았더니, 그 좁은 틈새에 내가 접은 포스터 한 장이 노랗게 색 바랜 상태로 끼어 있었다. 나는 그걸 그냥 놓아두었다. 우리 엄마를 막아주는 마법의 보호구로서 말이다.

지크를 찾으려면 더 열심히 노력해야 한다는 것을 알았지만, 그렇다고 누군가를 굳이 고용하지는 않을 것이었다. 탐정에게 사정을 설명하려 시도하는 것조차도 상상할 수 없었다. 정작 상대방은 내가 스토커인 전 여친은 아닌지 궁금해하다가, 급기야 그런 아웃사이더 아트*와 악마 공포와 진정한 협업의 정신에 관한 이야기를 굳이 꾸며낼 필요까지는 없다고 잘라 말할지도 몰랐다. 탐정이야 그저 두둑한 돈만 필요할 뿐이며, 그러고 나면 그 남자를 죽이러 가든 뭘 하러 가든 내 마음대로 할 수 있다고 말이다.

그렇게 해서 나는 무려 5시간 연속으로 진짜 노력해 보았으며, 인터넷에서 얻은 정보를 모조리 옮겨 적었다. 심지어 지크가 아님이 분명한 사람들에 관한 정보까지도 옮겨 적었다. 예를 들어 1982년에 조지아에서 이미 사망한 누군가에 관한 정보가 그러했는데, 혹시나 이걸 통해서 그에게 다가갈 수 있지 않을까 하는 가능성 때문이었다. 나는 즐겨찾기하고, 저장하고, 복사하고, 붙여넣기했으며, 조지아주 이스트랜드 하이츠, 사우스캐롤라이나주 블러프턴, 오리건주 메드퍼드 같은 곳들과 콜필드의 거리를 알아보면서, 저 뻐드렁니 남자애의 모습을 하나라도 찾아낼 수 있기를 기원했다. 나는 그 포스터만을 다루는 게시판에 들어가 보고, 가입은 했지만 한 번도 글을 써본 적 없는 그곳에서 "지크"라는 이름을 검색해 보았지

---

* 정식 미술 교육을 받지 않은 아마추어의 작품 가운데 기존 미술계의 유행과 무관하게 독특한 개성을 지난 것들을 말하며, 정신질환자나 지적장애인의 작품이 대표적이다.

만, 이미 100번이나 확인해 보았을 때와 마찬가지로 아무것도 나오지 않았다. 나는 멤피스와 바이올린과 미술대학과 심지어 그의 어머니의 처녀 시절 이름이었던 시드니 허드슨까지도 검색해 보았지만, 새로운 내용은 아무것도 없었다. 나를 그에게 더 가까이 데려다 줄 내용은 아무것도 없었다. 나로선 그 여름에 찍은 그의 사진조차 갖고 있지 않았고, 심지어 그런 걸 찍을 생각조차도 못 했다. 어쩌면 나는 시간이 더 넉넉할 거라고 간주했던 것일 수도 있었다. 그리하여 이제 내가 할 수 있는 일이라고는 그의 모습을 내 머릿속에 계속 간직하려, 시간이 그 모습을 열화시키거나 변화시키도록 허락하지 않으려 노력하는 것이었다. 나는 지금까지 상당히 잘해왔다는 느낌을 받았는데, 여전히 그를 무척이나 또렷하게 떠올릴 수 있었기 때문이다. 하지만 그게 실물과 얼마나 가까운지 그 누가 장담한단 말인가. 그 여름은 여전히 환각처럼, 동화처럼 느껴졌으며, 그렇기 때문에 어쩌면 내가 그에 관한 모든 세부 내용을 잘못 기억하는 것일 수도 있었다. 무슨 말인가 하면, 나로서는 그의 본명을 알아내는 데에도 오랜 시간이 걸렸다. 그의 이가 어떻게 생겼었는지를 내가 어떻게 확신할 수 있을까? 하지만 나는 확신했다. 나는 내가 제대로 기억하고 있음을 알았다.

조사를 마치고 나니, 그럴싸해 보이는 장소가 세 군데 나왔는데, 하나같이 예전에도 본 곳들이었다. 전화번호는 여섯 개 나왔다. 사진은 하나도 없었다. 직업이나 학교, 또는 결혼이나 자녀 여부에 대

해서도 전혀 알 수 없었다. 이것이야말로 가장자리였다. 나는 가
장자리에 있었고, 그를 원한다면 반드시 그곳을 넘어서 나아가야
했다.

판매가 300달러로 이베이에 올라온 구하기 힘든 인형에 관해 20
분 정도 주니와 전화로 이야기를 나누고, 혹시나 애가 죄의식을 부
추기더라도 눈에서 초록색 얼굴 페인트를 뚝뚝 흘리고 알록달록한
옷을 걸친 그 인형을 사주면 절대 안 된다고 남편에게 신신당부한
다음, 나는 예전 방에 앉아서 머리가 아플 때까지 목록을 들여다보
았다. 나는 현기증이 날 때까지 숨을 몇 번 들이마신 다음, 목록에
있는 첫 번째 번호로 전화를 걸었다. 녹스빌 지역 번호였다. 신호 가
는 소리가 들리자마자 나는 여차하면 울음을 터트릴 태세였고, 신
호 가는 소리가 다시 들리자마자 마치 외치는 것 같은 소리를 작게
냈다. 세 번째인지 네 번째인지 다섯 번째인지 기억도 잘 안 나지만,
그러다가 갑자기 자동응답기 메시지가 나왔다. "리디아예요. 음성을
남겨주시면 '혹시라도' 나중에 전화드릴 수 있어요." 그러자 나는 그
냥 멍하니 거기 앉아 있었다. 삑 소리가 들렸지만, 나는 숨조차 쉬지
않았고, 아무 소리도 내지 않았다. 여차하면 '그 문장'을 말할 뻔했
다. 하마터면. 하지만 나는 곧바로 전화를 끊어버렸다. 그리고 그 번
호를 펜으로 지워버렸다. 리디아를 목 졸라 죽여버리고 싶었다. 다
음 번호로 걸어보려는 차에 전화가 울렸다. 나는 전화를 떨어트렸
고, 욕설을 내뱉고, 전화를 도로 주웠다.

“여보세요.” 내가 말했다.

“방금 전화하신 분이죠.” 리디아가 말했다. 질문이 아니라 사실의 진술이었다. 그녀의 목소리에는 자동응답기 메시지에 담겼던 관능적인 쾌활함이 전혀 들어 있지 않았다.

“제가요?” 내가 물었다.

“네.” 그녀가 말했다. “그쪽이요. 아니면 이 번호를 쓰는 다른 누군가가요. 발신자 표시창에 뜨던데요.”

“아, 네, 제가 전화했어요.” 내가 말했다. “그런데 자동응답 내용을 듣고 보니, 전화를 잘못 걸었다는 걸 알겠더라고요.”

“무엇 때문에 그러시죠?” 그녀가 물었다.

“으음?”

“왜 전화를 하셨냐고요.” 그녀가 물었다.

“아, 음, 어, 다른 사람한테 전화하려던 거였어요.”

“제 번호는 어떻게 알아낸 거죠?” 그녀가 물었다. 빌어먹을. 리디아는 인정사정없었다.

“알아낸 게 아니에요. 무슨 말인가 하면, 아마 번호를 잘못 누른 모양이에요. 아시잖아요? 뭐랄까… 엉뚱한 전화번호를 말이에요.”

“알았어요. 그럼.” 그녀가 말했다. 하지만 내 말을 믿는 것 같은 목소리는 아니었다.

“저기….” 내가 말했다. 확신을 얻을 필요가 있기 때문이었다. 그래야 두 번 다시 리디아에게 전화를 하지 않을 테니까.

“네?”

“혹시 거기 지크라고 살지 않나요? 아니면 벤이라든지?”

“지크하고 벤요?” 그녀가 물었다. 나를 무척이나 경계하는 듯한 목소리였다. 세상에, 그녀는 왜 그냥 전화를 끊어버리지 않는 걸까?

“둘 다 같은 사람이에요. 어쩌면 지크로 통할 수도 있고, 벤으로 통할 수도 있어서요. 아니면 벤저민이거나요. 제 생각에는 그래요.”

“아뇨, 여기는 벤도, 지크도, 벤저민도, 그와 비슷한 누구도 살지 않아요.” 그녀가 말했다. “그냥 저 혼자예요.”

“알겠습니다. 음, 죄송하게 되었습니다.”

“그런데 누구한테 번호를 알아낸 거죠?” 그녀가 물었다.

“리디아? 도대체 왜 그러시는 거죠? 아무한테도 알아낸 적 없어요. 그냥 번호를 잘못 누른 것뿐이에요. 정말 죄송합니다.”

“성함이 어떻게 되세요?” 그녀가 물었다. 하지만 나는 전화를 끊었다. 휴대전화가 다시 울렸지만, 나는 통화를 거절했고, 결국 그 번호를 차단해 버렸다. 이보다 더 나쁜 경우가 있을까 싶었다. 음, 아니, 있을 수도 있었다. 예를 들어 지크가 전화를 받아서는 나더러 어디 절벽에서 뛰어내리라고 말하는 경우가 그러했다. 하지만 그랬다면 적어도 지금처럼 전화를 한 번 더 걸어야만 하는 상황에 처하지는 않았을 것이다.

몇 분 동안 이리저리 거닐고, 엄마의 운동화들을 쳐다보고 한 끝에, 나는 다음 번호로 넘어갔다. 노스캐롤라이나의 지역번호인 919가

들어가 있었는데, 자동응답기의 목소리는 지크가 아니었다. 나는 오리건의 전화번호로도 걸어보았다. 전혀 아니었다. 나는 조지아의 전화번호로도 걸어보았는데, 웬 남자애가 받아서 그런 사람 없다고 알려주었다. 전혀 비슷해 보이지도 않는 번호들을 몇 가지 시도해 보았더니 역시나 똑같은 결과가 나왔다. 이제 남은 전화번호도 없었다.

그러다가 짧은 순간이나마, 그러니까 내가 이제껏 스스로에게 허락한 적이 없었던 순간이나마, 나는 지크가 어쩌면 죽었을지도 모른다고, 즉 그는 이미 떠나버렸기 때문에, 내가 아무리 그를 찾아보아도 소용없을지 모른다고 상상해 보았다. 그토록 신속하고 짧은 찰나 동안 그는 단순히 사라진 상태를 넘어서 아예 사망한 상태로 나아갔다. 곧이어 나는 그를 도로 데려왔다. 수영장에 있던 그 남자애를, 수박을 먹어치우던 그의 터진 입술을. 왜냐하면 그것이야말로 핵심이기 때문이었다. 비록 내 머릿속에서만이라 하더라도, 계속 나아가기 위해서라도 나로선 지크가 존재할 필요가 있었다.

나는 그의 어머니 이름을 찾아보았다. 처녀 시절 이름 말고 시드니 브라운이란 이름으로 멤피스에 사는 사람을 찾아보았던 것이다. 그러자 손쉽게 찾을 수 있었다. 이미 여러 번 본 전화번호였지만, 나로선 한 번도 그녀와 이야기를 나누고 싶은 적이 없었다. 왜냐하면 나와 지크 사이를 가르는 장벽이 있는 것을 원하지 않았던 것이다. 마치 운명에 따라서 지크가 나의 세계로 찾아올 것 같다는 생각이

예전부터 항상 들기는 했지만, 실제로는 그런 일이 벌어지지 않았
다. 이제 나는 그가 필요했다. 나는 그 번호로 전화를 걸었다.

신호가 한 번 가고 나서 그가 전화를 받았다. 그였다. 나는 곧바
로 알았다. 내가 기억하는 목소리는 아니었지만, 여하간 그였다. 왜
이렇게 쉬운 걸까? 왜 나는 여러 해 전에 이렇게 시도해 보지 않았
던 걸까? 곧이어 나는 속이 무척이나 울렁거렸다. 그 여름 전체가
다시 밀려들었고, 나는 왜 이전에 시도하지 않았었는지를 정확히
알게 되었다.

“여보세요?” 그가 말했다.

“지크?” 내가 물었다. 그의 목소리를 듣다니 무척이나 충격적이
었다.

“여보세요?” 그가 다시 말했다. 어리둥절한 모양이었다. “누구
세요?”

“지크, 나—.”

“프랭키?” 그가 물었다.

“그래.” 내가 대답했다. 나는 울고 있었다. 너무 오랜만이었고, 그
가 내 이름을 부르는 것만 들었는데도, 온 세상이 1초 동안 멈춘 것
같은 기분이었다. 숨을 쉴 수가 없었다.

“지금 뭐 하는 거야?” 그가 물었다. “왜 나한테 전화한 거야? 무슨
일인 거야?”

“지크.” 내가 말했다. 하지만 여전히 숨을 쉴 수가 없었다. 가슴이

마치 쥐어짜이는 듯했다. 이러다가 심장마비라도 오는 것 아닌가 하는 생각이 들었지만, 사실은 그냥 공황 발작일 뿐이었다. 단지 내 인생 전체가 균열되며 드러나는 것뿐이었다.

"왜 그러는 건데, 프랭키?" 그가 물었다. 그때 전화 너머에서 또 다른 목소리가 들렸다. 더 나이 많은 여자 목소리였다. 그 여자가 물었다. "누구 전화인데?" 그러자 그가 대답했다. "프랭키예요, 엄마."

"끊어라." 그녀가 그에게 말했다.

"나 이만 가봐야 돼." 그가 말했다. 하지만 나는 여전히 그가 숨을 쉬는 것을 들을 수 있었다. 나는 그 말을 꺼내지 않으려고 무척이나 애쓰고 있었다.

"프랭키." 그가 말했다. "내 말 듣고 있어?"

나는 전화를 끊었다.

나는 전화를 멀리 내던지고, 무릎을 가슴에 대고 웅크린 자세로, 내 몸을 단단히 붙들었다. 내가 스스로에게 무슨 말을 하고 있었는 지는 모두들 알고 있었을 것이다. 그렇지 않은가? 나는 그 말을 하고 있었다. 거듭하고 거듭해서. 나는 전화가 울리기를, 지크가 나를 찾아와 발견해 주기를, 내가 그를 찾아냈음을 발견하기를 기다렸다. 하지만 전화는 무척이나 조용했다. 집 안도 무척이나 조용했다.

나는 눈을 감은 채 스스로에게 매달렸다. 머릿속에서 포스터를, 앞으로 뻗은 두 손을 보았다. 그 손이 누구의 것인지는 나도 몰랐다. 내 손이었을까? 아니었으면 싶었다. 나는 몸을 앞뒤로 흔들고 또 흔들었다. 내가 뭘 하는지 살펴보러 엄마가 들어오지 않기를 바랐다. 이 세상에 다른 것이 여전히 존재하는지 여부는 전혀 알 수 없었다. 내 방은 예전의 모습으로 돌아가서 저 멍청한 포스터며 빨랫감이며 과자 껍질이 사방에 널려 있었다. 나는 10대였고, 여름의 열기에 모든 것이 너울거렸으며, 지크를 처음 만나기 직전이었다. 나는 아직 아무 일도 벌어지지 않았던 그 일시적인 공간에서 나 자신을 살게끔 허락했다. 기분이 무척 좋았고, 나는 왜 아직 내가 살아 있는지, 왜 내가 그 순간을 떠나게 되었는지 궁금해졌다. 나는 잠들었고, 눈을 떠보니 새벽 4시였다. 휴대전화를 확인해 보았다. 나는 현실 세계로 돌아와 있었다. 지크는 다시 떠나버렸다.

하지만 나는 그를 찾아냈다. 그는 사라질 수 없었다. 나는 그의 전화번호를 갖고 있었다. 그의 주소도 갖고 있었다. 그 전화번호를 다시 누르기만 하면 그만이었다. 나는 영원히 전화를 걸 수도 있었다. 재다이얼을 계속 계속 계속 누르는 것이었다. 급기야 우리가 함께 만든 세상으로 그를 도로 데려올 수 있을 때까지. 지금 그가 무엇을 하고 있을지, 그가 무슨 생각을 했을지 궁금해졌다. 그는 아마도 어머니와 함께 사는 모양이었다. 아니면 어머니가 그와 함께 사는 모양이거나. 나도 정확히는 알 수 없었다.

그는 매지 브라워에 대해서는, 또는 기사에 대해서는, 또는 내가 포스터를 만들었다고 시인했음에 대해서는 전혀 몰랐다. 그는 단지 인생 전체를 망칠 뻔했던 그 여름에 만났던 여자애가 뜬금없이 전화를 걸어왔다는 것만 알고 있었다. 그에게는 깜짝 놀랄 일이었을 것이다. 그럴 수밖에 없었다. 나로 말하자면 '그'를 찾으려고 시도했던 쪽이었고, 이 일에 대해서 마음의 준비를 했는데도, 정작 목소리를 듣자 정신이 나가버렸기 때문이다. 나는 그가 괜찮기를 바랐다. 내가 그를 해치려고 시도하는 것이 아님을 그가 알아주기를 바랐다. 하지만 그가 도대체 무슨 수로 그걸 안단 말인가? 어쩌면 그는 나를 무척 두려워해야 하는지도 몰랐다.

진짜로 그런지를 알아내는 방법은 사실 하나뿐이었다. 바깥은 아직 어두웠지만 나는 짐을 챙기고, 엄마 앞으로 쪽지를 남겼다. 지금 출발해서 날 밝으면 전화를 드리겠다고, 조만간 주니를 데리고 다시 찾아오겠다고 썼다. 잠시 후에 나는 차를 몰고 달렸다. 지크에게 가는 것이었다. 가장자리, 가장자리, 가장자리, 가장자리로 가는 것이었다.

제16장

내가 4시간 반 거리를 2시간째 운전하던 중에 드디어 엄마가 전화를 걸어왔다. "프랭키!" 엄마가 말했다. "세상에, 왜 아침까지 기다리지 않은 거니? 네 방에 들어갔더니만, 마치 하늘로 꺼지기라도 한 것처럼 사라졌더라. 정말 소름이 쭉 돋더라니까."

"제가 쪽지 남겨놨잖아요, 엄마." 내가 말했다. 잠들지 않으려고 노력하던 참이다 보니, 이렇게 정신 팔 거리가 있어서 오히려 감사했다. 비록 상당히 어색한 경우이기는 했지만 말이다.

"그런데 그놈의 쪽지를 네 방 안에 남기지 않았니, 공주님." 엄마의 대답이었다. "그래서 네가 누군가에게 납치된 모양이라고 생각하고 '나서야' 비로소 그놈의 쪽지를 '발견하게' 된 거지. 그런 쪽지

라면 '엄마' 방에 남기든지, 아니면 부엌에라도 남겼어야지, 안 그
래? 여하간, 나중에라도 그런 쪽지는 어디라도 쉽게 볼 수 있는 곳
에 놓아두도록 해라."

"죄송해요, 엄마." 내가 말했다. "그때는 마음이 좀 심란해서 그랬
나 봐요."

"그래서 결국 마음이 좀 심란한 와중에도 굳이 멤피스까지 차를
몰고 가기로 작정한 거니? 공주님, 어쩐지 그 여름이 또다시 시작되
는 것 같은 느낌이 드는구나. 하필 너는 차를 몰고 있고, 하필 너는
또 혼자고, 게다가… 여하간 조심하도록 해. 차라리 엄마한테 같이
가자고 하지 그랬니. 우리 둘이서 떠나는 자동차 여행이나, 뭐, 비슷
한 게 될 수도 있었을 텐데."

"저는 그냥 이렇게 할 필요가 있다고 생각했을 뿐이에요. 그래야
만 뭐든지 간에 다음으로 넘어갈 수 있을 거라고 말이에요."

"그 뭐든지가 너의 인생이겠지? 그렇지? 네 남편이며 네 딸과 함
께하는 너의 나머지 인생이겠지? 네가 예를 들어 '뭐든지 간에 다음
으로'라고 말할 때면 말이야, 공주님, 영 믿음직하지가 않아서 그래.
알았니?"

"엄마! 세상에, 저는 당연히 저의 나머지 인생을 말하는 거예요.
그러니까 볼링 그린으로 돌아가서, 에런과 주니와 함께 살면서, 책
을 쓰고, 그리고, 저도 잘은 모르겠지만, 전국적 공황 사태를 야기한
괴물이라는 사실이 폭로당하기도 하면서 말이에요."

"그러면 지금 네가 찾아가는 곳 주소를 엄마한테 문자로 보내줄 수는 있니? 그래야 네가 혹시나 행방불명이라도 되면 내가 경찰에 신고할 수 있지 않겠니? 그래야 내가 거기로 차를 몰고 찾아갈 수 있지 않겠니? 잠깐만, 내가 지금 바로 출발하면—."

"엄마! 괜찮아요. 괜찮다고요. 저는 이 일을 할 필요가 있어요. 주소는 나중에 제가 문자로 보내드릴게요."

"지크인 거니?" 엄마가 물었다. "걔가 맞는 거냐고?"

"네, 걔가 맞아요. 저는 지금 걔를 만나러 가는 거예요. 걔한테 말해줘야 해요. 무슨 일이 벌어지고 있는지 알려줘야 해요. 그러고 나면 저도 집으로 돌아갈 거예요."

"알았다." 엄마가 말했다. "예전에도 너를 말리지 않았던 것처럼, 지금 와서 이 일을 어떻게 해야 되는지도 영 모르겠구나. 우리 가운데 어느 누구도 도덕적으로 우위에 있는 건 아니랄까. 엄마는 이런 말을 하고 싶은 것 같구나. 여하간 제발, 제발, 제발 조심하도록 해. 최루탄 스프레이는 갖고 있는 거지?"

"아뇨, 안 갖고 있어요. 최루탄 스프레이 같은 건 필요하지도 않다고요."

"우리 부엌에 스무 개나 쌓여 있는데. 차라리 네가 하나 가져갔으면 좋았을걸 그랬구나."

"저는 필요 없어요. 지크랑 이야기하는 데에는 필요 없다고요. 그만 끊을게요. 다음 휴게소에서 기름 넣어야 되거든요."

“우리 공주님?” 엄마가 말했다. “굳이 개한테 말하는 게 중요하기는 할까? 너는 그 애를 도통 못 보고 살아왔잖니. 너는 그 애를 모르는 거야. 아주 잘은 말이야. 그러니 그 기자한테 지크가 너를 도와줬다고만 말해두면, 이후의 일은 자연스럽게 흘러갈 거라고. 어쩌면 그 기자가 개하고 직접 이야기를 나누는 편이 더 나을 수도 있어. 진짜로.”

“저는 이미 개한테 전화했어요. 개도 제 목소리를 들었고요. 저는 다만 개한테 이야기할 필요가 있어요.”

“엄마는 네가 그러지 말았으면 좋겠다만, 여하간 알았다. 진짜로 엄마가 같이 갈걸 그랬다는 생각이 드는구나. 차라리 네가 어느 휴게소에 들어가 기다리면, 내가 얼른―.”

“끊을게요, 엄마.” 내가 말했다. “저는 괜찮을 거예요. 이따가 주소 문자로 보내드릴게요. 다 끝나고 나서도 문자 보낼 거고요. 괜찮을 거예요.”

나는 주유소에 차를 세우자마자 내려서 팝타르트 몇 개와 청량음료 하나를 샀다. 주유소는 텅 비어 있었고, 계산대 직원은 TV를 보고 있었다. 그래서 나는 차로 돌아가서 포스터 한 장과 테이프 약간을 가지고 가게 안으로 다시 가서 여자 화장실로 들어갔다. 나는 포스터를 거울에 붙이고, 10초 동안 바라보면서, 그 내용물이 흘러와 나를 온통 뒤덮게 했다. 왜 매번 이렇게 하면 효과가 있었을까? 왜 나는 그토록 많이 신경을 쓴 걸까? 나는 굳이 질문하지 않았다.

굳이 더 깊이 파고들지 않았다. 나는 포스터가 예의 작용을 하도록 내버려두었고, 그러자 세상이 사라지더니 곧이어 나를 에워쌌다. 그러자 나는 사라지고 말았다.

멤피스에 도착해서 그 주소를 찾아가니, 그 여름에 갔던 바로 그 집이 나왔다. 센트럴 가든스에 있는 별장 같은 집이었다. 나는 그곳이 예전과 똑같은 집이 아니기를 바랐는데, 왜냐하면 지난번에 내가 이곳에 왔을 때에는 뭔가 기묘한 폭력이, 아울러 상당한 혼돈이 벌어진 바 있었기 때문이었다. 비록 차를 도로 몰고 떠나버릴까 생각한 것까지는 아니었지만, 막상 그 뻐드렁니 10대 소년 지크에 대해서, 아울러 그 분노 발작의 과정에 대해서 생각하자, 나는 덜컥 겁이 나고 말았다. 그러지는 말았으면 하고 바랐지만, 실제로 그렇게 되었다.

바로 그때, 심지어 내가 차에서 내리기도 전에, 지크가 먼저 현관 베란다에 서서 나를 바라보고 있었다. 20년이 흐른 뒤이다 보니, 당연히 외모는 달라진 상태였다. 하지만 사실 나는 그냥 더 물렁물렁하고, 약간 몸무게가 늘어나고, 피부도 더 깨끗해져 있었다. 나는 여전히 나였고, 혹시 10대 시절의 나를 봤던 누군가가 지금의 나를 다시 보더라도 딱히 크게 놀랄 만한 변화는 없을 터였다. 지크는 무척이나 마른 데다 근육과 뼈뿐이어서, 마치 마라톤이나 등산을 하는 사람처럼 보였다. 그는 어엿한 모습으로 자라나 있었고, 이제는 뼈

314

드렁니가 아니라 오히려 잘생긴 편으로 보였는데, 솔직히 말해서 나는 살짝 서글픈 기분이 들었다. 그는 다음 두 가지 가운데 하나에 속하는 사람처럼 보였다. 즉 강물에 떠내려온 목재를 이용해 커피 탁자를 만들고 무려 3,000달러에 판매하는 사람이거나, 아니면 9/11 테러 사건을 아주아주 의심스러워하는 사람이거나. 정말 멍청한 생각이기는 하지만, 어쩌면 나는 지크가 여전히 10대 남자애일 거라고, 내가 기억하는 모습 그대로일 거라고 생각했던 모양이었다. 그러자 차에서 내려서 그에게 다가가기가 더욱 어려워지고 말았는데, 왜냐하면 그가 내가 미처 알아볼 수도 없는 누군가처럼 보였기 때문이었다. 나는 그를 향해 손을 흔들었다. 아니, 그냥 손을 들어 올렸다고 해야 하나. 그러자 그는 고개를 끄덕였다. 마치 내가 오기를 예상했다는 듯, 하지만 사실은 내가 오지 않기를 바랐다는 듯.

"안녕." 나는 차창을 내리고 이렇게 말했다.

그는 나를 몇 초 동안 바라보았다. 그의 얼굴에 두려움의 기미가 스치는 것이 보였지만, 이내 그는 마침내 긴장을 풀었다. "안녕." 그가 마침내 말했다. "안녕, 프랭키."

"마지막으로 보고 나서 정말 오랜만이네." 내가 말했다. 내가 하는 말 한마디 한마디가 어쩌면 이렇게 멍청하고, 이렇게 무게감 없을 수가 있는지 차마 믿을 수가 없을 지경이었다. 사실 나는 이렇게 말하고 싶었다. "보고 싶었어." 하지만 이 말은 솔직히 사실이 아니었음을 나는 이제야 깨닫고 있었다. 나는 10대였던 지크를 보고 싶어 했던 것이었다. 지금 이 남자는 낯선 사람이었다. 내가 지크를 되찾기 위해서 어쩔 수 없이 이야기를 나눠봐야 하는 누군가였다. 나는 차에서 내려 그에게 다가갔다.

"21년 만이네." 그가 말했다. 내가 마지막으로 그의 곁에 이만큼 가까이 있었을 때, 내 한쪽 팔은 거의 반 토막으로 부러진 상태였고, 내 입에서는 피가 흘렀으며, 내 온 세상은 망가져 있었다. 내 심장이 무척이나 빠르게 뛰는 것을 느낄 수 있었다.

"여전히 지크라는 이름으로 통하는 거야? 아니면 다시 예전처럼 바꾸거나, 아니면―."

"지금은 벤으로 통해." 그가 말했다.

"너를 그 이름으로 부르기가 나로서는 정말 힘들 것 같은데." 내가 솔직하게 말했다.

"아무래도 상관없어." 그가 말했다. 무척이나 수줍어하는 기색이었다. "뭐든지 네가 편한 대로 부르면 돼."

"그러면 안에 좀 들어가서 이야기해도 될까?" 내가 물었다. "중요한 일이라서."

바로 그때 지크의 어머니가 현관 베란다로 나왔다. 미소 짓고 있지는 않았지만, 그렇다고 화난 것처럼 보이지도 않았다. 어머니가 지크의 어깨를 만지자, 그는 고개를 돌려 바라보았다. 바로 그때, 빌어먹을, 그의 아버지도 나왔다. 지팡이를 짚고 나와 지크에게 괜찮으냐고 물어본 것이다. 나로선 두 양반이 아직 부부 사이라는 걸 도무지 믿을 수가 없었다. 물론 어쩌면 부부 사이가 아닐 수도 있었다. 왜 지크는 여전히 부모님과 함께 살고 있는 걸까? 일단 내가 안으로 들어가고 나면 어떻게 된 영문인지 알아낼 수도 있을 것 같았다. 나로선 두 양반이 여전히 부부 사이라는 사실 때문에 지크를 향하던 내 집중력이 흐트러지는 상황이 마음에 들지 않았다. 나는 일단 허락이 떨어지기를 기다렸다. 만약 지크가 안 된다고 말하면, 굳이 들어가지는 않을 생각이었다. 차라리 나중에 모든 것을 설명하는 쪽지를 돌멩이에 묶어서 창문으로 던져 넣는 한이 있더라도, 지크가 허락하지 않는 한 이 집에 들어가지 않을 작정이었다.

그는 깊이 숨을 들이마시고, 부모님을 돌이보더니, 결국 고개를 끄덕였다. "그래, 어서 들어가자." 그가 말했다.

"너를 찾기가 힘들었어, 솔직히." 내가 말했다. 아직 움직이지도 않은 상태였다. 불과 몇분의 1초 동안이나마 그가 미소 지었고, 나는 그 기묘한 이를 보았다. 그러자 나는 곧바로 행복해졌고, 마음이 진정되었다. 비록 그가 순식간에 무표정한 얼굴로 되돌아가기는 했지만 말이다.

"뭐, 하기 나름이었겠지?" 그가 말했다. "나야 어려서 살던 집에 계속 살았으니까. 여기서 떠나지도 않았고."

"음, 그래. 하지만 '온라인'에서는 너를 찾기가 어렵더라니까."

"아, 그래."

“사람들이 너를 찾아내는 걸 원하지 않았던 거야?” 내가 물었다.

“굳이 나를 찾아내려 시도한 사람은 ‘아무도’ 없었어.” 그가 다시 미소 지으며 말했다. “뭐랄까, 너를 제외하면 말이야.”

“음.” 내가 말했다. “내가 너를 찾아낸 거지.”

“맞아.”

“얘, 안으로 들어오는 게 어떻겠니?” 그의 어머니가 물었다. 주위를 둘러보는 행동만 보면, 마치 보도에 군중이 모여들어 우리를 지켜보기라도 한다는 듯한 투였다. “안녕, 프랭키.” 그의 어머니가 내게 말했다.

“안녕하세요, 어⋯ 아주머니, 안녕하세요. 그리고, 안녕하세요, 브라운 아저씨. 혹시 기억하시는지 모르겠지만—.”

그러자 온 가족이 웃음을 터트렸다. 그것도 진짜 웃음이었다. 아들이 덤벼드는 상황에서 내게 무릎을 죽어라 세게 얻어맞은, 그 무척이나 기이했던 일을 놓고서 말이다.

“당연히 기억하지.” 브라운 씨가 말했다. “아주 잘.”

지팡이를 바라보면서 내 눈이 휘둥그레지자, 그는 고개를 저었다. “이건 한참 더 나중의 이야기야.” 그가 덧붙였다. “뇌졸중이지.”

“아.” 내가 말했다. “다행이네요. 아니, 그러니까, 그렇게 되셔서 안타깝다는⋯ 그래도 좋아 보이네요, 선생님.” 나는 지크를 돌아보았다. “내가 왜 여기까지 찾아왔는지 알아?” 내가 물었다. “뭐랄까, 혹시 짐작이 가?”

“이런, 프랭키. 그래, 짐작이 가. 자, 일단… 안으로 들어가자.”

온 가족이 어딘가 어색하게 발을 질질 끌면서 집 안으로 들어갔다. 문득 이런 생각이 들었다. 내가 안으로 들어가자마자, 지크와 부모님이 나를 붙들어서 어느 비밀 방에 가두어 버리면, 그 비밀은 결국 비밀로 남게 될 수 있다. 하지만 곧이어 나는 엄마를, 그 많은 최루탄 스프레이를, 엄마 휴대전화로 이 집 주소를 보낸 것을 기억해냈다. 그제야 내가 안전할 거라는 생각이 들었다.

“프랭키, 커피라도 좀 갖다줄까? 아니면 머핀이라도?” 그의 어머니가 물었다. 그녀가 나에게 말을 건 것은 이번이 처음이었다.

“저는 괜찮아요.” 내가 말했다. “그렇잖아도 오는 길에 마운틴듀 하나랑 팝타르트 몇 개를 먹었거든요.”

“팝타르트라.” 지크가 말했다. 마치 나를 천천히 떠올리고 있는 듯, 마치 오랜 기억상실에 빠졌다가 내 현존으로 인해 기억을 모두 되찾고 있는 듯 말이다. 그에게는 여전히 뭔가 어색한 점이 있었다. 즉 나에게 반응할 때면 조금씩 지연되곤 했다. 하지만 나는 지극히 당연한 일이라고 느꼈다. 그를 못 본 지가 워낙 오래되었는데, 지금 내가 여기 있었다. 그 시간 내내 나는 그를 도로 데려오기를 꿈꾸었고, 그가 지금 바로 여기 있었다. 그 시간 내내 나는 그를 도로 데려오기를 꿈꾸었는데, 내 생각에 정작 내가 그에게 돌아가게 되리라고는, 내가 먼저 찾아가게 되리라고는 정말 한 번도 생각해 보지 않았던 것 같았다. 이 모든 게 너무 기묘했다. 또한 위안이 되기도 했는데, 그 기묘함이야말로 우리 모두를 이어주는 끈이자, 우리가 서로에 대해서 실제로 아는 것이자, 세상의 나머지가 사실이 아닌 것처럼 느끼도록 서로를 북돋는 방식인 듯했다.

"벤, 우리가 자리를 비켜주는 게 낫겠니, 아니면 같이 있는 게 낫겠니?" 브라운 씨가 아들에게 물었다.

"아마… 제 생각에는 우리끼리만 있어도 될 것 같아요. 두 분이 계셔야 할 것 같으면 제가 알려드릴게요." 지크가 말했다.

"아니면." 지크의 어머니가 말했다. "어쩌면 우리가 먼저 프랭키하고 이야기를 나눠야 하지 않을까?" 그녀가 남편을 향해 고개를 끄덕했다. "우리가 이 친구하고 이야기를 해보고, 왜 여기 왔는지를 알아본 다음에, 너한테 그 내용을 이야기해 줄 수도 있잖니."

내가 듣기에는 전적으로 딱하고, 한마디로 고통스러웠기 때문에, 나로선 지크가 그렇게 하지 않기를 간절히 바랐다. 나는 보호자를 원하지 않았다. 우리는 항상 내버려진 상태였다. 비록 그건, 빌어먹을, 좋은 생각이 아니었던 것도 같지만 말이다.

"아니에요." 지크가 대답했다. "괜찮아요. 우리끼리 이야기할 게요."

"음… 그럼 우리는 그냥 부엌에 가 있으마." 브라운 씨가 말했다. 그러면서 나를 보며 미소 지었다.

"우리는 머핀이랑 커피를 좀 먹을 건데." 지크의 어머니가 덧붙였다.

320

“무슨 머핀인데요?” 내가 물었다.

“바나나.” 어머니가 곧바로 덧붙였다. “그래도 하나 먹어보는 게 낫지 않겠어?”

“아뇨.” 내가 대답했다. “왜 불쑥 여쭤봤는지는 저도 모르겠네요. 저는… 저는 그냥 궁금해서 그랬어요.”

“바나나.” 지크의 어머니가 다시 말했다. 고개를 끄덕이며 자신감이 넘치는 모습이었다.

두 사람이 떠난 뒤에 지크가 손으로 소파를 가리켰다. 앉아보니 정말 푹신한 소파였다. 내 몸은 마치 그 속으로 꺼지는 듯했고, 두 발은 바닥에 닿지도 않았다. 지크는 자기 몸을 완벽하게 받쳐주는 오렌지색 가죽 의자에 앉았다. 나는 사세를 고쳐 앉으려고 했지만, 소파가 계속해서 내 엉덩이를 쿠션 쪽으로 더 밀어내는 듯한 형국이 되었다. 이거 혹시 소파 겸용 침대인가? 나로선 알 수 없었다. 이거야말로 좋지 않은 위치였다. 이런 종류의 재회를 위해서 원할 만한 종류의 가구는 아니었다.

“그러니까—.” 내가 말하기 시작했다. 그런데 당연히 바로 그 순간에 지크도 말하기 시작했다.

“네가 쓴 책을 읽었어.” 그가 말했다.

“어, 우와!” 내가 말했다.

“마음에 들더라. 모조리 다 읽었어. 정말 좋더라고. 내 생각에는 맨 처음 것이 가장 마음에 들었던 것 같아. 왜냐하면 네가 그걸 쓰던 걸 내가 기억하니까."

　"나도 네가 그걸 읽었으면 하고 바랐던 것 같아." 내가 말했다.

　"실제로 읽었어." 그가 말했다. 그러더니 잠시 말을 멈추었다. "그나저나 너 결혼했더라, 그렇지? 아이도 하나 있고. 분명히 말해두는데, 나는 너를 굳이 찾아본 건 아니었어. 나는… 그냥… 그러니까 그 책의 저자 약력에 그렇게 나와 있더라고."

　"아니, 괜찮아. 사실 나는 너를 온라인으로 찾아봤거든. 그러니까 괜찮다는 거야. 나 결혼했어. 그리고 아직 어린 딸도 있고. 아이는 하나야. 이름은 주니고."

　그는 고개를 끄덕였다. 마치 그 모두를 이미 확인해 보았다는 듯.

　"그러면 너도… 너는… 뭐랄까…." 나로선 뭐라고 물어봐야 할지 알 수가 없었다. 그는 어려서 살던 집에 있었다. 그의 삶은 어떠했을까? 왜 이렇게 기묘한 걸까? 나는 이것을 원했다. 나는 알기를 원했지만, 이제는 너무 이상하게 느껴졌다. 즉 그와 가까이 붙어 앉아서, 얼마나 많은 시간이 지나갔는지를 깨닫는 것이 말이다.

　"아니, 아니. 나는 결혼을 '안' 했어." 그가 말했다. "그리고 아이도 없고."

　"어, 알았어." 내가 말했다.

　"여자친구는 하나 있어." 그가 말했다. "무슨 말인가 하면, 예전에도 몇 번 사귀기는 했었지만, 지금은 딱 한 명뿐이라는 거야. 니타라고 해. 직업은 선생님이고. 좋은 사람이야."

"정말 잘됐다, 지크."

"그래." 그가 말했다.

내가 직업에 대해서 물어보려던 차에 그가 먼저 치고 들어왔다.

"나는 엄마랑 아빠랑 같이 여기 살아." 그가 말했다. "물론 그렇다고 해서 계속 여기에만 살았다는 이야기는 아니야. 다른 여러 곳에 살기도 했지. 나는 미술대학에 다녔어. 잠시 여기저기 돌아다니기도 했고. 하지만… 나도 잘 모르겠어. 문제가 약간 있어서. 내 생각에는 아직도 그 문제가 남아 있는 것 같아."

"괜찮아, 지크." 내가 말했다. 그는 무척 부끄러워하는 표정이었다. 내가 자기를 평가한다고 여길지도 모른다는 생각에 속상해졌다.

"나는 양극성장애 진단을 받았어. 하지민 그렇게 되기까지 시간이 좀 걸렸지. 처음에는 다른 뭔가일 거라고들 생각했었어. 한참이 걸려서야 모두 제대로 파악한 거야. 병원? 약물? 뭐, 그런 것들? 이것저것 많이도 겪었지. 왜냐하면 그중 일부는 좋지 않았으니까. 게다가 내가 어딘가에 가서 자리를 잡고 나면, 꼭 무슨 일이 벌어지거나, 아니면 내 상태가 좋지 않거나, 그래서 나는 이곳으로 오게 된 거야. 지금 나는 그냥 여기 머물고 있어. 나를 봐주는 의사들도 모두 여기 있거든. 나에게는 익숙한 곳이니까."

"다행이다." 내가 말했다. "그나저나 너네 엄마랑 아빠는… 뭐랄까… 아직 함께 사시는 거야?"

그는 웃었다. 그러자 나도 행복해졌다. "그래, 함께 사셔. 기묘한 일이지만, 우리가 멤피스로 돌아오고 보니, 아빠는 당신이 우리한테 무척 잘못했다는 걸 깨달았거나, 뭐, 그랬던 모양이야. 아빠도 마음이 무척 안 좋았대. 그래서 정신을 차리게 된 거지. 아빠는 나를 돌보는 일을 도와주었어. 게다가 두 분은 서로를 정말로 사랑하는 것 같아. 내가 보기엔 말이야. 내가 두 분과 상당히 오래 같이 있었으니까, 내 생각에는 그게 맞을 것 같아. 그러니까 더 나아졌다고… 음, 이전보다 더 나아졌다고 볼 수 있는 거지.”

“너는 무슨 일을 하는데? 아니면, 뭐랄까, 일을 하는 거야? 아니면….”

“나는 미술 쪽 일을 하고 있어.” 그가 말했다. “여러 군데 만화 출판사에서 펜화 그리는 일을 하고 있어.”

“잠깐, 뭐라고?” 내가 말했다. “아, 진짜 끝내준다, 지크.”

“우선 마블하고도 펜화 일을 많이 했고. 에전에는 DC하고도 일했어. 나로 말하자면, 뭐랄까, 그런 회사에서 그림을 맡기고 싶어 할 만한 실력까지는 아니지만, 대개의 경우 펜선을 그리는 실력만큼은 진짜 뛰어나다는 사실을 깨닫게 되었달까. 나는 다른 누군가의 작품을 다시 그려서 더 낫게 만드는 일에 뛰어났던 거야. 나한테도 좋은 일이었어. 그러니까, 내가 하기에 딱 알맞은 어떤 일이 이미 이 세상에 있었다는 게 말이야. 덕분에 나는 지나치게 도취되지 않았으니까.”

“너의 작품을 아직 온라인으로 본 적은 없었어.” 내가 말했다. 지금 당장 휴대전화로 검색해 보고 싶었지만, 나는 계속 그를 바라보았다. 내가 기억하는 지크와 지금 내 앞에 있는 사람을 화해시키려고 무척이나 열심히 노력했다. 그의 목소리를 들으면 들을수록, 그렇게 하기가 더 쉬워졌다.

"내가 이름을 약자로 써서 그래." 그가 말했다. "마치 무슨 상표 같달까? BEB라고 쓰거든. 하지만, 뭐랄까, 이걸 알고 나서도 정작 나에 대해 온라인에서 찾을 수 있는 정보는 별로 없을 거야. 펜화 외주 작업이 그렇게 매력적인 일까지는 아니니까. 사람들이 굳이 글까지 써줄 대상은 아니라는 거지." 그는 몇 초 동안 말을 멈추고 나를 똑바로 바라보았다. "하지만 나는 실력이 뛰어나. 그건 나도 알아."

"당연하지." 내가 말했다. 그러면서 당연히, 당연히 포스터를, 그 선들을 생각하고 있었다.

나는 여기 온 이유를 하마터면 잊어버릴 뻔했다. 이렇게 가까이 그와 붙어 있다는 것에 무척이나 놀라웠다. 이 순간에 시간이 얼마나 기묘하게 느껴지는지 몰랐다. 나로선 이제부터 말할 내용이 이를 망치게 될 것임을 어떤 식으로건 알고 있었다.

"지크, 사실은 말이야—"

"미안하다고 말하고 싶어." 지크가 갑자기 말했다. 그의 목소리는 약간 올라갔고, 갈라졌다. 그는 계속해서 내가 용건을 말하려 할 때마다 딱 맞춰서 나를 방해했다. 마치 그게 무슨 내용인지 두려워하는 것처럼. "정말로 미안해, 프랭키."

"뭐가?" 내가 대답했다.

"너를 아프게 한 것 말이야." 그가 말했다. "그것도 한 번이 아니었잖아, 안 그래? 나는 차에서 너한테 끔찍한 짓을 했어. 우리 아빠를 만나고, 네가 나를 도와주려고 노력하고 나서 말이야. 무척이나 심하게 망쳐버렸지. 내가 베란다에서 너를 아프게 한 것도 미안해. 더 큰 문제는 내가 너를 도와주지 않았고, 떠나버렸으며, 두 번 다시 너하고 이야기하지 않았다는 거지. 나로서는 진짜로 상황이 나빴어. 하지만 그 후로 시간이 흘렀지, 안 그래? 시간이 계속 흐르고 흘렀고, 나는 그 여름으로부터 벗어나기 위해 계속해서 노력했어. 왜냐하면 그게 내 삶을 약간 망쳐놓았고, 게다가 나로선 너에게 다시 돌아가거나 사과할 방법이 전혀 없었으니까. 그냥 이런 죄책감만 항상 있었을 뿐이고, 그게 결코 떠나지 않더라고. 그래서 미안해."

"괜찮아." 내가 말했다. 그가 이 모두를 말해주기를 얼마나 간절히 바랐는지를 차마 시인하고 싶지 않았다. 그가 나를 아프게 했다고, 그가 정말 나쁜 짓을 했다고 말해주기를, 그러고 나면 내가 그 모두를 이겨냈다고 말할 수 있기를 얼마나 간절히 바랐던가. 나는 그에게 손을 뻗어볼까 생각했지만, 당연히 그렇게 하지 않았다. "지크, 너는 나를 아프게 하지 않았어. 아니, 내 팔은, 어쨌거나, 그래도 나는 괜찮아."

"그래?" 그가 물었다. 나는 그의 얼굴에 약간의 당혹감이 스치는 것을 볼 수 있었다. "뭐랄까, 네가 여기까지 왔잖아, 그렇지? 뭔가 잘못된 게 분명해."

"잘못된… 것까지는 아니야. 정확히 말하자면 말이야. 다만… 지크, 사실은 말이야, 그게 나였다는 걸 어떤 기자가 알아냈어. 내가 포스터를 만들었다는 걸 그 여자가 알고—."

"아." 그는 고개를 저으며 말했다.

"—하지만 아직은 괜찮아. 그 여자한테는 내가 했다고 말했으니까. 나는 그냥… 시인할 준비가 되어 있었어. 그리고 그 여자는 이에 관해서 기사를 쓸 예정이고, 나를 만나 인터뷰할 예정이야. 이제 모두 밝혀질 거라고."

"빌어먹을, 프랭키." 그는 여전히 고개를 저으며 말했다. "그 여자가 어떻게 알아낸 거지?"

"그게 상당히 좀 복잡해. 내가 설명해 줄게. 하지만, 일단, 지금은 말이야, 너한테 알려야 했어. 이제 밝혀질 예정이라고. 사람들이 알게 될 예정이라고."

"혹시 나에 대해서도 그 기자한테 말한 거야?" 그가 물었다.

"안 했어." 내가 시인했다. "한마디도. 진짜야."

"하지만 결국에는 이야기할 작정이겠지?" 그가 물었다.

"그러면 안 돼? 뭐랄까, 너도 같이 만든 거였잖아. 우리가 만든 거였다고. 너랑 나랑 말이야."

"하지만 아직 아무 이야기 안 했다며?" 그가 물었다. 마치 자기가 이용할 수 있는 어떤 구멍을 발견하기라도 한 것처럼, 그는 몸을 앞으로 숙이면서 나를 더 유심히 바라보았다. "그 여자는 모르고 있는 거야?"

"아직까지는. 내가 말하려는 게 그거야, 지크. 그 여자한테 말하기 전에, 일단 너와 먼저 상의하고 싶었거든."

긴 침묵이 이어졌다. 나는 소파에 완전히 파묻히지 않기 위해 계속해서 조금씩 몸을 움직여야만 했다.

"나는 겁이 나, 프랭키." 그가 마침내 말했다.

"나도 마찬가지야." 내가 그에게 말했다. "하지만 달리 어떻게 해야 할지 모르겠어. 나는 그냥… 내 생각에는 그걸 시인해야 할 필요가 있는 것 같아. 내가 했다고 털어놓고, 무슨 일이 벌어지는지 그냥 지켜보아야 할 것 같은 기분이 들어."

"프랭키?" 그가 말했다.

"응?"

"혹시 나에 대해서는 그 기자한테 이야기하지 말아 줄 수 있어?" 그가 물었다. "뭐랄까, 그 여자한테는 너 혼자 한 거라고 말해줄 수 있냐고?"

"나는… 아니, 왜 굳이—."

"나는 겁이 나. 너는 유명한 작가니까 그걸 시인할 수도 있고, 이후에 무슨 일이 벌어지는지 지켜보는 것도 재미있을 수 있겠지. 하지만 나는 앞으로 나한테 무슨 일이 벌어질지 알 것만 같아. 나한테 좋지 않은 영향만 끼칠 것 같아.”

“하지만, 아닐 수도 있잖아?” 내가 물었다. 무척이나 설득력 없게 느껴지는 질문이었다. 잔인하게 느껴지는 질문이었다. 하지만 나는 멈출 수가 없었다. “왜냐하면 그냥 너 혼자만은 아닐 거니까, 안 그래? 우리가 같이 한 거라고 내가 말할게. 너랑 나랑 같이 했다고 말이야. 내 생각에는 네가 두려워하는 것이 뭐든지 간에, 내가 대신 맡아서 해결할 수 있을 것 같아.”

“나는 그렇게 생각하지 않아, 프랭키.” 그가 말했다.

“나는 그냥… 나로선 우리 둘이 아닌 걸로는 차마 상상조차 할 수 없으니까.” 내가 그에게 말했다.

“워낙 오래전 일이잖아.” 그가 말했다.

“나한테는 그렇게 오래전인 것처럼 느껴지지 않아, 솔직히 말해서.” 내가 그에게 말했다. “나는 항상 생각해. 그 여름에 대해서 생각한다고. 그 문장을 혼잣말로 되뇐다고. 나 혼자 앉아 있을 때면, 사실상 아무것도 생각하지 않을 때면, 네가 그린 그 손들이 보이고, 마치 내 머릿속에서 맴도는 것만 같다고. 너는 안 그렇다는 거야?”

“안 그래.” 그가 시인했다. 이때 그의 모습은 무척이나 수줍고, 무척이나 슬퍼 보였다. 하지만 내 생각에 그는 ‘나’ 때문에 슬퍼하는 것 같았다. “나는 그걸 생각하지 않으려고 무척이나 노력했거든. 그래서 이제는 안 그래.”

“내가 지금의 모습이 된 것은 바로 그 여름 때문이었어.” 내가 말했다.

"나도 마찬가지야." 그가 내게 말했다.

나는 지크를 도로 데려오게 될 거라 생각했었고, 일단 충격이 가시고 나면 그가 고마워할 거라고 생각했었다. 우리는 다시 친구가 될 거라고. 또는 적어도 사람들이 그 포스터를 생각할 때면 그 여름의 우리에 대해서, 우리 두 사람에 대해서 생각할 거라고. 비록 두번 다시 서로를 못 보고 지내더라도, 우리는 연결되어 있을 거라고 생각했었다. 나는 울고 싶은 마음이었다.

"그건 우리의 비밀이었어." 그가 말했다. "우리는 절대로 말하지 않을 거라고 했었지. 너랑 나랑 둘만이라고 말이야. 나는 그렇게 한게 정말 좋았어, 프랭키."

"나는 말하지 않을 수가 없어." 내가 말했다. "이미 벌어지고 있는 일이니까. 내가 말을 하건 안 하건 상관없이 말이야."

"하지만 그래도 여전히 그걸 우리끼리의 비밀로 해줄 수 있지 않아?" 그가 물었다. "네가 사람들에게 이야기하는 거야. 그게 너였다고. 그러면 그게 진실이 될 거야. 사람들이 믿을 테니까. 그러면 설령 우리가 죽고 난 뒤라고 해도, 그 여름에 대한 이야기가 지금부터 생겨나는 거야. 그리고 진실을 아는 사람은 여전히 너와 나 단둘뿐인 거지."

"하지만 나 혼자서 그렇게 하려니까 약간 겁이 나는 것 같아." 내가 말했다. "내가 너를 만나지 않았더라면, 그 여름의 그 무엇도 하지 못했을 것 같다는 생각이 들어. 내가… 지크, 내가 지금의 모습이 된 것은 네 덕분인 것 같다는 느낌이 들어. 거기에 대해서는 정말로 고맙게 생각해."

"다행이네." 그가 말했다.

"하지만 네가 지금의 모습이 된 것도 내 덕분인 걸까?" 내가 그에게 물었다.

"그래. 네 덕분이야. 우리 모두의 덕분일 수도 있고. 세상의 덕분일 수도 있고. 나도 모르겠어. 하지만 나쁘지는 않았어. 거기에 대해서 슬프다는 생각은 안 들거든." 그가 말했다.

"나는 네가 떠나지 않았으면 하고 바랐어." 내가 그에게 말했다. "나는 그 여름이 결코 끝나지 않기를 바랐어." 이렇게 큰 목소리로 말하고 나자, 나는 이 말이 얼마나 유치하게 들릴지, 얼마나 자기중심적으로 들릴지 깨달았다. 정확히 말해서 나는 지크가 머물러 있기를 바란 것이 아니었다. 이제야 나는 깨달았다. 나는 그 순간에 그를 붙잡아 두기를, 시간이 흘러가지 못하게 멈춰두기를 원했던 것이다.

"내가 남아 있었으면 무슨 일이 벌어졌을지는 상상하기가 힘들어." 그가 대답했다. "나도 너를 다시 보고 싶었을 거야. 하지만 내 생각에는 내가 떠날 필요가 있었어. 내 생각에는 그 여름이야말로 우리가 가질 수 있는 전부였어."

어쩌면 이건 정신질환적인 것일 수도 있었다. 즉 나에게 뭔가 고질적인 문제가 있으며, 그렇기 때문에 내 인생 전체의 중심이 되어 버린 어느 여름에 그토록 단단히 집착하고 있는 것일 수도 있었다. 하지만 그게 사실이건 아니건 간에, 나는 상관하지 않았다. 나는 그게 필요했다. 나는 결코 그걸 놓아버리지 않을 것이었다. 내 것이었으니까.

나는 지크를, 그 아름다운 소년을 바라보았다. 그리고 나는 이 사람이 벤임을 깨달았다. 이 사람은 벤이었으며, 그는 꼬마가 아니었다. 그리고 그 여름 이전에도 그는 벤이었음을 떠올렸다. 그는 나 없이도 인생 전체를 살아왔다. 우리는 무언가를 함께 만들었다. 이제는 그것이 오로지 나만의 것이 된 듯했다.

"좋아." 내가 마침내 말했다. "모두 나 혼자 한 거라고 말할게."

"고마워." 지크가 말했다.

이건 내가 예상했던 전개가 아니었다. 또는 내가 대략 이러하겠거니 하고 '꿈꾸었던' 전개가 아니었다. 내가 정확히 뭘 바랐는지는 나도 몰랐다. 뭔가에 20년 동안 매달리다 보면, 기대와 가능성이 나의 실생활과 함께 변화되게 마련이었다. 그가 나를 사랑하게 되기를 바라지 않았다는 것쯤은 알았다. 나는 그와 함께 도망치기를, 즉 내가 그토록 오랫동안 만들어 왔던 삶이자 내가 진심으로 사랑하는 삶을 완전히 내버리기를 원한 것까지는 아니었다. 내 짐작에 나는 우리가 그 문장을 함께 말하기를, 어쩌면 100번쯤 말하기를 바랐던 것이 아니었을까? 어쩌면 1,000번쯤 말하기를 바랐던 것이 아니었을까? 마치 우리가 현관 베란다의 그네 의자에 앉아서 그 문장을 1,000번쯤 반복하고 나면, 그제야 만족할 것 같은 기분이 들었다. 하지만 누가 장담하겠는가? 어쩌면 그렇게 다 하고 나서도, 몇 시간이 지난 뒤에도, 나는 이렇게 말했을 수 있다. "어쩌면 1,000번만 더 해볼 수 있지 않을까?" 하지만 이제는 만약 내가 그에게 그걸 한 번만 말해달라고, 하다못해 '가장자리'까지만 말하라고 부탁하기만 해도, 그가 연기로 변해버릴 수도 있겠다는 사실을 알 수 있었다. 하지만 핵심은 이거였다. 나는 그가 부탁한 대로 할 작정이었다. 그래서 나는 뭔가가 필요했다. 그런데 나로서는 예상 못 한 상황이었기 때문에, 뭘 요구해야 할지 알지 못했다.

지크가 일어나서 우리가 믹을 미핀을 가져왔고, 그걸 먹는 동안에는 나와 함께 소파에 앉아 있었다. 우리는 그 여름 이후에, 즉 그 직후에 벌어진 일에 관해서 이야기를 나누었다. 나는 교통사고에 대해서, 랜돌프 에이버리에(아울러 그가 쓴 편지에) 대해서, 내 팔이 부러졌던 것이며 그 이후의 세월에 대해서 그에게 말해주었다. 나는 호바트와 우리 엄마가 서로 사랑하게 된 것이며, 아저씨가 결국 돌아가신 것에 대해서 그에게 말해주었다. 나는 훗날 가게 된 학교에 대해서, 난생처음으로 콜필드를 진짜 떠난 것에 대해서 그에게 말해주었다. 그리고 에런과 서로 사랑하게 된 것이며, 책을 쓴 것이며, 주니를 낳은 것에 대해서도.

그는 미술대학에 대해서, 달리기에 대해서 내게 말해주었다. 달리기는 약 때문에 체중이 늘어나는 것을 방지하기에 좋기는 했지만, 가끔 지나치게 몰두하게 될 때면 약보다 더 나빴다고 했다. 그의 말에 따르면, 뭔가에 몰두하도록 어느 정도 방치하는 것과 물러설 때를 아는 것은 종이 한 장 차이라고 했다. 그는 한 해에 겨우 두 번의 마라톤만 출전하기로 했고, 그 이상도 그 이하도 삼갔다. 그게 최적 횟수였다. 그는 자기 집 근처 공원에 사는 다람쥐에 대해서, 녀석들을 자기 무릎 위로 올라와 앉아 있게 만든 것에 대해서 말해주었다. 그는 행복한 듯 보였고, 나는 그 사실을 알게 되자 진심으로 기뻤다. 내가 그를 망쳐놓지 않았던 것이다. 그가 나를 망쳐놓지 않았던 것이다. 우리는 이 세상에서 여전히 살아 있었다. 나는 그것이 변하기를 원하지 않았다.

나는 지크의 말을 듣는 것이 좋았다. 그의 목소리에서 구체적인 음색을, 약간 날카로워지는 특유의 방식을 들을 수 있었다. 그리고 나는 그의 이를, 그의 신경질적인 틱을 보게 되어 좋았다. 하지만 우리의 일상적인 대화만 놓고 보면, 우리가 그 포스터를 만든 두 사람이었다는 사실을 믿기가 힘들었다.

나는 어떻게 해서 내가 우리 피가 묻어 있는 포스터 원본을 아직도 갖고 있는지를 그에게 말해주고 싶었다. 내가 방문하는 거의 모든 읍마다 포스터를 붙여놓은 과정을 그에게 말해주고 싶었다. 내 두뇌의 무척이나 많은 부분이 그 여름의 구체적인 세부 내용으로 가득하다는 것을, 그가 내 안에서 얼마나 많이 살아 있는지를 그에게 말해주고 싶었다. 하지만 나는 그를 불안하게 만들고 싶지 않았다. 그를 아프게 하고 싶지 않았다. 진짜로, 또 진실로, 나는 그러고 싶지 않았다. 나는 그걸 그냥 둠으로써 나를 과거와 이어주는 그 실을 느낄 수 있기를 원했다. 우리가 이 삶에서 뭔가를 하는 이유도 그래서일까? 출생으로 시작해서 우리가 죽고 나서 한참, 한참, 한참 뒤에 끝나는 선을 따라서 그것이 진동하는 것을 느끼기 위해서일까? 나도 몰랐다. 나는 그의 어린 시절 집에서, 잠이 부족한 채로, 슬픔이 깃든 채로, 도망자로서 그 사실을 알아내지는 않을 터였다. 내가 그에게 뭘 요구할 수 있을까? 그가 내게 무엇을 줄 수 있을까?

"지크?" 내가 마침내 말했다.

"왜, 프랭키?" 그가 대답했다.

"나한테 뭐 하나 해줄 수 있어?"

"내가 그걸 말해주길 바라는 거야?" 그가 추측했다. "내가 그 문장을 말해주기를?"

"나도 모르겠어. 그렇기도 한데. 하지만 솔직히 내 생각에는 그게 별로일 수도 있을 것 같아서. 네가 나한테 그걸 그리는 방법을 가르쳐 주면 좋겠어."

"포스터 말이야?" 그가 물었다.

나는 고개를 끄덕였다. "내가 그걸 만들었다고 밝힌다면, 그걸 그릴 수도 있어야만 하잖아."

"아직 한 번도 시도해 보지 않았던 거야?" 그는 어리둥절한 듯 물었다. "너는 마치, 뭐랄까, 그거에 상당히 몰두한 것처럼 보였거든. 그런데도 직접 그리려고 시도해 보지도 않았단 말이야?"

"내가 왜 굳이?" 내가 그에게 물었다. "나는 그 문장만 썼잖아. 그림은 네가 그린 거고. 그렇게 된 거라고."

"그래." 그가 말했다. "내 생각에 그건 해줄 수 있을 것 같네. 자, 그럼 내 방으로 가자." 그는 부엌 쪽을 바라보았다. "엄마? 아빠? 프랭키랑 제 방에 가 있을게요."

"그래." 부모님이 한목소리로 대답했다. 두 사람의 느긋한 태도를 보니, 그들은 훨씬 더 끔찍한 일도 겪어본 듯했다. 나도 훨씬 더 끔찍한 일들에 책임이 있긴 했지만, 나로서는 두 사람이 나를 그의 방에 가게 허락해 준 것이 여전히 고마웠다.

그의 방은 극도로 깔끔했고, 벽에는 오래된 만화책의 페이지를 넣은 액자가 잔뜩 걸려 있었다.

"뭐랄까, 내가 굳이 돈을 쓰는 한 가지가 바로 이거야." 그가 시인했다. "월리 우드와 조니 크레이그* 같은 화가들의 원화."

"진짜 끝내주는데." 내가 말했다.

책상 위에는 몇 가지 일거리가 쌓여 있었지만, 그는 그걸 옆으로 치워버렸다. 나는 휴대전화를 꺼내서 포스터를 찍은 사진을 열었다. 그는 잠시 그걸 바라보았는데, 마치 벽에 걸려 있는 원화 가운데 한 가지의 솜씨에 감탄하던 모습과도 비슷했다. 그는 미소를 짓는

* 월리 우드와 조니 크레이그 둘 다 미국의 만화가다.

듯하다가 이내 고개를 끄덕였다. 그는 종이와 펜을 몇 가지 꺼냈다. "그래, 좋아." 그가 말했다. 나는 약간 충격을 받았다. 그가 포스터를 보고도 더 이상 심란해하지 않았기 때문이다. 그가 마지막으로 포스터를 본 때로부터 얼마나 오랜 세월이 지났을지 문득 궁금해졌다. 그 여름 이후에 내가 붙이고 다닌 포스터들 가운데 하나라도 그가 본 적이 있을지 문득 궁금해졌다.

나는 펜을 들어 문장을 적었다. 예전과 똑같이. 나는 또 다른 종이에다가도 마찬가지로 적었다. 원본과 완전히 똑같아 보였다. 무척이나 쉬운 일이었다.

"이제 나한테 보여줘 봐." 내가 그에게 말했다. 그가 느긋한 모습으로 작업에 임하자 부적이나 안도감이 느껴졌다. 그는 종이를 바라보았다. 내가 보니 그는 문장을 읽고 있었고, 리듬을 기억해 내고 있었다. 마치 기도처럼. 곧이어 그는 선들을 그리기 시작했는데, 무척이나 섬세하면서도 약간 거칠고 원시적이었으며, 때로는 굳이 의도하지 않아도 압도하는 방식 그대로였다. 나는 최선을 다해서 그의 그림을 베꼈다. 20분쯤 지나서야, 그사이에 계속해서 포스터를 다시 살펴보며 참고한 끝에, 그는 대부분의 초안을 완성했다. 나는 그의 손을 바라보는 것이 좋았다. 그는 매번 뭔가를 새로 고려하면서, 내가 쓴 문장을 가로질러 자신의 손끝을 흔드는 것처럼 보였는데, 마치 종이 위에서 그 현존을 스스로 상기하기라도 하는 듯했다.

"건물들이 너무 작아." 그는 내가 그린 것을 바라보며 말했다. "너는, 뭐랄까, 그걸 연결시킬 필요가 있어. 하지만 더 크게 그려야 돼. 그리고, 뭐랄까, 여기, 창문을 이렇게 만들어야 돼, 바로—." 그러면서 그는 내 위로 몸을 굽히더니, 내 종이 위에다가 직접 그려서 보여주었다. 나는 그를 따라 했고, 그 이미지가 내가 바라던 방식으로 합쳐지는 느낌을 받았다.

침대는 더 어려웠고, 아이들도 마찬가지여서, 나는 거의 망치고 말았다. 하지만 나는 대부분 그에게 집중했고, 그가 새로운 선 각각을 어디서 시작하는지를 지켜보았다. 차라리 이 과정을 동영상으로 찍게 해주면 얼마나 좋을까 싶었다. 그러고 나면 나도 돌아가서 그가 펜을 정확히 어디에 놓는지를 알 수 있을 텐데. 하지만 나는 이미 그걸 기억에 저장하고 있었다. 내 생각에도 이것만큼은 소질이 있었다. 즉 나중을 위해 뭔가를 기억해 둘 때가 언제인지 아는 것이다.

그는 손을 맨 마지막에 그렸고, 나는 따라 그렸으며, 그러자 충분히 비슷하게 보였다. 당연히 나는 앞으로도 연습할 것이었다. 1,000번은 그려보고 나서 매지에게 보여줄 것이었다. 물론 그녀가 혹시 물어본다면 말이다. 매지는 포스터에 뭔가 복잡한 사연이 있다는 것을, 즉 다른 누군가가 관여했다는 것을 알고 있었다. 나는 그걸 누군가로부터, 즉 여러 해 전에 만난 누군가로부터 베껴 온 거라고 말할 작정이었다. 아니면 오래된 책에서 찾아냈다고, 또는 우리 집에서, 혹은 다른 어디에서 찾아냈다고 말할 예정이었다. 그 부분만큼은 내가 궁리해 낼 수 있었다.

마무리를 하고 나서 그는 숨을 깊이 들이쉬었고, 그림을 진심으로 꼼꼼히 살펴보았다. "상당히 기묘한 느낌인데." 그가 시인했다. "나도 이제는 이렇게 그림을 안 그리거든. 마음에 드는데."

"다시 한번 그려줄 수 있어?" 내가 부탁했다.

"다시?"

"한 번만 더." 내가 그에게 말했다.

"좋아, 그러자. 한 번만 더." 그가 말했다. 그러고는 다시 시작했다.

나는 굳이 그를 베끼려 하지 않았다. 그냥 그가 그리는 모습만 지켜보았다.

곧이어 그가 마무리했다. 나는 그걸 집어서 다른 그림과 함께 챙겼다. 나는 고개를 끄덕였다. "됐어." 내가 말했다. 하지만 그는 종이를 또 한 장 꺼냈다. 그러고는 그리기 시작했다.

그렇게 10분쯤 지나서 그는 숲을 그렸다. 그곳의 나무들은 잎사귀가 모두 떨어지고, 가지는 가늘고 날카로웠다. 곧이어 그는 한복판에 개활지를 그렸는데, 빈터가 있음을 암시하기에 딱 충분한 공간이었다. 그러고 나서 그는 멈추었다. 그는 나를 바라보았고, 나는 고개를 끄덕였다. 좋았다. '계속해.'

그러자 그는 작은 집을, 마치 동화에 나올 것 같은 오두막을 그렸다. 나는 그걸로 충분한 것 같다고, 마음에 든다고 그에게 말하려고 했다. 하지만 곧이어 그 집 주위 전체로, 숲의 바닥에, 그가 뭔가를 그렸다. 처음에 나는 들장미인가 하고 생각했다. 하지만 그는 계속해서 지어 올리고, 지어 올리고, 지어 올렸다. 그러자 나는 그게 불길임을, 화재임을 깨달았다. 불이 오두막을 에워싸고 있었지만, 그렇다고 아주 가깝지는 않아서 직접 해를 끼치지는 않았고, 그렇다고 아주 멀지는 않아서 숲을 깡그리 불태우지는 않을 것이었다. 그것은 불의 고리였으며, 그 안에 있는 것과 그 밖에 있는 것으로, 세계를 적절하게 구분하고 있었다.

"이것도 갖고 싶어?" 그림을 마무리하자 그가 물었다.

"그래." 내가 말했다. 나는 그걸 모두 챙길 것이었다. 뭐든지 챙길 것이었다.

그렇게 우리는 그의 방에 앉아 있었고, 집 안이 웅웅거렸다. 나는 잠시 후에 떠나야 한다는 것을, 내 삶으로 돌아가야 한다는 것을, 그를 그의 삶 안에 머물도록 내버려두어야 한다는 것을 알았다. 하지만 떠나기가 쉽지 않았다.

그런데 지크는 내가 어떻게 떠날지 갈피를 잡지 못하는 것을 아는 듯했다.

"혹시 다시 볼 수 있을까?" 그가 물었다. "어쩌면 더 나중에라도? 그러니까 이 모든 일이 끝나고 나서?"

"너만 좋다면야." 내가 말했다.

"그게 드러나고 나면 어떤 기분이 드는지 내가 한번 볼게. 나로서는 그럴 필요가 있거든. 나 스스로를 살펴보는 거지."

"물론, 당연하지." 내가 대답했다. 나는 그런 일이 벌어질 거라고는 생각하지 않았지만, 솔직히 그것도 괜찮았다. 나는 더 많은 것을 요구하지 않을 것이었다.

그때 지크가 그것을 말했다. 그 문장을. 그는 기억했던 것이다. 그는 잊어버리지 않았던 것이다. 하긴 어떻게 잊어버렸겠는가? 그렇게 해서 우리는 그것을 함께 외워보았다.

"잘 있어, 지크." 내가 마침내 말했다.

"잘 가, 프랭키." 그가 말했다.

그는 현관까지 바래다주었으며, 나는 그의 부모님께 작별 인사를 건넸다.

나는 포스터를 가지고 차로 돌아갔다. 굳이 그를 돌아보지는 않았다. 나는 차고 진입로를 빠져나왔다. 마지막으로 잠을 잔 게 언제인지 기억조차 할 수 없었다. 모든 것이 꿈만 같았다. 어쩌면 두 번 다시 잠들지 못할 것 같았다. 나는 집으로, 내게 친숙한 장소로 다시 차를 몰았다. 그곳이 내게 친숙하기를 무척이나 간절하게 바랐다. 나에게는 그곳이 필요했다. 먼 거리를 달려서, 차를 타고 그곳으로 가면서, 나는 스스로에게 약속했다. 그곳이 좋은 장소일 거라고. 내가 만들 거라고. 계속 만들 거라고. 나는 혼잣말로 그 문장을 외웠고, 그러자 무척이나 딱 어울리게 들렸다. 내가 그것을 만들었다. 나는 그것을 사랑했다.

제17장

집에 도착하자 주니가 나를 맞이하러 밖으로 달려 나왔다. 아이는 나를 끌어안았고, 나는 아이의 냄새를 맡았다. 절대 못 알아볼 리 없는 내 딸의 냄새를 맡으며, 그렇게 아이를 끌어안고 있었다. 에런은 문간에 서 있었다. 그는 미소 지었지만, '만약 당신이 우리 삶을 망쳐놓는다면, 내 이를 갈다 못해 가루로 만들어 버릴 거야'라고 말하는 듯한 미소였다. 그래서 나도 남편에게 '내가 다 알아서 잘하고 있거든, 이 바보야'라고 말하는 듯한 미소를 보내주었다. 물론 나는 전혀 잘하고 있지 못했다. 하지만 워낙 멋진 미소였기 때문에, 남편도 무척이나 손쉽게 받아들였다.

나는 이제 매지 브라워와 이야기를 나누어야 한다는 것을, 아울러 그녀가 포스터를 제대로 살펴보도록 허락해야 한다는 것을 깨달았다. 아울러 나는 차를 몰고 콜필드로 돌아가서, 내가 아직 간직한 지도에 표시된 모든 장소로 데려가 보고, 그중 아직 남아 있는 포스터가 얼마나 되는지 알아보아야만 했다. 아울러 나는 훗날 진실이 될 이야기의 한 가지 버전을 그녀에게 말해줄 것이었으며, 정작 진짜는, 즉 그 여름에 내가 만든 것은 계속 비밀로 간직할 것이었다. 나와 지크를 위해 간직할 것이었지만, 실제로는 그저 나를 위해 간직할 것이었다. 오로지 나를 위해 말이다.

하지만 지금은 주니가 내 품에 있었다. 아이는 무척이나 사랑스러웠고, 꼼지락거리고 기묘했으며, 그 인형에 대해서 나에게 말해주고 싶어 안달하고 있었다. 즉 자기는 불을 내뿜는 그 악마 인형을 반드시 가져야만 하는데, 왜냐하면 자기가 도서관에서 발견한 어떤 오래된 어린이 책에서 그 그림을 봤기 때문이라는 거였다. 그래서 나는 아이가 내게 말하게끔 내버려두었다. 나는 아이에게 그 인형을 사줄 것이었다. 부디 그 물건이 내 머릿속에서 상상했던 것만큼 섬뜩하기를 바랐다. 주니가 남은 평생 그 물건을 간직하기를 바랐다. 우리가 현관 베란다로 걸어 올라가는 동안 에런이 나를 끌어안았다. "괜찮은 거야?" 그가 물었다. 남편은 나를 믿고 있었다. 그가 믿고 있음을 나는 알았다.

비록 내가 매지에게 해준 이야기에는 그 내용이 포함되어 있지 않았지만, 나는 지크에 대해서, 그 여름 전체에 대해서 남편에게 말해줄 것이었다. 그 작은 동네에서 혼자 있는 것이 어떤 느낌이었는지 남편에게 말해줄 것이었는데, 사실 그런 내용이야 기사에서 굳이 언급할 수 없을 것이었고, 누구 하나 관심을 갖지도 않을 것이었다. 내가 어떻게 해야 괜찮아질 수 있는 곳에 도달할지 알지 못했던 순간들에 대해서. 나는 그 기묘한 소년에 대해서, 그리고 내가 어떻게 그를 감춰버릴 것인지를 남편에게 말해줄 것이었다. 그리고 에런이 이해해 주기를 바랄 것이었다.

"괜찮아." 나는 남편에게 말했다. "진짜야. 그래. 나는 괜찮아."

우리는, 우리 세 사람은 집으로 들어갔다. 그리고 현관문을 활짝 열어서, 완전히 무방비 상태로 내버려두었다. 왜냐하면 아무것도 우리를 아프게 할 수 없을 것이기 때문이었다. 영원히, 영원히, 영원히.

그날 밤, 나는 주니를 재우려고 그 옆에 누웠고, 우리는 기차에 탄 여자애 둘을 늑대 떼가 뒤쫓는 내용의 그림책을 읽었다. 그러고 나서 내가 불을 *끄자*, 주니가 이렇게 말했다. "어디 갔었어?"

"할머니 보러." 내가 말했지. "기억하지?"

"하지만 왜?" 아이가 물었다. "무슨 일인데?"

"엄마가 어렸을 때—"

"내 나이 때? 지금 내 나이 때?" 주니가 끼어들었다.

"그보다는 많았을 때. 엄마가 10대였을 때 만들었던 게 있어. 그리고 그건 비밀이었거든. 그런데 사람들이 그것 때문에 진짜로 흥분했고, 나중에는 그것 때문에 미쳐 날뛰었어.”

“그게 왜 비밀이었는데?” 아이가 물었다. “나쁜 거였어?”

“아니.” 내가 말했다. “그런 것까지는 아니야.”

“그런데 엄마는 그걸 비밀로 했어?” 아이가 물었다.

“그랬어. 오랫동안. 사실은 방금 전까지만 말이야. 이제 엄마는 그 비밀을 밝히려고 하거든. 이제부터 무슨 일이 벌어지는지 우리도 알게 될 거야.”

“무슨 일이 벌어질 건데?” 아이가 물었다.

“엄마도 몰라. 사실은 나도 몰라. 하지만 나쁜 일은 없을 거야. 어쩌면 뭔가 좋은 일일 수도 있고. 뭔가 놀라운 일 말야.”

“그랬으면 좋겠네.” 아이가 말했다. 아이의 숨소리가 들렸다. “그 비밀이 뭔지 지금 나한테 말해줄 수 있어?”

“그럼. 이런 문장이야. 들어봐. **‘가장자리는 판자촌, 금 탐광꾼 우글거리고, 우리는 도망자, 법은—.’**”

“**—우리를 잡으려고 잔뜩 허기졌지.**” 주니가 내 말을 받아서 마무리했다.

“그걸 네가 어떻게 알아?” 내가 물었다. 물론 알 것도 같았지만 말이다. 그래도 여전히 놀랍기는 했다.

“엄마가 맨날 중얼거렸으니까.” 아이가 내게 말했다. “내가 아기였을 때에 엄마가 말했었어.”

"네가 아기였던 시절을 기억하는 줄은 엄마도 몰랐네, 공주님."
내가 말했다.

"음, 나는 기억해." 아이가 말했다. "그리고 엄마는 밤마다 나한테
그걸 말해주곤 했어. 마치… 자장가처럼? 나 진짜로 그거 기억한다
니까."

나도 기억했다. 당연히. 나는 밤마다 딸에게 말해주었다. 내가 말
할 수 있는 유일한 사람에게. 나는 그걸 아이에게 속삭여 주었고, 말
이 차곡차곡 쌓였다. 하지만 나는 워낙 나지막이 말했고, 방 안을 가
득 채운 백색소음기의 바닷소리에 가려진 상태에서 말했다. 그런데
아이는 기억했던 것이다.

"음, 그게 바로 비밀이야." 내가 말했다. "그게 다야."

"마음에 들어." 아이가 말했다. "그 소리가 마음에 들어. 나는 금
이 좋거든."

"나도 알아, 공주님." 내가 말했다. "나도 금이 좋거든."

"우리는 도망자."

"우리는 그렇지."

"엄마랑 나랑?" 아이가 물었다.

"그래." 내가 아이에게 말했다.

"그리고 아빠도?"

"그래."

"그리고 외할머니도? 그리고 할부지랑 함머니도?"

“그래.”

“그리고 세쌍둥이 외삼촌들도? 마커스 삼촌이랑 미나 숙모도? 그리고 도미니크와 앤지도?”

“그래, 엄마 생각엔 그래. 맞아.”

“그리고 우리 선생님들도? 우리 학교의 모든 친구도?”

“그래.”

“그리고 온 세상도? 세상 모든 사람도?”

“그래, 모두 다.”

“그리고 지금까지 이 세상에 살았던 모든 사람도?”

“그래, 당연하지.”

“그리고 아직 태어나지는 않았지만 앞으로 태어날 모든 사람도? 그런 사람까지도? 그 사람들도 도망자인 거야?”

“음… 그래. 그 사람들도.”

날이 어두워졌지만, 아이의 방 천장에는 작은 야광 별들이 붙어 있었다. 그것도 워낙 많았다. 뭐랄까. 우리는 아이가 야광 별에 환장해도 그냥 내버려두었기 때문이다. 나는 그 별들을, 우리 위의 하늘을, 우주를 바라보았다.

“도망자가 되면 좋은 거야?” 아이가 마침내 물었다.

“엄마 생각에는 그래.” 내가 말했다. “그럴 수도 있지.”

“좋아.” 아이가 마침내 말했다. 그러더니 금세 곤히 잠들어 버렸다. 하지만 나는 일어나지 않았다. 아직은 아니었지만, 나는 결국 일어나게 될 것임을 알았다.

　머지않아 나는 일어날 것이고, 복도로 걸어 나갈 것이고, 우리 침실로 들어갈 것이고, 내 침대에 에린과 함께 누울 것이고, 이어서 해가 떠오를 것이고, 빛이 집을 채울 것이고, 나는 잠에서 깨어날 것이고, 그때부터 일들이 벌어질 것이다. 하지만 지금 당장은, 비록 별은 아니었지만 내게는 진짜 별보다 더 별처럼 느껴지는 그 별들을 바라보면서, 나는 그 침대에 누운 채, 숨을 쉬고, 살아 있었다. 나는 그 문장을 말했다. 아무것도 변하지 않았다. 내가 그 문장을 말하자, 그 단어 하나하나가 그 여름에 만들었던 것과 정확히 똑같았다. 이것은 결코 변하지 않을 것이었다. 그래서 나는 그 문장을 다시 말했다. 또다시. 또다시.

NOW IS NOT
THE TIME TO
PANIC

감사의 말

저의 작가 이력에서 가장 중요한, 무척이나 많은 것을 만들어 준 줄리 베어러, 북 그룹의 모든 분과 특히 니콜 커닝엄에게 감사합니다.

제가 이 이야기를 어떻게 할지 이해하도록 도와준 탁월한 편집자 헬렌 애츠마, 에코 출판사의 모든 분과 특히 소냐 추스, 메건 딘스, 미리엄 파커, 앨리슨 솔츠먼에게 감사합니다. 처음부터 에코 출판사와 함께할 수 있었던 것은 제게 무척이나 행운이었으며, 이 놀라운 출판사와 사람들의 도움이 없었다면 지금쯤 어떻게 되었을지 상상조차 되지 않습니다.

친절과 도움을 제공한 유나이티드 탤런트 에이전시의 제이슨 리치먼에게 감사합니다.

공동체의 일원이 될 기회를 준 사우스 대학과 영문학 및 문예창작과에 감사합니다.

우리 가족에게도 감사합니다. 켈리와 데비 윌슨, 크리스틴과 웨스와 퀠런 허프먼, 메리 카우치, 메레디스와 워런과 로라와 모건과 필립 제임스, 윌슨, 푸젤리어, 볼츠 가족.

친구들에게도 고마움을 전합니다. 브라이언 볼츠, 에런 버치, 소냐 추스, 루시 코린, 리 코넬, 릴리 데이븐포트, 마시 더맨스키, 샘 에스키스, 이자벨 갤브레이스, 엘리자베스와 존 그래머, 제이슨 그리피, 브랜던 아이랙스이들라인, 케이크 제이로, 그웬 커비, 셸리 맥로런, 켈리 멀론, 케이티 맥기, 매트 오키프, 세실리 파크스, 앤 패칫, 베치 샌들린, 매트 슈레이더, 리 스튜어트, 데이비드와 하이드 사일러, 제프 톰슨, 루피 소프, 로릴 터커, 잭 웨그먼, 차키 윌킨슨.

그리고 항상 그래왔듯이 내 모든 사랑을 다음 사람들에게 바칩니다. 리 앤, 그리프, 패치.

내가 만든
문장 쓰지
마세요

NOW IS NOT
THE TIME TO PANIC

초판 1쇄 찍은날　2026년 2월 2일
초판 1쇄 펴낸날　2026년 2월 13일

지은이　케빈 윌슨
펴낸이　한성봉
편집　김학제·안태운·박소연
콘텐츠제작　안상준
디자인　최세정
마케팅　오주형·박민지·이예지·정효인
경영지원　국지연·송인경
펴낸곳　허블
등록　2017년 4월 24일 제2017-000050호
주소　서울시 중구 필동로8길 73 [예장동 1-42]
　　　　동아시아빌딩
페이스북　www.facebook.com/dongasiabooks
인스타그램　www.instagram.com/hubble_books
트위터　twitter.com/in_hubble
홈페이지　hubble.page
전자우편　dongasiabook@naver.com
블로그　blog.naver.com/dongasiabook
전화　02) 757-9724, 5
팩스　02) 757-9726

ISBN　979-11-93078-82-2 43840

※ 허블은 동아시아 출판사의 문학 브랜드입니다.
※ 잘못된 책은 구입하신 서점에서 바꿔드립니다.

만든 사람들
책임편집　박소연
크로스교열　안상준
디자인　곰곰사무소